D1390876

Urodził się w Nowym Jorku w 1931 r., z wykształcenia jest inżynierem. Na debiut literacki czekał do roku 1965, kiedy drukiem ukazało się jego pierwsze opowiadanie. Od roku 1984 poświęcił się wyłącznie pisaniu – spod jego pióra wyszło już kilkadziesiąt opowiadań i kilkanaście powieści. Pięciotomowy cykl *Księga Nowego Słońca* należy do najwyżej notowanych cykli fantasy. Tom pierwszy otrzymał World Fantasy Award, a tom drugi Nebulę.

»Książnica«
kieszonkowa

 www.NajlepszyPrezent.PL

TWOJA KSIĘGARNIA INTERNETOWA

Zapoznaj się z naszą ofertą w Internecie i zamów, tak jak lubisz:

e-mail	sklep@NajlepszyPrezent.pl
infolinia	+48 61 652 92 60
faks	+48 61 652 92 00
poczta	Publicat S.A., ul. Chlebowa 24, 61-003 Poznań

książki szybko i przez całą dobę • łatwa obsługa • pełna oferta • promocje

GENE WOLFE

KSIĘGA NOWEGO SŁOŃCA 1
CIEŃ KATA

Przełożył z angielskiego
Arkadiusz Nakoniecznik

Wydawnictwo „Książnica"

Tytuł oryginału
The Shadow of the Torturer

Projekt okładki
Mariusz Banachowicz

Ilustracja na okładce
© by Boros & Szikszai, Luserke Agency

Logotyp serii
Mariusz Banachowicz

Copyright © 1980 by Gene Wolfe
Wszelkie prawa zastrzeżone. Bez uprzedniej pisemnej zgody wydawcy
żaden fragment niniejszego utworu nie może być reprodukowany ani przesyłany
za pośrednictwem urządzeń mechanicznych bądź elektronicznych.
Niniejsze zastrzeżenie obejmuje również fotokopiowanie
oraz przechowywanie w systemach gromadzenia i odtwarzania informacji.

For the Polish edition
Copyright © by Wydawnictwo „Książnica", Katowice 2007

ISBN 978-83-250-0108-7

Wydawnictwo „Książnica" Sp. z o.o.
Al. W. Korfantego 51/8
40-160 Katowice
tel. (032) 203-99-05, 254-44-19
faks (032) 203-99-06
Sklep internetowy: http://www.ksiaznica.com.pl
e-mail: ksiazki@ksiaznica.com.pl

Katowice 2007

Skład i łamanie:
mplusm-pracownia

ROTHERHAM LIBRARY &
INFORMATION SERVICES

AF

B49 041 883 4

OES 432872

Tysiączne stulecia w twoim spojrzeniu
Jak wieczór mijający;
Krótkie jak wachta, co kończy noc
Wraz ze wschodzącym słońcem.

Rozdział 1

Zmartwychwstanie i śmierć

Jest zupełnie możliwe, że już wówczas niejasno przeczuwałem swoją przyszłość. Wznosząca się przed nami zardzewiała zamknięta na głucho brama, z nanizanymi na ostre blanki strzępami wilgotnej mgły, pozostaje mi do dzisiaj w pamięci jako symbol mojego wygnania. Dlatego rozpoczynam relację właśnie od pływackiej eskapady przez Gyoll, podczas której ja, Severian, uczeń w konfraterni katów, niemal utonąłem.

— Strażnik gdzieś sobie poszedł — powiedział mój przyjaciel Roche do Drotte'a, który sam zdążył już to zauważyć.

Mały Eata zaproponował niezbyt pewnym głosem, żebyśmy okrążyli bramę. Jego szczupłe, pokryte piegami ramię wskazywało na ciągnący się tysiącami stadiów mur przecinający miasto i wspinający się na wzgórze, gdzie łączył się z niebotycznymi bastionami Cytadeli. Kiedyś, dużo później, miałem przebyć tę drogę.

— Mielibyśmy przejść przez mur? Natychmiast trafilibyśmy do mistrza Gurloesa.

— Ale dlaczego nie ma strażnika?

— Nieważne. — Drotte zastukał w przerdzewiałe pręty. — Eata, spróbuj, czy uda ci się przecisnąć.

Drotte był naszym kapitanem, toteż Eata bez słowa przełożył nogę i rękę na drugą stronę. Już po chwili stało się oczywiste, że nic więcej nie uda mu się osiągnąć.

— Ktoś idzie — szepnął ostrzegawczo Roche. Drotte wyszarpnął Eatę spomiędzy prętów.

Obejrzałem się za siebie. W perspektywie ulicy kołysały się przy akompaniamencie stłumionych rozmów i szelestu kroków migotliwe latarnie. Chciałem się rzucić do ucieczki, ale Roche dał znak ręką, bym tego nie czynił.

— Poczekaj, widzę halabardy — powiedział.

— Myślisz, że to wracają straże?

Potrząsnął głową.

— Jest ich zbyt wielu.

— Co najmniej tuzin — dorzucił Drotte.

Czekaliśmy ciągle jeszcze mokrzy po kąpieli w Gyoll. Gdzieś w najgłębszych zakamarkach mego umysłu stoimy tam do tej pory, drżąc z chłodu. Tak jak wszystko co niezniszczalne dąży do samozagłady, tak i te najbardziej nawet ulotne chwile powracają wciąż na nowo, nie tylko w mojej pamięci (z której nic nie jest w stanie zniknąć), ale także w biciu serca i mrowieniu skóry na głowie, odradzając się tak samo, jak każdego ranka w przenikliwych dźwiękach fanfar odradza się nasza Wspólnota.

Wkrótce zobaczyłem w żółtym pełgającym świetle latarni, że zbliżający się ludzie nie byli ubrani w zbroje; mieli za to halabardy, jak zauważył Drotte, a oprócz tego topory i sękate kije. Za pasem ich dowódcy błyszczał długi obosieczny sztylet. Jednak dużo bardziej od sztyletu zainteresował mnie masywny klucz wiszący na jego szyi; wyglądał dokładnie tak, jak powinien wyglądać klucz pasujący do potężnego zamka bramy.

Mały Eata drżał z niepokoju; właśnie wtedy dowódca dostrzegł nas i uniósł latarnię nad głowę.

— Chcemy wejść do środka — odezwał się Drotte. Był wyższy od tamtego, ale udało mu się nadać swojej ciemnej twarzy wyraz szacunku i niepewności.

— Dopiero o świcie — odburknął dowódca halabardników. — Lepiej wracajcie do domu.

— Panie, strażnik obiecał nas wpuścić, ale gdzieś sobie poszedł.

— W nocy tu nie wejdziecie. — Mężczyzna położył dłoń na rękojeści sztyletu i postąpił krok w naszą stronę. Przez moment obawiałem się, że odgadł, kim jesteśmy.

Drotte cofnął się, mając nas cały czas za plecami.

— Kim jesteście, panie? Nie macie mundurów...

— Jesteśmy ochotnikami — odparł jeden z nich. — Chronimy naszych zmarłych.

— Więc możecie nas wpuścić.

— Tylko nam wolno tu przebywać — stwierdził dowódca tonem nie znoszącym sprzeciwu i odwrócił się od nas. Klucz zazgrzytał w dawno nie oliwionym zamku, po czym brama z przeraźliwym skrzypieniem uchyliła się nieco. Nim ktokolwiek zdążył go powstrzymać, Eata rzucił się w wąski otwór. Ktoś zaklął głośno, dowódca zaś z jeszcze dwoma ludźmi ruszyli w pogoń, ale on był dla nich zbyt szybki. Widzieliśmy jego jasną głowę i połataną koszulę przemykającą między pozapadanymi grobami pospólstwa, po czym Eata zniknął wśród wysokich marmurowych obelisków w zamożniejszej części cmentarza. Drotte chciał popędzić za nim, ale dwaj mężczyźni chwycili go mocno za ramiona.

— Musimy go znaleźć! Nie tkniemy waszych zmarłych.

— Więc czego tu szukacie? — zapytał jeden z ochotników.

— Ziół — odparł Drotte. — Jesteśmy pomocnikami medyków. Zbieramy zioła dla chorych.

Uzbrojony w halabardę mężczyzna przyjrzał mu się dokładniej. Człowiek, który otworzył bramę i rzucił się w pogoń za Eatą, upuścił swoją latarnię i teraz jedyne oświetlenie stanowiły niemrawe płomienie pozostałych kaganków. W ich przytłumionym blasku twarz ochotnika wyglądała głupio i niewinnie. Przypuszczam, że zarabiał na życie, wynajmując się do różnych niezbyt skomplikowanych prac.

— Wiesz z pewnością, że niektóre gatunki leczniczych ziół mają największą moc tylko wtedy, gdy zbiera się je na cmentarzu przy świetle księżyca — ciągnął Drotte. —

Wkrótce nadejdą pierwsze przymrozki i zabiją wszystkie rośliny, ale przedtem nasi chlebodawcy muszą mieć gotowe zapasy na zimę. Właśnie dlatego kazali nam dzisiaj przyjść tutaj.

— Nie macie worków, do których moglibyście je zbierać.

Do dzisiaj podziwiam Drotte'a za to, co wtedy uczynił: wyjął mianowicie z kieszeni kawałek najzwyklejszego sznurka i powiedział:

— Mamy wiązać je od razu w pęczki, żeby prędzej wyschły.

— Rozumiem — mruknął ochotnik. Było oczywiste, że nic nie rozumie. Roche i ja przysunęliśmy się nieco bliżej uchylonej bramy, natomiast Drotte odstąpił krok wstecz.

— Skoro nie chcesz nas wpuścić, żebyśmy nazbierali ziół, to będzie lepiej, jeśli stąd pójdziemy. Zresztą wątpię, czy udałoby nam się znaleźć tego chłopca.

— Nie, nie odchodźcie. Musimy go odszukać!

— Niech będzie — zgodził się z ociąganiem Drotte i weszliśmy do środka, a ochotnicy za nami.

Niektórzy twierdzą, że cały rzeczywisty świat sami sobie wymyśliliśmy, naszym postępowaniem bowiem rządzą sztuczne kategorie, którym podporządkowujemy wszystkie najmniej nawet istotne rzeczy i zjawiska, dużo mniej ważkie i znaczące niż słowa, którymi je nazywamy. Po raz pierwszy pojąłem intuicyjnie tę zasadę właśnie tamtej nocy, gdy usłyszałem za sobą zgrzyt zamykanej bramy.

— Będę stróżował przy mojej matce — powiedział jeden z tych, którzy do tej pory nie odzywali się ani słowem.

— Zmarnowaliśmy masę czasu. Mogli ją dawno przenieść nie wiadomo gdzie.

Kilku innych mruknęło potwierdzająco i grupa zaczęła się rozpraszać — jedna latarnia skręciła w lewo, a druga w prawo. My wraz z pozostałymi ochotnikami ruszyliśmy główną aleją (tą samą, którą szliśmy zawsze wtedy, gdy chcieliśmy dotrzeć do zasypanego gruzami wyłomu w murach Cytadeli).

Moją naturą, radością i przekleństwem zarazem jest to, że nigdy niczego nie zapominam. Każde grzechoczące uderzenie łańcucha, każdy poświst wiatru, każdy widok, zapach i smak pozostają nie zmienione w mojej pamięci i chociaż wiem, że jest to cecha właściwa tylko mnie, nie potrafię sobie wyobrazić, jak może być inaczej, jak można nie pamiętać czegoś, po co wystarczy tylko sięgnąć trochę głębiej i dalej niż po wydarzenia ostatniego dnia... Widzę teraz wyraźnie, jak idziemy przed siebie bielejącą w ciemności aleją. Było zimno i robiło się jeszcze zimniej, nie mieliśmy światła, a znad Gyoll zaczynały napływać coraz gęstsze zwały mgły. Ptaki, które przyfrunęły specjalnie po to, żeby spędzić noc w gęstych gałęziach pinii i cyprysów, przelatywały niespokojnie z drzewa na drzewo. Pamiętam dotknięcie moich dłoni, gdy rozcierałem nimi zziębnięte ramiona, światło latarni, migające między nagrobkami, zapachy — łagodny rzeki, osiadający wraz z mgłą na mojej koszuli i ostry, natarczywy świeżo wzruszonej ziemi. Tego dnia, zaplątawszy się w zdradzieckie pętle wodorostów, omal nie utonąłem w nurtach rzeki. Tej nocy zacząłem stawać się mężczyzną.

Rozległ się strzał; jeszcze nigdy w życiu nic takiego nie słyszałem ani nie widziałem — fioletowa błyskawica rozdzierająca ciemność niczym potwornych rozmiarów klin, po usunięciu którego czarna kurtyna zasuwa się z głuchym łoskotem gromu. Gdzieś w oddali z potężnym trzaskiem runął obalony posąg, po czym zapadła cisza... Wszystko dokoła zdawało się rozpływać... Popędziliśmy przed siebie w kierunku, z którego zaczęły dobiegać pomieszane okrzyki. W pewnej chwili usłyszałem przeraźliwy zgrzyt stali, jakby ktoś trafił ostrzem halabardy w jeden z kamiennych pomników. Biegłem zupełnie nie znaną mi ścieżką (w każdym razie taka mi się wtedy wydawała), wijącą się zygzakiem między nagrobkami i szeroką ledwie na tyle, żeby dwaj ludzie mogli zejść ramię w ramię do czegoś w rodzaju małej dolinki. W gęstniejącej mgle po obu stronach widziałem tylko ciemne sylwety grobowców. I wtedy ścieżka umknęła spode mnie tak nagle, jakby ktoś wyszarpnął mi ją spod nóg — przypuszczam, że po prostu nie zauważyłem nagłego zakrętu. Rzuciłem się w bok, żeby uniknąć zderzenia z ogromnym obeliskiem, który wyrósł tuż przede mną, i z całym impetem wpadłem na mężczyznę ubranego w czarny, sięgający do ziemi płaszcz.

Stał niczym drzewo, tak że siła uderzenia zbiła mnie z nóg i pozbawiła tchu w piersi. Usłyszałem wymamrotane pod nosem przekleństwo, a potem krótki świszczący odgłos, jaki wydaje wysuwana z pochwy broń.

— Co to było? — zapytał jakiś głos.

— Ktoś wpadł na mnie. A teraz zniknął, ktokolwiek to był.

Leżałem bez ruchu.

— Odsłońcie lampę — polecił trzeci głos, należący bez wątpienia do kobiety. Przypominał łagodne gruchanie gołębicy, ale było w nim także ponaglenie i niepokój.

— Rzucą się na nas jak stado dzikich psów, madame — odparł ten, na którego wpadłem.

— I tak tego nie unikniemy. Słyszałeś przecież, że Vodalus wystrzelił.

— Może się przestraszą.

— Żałuję, że w ogóle to zabrałem — powiedział mężczyzna, który odezwał się pierwszy, z akcentem, po którym gdyby nie moje małe doświadczenie i młody wiek, od razu rozpoznałbym arystokratę. — To źle, że musieliśmy tego użyć w starciu z takim przeciwnikiem.

Mówiąc to, zbliżył się do mnie i po chwili mogłem go już dojrzeć — był wysoki, szczupły i nie miał żadnego nakrycia głowy. Stanął tuż przy potężnie zbudowanym mężczyźnie, z którym się zderzyłem. Trzecia postać, cała spowita w czerń, musiała być kobietą. Siła uderzenia pozbawiła mnie nie tylko tchu w piersi, ale i niemal wszystkich sił; zdołałem jednak się przetoczyć za pobliski pomnik i z bezpiecznego ukrycia obserwowałem to, co działo się przede mną.

Mój wzrok zdążył się już przyzwyczaić do ciemności, dzięki czemu mogłem dostrzec przypominającą serce twarz kobiety oraz zauważyć, że jest niemal równie wysoka jak szczupły mężczyzna, którego nazwała imieniem Vodalus. Drugi z mężczyzn tymczasem zniknął, ale wkrótce dobiegł mnie jego głos.

— Więcej liny — zażądał.

Sądząc po tym, jak go słyszałem, znajdował się nie więcej niż krok lub dwa od mojej kryjówki, chociaż roztopił się w ciemności równie dokładnie, jak topi się wrzucona w szalejący ogień świeca. Dopiero po chwili dostrzegłem coś ciemnego, poruszającego się tuż przy stopach Vodalusa; był to kaptur jego towarzysza. Mężczyzna zeskoczył po prostu do wykopanej w ziemi dziury.

— Co z nią?

— Świeża jak kwiat, madame. Nie ma obawy, prawie nie cuchnie. — Wyskoczył na powierzchnię ze zręcznością, o jaką bym go nie posądzał. — Chwyć teraz za jeden koniec, panie, a ja za drugi i wyciągniemy ją jak marchew.

Kobieta powiedziała coś, czego nie dosłyszałem, a na co szczuplejszy mężczyzna odparł:

— Nie musiałaś tutaj przychodzić, Theo. Ale jak by to wyglądało, gdybym ja nie brał w tym udziału?

On i drugi mężczyzna zaparli się mocno nogami, pociągnęli i zobaczyłem, jak u ich stóp pojawia się coś białego. W chwili kiedy schylili się, żeby to podnieść, niczym pod dotknięciem czarodziejskiej różdżki amschaspanda mgła zawirowała i rozstąpiła się, przepuszczając zielonkawy promień księżyca. Na ziemi leżało ciało kobiety. Niegdyś ciemne włosy zakrywały w nieładzie część twarzy; miała na sobie długą szatę z jakiegoś jasnego materiału.

— Tak jak ci mówiłem, panie — odezwał się mimowolny sprawca mojego upadku — dziewięć razy na dziesięć nie ma żadnych problemów. Teraz musimy już tylko przenieść ją przez mur.

W chwili kiedy skończył, usłyszałem czyjś krzyk. Trzej ochotnicy pędzili co sił ścieżką, którą i ja zbiegłem do dolinki.

— Powstrzymaj ich, panie — stęknął potężnie zbudowany mężczyzna, zarzucając sobie zwłoki na ramię. — Ja się nią zajmę. I wyprowadzę stąd madame.

— Weź to — powiedział Vodalus.

Światło księżyca padło na błyszczący metal pistoletu. Obarczony martwym ciężarem człowiek zagapił się na broń.

— Nigdy tego nie używałem, panie...

— Bierz, może ci się przyda.

Vodalus schylił się i podniósł z ziemi coś, co wyglądało na prosty, zwyczajny kij. Rozległ się krótki świst i błysnęła stal jasnego wąskiego ostrza.

— Brońcie się! — krzyknął.

Kobieta wyjęła pistolet z dłoni mężczyzny i oboje zniknęli w ciemności.

Trzej ochotnicy zawahali się. Dopiero po chwili jeden z nich przesunął się na lewo, drugi zaś na prawo, żeby zaatakować jednocześnie z trzech stron. Ten, który pozostał na ścieżce, miał halabardę, inny zaś ściskał stylisko topora.

Trzeci okazał się dowódcą oddziału, tym samym, z którym Drotte rozmawiał przy bramie.

— Kim jesteś? Jakie moce Erebu dały ci prawo wejść tutaj i czynić to, co czynisz?

Vodalus nie odpowiedział; ostry koniec jego miecza poruszał się to w jedną, to w drugą stronę niczym obserwujące napastników oko.

— Teraz! — rzucił przez zaciśnięte zęby dowódca. Ruszyli, ale niezbyt pewnie i zanim zdołali go dopaść, Vodalus skoczył naprzód. Dostrzegłem błysk uniesionego ostrza i usłyszałem szczęk, gdy cięcie dosięgło metalowego okucia halabardy — zupełnie jakby stalowy wąż prześlizgnął się po żelaznej gałęzi. Zaatakowany ochotnik krzyknął i odskoczył. Vodalus uczynił to samo, prawdopodobnie obawiając się, żeby dwaj pozostali nie znaleźli się za jego plecami, ale zachwiał się, stracił równowagę i upadł.

Wszystko działo się w ciemności i mgle. Widziałem to, o czym mówię, ale przez większość czasu walczący mężczyźni byli dla mnie tylko niewyraźnymi cieniami, podobnie jak kobieta o głosie gołębicy, zanim odeszła z człowiekiem, który niósł na ramieniu wyjęte z grobu zwłoki. Kobieta nagle stała się dla mnie niezwykle cenna, chyba dlatego, że Vodalus bez wahania zdecydował się zaryzykować własne życie, żeby ją ocalić. A już na pewno z tej właśnie przyczyny zacząłem go wtedy podziwiać. Później zdarzało się wielokrotnie, że gdy stałem na skrzypiącej platformie wzniesionej na środku rynku jakiegoś miasteczka, trzymając w dłoni rękojeść Terminus Est, u nóg zaś mając drżącego z przerażenia włóczęgę, i słyszałem ciskaną we mnie szmerem przyciszonych poszeptywań nienawiść tłumu albo, co było jeszcze gorsze, czułem podziw i zadowolenie tych, którzy znajdują upodobanie w cierpieniu i śmierci innych, przypominałem sobie Vodalusa leżącego na krawędzi rozkopanego grobu i unosząc w górę miecz, mówiłem sobie, że robię to dla niego.

Jak powiedziałem, zachwiał się i upadł. Właśnie wtedy nastąpił moment, w którym moje i jego życie splotło się nierozerwalnie.

Trzej napastnicy ruszyli na niego, ale on nie wypuścił miecza z dłoni. Ostrze strzeliło w górę, a ja nie wiadomo dlaczego pomyślałem, że dobrze by było mieć taką broń tego dnia, kiedy Drotte został kapitanem uczniów naszej konfraterni.

Człowiek z toporem, w którego było wymierzone pchnięcie, cofnął się pośpiesznie: jednocześnie drugi rzucił się naprzód z wyciągniętym zza pasa sztyletem. Zerwałem się na nogi i wyglądając zza ramienia chalcedonowego anioła zobaczyłem, jak nóż mija o szerokość kciuka gardło Vodalusa i wbija się aż po rękojeść w miękką ziemię. Vodalus usiłował pchnąć dowódcę ochotników, ale ten był zbyt blisko. Zamiast się cofnąć, zostawił nóż w ziemi i niczym zapaśnik chwycił leżącego w objęcia. Znajdowali się nad samą krawędzią rozkopanego grobu — przypuszczam, że Vodalus potknął się właśnie o wyrzuconą z niego ziemię.

Drugi ochotnik uniósł topór, ale nie mógł uderzyć, rozpłatałby bowiem głowę swemu dowódcy. Zaszedł walczących z drugiej strony, dzięki temu znalazł się może dwa kroki ode mnie. Kątem oka dostrzegłem, że Vodalus wyrywa sztylet z ziemi i wbija go w gardło przeciwnika. Topór uniósł się; niemal odruchowo chwyciłem drzewce tuż poniżej ostrza i nie bardzo zdając sobie sprawę z tego, co robię, szarpnąłem z całej siły, a potem uderzyłem.

Walka była skończona. Człowiek, którego zakrwawiony topór trzymałem w dłoniach, nie żył, dowódca ochotników dogorywał u naszych stóp, uzbrojony zaś w halabardę napastnik zniknął, pozostawiwszy broń leżącą w poprzek ścieżki. Vodalus odszukał w trawie pochwę i schował do niej miecz.

— Kim jesteś? — zapytał.

— Nazywam się Severian. Jestem katem. To znaczy, uczniem w konfraterni katów, panie. Uczniem Zgromadzenia Poszukiwaczy Prawdy i Skruchy. — Przerwałem, by nabrać w płuca powietrza. — Jestem Vodalarianinem. Jednym z tysięcy Vodalarian, o których istnieniu może nie wiesz, panie. — Była to nazwa, która raz czy dwa obiła mi się o uszy.

— Masz. — Położył mi na dłoni małą monetę, tak gładką i śliską, że wydawała się czymś posmarowana.

Ściskając ją z całej siły, stałem bez ruchu przy rozkopanym grobie, patrząc, jak Vodalus odchodzi szybkim krokiem. Mgła i ciemność pochłonęły go na długo przedtem, zanim dotarł do krawędzi dolinki; niebawem nad moją głową przemknął z rykiem przypominający strzałę srebrny ślizgacz.

Sztylet w jakiś sposób wypadł z rany na szyi martwego mężczyzny — prawdopodobnie sam wyszarpnął go w agonii. Kiedy schyliłem się, by go podnieść, zdałem sobie sprawę, że ciągle ściskam w dłoni małą monetę. Wrzuciłem ją do kieszeni.

Uważamy, że to my tworzymy symbole, natomiast prawda jest taka, że to one nas tworzą. Jesteśmy ich dziełem, ograniczonym ostrymi definiującymi krawędziami. Każdy z żołnierzy po złożeniu przysięgi otrzymuje monetę, małe asimi z wybitym profilem Autarchy. Przyjmując ją, przyjmuje jednocześnie na siebie ciężar obowiązków żołnierskiego życia, choć może nie zdaje sobie sprawy, jakie one rzeczywiście są i czego będą od niego wymagać. Ja wówczas również nie miałem o tym pojęcia, chociaż w błędzie są ci, którzy twierdzą, że musimy o wszystkim zawczasu wiedzieć, ulegając tym samym przemożnemu wpływowi takiej wiedzy. W gruncie rzeczy ci, którzy w to wierzą, stają się tym samym wyznawcami najpodlejszego i najbardziej przesądnego rodzaju magii. Niedoszły czarnoksiężnik wierzy głęboko w skuteczność i niezawodność czystej wiedzy; racjonalnie myślący ludzie są przekonani, że wszystko, co się dzieje, dzieje się samo przez się, albo nie dzieje się w ogóle. W chwili gdy mała moneta znikła w mojej kieszeni, nie wiedziałem nic o ruchu, na czele którego stał Vodalus, ale bardzo szybko nadrobiłem te zaległości. Wraz z nim nienawidziłem Autarchii, chociaż nie miałem pojęcia, co by mogło ją zastąpić. Wraz z nim nienawidziłem arystokratów, którzy nie mieli dosyć odwagi, żeby wystąpić przeciwko Autarsze i zamiast tego wiązali z nim w ceremonialnym konkubinacie najpiękniejsze ze swych córek. Wraz z nim gardziłem ludźmi za ich brak dyscypliny i wspólnego celu działania. Spośród cnót, które próbowali mi wpoić mistrz Malrubius (był mistrzem wtedy, gdy ja byłem jeszcze małym chłopcem) i mistrz Palaemon, uznawałem tylko jedną: lojalność wobec konfraterni. Miałem chyba słuszność; żywiłem głębokie przekonanie, iż możliwe jest, bym służył wiernie Vodalusowi, będąc jednocześnie katem. Tak właśnie zaczęła się moja długa wędrówka, która miała zaprowadzić mnie aż na sam tron.

Rozdział ll

Severian

Moja pamięć przygniata mnie. Wychowany wśród katów, nigdy nie znałem ani matki, ani ojca, podobnie zresztą jak inni uczniowie naszej konfraterni. Od czasu do czasu, najczęściej jednak zimą, do Bramy Zwłok pukają nieszczęśni łajdacy, którzy mają nadzieję na przyjęcie do naszego starożytnego bractwa. Często raczą Brata Furtiana dokładnymi opisami męczarni, jakie z radością zadawaliby w zamian za miskę strawy i dach nad głową, czasem demonstrują niektóre z nich na zwierzętach.

Wszystkich odsyła się precz. Tradycja sięgająca dni naszej świetności, poprzedzających obecne zdegenerowane czasy, a także dawniejsze i jeszcze dawniejsze, o których nie pamiętają już nawet najznakomitsi z uczonych, nie pozwala nam na tego rodzaju rekrutację. Nawet teraz, gdy nasze szeregi stopniały do dwóch mistrzów i niespełna dwudziestu czeladników, nikt nie śmie złamać tej tradycji.

Od pewnego momentu pamiętam wszystko dokładnie. W najstarszym z moich wspomnień bawię się kamykami na Starym Dziedzińcu leżącym na południowy zachód od Wiedźmińca, już właściwie na terenie Wielkiego Dworu. Odcinek muru, którego obrona należała niegdyś do obowiązków naszej konfraterni, już wówczas chylił się częściowo ku ruinie, otwierając szerokie przejście między Czerwoną i Niedźwiedzią Wieżą. Chodziłem tam często, żeby wdrapać się na rumowisko nietopliwego metalu i spoglądać w dół na zajmującą całe zbocze wzgórza Cytadeli nekropolię.

Kiedy podrosłem, cmentarz stał się moim ulubionym miejscem zabaw. Jego kręte alejki były co prawda patrolowane, ale tylko za dnia; strażnicy w dodatku zwracali baczną uwagę jedynie na świeże groby znajdujące się w dolnej części cmentarza, wiedząc zaś, kim jesteśmy, nie bardzo mieli ochotę uganiać się za nami wśród wysadzanych cyprysami nie uczęszczanych ścieżek, gdzie urządzaliśmy sobie kryjówki.

Mówi się, że nasza nekropola jest najstarsza w całym Nessus. Jest to oczywiście nieprawda, ale już samo funkcjonowanie takiej opinii świadczy o jej starożytnym rodowodzie, chociaż Autarchowie nie byli tutaj chowani nawet wtedy, gdy Cytadela stanowiła ich główną twierdzę, wielkie zaś rody w przeszłości, podobnie jak obecnie, wolały powierzać swych szlachetnych zmarłych grobowcom znajdującym się na terenie ich posiadłości. Najwyższą część cmentarza, graniczącą z murem Cytadeli, upodobała sobie szlachta i optymaci, w dolnej zaś, sięgającej aż do wyrosłych wzdłuż brzegu Gyoll domostw, grzebali swoich bliskich mniej zamożni mieszkańcy miasta, a także zwykła biedota. Jako chłopiec nie zapuszczałem się jednak w swych wędrówkach aż tak daleko.

Trzymaliśmy się zawsze w trójkę: Drotte, Roche i ja. Później dołączył do nas Eata, najstarszy spośród pozostałych uczniów. Nikt z nas nie urodził się katem, bo też nikt katem się nie rodzi. Powiada się, że dawniej w konfraterni byli zarówno mężczyźni, jak i kobiety, i że córki i synowie dziedziczyli rzemiosło po rodzicach, jak to się dzieje wśród kowali, złotników i wielu innych, lecz Ymar Prawie Nieomylny widząc, jak bardzo okrutne są kobiety i jak często zadają więcej cierpień, niż zostało im polecone, rozkazał, by wśród katów już nigdy ich nie było.

Od tej pory uzupełniamy nasze szeregi wyłącznie dziećmi tych, którzy dostają się w nasze ręce. W jednym z korytarzy Wieży Matachina znajduje się ukryty w ścianie żelazny pręt, wystrzeliwujący z ogromną siłą na wysokości lędźwi dorosłego mężczyzny. Dzieci płci męskiej, które tamtędy przejdą, przyjmujemy do bractwa i wychowujemy jak własne. Czasem trafiają do nas brzemienne kobiety; otwieramy im brzuchy i jeśli dziecko przeżyje, a jest chłopcem, dajemy mu mamkę i pozostawiamy wśród nas, jeśli zaś to dziewczynka, oddajemy ją na wychowanie wiedźmom. Tak dzieje się niezmiennie od czasów Ymara. W ten oto sposób nikt z nas nie wie, skąd ani od kogo pochodzi. Każdy, gdyby go zapytać, twierdziłby, że jest potomkiem jakiegoś szlachetnego rodu — w rzeczy samej nierzadko się zdarza, że trafiają do nas dzieci takiego właśnie pochodzenia. Jako chłopcy snuliśmy najróżniejsze domysły, próbując uzyskać informacje od naszych starszych braci, a nawet od czeladników, ale ci zbyt byli zgorzkniali i zajęci swoimi sprawami, żeby zwracać uwagę na nasze pytania. Eata wierzący święcie, iż jego rodzice byli dystyngowanymi arystokratami, wyrysował nawet na suficie nad pryczą drzewo genealogiczne rodu, z którego rzekomo pochodził.

Jeżeli chodzi o mnie, to za swój wybrałem herb odlany w brązie nad wejściem do jednego z grobowców — widniała na nim strzelająca w górę fontanna, unoszący się na falach statek, a pod tym wszystkim kwiat róży. Same drzwi otwarto dawno temu, na posadzce zaś grobowca stały dwie puste trumny. Trzy kolejne, zbyt ciężkie dla mnie, bym mógł je podnieść lub przestawić, stały nienaruszone na znajdujących się przy ścianie półkach. Jednak nie trumny, wszystko jedno, zamknięte czy otwarte, stanowiły o atrakcyjności tego miejsca, chociaż nieraz odpoczywałem na miękkich poduszkach, które wyciągnąłem z tych ostatnich. Na wyobraźnię oddziaływały przede wszystkim niewielkie wymiary pomieszczenia; grube kamienne ściany, wąskie okno przedzielone na pół żelaznym prętem i masywne drzwi, których od niepamiętnych lat nikt nie zamykał.

Właśnie przez te drzwi i okno mogłem, pozostając niewidocznym, śledzić kipiące na drzewach, w krzakach i w trawie życie. Czujne makolągwy i króliki uciekające zawsze w popłochu, gdy tylko pojawiłem się w pobliżu, nie mogły mnie tam ani wypatrzyć, ani zwęszyć. Mogłem obserwować z odległości dwóch łokci, jak wrona pracowicie buduje swoje gniazdo, a potem wysiaduje jaja i karmi młode. Widziałem lisa maszerującego z dumnie podniesioną kitą, a innym razem też lisa, ale dużo większego, z gatunku, który ludzie nazywają zwilczałym, idącego niespiesznie o zmroku w sobie tylko znanym kierunku i celu. Wielokrotnie podziwiałem polującą na żmiję karakarę i jastrzębia wzbijającego się do lotu z wierzchołka pinii.

Kilka chwil wystarczy, żeby opowiedzieć o tym, co zajęło mi wiele lat, ale na to, żeby dać wyobrażenie o znaczeniu, jakie wszystkie te zdarzenia miały dla małego, obdartego, przygarniętego przez katów chłopaczka, nie starczyłoby chyba życia. Moją obsesją stały się wówczas dwie myśli, a właściwie marzenia: pierwsze, że już niedługo, może lada dzień, czas stanie nagle w miejscu, że wszystkie te kolorowe dni, ciągnące się jeden za drugim niczym nanizane na nieskończonej długości nitkę paciorki, prysną nagłe w ostatnim rozbłysku słońca. Drugie, że istnieje gdzieś tajemnicze światło (czasem wyobrażałem je sobie jako świecę, czasem zaś jako pochodnię) ożywiające wszystkie przedmioty, jakie znajdą się w jego zasięgu, tak że na przykład spadły z drzewa liść odlatuje nagle, podkuliwszy cienkie nóżki machając giętkimi czułkami, a gęsty brązowy krzaczek rozgląda się w pewnej chwili dookoła czarnymi błyszczącymi oczami i ucieka pospiesznie za drzewo.

Czasem jednak, a szczególnie podczas sennych, ciągnących się niezmiernie wolno godzin południowych, niewiele było do zobaczenia. Wówczas przyglądałem się wiszącemu nad drzwiami herbowi i zastanawiałem się, co też ja, Severian, mogę mieć wspólnego z fontanną, statkiem i różą, a potem przez długi czas wpatrywałem się w oczyszczoną przeze mnie do połysku pokrywę jednej z trumien, ozdobioną płaskorzeźbą przedstawiającą postać zmarłego. Leżał na wznak z zamkniętymi metalowymi powiekami. W przyćmionym świetle, wpadającym do wnętrza grobowca przez wąskie okienko, przyglądałem się jego twarzy, porównując ją z własną, której odbicie widziałem w wypolerowanym metalu. Mój prosty nos, głęboko osadzone oczy i zapadnięte policzki bardzo przypominały jego; bardzo chciałem wiedzieć, czy on także miał czarne włosy.

Zimą rzadko odwiedzałem nekropolię, natomiast latem zarówno ten, jak i inne grobowce stanowiły dla mnie miejsce obserwacji i wytchnienia. Drotte, Roche i Eata także tu przychodzili, ale nigdy nie zaprowadziłem ich do mego ulubionego miejsca, a i oni, jak o tym doskonale wiedziałem, mieli swoje tajemne kryjówki, o których nikt oprócz nich nie wiedział. Kiedy byliśmy razem, z rzadka wchodziliśmy do wnętrza grobowców, raczej sporządzaliśmy sobie drewniane miecze i prowadziliśmy długotrwałe boje albo rzucaliśmy szyszkami w żołnierzy, lub też rysowaliśmy plansze na miękkiej ziemi świeżych grobów i graliśmy w warcaby, używając jako pionków kamieni lub muszelek.

Nieraz bawiliśmy się też w labiryncie Cytadeli i pływaliśmy w wielkim zbiorniku pod Wieżą Dzwonów. Pod wysokim sklepieniem było chłodno i wilgotno nawet latem, ale i zimą nie było tam wcale gorzej, a poza tym, co najważniejsze, Wieża Dzwonów należała do tych miejsc, do których wstęp był nam najsurowiej zakazany. Odczuwając więc rozkoszny dreszcz emocji, biegliśmy tam po kryjomu zawsze, kiedy wszyscy przypuszczali, że jesteśmy zupełnie gdzie indziej, i zapalaliśmy pochodnie dopiero wtedy, gdy za ostatnim z nas zatrzasnęła się ciężka, drewniana klapa. A kiedy zapłonęły już światła, jak wspaniale tańczyły nasze cienie po tych ciemnych, pokrytych zaciekami ścianach!

Drugim celem naszych pływackich eskapad była, jak już wspomniałem, Gyoll wijąca się przez Nessus niczym ogromny utrudzony wąż. Kiedy nadchodziły ciepłe dni, wyruszaliśmy w jej kierunku, mijając najpierw stare okazałe grobowce wzniesione tuż przy murach Cytadeli, następnie pyszniące się chełpliwym przepychem groby optymatów, proste kamienne pomniki zwykłych ludzi (tam najczęściej trafialiśmy na strażników, staraliśmy się więc wyglądać możliwie godnie i poważnie, z pochylonymi głowami wędrując alejkami śmierci), aż wreszcie niewysokie, usypane pospiesznie z gliniastej ziemi kopczyki — miejsce spoczynku pospólstwa, niknące bez śladu po pierwszej gwałtownej ulewie.

Wejścia na teren nekropolii strzegła od strony nadrzecznej doliny żelazna brama, którą opisałem na samym wstępie. Przez nią wnoszono ciała przeznaczone do pochówku w najuboższej części cmentarza. Dopiero po minięciu tej wyniosłej przerdzewiałej konstrukcji czuliśmy, że jesteśmy rzeczywiście poza Cytadelą, łamiąc tym samym w niezaprzeczalny sposób reguły, które powinny rządzić naszym życiem w konfraterni. Wierzyliśmy (albo raczej udawaliśmy, że wierzymy), iż zostaniemy poddani torturom, jeżeli nasi starsi bracia dowiedzą się o tej niesubordynacji. Tak naprawdę nie groziło nam nic poza solidnym trzepaniem skóry. Wielka była wyrozumiałość bractwa, które kiedyś miałem zdradzić.

Dużo gorsze i bynajmniej nie wyimaginowane niebezpieczeństwo groziło nam ze strony mieszkańców obskurnych wielopiętrowych domów wznoszących się po obu stronach ulic, którymi szliśmy nad rzekę. Czasami nachodzi mnie myśl, że być może nasza konfraternia przetrwała tak długo właśnie dlatego, że ogniskowała na sobie ludzką nienawiść, odciągając ją od osoby Autarchy, arystokratów, wojska, a w pewnym stopniu także od jasnoskórych odmieńców przybywających czasem na Urth z odległych gwiazd.

To samo przeczucie, które podpowiadało cmentarnym strażnikom, kim jesteśmy, demaskowało nas także przed ludźmi z miasta. Zdarzało się, że wylewano na nas pomyje, a niemal zawsze towarzyszył nam niechętny, złowrogi pomruk. Ale strach, wiążący się nieodmiennie z nienawiścią, okazywał się wystarczającą ochroną. Nigdy nie spotkaliśmy się z bezpośrednią przemocą, a raz czy dwa, kiedy akurat naszym starszym braciom dostarczono jakiegoś powszechnie znienawidzonego możnowładcę czy znaną z sadystycznego wyuzdania arystokratkę, otrzymywaliśmy nawet rady, co z nimi zrobić — niemal wszystkie były obsceniczne, a większość niemożliwa do wykonania. W miejscu, w którym zawsze pływaliśmy, Gyoll wiele wieków temu utraciła naturalne brzegi. Wyglądała tam jak dwułańcuchowej szerokości pole błękitnych nenufarów ograniczone dwiema kamiennymi ścianami, w których w niewielkich odstępach znajdowały się stopnie pomyślane jako miejsce do cumowania najróżniejszych łodzi i statków. Latem każde schody okupowane były przez dziesięcio- lub piętnastoosobową bandę wyrostków. Nasza czwórka nie miała szans na to, żeby którąkolwiek z nich usunąć, ale oni z kolei nie mogli (a może po prostu nie chcieli) odmówić nam miejsca do kąpieli, chociaż zasypywali nas pogróżkami, gdy się do nich zbliżaliśmy, a szydzili i wyśmiewali się, kiedy byliśmy już między nimi. Wkrótce zresztą przenosili się gdzie indziej, pozostawiając nas w spokoju aż do naszej następnej wizyty.

Opisuję to wszystko akurat teraz, w dniu bowiem kiedy ocaliłem Vodalusa, byłem tam po raz ostatni. Drotte i Roche uważali, że przestraszyłem się konsekwencji, jakie musielibyśmy ponieść, gdyby nas złapano. Tylko Eata domyślił się prawdy — chłopcy, zanim zbliżą się do wieku, w którym stają się mężczyznami, są często obdarzeni wręcz kobiecą intuicją. Chodziło o nenufary.

Nigdy nie myślałem o nekropolii jako o mieście śmierci. Wiedziałem, że rosnące na jej terenie krzewy purpurowych róż (niektórzy uważają je za wręcz ohydne) dają schronienie i mieszkanie niezliczonym małym zwierzętom i ptakom. Egzekucje, którym się przyglądałem i których sam później tak często dokonywałem, nie są niczym innym jak po prostu wykonywanym z zawodową rutyną rzemiosłem, usuwaniem istot w znacznej części może i bardziej niewinnych, ale z całą pewnością mniej wartościowych od rzeźnego bydła. Kiedy myślę o własnej śmierci albo o śmierci kogoś, kto okazał mi dobroć, czy nawet o śmierci słońca, przed oczyma pojawia mi się obraz nenufaru o lśniących bladych liściach, lazurowym kwiecie oraz cienkich i mocnych niczym włosy korzeniach sięgających daleko w głąb ciemnych wód.

Jak to chłopcy w naszym wieku — pływając, pluszcząc się i nurkując między błękitnymi kwiatami — nie poświęcaliśmy im najmniejszej uwagi. Ich zapach zabijał do pewnego stopnia nieprzyjemny odór bijący z wody. Tego dnia, kiedy miałem ocalić życie Vodalusa, zanurkowałem pod zbite gęsto liście tak, jak to czyniłem już tysiące razy.

Tym razem nie wypłynąłem na powierzchnię. W jakiś sposób trafiłem w miejsce, gdzie korzenie były znacznie grubsze od tych, jakie widziałem do tej pory. Zostałem schwytany w plątaninę setek mocnych sieci. Oczy miałem otwarte, ale nie mogłem dostrzec nic oprócz kłębowiska czarnych wijących się korzeni. Usiłowałem płynąć, ale czułem, że chociaż ręce i nogi poruszają się, odgarniając na boki miliony delikatnych odrostków, to ciało pozostaje w miejscu. Zacząłem chwytać korzenie dłońmi i rozrywać, lecz gdy wydawało mi się, że już skończyłem, byłem tak samo unieruchomiony jak przedtem. Płuca niemal mi pękały, usiłując wyrwać się z piersi i napierając ze straszliwą siłą na zaciśnięte kurczowo gardło. Pragnienie zaczerpnięcia oddechu, nabrania otaczającej mnie zewsząd ciemnej chłodnej wody było niemal nie do odparcia. Nie wiedziałem już, gdzie jest góra, a gdzie dół, i nie zdawałem sobie sprawy z obecności wody jako wody. Zacząłem tracić władzę w kończynach, ale przestałem się bać, chociaż wiedziałem, że umieram albo nawet już nie żyję. W uszach odezwało mi się nieprzyjemne głośne dzwonienie, a przed oczami pojawiły się halucynacje.

Mistrz Malrubius, nieżyjący już od kilku lat, zwykł nas budzić, uderzając w ściany metalową łyżką — to właśnie było dzwonienie, które słyszałem. Leżałem na pryczy, nie mogąc się podnieść, chociaż Drotte, Roche i wszyscy młodsi chłopcy wstali już i rozdzierająco ziewając, niezgrabnie zakładali ubrania. Płaszcz Mistrza Malrubiusa rozsunął się, ukazując zwiotczałą skórę na jego piersi i brzuchu. Naprężające ją niegdyś mięśnie i tkankę tłuszczową zniszczył upływający nieubłaganie czas. Chciałem powiedzieć, że już się obudziłem, że nie śpię, ale nie byłem w stanie wydobyć z siebie głosu. Po chwili ruszył dalej, cały czas uderzając w ścianę łyżką. Kiedy dotarł do okna, wychylił się i spojrzał w dół; wiedziałem, że szuka mnie na Starym Dziedzińcu.

Nie mógł mnie jednak dojrzeć, znajdowałem się bowiem w jednej z cel bezpośrednio pod pokojem przesłuchań. Leżałem na wznak, wpatrzony w szary sufit. Rozległ się krzyk kobiety, lecz nie mogłem jej dostrzec, a poza tym moją uwagę zaprzątały nie jej jęki, tylko to bezustanne, nieprzerwane, niekończące się dzwonienie. Niespodziewanie zamknęła się wokół mnie ciemność, z niej zaś wyłoniła się ogromna twarz kobiety wielkości zielonej tarczy księżyca. To nie ona krzyczała — jęki i zawodzenia nie ustały ani na moment, na jej twarzy zaś nie było śladu cierpienia, wręcz przeciwnie — emanowało z niej nie dające się opisać piękno. Wyciągnęła ku mnie ręce, a ja w tym momencie zamieniłem się w pisklę, które przed rokiem wyjąłem z gniazda, mając nadzieję, że uda mi się je oswoić i przyuczyć, by na zawołanie przylatywało i siadało na moim palcu. Jej ręce były długości trumien, w których czasem odpoczywałem w mojej sekretnej kryjówce. Chwyciły mnie, pociągnęły najpierw do góry, a potem w dół, coraz dalej od twarzy i od zawodzących jęków, w ciemną otchłań; dotknąłem czegoś stałego, co mogło być mulistym dnem, i wystrzeliłem nagle w obramowany nieprzeniknioną czernią świat jasności.

Ciągle jednak nie mogłem oddychać, a właściwie nie chciałem; moja pierś nie unosiła się już w samodzielnym, niezależnym od woli rytmie. Płynąłem, chociaż nie miałem pojęcia, jak ani dlaczego tak się dzieje. (Później okazało się, że to Drotte chwycił mnie za włosy). Niebawem leżałem na zimnych oślizgłych kamieniach, Drotte zaś i Roche na zmianę pompowali mi powietrze prosto w usta. Widziałem nachylające się nade mną oczy, same oczy, różne, niczym w kalejdoskopie, i dziwiłem się, dlaczego Eata ma ich więcej niż powinien.

Wreszcie odepchnąłem Roche'a i zwymiotowałem mnóstwo czarnej wody. Od razu poczułem się lepiej — mogłem już usiąść i nawet oddychać, a także, chociaż nie miałem prawie zupełnie siły i trzęsły mi się ręce, poruszać ramionami. Oczy, które widziałem, należały do prawdziwych ludzi, mieszkańców pobliskich domów. Jakaś kobieta przyniosła miskę czegoś gorącego do picia; nie byłem pewien, czy to zupa czy herbata, mogę tylko powiedzieć, że było to słonawe, parzyło i pachniało dymem. Udawałem jedynie, że piję, ale później i tak okazało się, że poparzyłem sobie wargi i język.

— Specjalnie to zrobiłeś? — zapytał Drotte. — Powiedz, jak wypłynąłeś na powierzchnię?

Potrząsnąłem tylko głową.

— Wystrzelił z wody, jakby go coś wypchnęło! — odezwał się ktoś z tłumu.

Roche pomógł mi opanować drżenie dłoni.

— Myśleliśmy, że wypłyniesz w innym miejscu, że chcesz nas wystraszyć.

— Widziałem Malrubiusa — wykrztusiłem z trudem.

— Kto to jest? — Stary człowiek, zapewne rybak, sądząc z poplamionego smołą stroju, zapytał Roche'a, biorąc go za ramię.

— Był mistrzem i opiekunem uczniów. Już nie żyje.

— To nie kobieta? — Stary mężczyzna cały czas trzymał Roche'a za ramię, ale nie spuszczał wzroku z mojej twarzy.

— Nie. Wśród nas nie ma kobiet.

Pomimo gorącego napoju i ciepłego dnia trząsłem się z zimna. Jeden z chłopców, którzy nam zazwyczaj dokuczali, przyniósł jakiś brudny koc, w który się zawinąłem, ale minęło dużo czasu, zanim odzyskałem siły na tyle, żeby móc znowu samodzielnie się poruszać, i gdy wreszcie dotarliśmy do cmentarnej bramy, statua Nocy na wzgórzu po drugiej stronie rzeki była już jedynie małą kreseczką na tle płonącego czerwienią zachodniego nieboskłonu, sama brama zaś była zamknięta na głucho.

Rozdział III

Oblicze Autarchy

Dopiero późnym rankiem następnego dnia przypomniałem sobie o ·monecie, którą dał mi Vodalus. Po obsłużeniu spożywających posiłek w refektarzu czeladników sami jak zwykle zjedliśmy śniadanie, zebraliśmy się w klasie i po krótkim przygotowawczym wykładzie mistrza Palaemona poszliśmy za nim na dół, żeby zapoznać się z przebiegiem i rezultatami wieczornej pracy naszych starszych braci. Zanim będę jednak kontynuował moją relację, powinienem chyba powiedzieć kilka słów o Wieży Matachina. Wznosi się ona w głębi Cytadeli, po jej zachodniej stronie. Na parterze znajdują się gabinety mistrzów, gdzie odbywają się spotkania z ważniejszymi urzędnikami wymiaru sprawiedliwości i mistrzami innych związków. Piętro wyżej usytuowano naszą świetlicę, sąsiadującą bezpośrednio z kuchnią, jeszcze wyżej zaś refektarz, służący zarówno jako miejsce zebrań, jak i jadalnia. Nad nim znajdują się prywatne apartamenty mistrzów, za czasów świetności naszej konfraterni znacznie liczniejsze niż obecnie, na kolejnych zaś piętrach odpowiednio pokoje czeladników, bursa dla uczniów sąsiadująca z klasą i wreszcie najróżniejsze puste nie używane komórki i pomieszczenia. Na samym szczycie usytuowana jest zbrojownia — na wypadek gdyby Cytadela została zaatakowana, a my, nędzne pozostałości świetnej ongiś konfraterni, mielibyśmy wypełnić spoczywający na nas obowiązek jej obrony.

Gdyby ktoś chciał zobaczyć nas przy pracy, musiałby zejść na dół. Na pierwszej podziemnej kondygnacji znajduje się pokój przesłuchań. Pod nim, sięgając daleko poza wieżę, rozciąga się labirynt lochów, z których wykorzystuje się obecnie trzy poziomy połączone centralnie usytuowanymi schodami. Cele są proste, czyste i suche, wyposażone w stół, krzesło i ustawione na samym środku wąskie łóżko.

Rozjaśniające ciemność światła pochodzą z pradawnych czasów i mają podobno płonąć wiecznie, chociaż niektóre z nich już pogasły. Szliśmy pogrążonymi w półmroku korytarzami, ale mój nastrój daleki był od tego, jaki wydawałoby się, to miejsce powinno wywoływać. Byłem szczęśliwy i radośnie podniecony — tu właśnie będę pracował, kiedy zostanę czeladnikiem, doskonaląc się w starożytnej sztuce i zbliżając się z każdym dniem do chwili, kiedy na moich barkach spocznie godność mistrza; tu położę fundamenty pod odbudowę świetności naszego bractwa. Panująca w lochach atmosfera wydawała się spowijać mnie niczym delikatny koc, ogrzany uprzednio oczyszczającym wszystko ogniem. Zatrzymaliśmy się przed drzwiami jednej z cel, pełniący zaś dzisiaj służbę czeladnik otworzył je potężnych rozmiarów kluczem. Leżąca na łóżku klientka uniosła głowę, a gdy nas zobaczyła, jej czarne oczy zrobiły się okrągłe niczym dwie monety. Mistrz Palaemon miał na sobie obszyty sobolami płaszcz i aksamitną maskę, oznakę władzy. Przypuszczam, że właśnie to, a może niezwykłe urządzenie optyczne, dzięki któremu widział, tak ją przeraziło. Nic jednak nie powiedziała, a my rzecz jasna również milczeliśmy.

— Mamy tutaj przykład dobrze ilustrujący stosowaną przez nas nowoczesną technikę wykraczającą daleko poza tradycyjne, znane od niepamiętnych czasów metody — rozpoczął mistrz Palaemon doskonale obojętnym, beznamiętnym głosem. — Klientka została wczoraj wieczorem poddana przesłuchaniu. Być może niektórzy z was ją słyszeli. W celu zapobieżenia szokowi i utracie przytomności podano jej dwadzieścia minimów tinktury przed i dziesięć po zabiegu, ale dawka ta okazała się niewystarczająca, dlatego też poprzestano na obdarciu ze skóry jedynie prawej nogi. — Skinął na Drotte'a, który zaczął odwijać bandaże.

— Półbut? — zapytał Roche.

— Nie, cały. Była służącą, a te, jak twierdzi mistrz Gurloes, mają zawsze mocną skórę. W tym przypadku okazało się to prawdą. Tuż pod kolanem wykonano okólne nacięcie, chwytając krawędź skóry w osiem par szczypiec. Staranna, wysoce fachowa praca mistrza Gurloesa, Odona, Mennasa i Eigila pozwoliła następnie na usunięcie bez użycia noża wszystkiego, co znajdowało się między kolanem a stopą.

Skupiliśmy się wokół Drotte'a popychani przez młodszych chłopców udających, że wiedzą, na co patrzeć i na co zwracać uwagę. Tętnice i żyły pozostały nietknięte, ale trwał ciągły, choć powolny upływ krwi. Pomogłem Drotte'owi założyć świeże bandaże. Kiedy mieliśmy już wyjść, kobieta przemówiła:

— Nie wiem, naprawdę nie wiem. Dlaczego mi nie wierzycie? Ona odeszła z Vodalusem. Powiedziałabym wam dokąd, ale naprawdę tego nie wiem...

Na korytarzu zapytałem mistrza Palaemona, udając ignorancję, kim jest ów Vodalus.

— Ile razy wam powtarzałem, że nic z tego, co mówi przesłuchiwany klient, nie może dotrzeć do waszych uszu?

— Wiele razy, mistrzu.

— Ale bez żadnego rezultatu, jak widzę. Wkrótce nadejdzie Dzień Maski, Drotte i Roche zostaną czeladnikami, ty zaś kapitanem uczniów. Czy chcesz im dawać taki przykład?

— Nie, mistrzu.

Za plecami starego człowieka Drotte spojrzał na mnie w sposób, który oznaczał, że on wie wszystko o Vodalusie i powie mi przy najbliższej okazji.

— Niegdyś wszyscy czeladnicy byli pozbawiani słuchu. Chcesz, żeby znowu tak było? A przede wszystkim wyjmij ręce z kieszeni, kiedy ze mną rozmawiasz!

Zrobiłem to celowo, wiedząc, że wywołam jego gniew. Kiedy wykonałem polecenie, poczułem nagle, że ściskam w palcach monetę, którą poprzedniego wieczoru dał mi Vodalus. W podnieceniu i przerażeniu zupełnie o niej zapomniałem, teraz natomiast zawładnęło mną potworne pragnienie, żeby choć raz na nią spojrzeć, ale nie mogłem tego zrobić, mistrz Palaemon nie spuszczał bowiem ze mnie świdrującego spojrzenia swoich powiększonych przez soczewki oczu.

— Kiedy klient mówi, Severianie, ty nic nie słyszysz. Zupełnie nic. Myśl o myszach, których piski nie mają dla nas żadnego znaczenia.

Skrzywiłem się, aby dać mu poznać, że rzeczywiście pomyślałem o myszach.

Podczas długiej nużącej wspinaczki po schodach do naszej klasy wszystko we mnie aż krzyczało, żeby spojrzeć na mały metalowy krążek, który ściskałem w palcach, ale wiedziałem, że gdybym teraz to uczynił, chłopiec idący za mną (był to akurat jeden z młodszych uczniów imieniem Eusignius) z pewnością zobaczyłby, co robię. W klasie mistrz Palaemon rozwodził się nad dziesięciodniowym nieboszczykiem; moneta paliła mnie żywym ogniem, ale nie śmiałem na nią spojrzeć.

Dopiero po południu znalazłem chwilę spokoju i samotności, kryjąc się w ruinach murów obronnych, wśród wysokich świecących mchów. Wyciągnąłem zaciśniętą pięść z kieszeni, ale nie mogłem zdecydować się, żeby ją otworzyć, bojąc się, że ewentualne rozczarowanie może okazać się czymś ponad moje siły.

Nie chodziło mi bynajmniej o materialną wartość monety. Chociaż byłem już prawie dorosły, miałem w życiu tak niewiele pieniędzy, że każda suma, jakakolwiek by była, wydawałaby mi się fortuną. Ta moneta (jeszcze tajemnicza, ale już niedługo) stanowiła jedyną nić łączącą mnie z wydarzeniami wczorajszego wieczoru, była jedynym łącznikiem pomiędzy mną a Vodalusem, piękną tajemniczą kobietą i potężnie zbudowanym mężczyzną, jedyną nagrodą za walkę stoczoną nad otwartą mogiłą. Do tej pory znałem wyłącznie życie w konfraterni, a teraz, w porównaniu z błyskiem miecza i grzmiącym echem strzału, wydawało mi się ono szare i złachmanione jak moja stara koszula. Wszystko to mogło zniknąć z chwilą, kiedy otworzę dłoń.

Wreszcie, wyczerpawszy do cna zapasy rozkosznej niepewności i strachu, spojrzałem. Było to złote chrisos. Zacisnąłem pośpiesznie pięść, obawiając się, że być może w blasku słońca pomyliłem je ze zwykłym brązowym orichalkiem. Musiałem poczekać dłuższą chwilę, żeby ponownie zebrać w sobie wystarczająco dużo odwagi.

Po raz pierwszy w życiu miałem w dłoni sztukę złota. Orichalki owszem, widywałem bardzo często, a kiedyś nawet miałem kilka na własność. Raz czy dwa mignęły mi srebrne asimi, natomiast z istnienia złotych chrisos zdawałem sobie sprawę w ten sam mętny i chyba jednak nie do końca uświadomiony sposób, jak z istnienia świata poza granicami Nessus albo z istnienia innych kontynentów leżących na północ, wschód i zachód od naszego.

Na moim chrisos widniała twarz, którą z początku wziąłem za kobiecą — z koroną, w nieokreślonym wieku, milcząca i doskonała w żółtym metalu. Kiedy spojrzałem na odwrotną stronę, niemal krzyknąłem ze zdumienia — na rewersie znajdował się taki sam wizerunek latającego statku, jak na herbie w moim sekretnym mauzoleum. Nie potrafiłem tego pojąć, mało tego, nawet się nie starałem, przekonany, że wszelkie spekulacje i tak okażą się bezowocne. Pośpiesznie schowałem mój skarb do kieszeni i niemal pogrążony w transie dołączyłem do kolegów.

Było nie do pomyślenia, żebym nosił monetę cały czas przy sobie. Przy pierwszej okazji, jaka mi się nadarzyła, pobiegłem na cmentarz i zakradłem się do mojej kryjówki. Właśnie tego dnia nastąpiła pierwsza poważniejsza zmiana pogody. Przedzierałem się przez ociekające deszczem zarośla i wysoką, kładącą się już do zimowego snu trawę. Kiedy dotarłem do grobowca, nie była to już cienista, dająca wytchnienie w upalne dni kryjówka, ale lodowata pułapka, w której wyczuwałem bliską obecność jakichś tajemniczych nieprzyjaciół, wrogów Vodalusa wiedzących doskonale o tym, że jestem jego zaprzysięgłym sprzymierzeńcem. W każdej chwili mogli nadejść i zatrzasnąć za mną ciężkie drzwi, specjalnie na tę okazję oliwiąc zawiasy.

Zdawałem sobie rzecz jasna sprawę, że to nonsens, ale nie tak zupełnie pozbawiony podstaw. Moje przeczucia mogły już wkrótce stać się rzeczywistością. Za kilka miesięcy czy kilka lat ci bezimienni jeszcze wrogowie mogli naprawdę na mnie czekać. Uderzając wczoraj toporem, podjąłem walkę, czyli uczyniłem coś, czego każdy kat stara się za wszelką cenę uniknąć.

U stóp jednej z pustych trumien znajdował się obluzowany kamień. Uniosłem go i kładąc pod niego złote chrisos, wymamrotałem pod nosem zaklęcie, którego przed kilku laty nauczył mnie Roche, a które miało pomóc w bezpiecznym przechowywaniu ukrytych przedmiotów:

> *Gdzie cię kładę, tam ty leżysz.*
> *Oczu obcych nie ucieszysz,*
> *Nikt cię nigdy nie zobaczy,*
> *Tylko ja.*

> *Trwaj bezpiecznie w tym ukryciu,*
> *Kto cię znalazł już raz w życiu,*
> *Przyjdzie znowu, a to będę*
> *Tylko ja.*

Żeby zaklęcie działało z całą mocą, należało jeszcze o północy obejść kryjówkę kilka razy dookoła z płonącą świecą w dłoni, ale to wydawało mi się po prostu śmieszne, podobnie jak opowieść Drotte'a o wstających z grobów nieboszczykach, więc postanowiłem zaufać samym słowom. Stwierdziłem przy okazji z niejakim zdziwieniem, iż jestem już na tyle dorosły, że nie wstydzę się posługiwać czymś, co niektórzy uważają za godny pożałowania zabobon.

Mijały dni, lecz pamięć o mojej ostatniej wizycie w grobowcu pozostawała wciąż wystarczająco świeża, żeby powstrzymać mnie przed pójściem tam kolejny raz i sprawdzeniem, co dzieje się z moim skarbem, chociaż miałem wielką ochotę, żeby to uczynić. A potem spadł pierwszy śnieg, zamieniając ruiny murów w niemożliwą do przebycia lodową barierę, tak zaś dobrze znaną nekropolię w zupełnie obcy, groźny teren pełen tajemniczych śnieżnych zasp. Pomniki i grobowce wydawały się w swoich białych czapach znacznie większe, niż były w istocie, drzewa i krzewy zaś, przygniecione zimnym ciężarem, zmalały w porównaniu z nimi do połowy.

Początkowo uczniowie mają w naszej konfraterni bardzo łatwe życie, ale z upływem lat przybywa im obowiązków. Najmłodsi chłopcy w ogóle nie pracują. Kiedy kończą sześć lat, otrzymują pierwsze zadania, ale sprowadzają się one co najwyżej do biegania w górę i w dół po schodach Wieży Matachina z najróżniejszego rodzaju informacjami i przesyłkami, a poza tym dzieciak, dumny z okazywanego mu zaufania, nie uważa tego za pracę. Jednak wraz z upływem czasu zadania stają się coraz bardziej skomplikowane. Trzeba odwiedzać inne części Cytadeli: barbakany, gdzie przy okazji dowiadujemy się, że nasi rówieśnicy uczący się wojennego fachu mają bębny, trąbki, wysokie buty, a czasem nawet ozdobne pancerze; Niedźwiedzią Wieżę, gdzie widzi się chłopców w tym samym wieku co my poskramiających wspaniałe groźne zwierzęta — mastyfy o głowach jak lwy, większe od człowieka strusie o stalowych dziobach i wiele, wiele innych. Odwiedza się setki takich miejsc, dowiadując się przy okazji, że bractwo, do którego należymy, jest otaczane pogardą i znienawidzone nawet (a raczej przede wszystkim) przez tych, którzy korzystają z jego usług. Wkrótce potem zaczyna się praca w kuchni. Brat Kucharz przyrządza najróżniejsze potrawy, uczeń zaś skrobie warzywa, obsługuje czeladników i przemierza bezustannie drogę do lochów z piętrzącymi mu się w rękach tacami z pożywieniem dla klientów.

Wówczas jeszcze tego nie wiedziałem, ale zbliżał się już moment, kiedy to moje uczniowskie życie, coraz trudniejsze i coraz bardziej nużące, miało się odmienić, stając się znacznie mniej uciążliwe, a nawet wręcz przyjemne. Przez rok poprzedzający przyjęcie w poczet czeladników jedynym właściwie zadaniem najstarszego ucznia jest sprawowanie nadzoru nad pracą młodszych od niego. Zaczyna lepiej jeść i otrzymuje nowe ubranie. Młodsi czeladnicy traktują go niemal jak równego sobie, ale najprzyjemniejsze jest chyba poczucie spoczywającej na nim odpowiedzialności, a także możliwość wydawania, a co ważniejsze, egzekwowania poleceń.

Kiedy nadchodzi moment wyniesienia, jest już dorosły. Wykonuje tylko tę pracę, której był uczony, po spełnieniu zaś wszystkich obowiązków może w celu zażycia rozrywki opuszczać mury Cytadeli, otrzymując nawet przeznaczone specjalnie na ten cel środki pieniężne. Gdyby kiedyś został mistrzem (wymagana jest jednomyślna zgoda wszystkich żyjących mistrzów), mógłby wybierać sobie jedynie te zajęcia, które go interesują lub bawią, jego głównym zadaniem zaś stałoby się sprawowanie pieczy nad działalnością samej konfraterni. Musicie jednak wiedzieć, że w roku, którego wydarzenia tutaj opisuję, w tym roku, kiedy ocaliłem życie Vodalusa, jeszcze nie zdawałem sobie z tego wszystkiego sprawy. Zima (tak przynajmniej mi powiedziano) zakończyła kampanię na północy, a tym samym Autarcha wraz ze swymi oficerami i doradcami mogli na powrót zasiąść w sędziowskich fotelach.

— Dlatego właśnie mamy tylu nowych klientów — wyjaśniał Roche. — A będzie ich jeszcze więcej, dziesiątki, może nawet setki. Niewykluczone, że trzeba będzie uruchomić czwarty poziom. — Wykonał swoją piegowatą ręką nieokreślony ruch mający oznaczać, że przynajmniej on, Roche, gotów jest zrobić wszystko, co tylko będzie trzeba.

— Czy Autarcha tu jest? — zapytałem. — Tu, w Cytadeli? W Wielkiej Baszcie?

— Oczywiście, że nie. Gdyby kiedykolwiek tutaj się zjawił, na pewno byśmy o tym wiedzieli. Byłyby ciągłe parady, inspekcje i w ogóle straszne zamieszanie. Czekają na niego specjalne komnaty, ale nikt do nich nie wchodził już od dobrych stu lat. Autarcha mieszka w swoim ukrytym pałacu, w Domu Absolutu, gdzieś na północ od miasta.

— Nie wiesz dokładnie gdzie?

— Nikt nie wie, gdzie to dokładnie jest, bo nie ma tam nic, właśnie oprócz Domu Absolutu. Wiadomo tylko, że gdzieś na północy, na drugim brzegu.

— Za Murami?

Uśmiechnął się z pobłażaniem.

— Daleko za nimi. Kilka tygodni marszu stąd, gdyby przyszło ci na myśl wybrać się tam na piechotę. Oczywiście Autarcha mógłby się tam dostać w mgnieniu oka swoim ślizgaczem. Tutaj lądowałby i startował z Wieży Sztandaru.

Nasi klienci nie przylatywali do nas ślizgaczami. Ci mniej ważni docierali w grupach po dziesięciu, dwudziestu skuci razem długimi łańcuchami łączącymi założone im na szyje żelazne obroże. Strzegli ich dimarchowie, groźnie wyglądający żołnierze w zbrojach i z bronią, która sprawiała wrażenie wykonanej z myślą o częstym stosowaniu i rzeczywiście była stale używana. Każdy klient niósł miedziany cylinder zawierający dotyczące go dokumenty, a tym samym swój los. Wszyscy oczywiście złamali pieczęcie, żeby przeczytać papiery i zniszczyć je lub zamienić z innymi. Tych, którzy docierali do nas bez żadnych dokumentów, trzymaliśmy tak długo, aż wreszcie przysłano nam nowe informacje w ich sprawie; najczęściej nie opuszczali nas już do końca życia. Ci, którzy wymienili z kimś dokumenty, zamienili się z nim jednocześnie na losy; byli więzieni lub wypuszczani, torturowani lub zabijani zgodnie z zaleceniami, jakie znaleźliśmy w papierach, które nam dostarczyli.

Ci ważniejsi przybywali w opancerzonych powozach. Stalowe ściany i zakratowane okna pojazdów miały za zadanie nie tyle zapobiec ucieczce, ile odstraszyć tych, którzy próbowaliby więźniów uwolnić. Jeszcze zanim koła pierwszego powozu zaturkotały na bruku Starego Dziedzińca, konfraternia aż trzęsła się od plotek o zuchwałych napadach na konwoje, które planował lub też już przedsięwziął Vodalus. Wielu uczniów, a także znaczna część czeladników wierzyła, iż wśród więźniów znajdują się jego przyjaciele, wspólnicy i zwolennicy. Myśl, żeby z tego powodu pomóc im w ucieczce, nie przyszła mi nawet do głowy — czyn taki okryłby hańbą nasze bractwo, a do tego, mimo mego przywiązania do Vodalusa i kierowanego przezeń ruchu, nigdy bym nie dopuścił. Poza tym ucieczka i tak była niemożliwa. Miałem jednak nadzieję, że uda mi się w inny sposób pomóc tym, których uważałem za swoich duchowych braci, dostarczając im takich drobnych przyjemności, jak dodatkowe porcje pożywienia, ukradzionego z racji mniej ważnych klientów, lub od czasu do czasu kawałek mięsa, który udałoby mi się przemycić z kuchni.

Pewnego dnia nadarzyła się sposobność, żeby dowiedzieć się, kim są nowi więźniowie. Skrobałem właśnie podłogę w gabinecie mistrza Gurloesa, kiedy wszedł on szybkim krokiem do środka i natychmiast wyszedł, zostawiając na biurku stos dokumentów nowo przybyłych klientów. Rzuciłem się do nich, nim zdążył dobrze zamknąć drzwi, i przejrzałem niemal wszystkie, zanim na schodach rozległy się jego ciężkie powolne kroki. Żaden, powtarzam, żaden z więźniów nie był w najodleglejszy nawet sposób związany z Vodalusem. Znajdowali się wśród nich handlarze, którzy usiłowali prędko się wzbogacić na dostawach dla wojska, włóczędzy wędrujący za armią oraz szpiegujący dla Ascian zwykli przestępcy najróżniejszego autoramentu. Nikt więcej.

Kiedy niosłem wiadro z brudną wodą, by wylać ją do kanału, którego wlot znajdował się na Starym Dziedzińcu, zobaczyłem, jak podjeżdża jeden z tych pancernych wozów. Ze spoconej skóry i pysków zwierząt unosiły się kłęby pary, zmarznięci strażnicy zaś z wdzięcznością wyciągali ręce po czary gorącego wina. Usłyszałem imię Vodalusa, ale tak cicho i niewyraźnie, iż nie byłem pewien, czy przypadkiem nie uległem złudzeniu, i w pewnym momencie odniosłem wrażenie, że Vodalus istniał jedynie jako abstrakcyjne pojęcie zrodzone wewnątrz mego umysłu, rzeczywisty zaś był jedynie ów człowiek zabity przeze mnie jego własnym

37

toporem. Dokumenty, które jeszcze przed chwilą przeglądałem, frunęły mi w twarz niczym targane podmuchami wiatru jesienne liście.

W tej właśnie chwili zrozumiałem po raz pierwszy w życiu, że jestem w pewnym sensie szalony. Pozostaje rzeczą dyskusyjną, czy właśnie to było największym przekleństwem mego życia. Często kłamałem — mistrzowi Gurloesowi, mistrzowi Palaemonowi, mistrzowi Malrubiusowi, kiedy jeszcze żył, Drotte'owi, ponieważ był naszym kapitanem, Roche'owi, ponieważ był starszy i silniejszy ode mnie, Eacie i innym chłopcom, ponieważ chciałem, żeby mnie poważali i słuchali. Teraz nie mogłem być pewien, czy przypadkiem nie okłamuje mnie własny umysł. Wszystkie moje łgarstwa powróciły nagle odbitą falą i ja, który wszystko pamiętam, nie byłem w stanie stwierdzić, czy to, co biorę za wspomnienia, nie jest jedynie snem i marzeniami. Pamiętałem oświetloną blaskiem księżyca twarz Vodalusa, ale przecież chciałem ją zobaczyć. Przypomniałem sobie jego słowa, gdy do mnie przemówił, ale przecież chciałem je usłyszeć. Tak samo było z towarzyszącą mu kobietą.

Pewnej mroźnej nocy zakradłem się do grobowca i wydobyłem z ukrycia złote chrisos. Wybita na nim twarz nie była twarzą Vodalusa.

Rozdział IV

Triskele

Oczyszczając zamarznięty dopływ kanału ściekowego (była to kara za jakieś nieistotne przewinienie), znalazłem go tam, gdzie mieszkańcy Niedźwiedziej Wieży wrzucają poszarpane ciała zwierząt zabitych podczas ćwiczeń. My grzebiemy naszych zmarłych tuż koło muru Cytadeli, klientów zaś w najniższej części nekropolii, natomiast konfraternia władająca Niedźwiedzią Wieżą pozostawia martwe pozostałości swej pracy trosce innych. Wśród piętrzących się trupów on był najmniejszy.

Są spotkania, które nic nie zmieniają. Urth zwraca swą wiekową twarz ku słońcu, którego blask rozświetla pokryty śniegiem krajobraz; zimą biel skrzy się i błyszczy tak, że każdy z lodowych sopli zwieszających się z blanków wyniosłych wież wydaje się Pazurem Łagodziciela, najcenniejszym z bezcennych klejnotów. Wszyscy z wyjątkiem tych najmądrzejszych są przekonani, że śniegi lada moment stopnieją, ustępując miejsca długiemu wspaniałemu latu.

Nic takiego jednak się nie dzieje. Raj trwa przez wachtę lub dwie, a potem na wzbijającym się w podmuchach wschodniego wiatru śniegu zaczynają się kłaść błękitne niczym rozwodnione mleko cienie, nadciąga noc i wszystko pozostaje takie, jakie było.

Z Triskele rzecz miała się podobnie. Czułem, że spotkanie z nim może i powinno wszystko zmienić, ale okazało się ono zaledwie kilkumiesięcznym epizodem, kiedy zaś zniknął, było już po zimie, zbliżała się kolejna Święta Katarzyna i nic, ale to nic się nie zmieniło. Nie wiem, czy potraficie sobie wyobrazić, jak żałośnie wyglądał, kiedy zobaczyłem go po raz pierwszy.

Leżał na boku, cały pokryty krwią, która stwardniała na mrozie niczym smoła, zachowując jednocześnie swoją jaskrawą świeżą barwę. Nie mam pojęcia, dlaczego to uczyniłem, ale podszedłem i położyłem dłoń na jego głowie. Do tej pory wydawał się równie martwy jak reszta, lecz wtedy otworzył jedno oko i zwrócił je z wysiłkiem w moją stronę — w jego spojrzeniu dostrzegłem przekonanie, że najgorsze już minęło. Ja już swoje zrobiłem, zdawał się mówić. Teraz twoja kolej.

Przypuszczam, że gdyby to było lato, chyba pozwoliłbym mu umrzeć. Tak się jednak złożyło, że od dłuższego czasu nie widziałem żadnego żywego zwierzęcia, jeśli nie liczyć odżywiającego się odpadkami thylacodona. Pogładziłem go po łbie, on zaś polizał moją dłoń. Nie mogłem już tak po prostu odwrócić się i odejść.

Podniosłem go (okazał się zadziwiająco ciężki) i rozejrzałem się dookoła, zastanawiając się, co z nim zrobić. Wiedziałem doskonale, że w naszej bursie odkryto by go, zanim świeca zdążyłaby się stopić na szerokość palca. Cytadela jest ogromna i mocno skomplikowana; w jej wieżach, wzniesionych między nimi budynkach i rozległych podziemiach znajduje się masa rzadko lub nawet nigdy nie odwiedzanych pomieszczeń, ale nie mogłem w myśli znaleźć żadnego, do którego mógłbym dotrzeć, nie będąc po drodze widzianym przynajmniej z tuzin razy, toteż wreszcie, nie wymyśliwszy nic mądrego, ruszyłem z niespodziewanym ciężarem w kierunku siedziby naszego bractwa.

Musiałem jakoś przejść koło czeladnika, który stał na straży przy prowadzących do lochów schodach. Pierwszym pomysłem, jaki przyszedł mi do głowy, było włożyć psa do kosza, w którym nosimy zwykle czystą bieliznę pościelową dla naszych klientów, szczególnie że był to akurat dzień pralni, wykonanie zaś nadprogramowego kursu z pewnością nie wzbudziłoby niczyich podejrzeń. Stojący na straży czeladnik nie powinien niczego zauważyć, ale musiałbym czekać prawie całą wachtę, aż wyschnie rzekomo uprana pościel, oraz naraziłbym się na pytanie brata pełniącego służbę na trzecim poziomie, który z pewnością chciałby wiedzieć, czego szukam na czwartym, zupełnie przecież pustym.

Zamiast tego położyłem więc psa w pokoju przesłuchań — był tak słaby, że nie mógł samodzielnie wykonać najmniejszego nawet ruchu — sam zaś zaproponowałem strażnikowi, że mogę przez jakiś czas go zastąpić. Zgodził się nadzwyczaj chętnie i wręczył mi swój katowski miecz (którego przynajmniej teoretycznie nie miałem jeszcze prawa dotykać) i fuliginowy płaszcz (którego również nie wolno mi było jeszcze nosić, chociaż byłem już wyższy od większości czeladników). Z pewnego oddalenia nie sposób było dostrzec różnicę. Włożyłem płaszcz, kiedy zaś jego właściciel zniknął za pierwszym zakrętem korytarza, odstawiłem czym prędzej miecz do kąta i zająłem się moim psem. Charakterystyczne dla naszego bractwa płaszcze są niezwykle sute, ten zaś był podwójnie obszerny, jako że czeladnik należał do najtęższych w całej konfraterni. Co więcej: fuligin, z którego szyte są płaszcze, jest znacznie ciemniejszy od najgłębszej nawet czerni, dzięki czemu nikną w nim wszelkie fałdy, załamania i wybrzuszenia. Kiedy z postawionym kapturem schodziłem na niższy poziom, dla ewentualnych obserwatorów — jeśli tacy się trafili — musiałem po prostu być nieco bardziej korpulentnym, niż to się zwykle zdarza, czeladnikiem. Nawet strażnik na trzecim poziomie, gdzie ulokowani są klienci, którzy utraciwszy zmysły, bądź bojąc się je utracić, wyją, skamlą i grzechoczą bezustannie łańcuchami, nie dostrzegł nic nadzwyczajnego w fakcie, że jeden z jego braci schodzi na czwarty poziom (tym bardziej że rozprzestrzeniły się już plotki mówiące o tym, że ten ma zostać ponownie uruchomiony), ani w tym, że w chwilę po jego powrocie na górę zbiegł na dół jakiś chłopiec — zapewne czeladnik zapomniał tam czegoś i wysłał po to pierwszego napotkanego ucznia.

Nie było to zbyt sympatyczne zajęcie. Co prawda działała jeszcze co najmniej połowa starych świateł, ale gromadzące się, a nie uprzątane latami błoto przykryło podłogę korytarzy grubą na dłoń warstwą. Przy schodach stał drewniany stół nie ruszany zapewne od co najmniej dwustu lat, tak zmurszały i stoczony przez robactwo, że rozpadł się w momencie, gdy go dotknąłem.

Jednakże woda nigdy nie sięgała tutaj zbyt wysoko, w odległym zaś końcu korytarza, który wybrałem, nie było nawet śladu błota. Położyłem mojego psa na łóżku klienta i zmyłem krew, najlepiej jak mogłem, za pomocą gąbek, które zabrałem z pokoju przesłuchań.

Sierść, która wyłoniła się spod zakrzepłej krwi, była brązowa, krótka i sztywna. Ogon miał ucięty tak krótko, że jego pozostałość była raczej szersza niż dłuższa. Z uszu uchowało się jeszcze mniej — żałosne, nie dłuższe od połowy mego kciuka wyrostki. W ostatniej walce bezlitosny cios rozpłatał mu na całej długości klatkę piersiową, tak że bez trudu mogłem dostrzec bladoróżowe pasma mięśni. Prawą przednią łapę miał zmiażdżoną niemal do połowy. Oczyściwszy najpierw ranę na piersi, uciąłem kończynę, a następnie podwiązałem tętnice i zawinąłem starannie skórę, jak uczył nas mistrz Palaemon, żeby po zagojeniu pozostał ładny kikut.

Podczas tych zabiegów Triskele od czasu do czasu lizał mnie po rękach, a kiedy skończyłem zajmować się jego łapą, zaczął starannie lizać to, co z niej zostało, zupełnie jakby był niedźwiedziem i mógł w ten sposób ją wykurować. Kły miał równe długości mojego wskazującego palca i zupełnie białe dziąsła. W jego potwornych szczękach nie było więcej siły niż w dłoniach szkieletu. Oczy miał żółte; tliło się w nich czyste szaleństwo.

Wieczorem zamieniłem się z chłopcem, który miał zanieść klientom kolację. Zawsze zostawało trochę porcji, ponieważ niektórzy nie chcieli bądź też nie mogli jeść; dwie z nich zaniosłem na dół, zastanawiając się po drodze, czy zastanę go jeszcze przy życiu.

Żył. Udało mu się jakoś zwlec z pryczy, na której go położyłem, i podpełznąć — nie mógł się podnieść — do skraju błota, gdzie w małym zagłębieniu zebrało się trochę wody. Tam go znalazłem. Jedzenie, które przyniosłem, składało się z zupy, ciemnego chleba i dwóch karafek wody. Wychłeptał miskę zupy, ale kiedy chciałem nakarmić go chlebem, okazało się, że nie jest w stanie go pogryźć. Odrywałem więc małe kawałki i podawałem je umoczone w strawie. Potem nalałem mu wody, którą łapczywie wypił, więc dolałem jeszcze z drugiej karafki.

Kiedy znalazłem się ponownie na szczycie wieży i kładłem spać, wydawało mi się, że słyszę jego ciężki oddech. Kilka razy budziłem się, siadałem na łóżku i nasłuchiwałem; odgłos cichł, by powracać znowu w chwili, kiedy się położyłem. Może to było tylko bicie mojego serca. Gdybym znalazł go rok lub dwa lata wcześniej, byłby dla mnie świętością. Podzieliłbym się sekretem z Drotte'em i resztą i stałby się świętością dla nas wszystkich. Teraz jednak widziałem, że jest jedynie biednym zwierzęciem, a mimo to nie mogłem pozwolić mu umrzeć, bo wtedy zdradziłbym cząstkę samego siebie. Byłem mężczyzną (jeśli rzeczywiście nim byłem) od tak niedawna; nie mógłbym znieść świadomości, że tak bardzo różnię się od chłopca sprzed kilku miesięcy. Pamiętałem dokładnie każdą chwilę z mojej przeszłości, każdą najbardziej nawet przelotną myśl, każdy obraz i każdy sen. Czy mogłem to wszystko zniszczyć? Wyciągnąłem przed siebie ręce, by na nie spojrzeć; wiedziałem, że na wierzchniej stronie dłoni mam teraz wyraźnie zaznaczone żyły. Po tym właśnie poznaje się mężczyznę.

We śnie jeszcze raz zszedłem na czwarty poziom i znalazłem wielkiego przyjaciela o mocarnych szczękach. Przemówił do mnie.

Rano ponownie obsługiwałem klientów. Ukradłem trochę żywności i zaniosłem na dół dla psa, choć miałem nadzieję, że zastanę go martwego. Nic z tego. Uniósł na powitanie głowę i rozchylił pysk, dzięki czemu wyglądał tak, jakby się uśmiechał, ale nawet nie próbował wstać. Nakarmiłem go i miałem już zamiar odejść, kiedy nagle uświadomiłem sobie w pełni nędzę jego położenia. Był ode mnie całkowicie zależny. Ode mnie! Jeszcze niedawno miał przecież swoją cenę. Treserzy ćwiczyli go tak, jak trenuje się biegającego w wyścigach rumaka. Chodził dumnie, wypinając szeroką niczym u człowieka pierś wspartą na kolumnowych łapach, a teraz żył życiem zjawy, utraciwszy nawet swoje imię, które spłynęło wraz ze strumieniem krwi. Kiedy tylko miałem czas, chodziłem do Niedźwiedziej Wieży i starałem się zaprzyjaźnić z poskramiaczami zwierząt. Mają swoją konfraternię i chociaż jest ona podlejsza od naszej, to ma własne zwyczaje i tradycje. Ku memu niemałemu zdziwieniu stwierdziłem, że te zwyczaje i obrzędy są bardzo podobne do naszych, chociaż rzecz jasna nie miałem nigdy okazji dogłębnie ich poznać i zrozumieć. Podczas pasowania na mistrza kandydat staje naprzeciw zranionego byka, od którego oddziela go jedynie cienka krata. W pewnym momencie życia każdy z braci pojmuje za żonę lwicę lub niedźwiedzicę i przestaje spotykać się z kobietami.

Wszystko to świadczy o tym, że między nimi a ich zwierzętami istnieje związek bardzo podobny do tego, jaki wykształca się między nami a naszymi klientami. Teraz, kiedy jestem mądrzejszy o wiele miast, wsi i tysiące ludzi, których widziałem, mogę z całą pewnością stwierdzić, iż schemat ten jest nieświadomie powielany (niczym odbicie w lustrach Ojca Inire w Domu Absolutu) we wszystkich bez wyjątku społecznościach — wszyscy są katami, dokładnie tak samo jak my. Związki między zwierzyną a myśliwym, kupującym i sprzedającym, mężczyznami i kobietami opierają się na tej samej zasadzie i niczym, ale to niczym nie różnią się od związku między katem i jego ofiarą. Wszyscy kochają tych, których niszczą i wykorzystują.

W tydzień później znalazłem jedynie odciśnięte w błocie odciski jego potężnych łap. Odszedł, ja jednak ruszyłem jego śladem, gdyby bowiem pojawił się na którymś z górnych poziomów lub nawet przy wiodących na nie schodach, pełniący straż czeladnik z pewnością by o nim wszystkim opowiedział. Trop prowadził do wąskich drzwi, za którymi rozciągała się plątanina pogrążonych w ciemności korytarzy, o których istnieniu nie miałem do tej pory pojęcia. W mroku nie mogłem już dostrzec odcisków łap, ale mimo to szedłem naprzód, mając nadzieję, że może zwietrzy mój zapach i przyjdzie do mnie. Wkrótce straciłem zupełnie orientację i posuwałem się dalej tylko dlatego, że nie wiedziałem, jak wrócić.

Nie sposób ustalić, jak stare są te tunele, ale podejrzewam, że powstały, zanim jeszcze wybudowano piętrzącą się obecnie nad nimi Cytadelę. Pochodzi ona ze schyłku okresu, kiedy w ludziach płonęła jeszcze wielka, nieodparta żądza ucieczki, żądza, która prowadziła ku odległym obcym słońcom, choć możliwości jej zrealizowania nikły w zastraszającym tempie niczym dogasające płomienie. Chociaż są to tak odległe czasy, że nie dotrwało do dziś nawet jedno związane z nimi imię, to jednak ciągle się o nich pamięta. Przed nimi musiał istnieć inny wiek, wiek drążenia podziemnych galerii, ale on odszedł już zupełnie w mrok zapomnienia.

Niezależnie od tego wszystkiego bardzo się bałem. Biegłem, obijając się o ściany, aż wreszcie dostrzegłem przed sobą plamę dziennego światła i po chwili wypełzłem na zewnątrz przez dziurę tak małą, że z trudem udało mi się zmieścić w niej głowę i barki.

Wygramoliłem się na oblodzoną podstawę jednego z tych wielkich wielotarczowych zegarów słonecznych pokazujących jednocześnie kilka różnych godzin. Mróz zakradający się co roku do wydrążonych pod nim tuneli musiał z całą pewnością osłabić jego fundamenty, zegar bowiem pochylił się, w słoneczne dni kreśląc upływ czasu na śnieżnobiałej, nieskalanej żadnymi oznaczeniami pokrywie śniegu.

Latem dokoła rozciągał się ogród, zupełnie jednak inny w charakterze od naszej nekropolii, w której królowały zdziczałe drzewa i falujące łąki, niegdyś będące trawnikami. Tutaj kwitły posadzone w starannie odmierzonych odstępach krzaki róż, wzdłuż czterech ścian obszernego dziedzińca stały rzeźby najróżniejszych zwierząt, uważnie obserwując wskazanie usytuowanego centralnie zegara. Były wśród nich olbrzymie barylambdy, mocarne arctothery, glyptodonty i zębiaste smilodony, wszystkie przykryte teraz śnieżnymi czapami. Rozglądałem się w poszukiwaniu śladów Triskele, ale on najprawdopodobniej tutaj nie dotarł.

W ścianach znajdowały się wysokie wąskie okna. Były zupełnie martwe, nie mogłem w nich dostrzec ani żadnego światła, ani najmniejszego choćby ruchu. Nad nimi ze wszystkich stron wznosiły się wysmukłe wieże Cytadeli, wiedziałem więc, że jej nie opuściłem; mało tego, wydawało się, że jestem niemal w jej sercu, tam gdzie nigdy do tej pory nie udało mi się dotrzeć. Drżąc z zimna, podszedłem do najbliższych drzwi i zastukałem w nie. Miałem przeczucie, że gdybym znowu zagłębił się w mroczne korytarze, chodziłbym nimi bez końca, nie mogąc znaleźć innego wyjścia na powierzchnię, byłem więc zdecydowany nawet wybić któreś z okien, gdyby zaszła taka potrzeba. Zastukałem ponownie, tym razem mocniej, ale nie otrzymałem odpowiedzi.

Uczucie, że jest się obserwowanym, wymyka się wszelkim próbom opisu. Słyszałem już, że nazywa się je mrowieniem karku albo wrażeniem, iż tuż za plecami unoszą się niewidzialne, śledzące każdy nasz ruch oczy, ale to nie jest to, a w każdym razie nie dla mnie. Uczucie owo nieco przypomina zagadkowe zażenowanie połączone z przeświadczeniem, że nie wolno mi się odwrócić, bo wyjdę na głupca poddającego się nakazom niczym nie uzasadnionego przeczucia. Prędzej czy później jednak każdy się odwraca. Ja również to uczyniłem, podejrzewając niejasno, że ktoś wyszedł za mną z otworu u podstaw zegara.

Zobaczyłem ubraną w futra młodą kobietę, stojącą przed drzwiami dokładnie po przeciwnej stronie dziedzińca. Pomachałem jej ręką i ruszyłem szybko w jej kierunku, zimno bowiem zaczęło już porządnie dawać mi się we znaki. Wyszła mi naprzeciw; spotkaliśmy się mniej więcej w trzech czwartych drogi, tuż za pochylonym zegarem. Zapytała mnie, kim jestem i co tutaj robię, a ja odpowiedziałem jej najlepiej, jak tylko potrafiłem. Okolona futrzanym kapturem twarz była ślicznie zaróżowiona, sam kaptur zaś, płaszcz i futrzane buty sprawiały wrażenie miękkich, bardzo ciepłych i raczej kosztownych, więc poczułem się trochę nieswojo, stojąc przed nią w połatanej koszuli, dziurawych spodniach i z bosymi stopami umazanymi po kostki w błocie. Nazywała się Valeria.

— Nie mamy tutaj twojego psa — powiedziała. — Możesz poszukać, jeżeli mi nie wierzysz.

— Wcale nie myślałem, że go tu znajdę. Chcę tylko wrócić do Wieży Matachina jakąś inną drogą niż przez te korytarze.

— Jesteś bardzo odważny. Pamiętam ten otwór od czasów, kiedy byłam małą dziewczynką, ale nigdy nie odważyłam się tam zajrzeć.

— Chciałbym wejść do środka — powiedziałem. — To znaczy nie tam, tylko tu.

Otworzyła drzwi, przy których ją zobaczyłem, i zaprowadziła mnie do pokoju o ścianach obitych suknem, w którym stare dostojne krzesła stały sztywno na swoich miejscach niczym rzeźby z zasypanego śniegiem dziedzińca. Na kominku płonął niewielki ogień. Kiedy podeszliśmy do niego, zdjęła płaszcz, a ja wyciągnąłem do ciepła zgrabiałe dłonie.

— W tunelach też było zimno?

— Nie tak jak na zewnątrz. Poza tym prawie cały czas biegłem i nie było wiatru.

— Rozumiem. Jakie to dziwne, że te korytarze prowadzą właśnie do Ogrodu Czasu. — Wyglądała na młodszą ode mnie, ale starożytny krój jej sukni, a także jakiś nieuchwytny odcień czarnych włosów sprawiały, że chwilami wydawała się starsza od mistrza Palaemona.

— Tak nazywacie to miejsce? Ogród Czasu? Pewnie z powodu tych zegarów.

— Nie. Zegary postawiono tam właśnie dlatego, że tak się to miejsce nazywa. Czy lubisz martwe języki? Starożytni lubowali się w sentencjach. *Lux dei vitae viam monstrat*, co znaczy: „Promień Nowego Słońca wskazuje drogę życia". *Felicibus brevis, miseris hora longa*. „Długo trzeba czekać na szczęście". *Aspice ut aspiciar*.

Musiałem powiedzieć jej z pewnym wstydem, że jedynym językiem, jaki znam, a i to niezbyt dobrze, jest ten, którym posługuję się na co dzień.

Przegadaliśmy całą wachtę, a może i dłużej. Jej rodzina zamieszkiwała otaczające dziedziniec wieże. Początkowo czekali na to, żeby opuścić Urth wraz z panującym w ich czasach Autarchą, a potem czekali już po prostu dlatego, że nie pozostało im nic innego. Wyszło spośród nich wielu kasztelanów, ale ostatni umarł wiele pokoleń temu. Teraz byli biedni, a ich wieże chyliły się ku ruinie. Valeria nigdy nie była na wyższych piętrach żadnej z nich.

— Niektóre wieże budowano solidniej niż inne — zauważyłem. — Wiedźminiec też zaczyna się już rozsypywać.

— Naprawdę istnieje takie miejsce? Kiedy byłam mała, opowiadała mi o tym niania, żeby mnie nastraszyć, ale ja myślałam, że to tylko bajka. Podobno istniała też Wieża Katuszy, z której nikt nigdy nie wyszedł żywy.

Uspokoiłem ją, że przynajmniej to faktycznie było bajką.

— W ogóle dni chwały tych wież są dla mnie czymś nierzeczywistym — westchnęła. — Nikt już nie nosi miecza, by bronić nas przed wrogami Wspólnoty, ani też nie idzie jako zakładnik do Studni Orchidei.

— Może wezwą tam niebawem którąś z twoich sióstr — powiedziałem, nie chcąc z jakiegoś powodu dopuścić do siebie myśli, że mogłaby to być ona.

— Nie mam już żadnych sióstr. Ani braci.

Stary służący przyniósł nam herbatę i małe twarde ciasteczka. Nie była to prawdziwa herbata, lecz przyrządzona na północy mieszanka, którą i my podajemy czasem naszym klientom, jest bowiem bardzo tania.

Valeria uśmiechnęła się.

— Widzisz, zostałeś tutaj dobrze przyjęty. Martwisz się o swego psa, ponieważ nie ma łapy, ale może i on znalazł gdzieś gościnę. Kochasz go, więc ktoś inny także może go pokochać. Kochasz go, więc możesz także pokochać innego.

Skinąłem głową, ale w duchu postanowiłem, że już nigdy nie będę miał żadnego psa. Tak też się stało.

*

Nie widziałem go przez cały tydzień. Pewnego dnia, kiedy niosłem list do barbakanu, wypadł znienacka z jakiegoś zakamarka. Nauczył się biegać na trzech łapach niczym akrobata wyczyniający swe sztuczki na pozłacanej piłce.

Potem jeszcze widywałem go raz czy dwa razy w miesiącu, ale tylko do czasu zniknięcia ostatniego śniegu. Nigdy nie dowiedziałem się, kogo sobie wybrał za pana ani kto się o niego troszczył i dawał mu jeść. Lubię jednak myśleć, że był to ktoś, kto wraz z nadejściem wiosny zabrał go na północ, do jednego z wojskowych obozów sposobiących się do kampanii w górach.

Rozdział V

Konserwator obrazów i inni

Dzień Świętej Katarzyny to największe święto naszej konfraterni, podczas którego wspominamy nasze dzieciństwo, uczniowie stają się czeladnikami (jeżeli w ogóle mają się nimi stać), a czeladnicy mistrzami. O ceremoniach związanych z tym świętem opowiem dokładniej, kiedy będę relacjonował własne wyniesienie. W roku, którego wydarzenia tu przedstawiam, zaszczyt ów spotkał Drotte'a i Roche'a — tym samym ja zostałem kapitanem uczniów.

Ciężar tej funkcji uświadomiłem sobie w pełni dopiero wówczas, kiedy rytuał miał się ku końcowi. Siedziałem w zrujnowanej kaplicy i przyglądałem się uroczystości, powoli zdając sobie sprawę, że gdy dobiegnie ona końca, do mnie będzie należało przywództwo wśród uczniów.

Jednocześnie zaczęło mnie stopniowo ogarniać uczucie pewnego niepokoju. Pamiętałem doskonale, ile kłopotów miał Drotte z utrzymaniem wśród nas porządku. Ja miałem teraz dokonać tego samego, nie dysponując jego siłą i nie mając u boku nikogo takiego, kim dla niego był

Roche. Kiedy przebrzmiały tony ostatniej pieśni, a obydwaj mistrzowie, których twarze skryte były za złotymi maskami, dostojnie opuścili miejsce uroczystości, czeladnicy zaś porwali na ramiona przyjętych w ich poczet Drotte'a i Roche'a, szykując się do hucznego świętowania, które miały uświetnić między innymi przygotowane przez nich wcześniej sztuczne ognie, wiedziałem już, co muszę zrobić.

My, uczniowie, mieliśmy obsługiwać wszystkich podczas uczty, ale przedtem musieliśmy zdjąć stosunkowo nowe i czyste stroje, które dano nam na czas samej uroczystości. Kiedy zgasł ostatni fajerwerk i przebrzmiał huk wystrzału z największego działa, jakie znajdowało się w Wielkiej Baszcie (był to coroczny podarunek dla naszej konfraterni), zagoniłem wszystkich chłopców (albo mi się zdawało, albo już zaczynali na mnie niechętnie spoglądać) do naszej bursy, po czym starannie zamknąłem drzwi i spuściłem na nie grubą, tłumiącą wszelkie głosy zasłonę.

Pod względem wieku drugi po mnie był Eata; byliśmy na tyle zaprzyjaźnieni, że niczego się nie spodziewał, a potem było już za późno na to, żeby mógł stawić skuteczny opór. Chwyciłem go za gardło, przyparłem do ściany, po czym powaliłem na podłogę, ani na moment nie zwalniając uścisku.

— Będziesz moim zastępcą? Odpowiadaj!

Nie mógł wykrztusić ani słowa, więc tylko skinął głową.

— Dobrze. Ja biorę Timona, ty następnego.

Starczyło sto oddechów (i to bardzo szybkich, muszę dodać), żeby wszyscy chłopcy zostali zmuszeni do posłuszeństwa. Dopiero po trzech tygodniach zetknąłem się z pierwszymi oznakami niezadowolenia, a i to nie był żaden bunt, tylko indywidualne, odosobnione narzekania.

Jako kapitan uczniów miałem nowe obowiązki, ale i więcej swobody niż do tej pory. To moim zadaniem było troszczyć się, żeby pełniący służbę czeladnicy otrzymywali zawsze gorące posiłki, i doglądać chłopców porcjujących żywność dla naszych klientów. W kuchni goniłem ich do pracy, w klasie zaś do nauki. Roznosiłem przesyłki nawet do najdalszych zakątków Cytadeli, a także, choć w niewielkim rzecz jasna stopniu, byłem dopuszczany do kierowania sprawami bractwa. Poznałem dokładnie wszystkie przejścia i wiele nie uczęszczanych zakątków: zamieszkane przez zdziczałe koty spichrze o strychach zawalonych tajemniczymi skrzyniami i kuframi, smagane wiatrem wały obronne wznoszące się nad przypominającymi gnijące wrzody slumsami, a wreszcie olbrzymie galerie o szerokich, przykrytych częściowo szklanymi dachami korytarzach i drzwiach do ciągnących się po obu stronach obszernych sal, których ściany, podobnie jak ściany korytarzy, zawieszone były niezliczonymi obrazami.

Znaczna ich część była tak stara i poczerniała, że za nic nie mogłem dostrzec, co przedstawiają; tego natomiast, co widziałem na innych, często nie byłem w stanie zrozumieć. Był tam tancerz o nogach przypominających pijawki i kobieta ściskająca w dłoni sztylet o dwóch ostrzach, siedząca pod maską pośmiertną. Pewnego dnia przeszedłem chyba ponad milę, przypatrując się tym zagadkowym płótnom, kiedy niespodziewanie dostrzegłem starego mężczyznę stojącego na wysokiej, sięgającej niemal sufitu drabinie. Chciałem zapytać go o drogę, ale był tak pochłonięty swoją pracą, że nie ośmieliłem się mu przeszkodzić.

Obraz, który właśnie czyścił, przedstawiał odzianą w zbroję postać stojącą na tle dzikiego krajobrazu. Postać nie miała żadnej broni, ale w dłoni trzymała drzewce dziwnego, zupełnie sztywnego sztandaru. Przyłbica hełmu wykonana była ze złota, bez otworów wentylacyjnych ani szczeliny na oczy. Odbijał się w niej pusty nieprzyjemny krajobraz i nic poza tym.

Ten wojownik z martwego świata od razu mnie zafascynował, chociaż nie byłbym w stanie powiedzieć dlaczego ani też jakie właściwie wywołał we mnie uczucia. Zapragnąłem nagle, chyba nawet nie do końca świadomie, zdjąć go ze ściany i zanieść nie do naszej nekropolii, lecz do jednego z tych górskich lasów, których nekropolia ta (zrozumiałem to już wówczas) była wyidealizowanym, wyciosanym z granitów i marmurów odbiciem. Powinien stać w młodej trawie, opierając się o jedno z sięgających niebotycznych wyżyn drzew.

— ...i wszyscy uciekli — dobiegł zza moich pleców jakiś głos. — Vodalus dopiął swego.

— Hej, ty! — To był inny głos. — Kim jesteś?

Odwróciłem się i ujrzałem dwóch mężczyzn odzianych w jaskrawe szaty, zbliżające się śmiałością barw i kroju do strojów arystokratów dość blisko powiązanych z dworem.

— Mam wiadomość dla archiwisty — odparłem, pokazując im kopertę.

— Znakomicie — powiedział ten, który mnie zagadnął. — Wiesz, gdzie są archiwa?

— Właśnie miałem zamiar o to zapytać, sieur.

— Więc nie jesteś chyba właściwym posłańcem, prawda? Daj mi tę przesyłkę, a ja przekażę ją gońcowi.

— Nie mogę, sieur. Mam dostarczyć ją osobiście.

— Chyba nie musisz traktować go tak ostro, Racho — wtrącił się drugi mężczyzna.

— Zapewne nie wiesz, kim on jest, prawda?

— A ty wiesz?

Człowiek o imieniu Racho skinął głową.

— Z której części Cytadeli przychodzisz, posłańcze?

— Z Wieży Matachina. Mistrz Gurloes polecił mi odszukać archiwistę.

Twarz drugiego mężczyzny ścięła się w nieprzeniknioną maskę.

— A więc jesteś katem.

— Zaledwie uczniem, sieur.

— Teraz rozumiem, dlaczego mój przyjaciel chce, żebyś jak najprędzej zniknął nam z oczu. Idź tym korytarzem aż do trzecich drzwi, skręć w nie, przejdź prosto jakieś sto kroków. Wejdź na drugie piętro i idź południowym korytarzem aż do podwójnych drzwi na jego końcu.

— Dziękuję — powiedziałem i postąpiłem krok we wskazanym mi kierunku.

— Zaczekaj. Jeśli pójdziesz pierwszy, będziemy musieli na ciebie patrzeć.

— Wolałbym raczej mieć go przed niż za nami — mruknął Racho.

Zaczekałem jednak, aż znikną za zakrętem korytarza.

— Więc jesteś katem, tak? — odezwał się niespodziewanie człowiek z drabiny niczym dobiegający z wysokości bezosobowy głos, z którym nieraz zdarza nam się rozmawiać we śnie. — Nigdy nie byłem w waszej wieży.

Miał wyblakłe oczy, bardzo przypominające oczy żółwi, które nieraz znajdowaliśmy na brzegach Gyoll, a także nos i brodę, które niemal się stykały.

— Mam nadzieję, że nigdy cię tam nie zobaczę — odparłem uprzejmie.

— Nie mam się czego bać. Co moglibyście mi zrobić? Serce zatrzymałoby mi się, o tak! — Włożył gąbkę do wiaderka i pstryknął bezgłośnie mokrymi palcami. — Ale wiem, gdzie to jest. Zaraz za Wiedźmińcem, prawda?

Skinąłem głową nieco zdziwiony, że wiedźmy są bardziej znane od nas.

— Tak myślałem. Nikt o was nigdy nie mówi. Jesteś zły na tych ludzi i nie dziwię ci się. Ale powinieneś wiedzieć, jak to z nimi jest. Powinni być właściwie arystokratami, lecz nimi nie są. Boją się postępować jak oni, boją się śmierci, boją się ran. Nie jest im łatwo, mówię ci.

— Należałoby się ich pozbyć — powiedziałem. — Vodalus na pewno by to zrobił. Są przeżytkiem dawnych wieków. Co oni mogą dać światu?

— A wiesz, co mu kiedyś dali? — zapytał starzec, przekrzywiając głowę.

Kiedy przyznałem, że nie wiem, zsunął się na dół po drabinie niczym posiwiała małpa. Jego ręce były długości moich stóp, o powyginanych palcach pokrytych siecią niebieskich żył.

— Jestem Rudesind, kurator. Znasz chyba starego Ultana? Nie, oczywiście, że nie znasz. Gdybyś znał, wiedziałbyś, jak trafić do biblioteki.

— Nigdy nie byłem w tej części Cytadeli.

— Nigdy? A to właśnie jej najlepsza część. Sztuka, muzyka i książki. Mamy tutaj obraz Fechina przedstawiający trzy dziewczęta przystrajające się kwiatami, tak realistyczny, że wydaje się, jakby z tych kwiatów lada moment miały wylecieć pszczoły. Jest tu też Quartillosa, teraz już nie tak popularny, ale właśnie dlatego tutaj trafił. Za życia był znacznie lepszym rysownikiem od tych wszystkich mazipiórków, którymi dzisiaj tak się zachwycają. Trafia do nas wszystko to, czego nie chcą w Domu Absolutu, a to oznacza, że dostajemy rzeczy stare, a tym samym najczęściej najlepsze. Przybywają do nas bardzo brudne, więc je czyszczę. Niektóre czyszczę później jeszcze raz, kiedy już u nas trochę powiszą. Tak, tak, naprawdę mamy autentycznego Fechina! Albo ten na przykład, podoba ci się?

Wydawało mi się, iż najrozsądniej będzie powiedzieć, że tak.

— Trzeci raz już go czyszczę. Za młodu byłem uczniem Branwalladera, on mi pokazywał, jak należy to robić. Ćwiczyliśmy właśnie na tym obrazie, bo powiedział, że jest nic niewart. Zaczął tu, w tym rogu, a kiedy oczyścił fragment, który bez trudu można było nakryć jedną dłonią, przerwał i kazał mi robić dalej. Drugi raz czyściłem to płótno wtedy, kiedy jeszcze żyła moja żona, zdaje się, że zaraz po narodzinach drugiej córki. Nie był wcale tak brudny, ale miałem masę spraw na głowie i chciałem się czymś zająć. Dzisiaj zacząłem go oczyszczać po raz trzeci. Tym razem rzeczywiście tego potrzebuje — widzisz, jak ładnie pojaśniał? To błękitna Urth wschodzi za jego plecami, świeża niczym ryba Autarchy.

Przez cały czas, kiedy mówił, w uszach dźwięczało mi imię Vodalusa. Byłem pewien, że starzec zszedł tylko dlatego, że ono padło, i chciałem go o niego zapytać. Jednak chociaż bardzo się starałem, nie mogłem znaleźć sposobu, żeby skierować rozmowę na ten temat. Milczałem już zbyt długo i bałem się, że mężczyzna wejdzie na swoją drabinę, więc z najwyższym trudem wykrztusiłem:

— Więc to jest Księżyc? Słyszałem, że tam jest żyzna ziemia.

— Teraz owszem. Tak wyglądał przed nawodnieniem. Widzisz te szare i brązowe plamy? Taki właśnie wtedy był, nie zielony jak teraz. Nie wydawał się również taki duży, bo znajdował się znacznie dalej od nas — tak przynajmniej mawiał stary Branwallader. Teraz rośnie na nim dość drzew, by skrył się wśród nich nawet sam Niammon.

— Albo Vodalus — skorzystałem z okazji.

— Słusznie, albo Vodalus — zachichotał Rudesind. — Pewnie twoi braciszkowie zacierają ręce na myśl, że mogliby go dostać, co? Zaplanowaliście już coś specjalnego?

Jeżeli nawet konfraternia miała specjalne tortury zarezerwowane dla szczególnych klientów, nie było mi o tym nic wiadomo, ale na wszelki wypadek zrobiłem mądrą minę i powiedziałem:

— Coś tam wymyślimy.

— Jestem tego pewien. Szczerze mówiąc, sądziłem, że już go prawie macie. Jeżeli jednak kryje się w lasach Luny, to będziecie musieli trochę poczekać. — Rudesind z widocznym zachwytem przyglądał się przez jakiś czas obrazowi. — Aha, zupełnie zapomniałem. Chcesz trafić do naszego mistrza Ultana. Musisz...

— Wiem — skinąłem głową. — Powiedział mi już ten człowiek.

Stary kurator wydął pogardliwie wargi.

— Gdybyś go posłuchał, dostałbyś się zaledwie do Czytelni, a stamtąd miałbyś jeszcze co najmniej wachtę drogi, jeśli rzecz jasna w ogóle dotarłbyś do celu. Najlepiej będzie, jeśli wrócisz drogą, którą tutaj przyszedłeś, dojdziesz do końca korytarza i zejdziesz schodami. Staniesz przed zamkniętymi drzwiami — wal w nie tak długo, aż ktoś ci otworzy. To najniższy poziom magazynów, tam właśnie Ultan ma swoją pracownię.

Ponieważ patrzył za mną, poszedłem w kierunku, który mi wskazał, chociaż nie podobało mi się to, co mówił o zamkniętych drzwiach, schodząc zaś, zbliżyłbym się do starożytnych tuneli, w których błąkałem się kiedyś w poszukiwaniu Triskele.

Czułem się znacznie mniej pewnie niż w tych częściach Cytadeli, które zdążyłem już dobrze poznać. Od tego czasu wielokrotnie miałem okazję się przekonać, że obcy, którzy trafiają do niej z takich czy innych powodów, są oszołomieni jej ogromem, a i tak stanowi ona przecież zaledwie drobną cząstkę rozciągającego się dookoła miasta, my zaś, którzy dorastamy w jej wnętrzu, poznając nazwy i wzajemne usytuowanie setek miejsc niezbędnych dla tego, kto chciałby wśród nich znaleźć właściwą drogę, okazujemy się zupełnie bezradni na każdym obcym terenie.

Tak było i ze mną, kiedy podążałem drogą, którą wskazał mi stary kurator. Wielkie pomieszczenie, w którym się znalazłem, wybudowane było również z ciemnej czerwonej cegły, jego sklepienie zaś wspierało się na dwóch kolumnach o głowicach w kształcie ogromnych pogrążonych we śnie twarzy. Milczące usta i wyblakłe zamknięte oczy wydały mi się znacznie bardziej groźne od przerażających lic na bramie wiodącej do naszej wieży.

Na każdym z wiszących tam obrazów znajdowała się książka. Czasem było ich wiele i od razu rzucały się w oczy, czasem dopiero po dłuższej chwili dostrzegałem fragment okładki wystający z kieszeni spódnicy albo przedziwny zwój słów skręconych dookoła siebie niczym gruby drut.

Schody były wąskie, strome i nie miały poręczy. Prowadziły w dół ciasną spiralą, nie przeszedłem więc nawet trzydziestu stopni, kiedy znalazłem się niemal w zupełnym mroku. Niebawem musiałem wyciągnąć przed siebie ręce i iść po omacku w obawie, że rozbiję sobie głowę o niespodziewaną przeszkodę w postaci drzwi, które miałem podobno napotkać.

Moje palce nie trafiły jednak na nie. Zamiast tego niemal upadłem, usiłując zejść ze stopnia, którego już nie było, i bezradnie stanąłem w kompletnej ciemności.

— Kto tam? — zapytał potężny głos dźwięczący niczym uderzenie dzwonu w wysoko sklepionej grocie.

Rozdział VI

Mistrz kuratorów

— Kto tam? — powtórzyło w ciemności echo.

— Ktoś, kto przynosi wiadomość — odpowiedziałem najśmielej, jak potrafiłem.

— Niechaj więc ją usłyszę.

Moje oczy wreszcie zaczęły się przyzwyczajać do ciemności, dzięki czemu mogłem dostrzec niewyraźne zarysy bardzo wysokiej postaci poruszającej się wśród ciemnych, nieforemnych, jeszcze od niej wyższych kształtów.

— To list, sieur. Czy ty jesteś mistrz Ultan, kurator?

— Nikt inny.

Stał teraz tuż przede mną. To, co początkowo wziąłem za część jasnej szaty, okazało się brodą sięgającą mu niemal do pasa. Dorównywałem już wzrostem wielu, których nazywano mężczyznami, ale on był ode mnie wyższy jeszcze o półtorej głowy. Prawdziwy arystokrata.

— Oto pismo, sieur — powiedziałem, podając mu list. Nie wziął go.

— Czyim jesteś uczniem?

Ponownie odniosłem wrażenie, że dźwięczy potężny dzwon, i nagle poczułem się tak, jakbyśmy obaj nie żyli, jakby otaczająca nas ciemność była napierającą na nasze oczy ziemią, w której rozchodziły się dźwięki dzwonu wzywającego do modlitwy w jakiejś podziemnej świątyni. Zobaczyłem nagle przed sobą posiniałą twarz martwej kobiety, którą przy mnie wyciągnięto z grobu, i to tak wyraźnie, że wydawało mi się, iż dostrzegam jej emanujące delikatną poświatą zarysy na tle górującej nade mną postaci.

— Czyim jesteś uczniem? — powtórzył pytanie.

— Niczyim. To znaczy, jestem uczniem naszego bractwa. Przysłał mnie mistrz Gurloes, sieur. Uczy nas mistrz Palaemon, najczęściej, sieur.

— Ale chyba nie gramatyki. — Bardzo powoli dłoń wysokiego mężczyzny zaczęła wędrówkę w kierunku listu.

— O tak, także gramatyki. — Czułem się jak dziecko, rozmawiając z człowiekiem, który był stary już wówczas, kiedy mnie jeszcze nie było na świecie. — Mistrz Palaemon zawsze powtarza, że musimy umieć czytać, pisać i rachować, bo kiedy w swoim czasie zostaniemy mistrzami, będziemy wysyłać listy, czytać polecenia, które otrzymujemy z pałaców, prowadzić księgi i rachunki.

— Listy takie jak ten.

— Tak, sieur. Właśnie takie.

— A co jest w tym liście?

— Nie wiem. Jest zapieczętowany, sieur.

— Jeżeli go otworzę... — Usłyszałem, jak pod naciskiem jego palców pęka woskowa pieczęć. — Czy przeczytasz mi go?

— Tutaj jest ciemno, sieur — zauważyłem niepewnie.

— W takim razie będziemy potrzebować Cyby'ego. Przepraszam cię na chwilę. — W mroku dostrzegłem, jak odwraca się ode mnie i unosi do ust zwinięte w kształcie trąbki dłonie.

— Cy-by! Cy-by!

Imię rozległo się w rozchodzących się na wszystkie strony korytarzach, z których istnienia zdawałem sobie podświadomie sprawę, jakby w czaszę dzwonu uderzył najpierw z jednej, a potem z drugiej strony ostry żelazny język.

Gdzieś z daleka dobiegła odpowiedź. Przez jakiś czas czekaliśmy w milczeniu.

Wreszcie w wąskim korytarzu, ograniczonym (jak się wydawało) wznoszącymi się stromo ścianami z nierówno ciosanego kamienia, dostrzegłem światło. Kiedy przybliżyło się, spostrzegłem, że to pięcioramienny świecznik niesiony przez krępego, trzymającego się bardzo prosto mężczyznę w wieku około czterdziestu lat, o płaskiej bladej twarzy.

— Wreszcie jesteś, Cyby — powitał go stojący obok mnie brodacz. — Czy przyniosłeś światło?

— Tak, mistrzu. Kto to jest?

— Posłaniec z listem. A to mój uczeń, Cyby — powiedział, zwracając się do mnie nieco bardziej uroczystym tonem mistrz Ultan. — My, kuratorzy, także mamy własną konfraternię, w której bibliotekarze mają swój oddział. Jestem tutaj jedynym mistrzem bibliotekarzy, a w zwyczaju naszego bractwa jest przydzielanie jego najstarszym członkom własnych uczniów. Cyby jest ze mną już od kilku lat.

Powiedziałem Cyby'emu, że czuję się zaszczycony, mogąc go poznać, i zapytałem nieśmiało, kiedy przypada święty dzień bractwa kuratorów. Pytanie to nasunęło mi myśl, że chyba minęło już bardzo wiele takich dni, podczas których Cyby nie dostąpił zaszczytu wyniesienia do godności czeladnika.

— Ten dzień już minął — powiedział mistrz Ultan, spoglądając w moją stronę. W migotliwym blasku świec dostrzegłem, że jego oczy mają kolor rozwodnionego mleka. — Przypada wczesną wiosną. To cudowny dzień. Najczęściej wszystkie drzewa pokrywają się wtedy nowymi liśćmi.

W obrębie Cytadeli nie rosły żadne drzewa, ale mimo to skinąłem głową; w chwilę potem, przypomniawszy sobie, że nie może mnie widzieć, dodałem:

— Tak, jest szczególnie przyjemnie, kiedy wieje delikatny wiatr.

— Otóż to. Jesteś bardzo do mnie podobny, młody człowieku. — Położył mi rękę na ramieniu; nie mogłem nie zauważyć, że jego palce są ciemnoszare od kurzu. — Cyby także. Kiedy mnie zabraknie, zostanie tutaj głównym bibliotekarzem. My, kuratorzy, mamy własną procesję na ulicy Iubar. Obydwaj jesteśmy wtedy odziani w szare szaty, a Cyby idzie tuż obok mnie. Jaką barwę nosi twoje bractwo?

— Fuligin. Kolor, który jest czarniejszy od czerni.

— Po obu stronach ulicy Iubar rosną drzewa: jawory, dęby, klony i jesiony, o których mówi się, że są najstarsze na Urth. Jeszcze więcej jest ich na prowadzących do centrum esplanadach. Kupcy stają w drzwiach swoich sklepów, by zobaczyć tajemniczych kuratorów, księgarze i antykwariusze zaś pozdrawiają nas serdecznie. Wydaje mi się, że w pewien sposób stajemy się jednym ze zwiastunów nadchodzącej wiosny.

— Musi to być wspaniały widok — zauważyłem.

— W samej rzeczy. Katedra, do której wreszcie docieramy, także robi wielkie wrażenie. Płoną tysiące świec, co wygląda, jakby promienie słońca padały na pogrążone w mroku fale morza. Na część z nich nałożono klosze z błękitnego szkła — te symbolizują Pazur. Skąpani w świetle odprawiamy przed głównym ołtarzem nasze ceremonie. Powiedz mi, czy członkowie twojej konfraterni również odwiedzają katedrę?

Wyjaśniłem mu, że korzystamy ze znajdującej się na terenie Cytadeli kaplicy, oraz wyraziłem zdumienie, że bibliotekarze, a także inni kuratorzy opuszczają jej mury.

— Mamy do tego prawo. Tak przecież czyni sama biblioteka, czyż nie, Cyby?

— Tak właśnie jest, mistrzu.

Cyby miał wysokie kwadratowe czoło, znad którego zniknęła już znaczna część włosów, przez co jego twarz sprawiała wrażenie małej i trochę dziecinnej. Zrozumiałem, dlaczego mistrz Ultan, który nieraz zapewne dotykał jej swoimi palcami, podobnie jak to czynił nasz mistrz Palaemon, uważa go ciągle za chłopca.

— Macie w takim razie bliskie kontakty z waszymi odpowiednikami w mieście — zauważyłem.

Starzec pogładził brodę.

— Najbliższe z możliwych, ponieważ jesteśmy nimi. Ta biblioteka jest jednocześnie biblioteką miejską, podobnie jak biblioteka Domu Absolutu i wiele innych.

— Czy chcesz powiedzieć, że miejski motłoch ma prawo wstępu do Cytadeli, by móc korzystać z twojej biblioteki?

— Nie — odparł Ultan. — Chciałem przez to powiedzieć, że to sama biblioteka wykracza daleko poza mury Cytadeli. Sądzę zresztą, że nie jest ona wyjątkiem. To dzięki temu właśnie zawartość naszej fortecy jest tylekroć większa od niej samej.

Wziął mnie za ramię i rozpoczęliśmy wędrówkę jedną z długich wąskich ścieżek prowadzących wzdłuż piętrzących się półek z książkami. Cyby szedł za nami ze świecznikiem, który służył bardziej jemu niż mnie, ale i tak dawał dosyć światła, żebym mógł uniknąć zderzenia z ciemnymi dębowymi regałami wyrastającymi na naszej drodze.

— Twoje oczy nie przestały ci jeszcze służyć — odezwał się po dłuższej chwili mistrz Ultan. — Czy nie budzi w tobie niechęci perspektywa pozostania tutaj jeszcze przez jakiś czas?

— Nie, sieur — odpowiedziałem najzupełniej zgodnie z prawdą. W zasięgu chybotliwego światła widziałem jedynie niekończące się, wznoszące się od podłogi do wysokiego sufitu rzędy książek. Część półek załamała się pod ciężarem, część była jeszcze zupełnie prosta; na niektórych dostrzegłem wyraźne ślady bytności szczurów, które z opasłych tomów wybudowały sobie zaciszne jedno- i dwupiętrowe domy, z rozsmarowanego na okładkach łajna tworząc nieporadne znaki swojej mowy.

Przede wszystkim były jednak książki: nieprzerwane szeregi grzbietów oprawnych w cielęcą skórę, marokin, płótno, papier i setki innych materiałów, których nie byłem nawet w stanie rozpoznać. Część z nich błyszczała złoceniami, na nich tłoczenia zabarwione były na czarno, a papierowe etykietki pożółkły i zbrązowiały ze starości, tak że przypominały zeschłe liście.

— Ślad uczyniony atramentem nie ma końca — odezwał się mistrz Ultan. — Tak w każdym razie powiedział jakiś mądry człowiek. Żył bardzo dawno temu; co by dał, gdyby mógł nas teraz zobaczyć? Inny rzekł: „Człowiek potrafi strawić życie, by poznać do końca piękny księgozbiór", ale ja chciałbym ujrzeć tego, kto zdążyłby poznać ten, albo nawet małą jego część.

— Przyglądałem się oprawom — powiedziałem, czując się trochę głupio.

— Jakże jesteś szczęśliwy. Ale i ja nie narzekam. Co prawda nie mogę już ich widzieć, lecz pamiętam doskonale przyjemność, jaką mi to sprawiało. Było to wkrótce po tym, jak zostałem mistrzem bibliotekarzy. Miałem wtedy chyba około pięćdziesięciu lat. Musisz wiedzieć, że przez wiele, wiele lat byłem tylko uczniem.

— Czy to możliwe, sieur?

— Tak było. Moim mistrzem był Gerbold i przez dziesięciolecia wydawało się, że nigdy nie umrze. Lata mijały powoli, a ja ciągle czytałem; przypuszczam, że niewielu czytało kiedykolwiek tyle co ja. Zacząłem, jak to zwykle czynią młodzi ludzie, od tych książek, które mnie interesowały. Z czasem jednak przekonałem się, że to zawęża krąg moich przyjemności, coraz dłużej bowiem musiałem takich książek szukać. Ustaliłem wobec tego pewien plan lektur, idąc tropem zapomnianych nauk i umiejętności, śledząc je jedna po drugiej, od najdawniejszych czasów aż do chwili obecnej. Wreszcie wyczerpałem nawet i tę możliwość, począwszy więc od wielkiej hebanowej skrzyni stojącej pośrodku komnaty, nad którą my, bibliotekarze, sprawowaliśmy pieczę przez trzysta lat na wypadek powrotu Autarchy Sulpiciusa, dzięki czemu nikt do niej nigdy nie zaglądał, zacząłem czytać wszystko po kolei, nieraz pochłaniając dwie całe książki w ciągu jednego dnia. Trwało to piętnaście lat.

— To wspaniale, sieur — wymamrotał za naszymi plecami Cyby. Musiał słyszeć tę historię już wiele razy.

— I wtedy niespodziewanie zdarzyło się to, czego już nikt się nie spodziewał: umarł mistrz Gerbold. Trzydzieści lat wcześniej dzięki moim skłonnościom, wykształceniu, młodości, powiązaniom rodzinnym i ambicjom nadawałem się znakomicie na jego następcę. Kiedy to jednak rzeczywiście nastąpiło, trudno byłoby o mniej odpowiedniego kandydata. Czekałem tak długo, że samo czekanie stało się właściwie jedyną rzeczą, którą rozumiałem, mój umysł zaś dusił się pod nawałem bezużytecznych, do niczego nieprzydatnych faktów. Zmusiłem się jednak, by podjąć wyzwanie, i spędziłem więcej godzin, niż teraz mógłbym od ciebie oczekiwać, żebyś mi uwierzył, na usiłowaniach prowadzących do przypomnienia sobie planów i zamierzeń, które poczyniłem wiele lat wcześniej z myślą o czekającej mnie sukcesji.

Przerwał na chwilę, a ja wiedziałem, że właśnie zagłębia się w otchłanie umysłu rozleglejszego i mroczniejszego nawet od tej biblioteki.

— Jednak mój nawyk czytania wszystkiego nie chciał mnie opuścić. Traciłem na książki całe dnie i tygodnie, zamiast poświęcić je sprawom, które wraz z zaszczytem spoczęły na moich barkach. I wtedy, niespodziewanie niczym uderzenie zegara, opanowała mnie nowa pasja, zastępując starą. Zapewne odgadłeś już, co to było.

Przyznałem, że jakoś nic nie przychodzi mi na myśl.

— Czytałem (a w każdym razie wydawało mi się, że czytam), siedząc przy tym zwieńczonym łukiem oknie na czterdziestym dziewiątym piętrze, które wychodzi na... zapomniałem, Cyby. Jak się nazywa to, na co ono wychodzi?

— Ogród Tapicerów, sieur.

— Tak, teraz sobie przypominam: mały, zielonobrązowy kwadracik. Zdaje się, że suszą tam rozmaryny, które potem wkładają do poduszek. Siedziałem tam, jak już powiedziałem, od wielu wacht, kiedy w pewnej chwili zdałem sobie nagle sprawę z tego, że już wcale nie czytam. Przez jakiś czas starałem się odpowiedzieć na pytanie, co w takim razie robiłem do tej pory. Jedyne co przychodziło mi na myśl, to wspomnienia jakichś zapachów, materiałów i barw nie mających żadnego związku z treścią trzymanego przeze mnie w dłoniach tomu. Wreszcie uświadomiłem sobie, że zamiast czytać, obserwowałem go po prostu jak przedmiot. Czerwień, która utrwaliła się w mojej świadomości, pochodziła ze służącej za zakładkę tasiemki, chropowatość, którą wciąż jeszcze czułem w czubkach palców, była wspomnieniem dotyku papieru, na którym wydrukowano książkę. Zapach w moich nozdrzach był zapachem starej skóry z wyraźnymi śladami woni soku brzozowego. Dopiero kiedy dostrzegłem książki jako przedmioty, zrozumiałem, na czym polega opieka nad nimi.

Zacisnął mocniej palce na moim ramieniu.

— Mamy tutaj księgi oprawne w skóry kolczatek, krakenów i stworzeń wymarłych tak dawno temu, że większość tych, którzy się nimi zajmują, twierdzi, iż nie pozostało z nich już nic oprócz skamieniałości. Mamy książki w oprawach z nieznanych metali i wysadzane drogimi kamieniami. Mamy tomy oprawne w deszczułki z aromatycznego drewna, stanowiące łącznik między istnieniami oddzielonymi od siebie niewyobrażalnymi otchłaniami, tomy podwójnie cenne, nikt bowiem na całej Urth nie potrafi już ich odczytać.

Są księgi o kartach nasączonych rozmaitymi olejkami, tak że przewracający strony czytelnik przenosi się niepostrzeżenie w krainę fantazji i najdziwniejszych snów. Są takie, których karty w ogóle nie są wykonane z papieru, tylko z cienkich płatków nefrytu, kości słoniowej lub muszli, a także takie o stronach z zasuszonych liści nieznanych roślin. Gdzieś tutaj (chociaż nie potrafię ci już wskazać gdzie) znajduje się kryształowy sześcian nie większy od stawu twego kciuka, zawierający więcej książek, niż liczy cała ta biblioteka. Chociaż byle ladacznica mogłaby zawiesić go sobie przy uchu jako zwykłe świecidełko, to w całym świecie nie znalazłoby się dość woluminów, aby zrównoważyć ciężar tej błyskotki. Poznałem wszystkie te księgi, o których ci mówiłem, i postanowiłem poświęcić życie strzeżeniu ich i pielęgnowaniu.

Po siedmiu latach, kiedy uporałem się już z najpilniejszymi zadaniami i miałem właśnie przystąpić do pierwszego od chwili jej założenia spisu zawartości biblioteki, moje oczy zaczęły mętnieć i tracić blask. Ten, który oddał wszystkie te księgi pod moją opiekę, uczynił mnie ślepym, tak abym nie poznał, kto opiekuje się opiekującymi.

— Jeżeli nie możesz przeczytać pisma, które ci przyniosłem, sieur, będę bardzo rad, mogąc ci je odczytać — zaproponowałem.

— Masz rację — wymamrotał mistrz Ultan. — Zapomniałem o tym. Cyby to zrobi. Potrafi bardzo dobrze czytać. Do dzieła, Cyby.

Wziąłem od niego lichtarz, a on rozwinął szeleszczący pergamin i trzymając go przed sobą niczym jakąś odezwę, zaczął czytać na głos. Wszyscy trzej staliśmy w małym kręgu światła, a dokoła nas piętrzyły się stosy książek.

— Od mistrza Gurloesa ze Zgromadzenia Poszukiwaczy Prawdy i Skruchy...

— Co takiego? Czyżbyś był katem, młodzieńcze? — przerwał mu mistrz Ultan.

Kiedy powiedziałem mu, że tak jest w istocie, nastała cisza tak długa, że przerwał ją dopiero Cyby, zaczynając czytać list od początku.

— Od mistrza Gurloesa ze Zgromadzenia Poszukiwaczy...

— Zaczekaj — polecił mu Ultan i Cyby umilkł.

Stałem bez ruchu, trzymając w dłoni lichtarz i czując, jak krew napływa mi do policzków. Wreszcie mistrz Ultan przemówił ponownie, głosem tak samo bezbarwnym jak wtedy, gdy poinformował mnie, że Cyby potrafi czytać.

— Prawie już nie pamiętam chwili, kiedy przyjęto mnie do naszego bractwa. Wiesz chyba, w jaki sposób pozyskujemy nowych członków?

Przyznałem, że nie mam o tym pojęcia.

— Zgodnie ze standardowym przepisem w każdej bibliotece znajduje się pomieszczenie przeznaczone specjalnie dla dzieci. Przechowywane są w nim książki z obrazkami, za którymi przepadają wszystkie maluchy, oraz bajki i opowieści awanturnicze. Dzieci przychodzą tam bardzo często i jak długo tam są, nie trzeba się nimi w ogóle zajmować.

Zawahał się na moment i chociaż nie mogłem wyczytać nic z jego twarzy, byłem pewien, iż obawia się powiedzieć coś, co może sprawić ból Cyby'emu.

— Od czasu do czasu zdarza się jednak, że uwagę bibliotekarza zwróci na siebie samotne dziecko, które coraz częściej opuszcza tę specjalną komnatę, by wreszcie w ogóle do niej nie wrócić. Takie dziecko prędzej czy później odkrywa na jednej z niższych półek *Złotą księgę*. Nigdy jej nie widziałeś i nigdy już nie zobaczysz, jesteś już bowiem starszy od tych, dla których jest przeznaczona i którzy mogą ją znaleźć.

— Musi być bardzo piękna — zauważyłem.

— W istocie taka właśnie jest. O ile nie zawodzi mnie pamięć, to oprawa wykonana jest z czarnego, nieco zmarszczonego przy grzbiecie płótna. Część tekstu już się zatarła, a niektóre strony w ogóle zniknęły, ale to naprawdę piękna książka. Chciałbym ją jeszcze kiedyś zobaczyć, chociaż wiem, że to niemożliwe.

Jak już powiedziałem, dziecko odkrywa w swoim czasie *Złotą księgę*. Zaraz potem zjawiają się bibliotekarze; niektórzy mówią, że jak wampiry, a inni, że niczym asystujący przy ceremonii rodzice chrzestni. Rozmawiają z dzieckiem, a ono nabiera do nich zaufania i po pewnym czasie zaczyna odwiedzać bibliotekę zawsze, kiedy tylko może, aż wreszcie znika z domu na dobre. Przypuszczam, że podobnie ma się rzecz z katami.

— Bierzemy bardzo małe dzieci, które wpadną w nasze ręce — wyjaśniłem.

— My też — pokiwał głową Ultan. — Nie mamy więc prawa was potępiać. Czytaj dalej, Cyby.

— Od mistrza Gurloesa ze Zgromadzenia Poszukiwaczy Prawdy i Skruchy do Archiwisty Cytadeli: Pozdrowienia, Bracie.

Z woli sądu mamy wśród nas szlachetną osobę kasztelanki Thecli; wolą tegoż sądu jest również to, żebyśmy zapewnili jej w więzieniu wszystkie wygody, jakie tylko leżą w granicach rozsądku i roztropności. Aby uprzyjemnić chwile, które przyjdzie jej z nami spędzić — czy raczej, jak mi powiedziała, czas, jaki minie, zanim serce Autarchy, którego miłosierdzie nie zna granic, okaże się dla niej łaskawsze — proszę cię, abyś Ty zgodnie ze swym urzędem zaopatrzył ją w pewne książki, które są...

— Możesz opuścić tytuły — przerwał mu Ultan. — Ile ich jest?

— Cztery, sieur.

— W takim razie nie ma problemu. Czytaj dalej.

— Będziemy Ci za to, Archiwisto, bardzo wdzięczni. Podpisano: Gurloes, mistrz Szlachetnego Zgromadzenia zwanego powszechnie Bractwem Katów.

— Czy znasz tytuły z listy mistrza Gurloesa, Cyby?

— Trzy z nich, sieur.

— Bardzo dobrze. Znajdź je, proszę. Jak brzmi czwarty tytuł?

— *Księga cudów Urth i nieba*, sieur.

— Znakomicie. Znajduje się nie dalej niż dwa łańcuchy stąd. Kiedy odszukasz już te woluminy, spotkasz nas przy drzwiach, przez które wszedł tutaj ten młodzieniec, którego, obawiam się, zatrzymujemy już zbyt długo.

Chciałem oddać Cyby'emu lichtarz, ale on dał mi znak, żebym go zatrzymał, i oddalił się wąskim przesmykiem między zwałami książek. Ultan ruszył w przeciwną stronę, poruszając się tak pewnie, jakby ciągle jeszcze mógł korzystać ze swoich oczu.

— Doskonale ją pamiętam — powiedział. — Oprawa z brązowego kurdybanu, złocone brzegi, ręczne tłoczenie. Trzecia półka od dołu, obok tomu w zielonym płótnie; zdaje się, że to *Żywoty siedmiu megaterian* Blaithmaica.

— Co to za książka, sieur? Ta o Urth i niebie? — zapytałem przede wszystkim po to, żeby zasygnalizować mu, że ciągle jestem obok niego, chociaż przypuszczam, że i tak musiał cały czas doskonale słyszeć moje kroki.

— Skierowałeś pytanie pod zły adres, młody człowieku — odparł. — My, bibliotekarze, zajmujemy się książkami, nie ich treścią.

Zdawało mi się, że wychwyciłem w jego głosie nutkę ironii.

— Przypuszczam, że znasz treść każdej z tych książek, sieur.

— To znaczna przesada. Ale *Cuda Urth i nieba* trzysta czy czterysta lat temu były wręcz klasyczną pozycją. Ta książka zawiera większość legend z dawnych czasów. Dla mnie najbardziej interesująca jest ta o Historykach, umieszczona w epoce, w której można było dotrzeć do leżącego u podłoża każdej legendy na pół zapomnianego faktu. Dostrzegasz chyba związany z tym paradoks, prawda? Czy ta legenda już wówczas istniała? A jeżeli nie, to w jaki sposób doszło do jej powstania?

— Czyż nie istnieją ogromne węże, sieur, lub latające kobiety?

— Och, z pewnością — odpowiedział mistrz Ultan, schylając się nisko. — Ale nie w legendzie o Historykach. — Wyprostował się triumfalnie, dzierżąc w dłoni małą, oprawną w łuszczącą się skórę książkę. — Spójrz na to, młodzieńcze, i powiedz, czy znalazłem właściwą pozycję.

Musiałem postawić lichtarz na podłodze i przykucnąć obok niego. Książka, którą trzymałem w dłoniach, była tak stara, sztywna i zakurzona, że nie wydawało mi się możliwe, żeby ktokolwiek mógł ją otwierać przez ostatnie sto lat. Strona tytułowa potwierdziła, że wiekowy mistrz miał rację, podtytuł zaś głosił: *Zbiór uniwersalnych tajemnic tak starych, że ich prawdziwe znaczenie skryło się już za zasłoną czasu.*

— I co? — dopytywał się mistrz Ultan. — Miałem rację czy nie?

Otworzyłem książkę na chybił trafił i przeczytałem, co następuje:

„...dzięki czemu obraz mógł być wyryty z taką maestrią, że nawet gdyby uległ rozbiciu, dałoby się go odtworzyć z najmniejszego nawet fragmentu niezależnie od tego, z której jego części ów fragment by pochodził".

Nie wiem dlaczego, ale słowo „wyryty" przywiodło mi na myśl wydarzenia, których byłem świadkiem owej nocy, kiedy otrzymałem złote chrisos.

— Mistrzu, jesteś fenomenalny — powiedziałem.

— Nie, ale rzadko się mylę.

— Chyba ty jeden z wszystkich ludzi wybaczysz mi, kiedy ci powiem, że pozwoliłem sobie przeczytać kilkanaście słów z tej książki. Z całą pewnością wiesz, mistrzu, o pożeraczach ciał. Słyszałem, że spożywając ciała swych ofiar z domieszką jakiegoś leku, są w stanie odrodzić w sobie życie tych zmarłych osób.

— Nierozsądnie jest wiedzieć zbyt dużo o tych praktykach — wymamrotał archiwista — chociaż kiedy pomyślę o tym, że mógłbym dzielić umysł z takimi historykami jak Loman albo Hermas...

Będąc od tylu lat ślepy, zdążył już zapomnieć, jak bezlitośnie nasze twarze potrafią zdradzać nawet najskrytsze uczucia. W blasku świec dostrzegłem, że jego rysy kurczą się w tak potwornym grymasie pożądania, że zwykła skromność kazała mi odwrócić wzrok; jego głos pozostał jednak niewzruszony niczym spiżowy dzwon.

— Sądząc z tego, co pamiętam z moich lektur, masz rację, chociaż nie przypominam sobie, żeby książka, którą akurat trzymasz w dłoniach, mówiła właśnie o tych sprawach.

— Daję ci słowo, mistrzu, że nigdy nie podejrzewałem cię i nie podejrzewam o takie uczynki, ale powiedz mi jedno: przypuśćmy, że dwie osoby dopuszczają się zbezczeszczenia grobu, a następnie dzielą się zdobyczą w ten sposób, że jedna z nich spożywa jedną, druga zaś drugą rękę. Czy oznacza to, że każda z nich dysponuje teraz połową życia zmarłego? Jeśli tak, to co się stanie, gdy zjawi się trzecia i spożyje, dajmy na to, stopę nieboszczyka?

— Wielka szkoda, że jesteś katem — powiedział Ultan. — Mógłbyś być filozofem. Tak jak ja to rozumiem, każda z nich zyskuje całe życie.

— Zatem życie każdego człowieka mieści się zarówno w jego prawej dłoni, jak i w lewej, a także w każdym z palców?

— Przypuszczam, że każdy z uczestników tej uczty musiałby spożyć więcej niż jeden mały kęs, żeby osiągnąć zamierzony efekt. Sądzę jednak, że przynajmniej w teorii to, co mówisz, jest prawdą. Całe życie jest zawarte nawet w najmniejszym palcu.

Podążaliśmy już z powrotem w kierunku, z którego przybyliśmy. Ponieważ przejście było zbyt wąskie, żebyśmy mogli posuwać się obok siebie, szedłem z przodu niosąc świecznik i ktoś obcy, kto by nas zobaczył, mógłby pomyśleć, że oświetlam staremu człowiekowi drogę.

— Jak to może być, mistrzu? — pytałem dalej. — Rozumując w ten sposób, należałoby przyjąć, że życie znajduje się także w każdym stawie każdego palca, a to jest przecież zupełnie niemożliwe.

— Jak duże jest życie człowieka? — odpowiedział pytaniem Ultan.

— Nie mam pojęcia, ale chyba większe, prawda?

— Spoglądasz na nie z początku drogi i niewiele po nim oczekując, będąc u jego schyłku, wiem, jak niewiele w gruncie rzeczy przyniosło. Przypuszczam, że dlatego właśnie te zdeprawowane istoty poszukują czegoś więcej w ciałach zmarłych. Pozwól, że cię o coś zapytam: wiesz chyba, że syn jest często nadzwyczaj podobny do swego ojca?

— Owszem, słyszałem o tym. I wierzę w to — dodałem. Nie potrafiłem inaczej myśleć o ojcu, którego nigdy nie znałem i którego nigdy nie będzie mi dane poznać.

— Zgodzisz się więc chyba, że jest w takim razie możliwe, iż jakaś twarz będzie przekazywana z pokolenia na pokolenie przez wiele generacji. Skoro syn przypomina ojca, a jego syn przypomina z kolei jego samego i tak dalej, to kolejny w linii praprawnuk przypomina prapradziada, czyż nie tak?

— Owszem — skinąłem głową.

— A jednocześnie nasienie każdego z nich było zawarte w odrobinie kleistej cieczy. Skąd się wzięli, jeśli nie właśnie stamtąd?

Nie potrafiłem znaleźć na to odpowiedzi i szedłem naprzód ogarnięty zdumieniem, aż wreszcie dotarliśmy do drzwi, przez które wkroczyłem na najgłębszy poziom wielkiej biblioteki. Spotkaliśmy tam Cyby'ego z książkami wymienionymi w liście mistrza Gurloesa. Odebrałem je, pożegnałem się z mistrzem Ultanem i z ulgą opuściłem duszną atmosferę biblioteki. Później wielokrotnie jeszcze odwiedzałem wyższe kondygnacje tego budynku, ale nigdy nie miałem okazji ani ochoty zagłębić się ponownie w podziemia.

Jeden z trzech tomów, które przyniósł Cyby, miał wielkość blatu sporego stolika — łokieć szerokości i niemal łokieć długości. Ponieważ na safianowej okładce wytłoczone były ozdobne herby, sądziłem, że jest to historia jakiejś starej szlacheckiej rodziny. Pozostałe książki były znacznie mniejszych rozmiarów. Zielona, nie większa od mojej dłoni i nie grubsza od wskazującego palca, okazała się zbiorem modlitw, pełnym błyszczących wizerunków ascetycznych świętych i boskich wyobrażeń w czarnych aureolach i bogatych szatach. Zatrzymałem się na chwilę przy wyschniętej fontannie w jakimś zapomnianym, oświetlonym blaskiem zimowego słońca ogrodzie, by na nie spojrzeć.

Zanim otworzyłem któryś z pozostałych tomów, nagle poczułem olbrzymi ciężar czasu; jest to nieomylny sygnał świadczący o tym, że pozostawiliśmy już za sobą nasze dzieciństwo. Wykonując proste przecież polecenie, przebywałem poza naszą wieżą już ponad dwie wachty i zaczynało się powoli zmierzchać. Zebrałem wszystkie książki i pospieszyłem przed siebie, aby choć wówczas jeszcze o tym nie wiedziałem, spotkać szlachetnie urodzoną Theclę i moje przeznaczenie.

Rozdział VII

Zdrajczyni

Nadeszła już pora, bym zaniósł posiłek czeladnikom pełniącym służbę w lochach. Za pierwszy poziom odpowiedzialny był Drotte; poszedłem do niego na końcu, ponieważ chciałem zamienić z nim kilka słów. W głowie wciąż kłębiły mi się najróżniejsze myśli wywołane wizytą u archiwisty i o nich właśnie pragnąłem porozmawiać.

Nie mogłem go nigdzie znaleźć. Położyłem tacę i cztery przyniesione książki na stole i zawołałem głośno. Odpowiedź nadeszła z pobliskiej celi. Pobiegłem tam i zajrzałem do środka przez zakratowane okienko umieszczone w drzwiach na poziomie oczu. Drotte nachylał się nad leżącą na pryczy, sprawiającą wrażenie bardzo wynędzniałej, klientką; na podłodze było pełno krwi.

— Czy to ty, Severianie? — zapytał, nie odwracając głowy.

— Tak. Przyniosłem ci obiad i książki dla kasztelanki Thecli. Mogę w czymś pomóc?

— Nie, nic jej nie będzie. Pozdzierała bandaże i chciała wykrwawić się na śmierć, ale w porę to zauważyłem. Zostaw tacę na stole, dobrze? Gdybyś miał chwilę czasu, mógłbyś dokończyć za mnie rozdawanie posiłku.

Zawahałem się. Uczniowie nie mieli prawa zajmować się tymi, którzy dostali się pod opiekę naszego bractwa.

— No, ruszaj. Musisz tylko wepchnąć tacę przez szczelinę drzwiach.

— Przyniosłem książki.

— Zrób z nimi to samo.

Jeszcze przez chwilę przyglądałem się, jak opatruje sinobladą kobietę, a potem odwróciłem się, znalazłem resztę tac z jedzeniem i zacząłem je rozdawać, robiąc dokładnie tak, jak mi powiedział. Większość klientów miała jeszcze dość sił, żeby wstać i odebrać ode mnie tacę; porcje tych, którzy nie byli do tego zdolni, zostawiałem na podłodze przed drzwiami, aby Drotte mógł później wnieść je do celi. Wśród klientów znajdowało się kilka kobiet sprawiających wrażenie arystokratek, ale żadna z nich nie wyglądała na kasztelankę Theclę, nowo przybyłą damę, która — przynajmniej na razie — miała być traktowana ze szczególnymi względami.

Powinienem był się domyślić, że znajdę ją w ostatniej celi. Oprócz zwykłego łóżka, krzesła i małego stolika znajdował się tam także dywan, ona sama zaś zamiast tradycyjnych łachmanów miała na sobie białą suknię o niezwykle szerokich rękawach. Zarówno końce tych rękawów, jak i tren samej sukni były teraz unurzane w błocie, ale i tak strój emanował elegancją równie niezwykłą dla mnie, jak i dla miejsca, w którym przebywaliśmy. Kiedy ją zobaczyłem, haftowała przy świetle świecy wzmocnionym srebrnym reflektorem, ale w jakiś sposób wyczuła moje spojrzenie. Chciałbym móc teraz powiedzieć, że na jej twarzy nie było nawet śladu strachu, ale to byłaby nieprawda — było tam przerażenie, chociaż opanowane do tego stopnia, że prawie niedostrzegalne.

— Wszystko w porządku — powiedziałem. — Przyniosłem posiłek.

Podziękowała skinieniem głowy, po czym wstała i zbliżyła się do drzwi. Była wyższa, niż się spodziewałem, niemal zbyt wysoka, by wyprostować się w celi. Jej twarz, chociaż bardziej trójkątna niż w kształcie serca, przywiodła mi na myśl kobietę, którą widziałem w nekropolii u boku Vodalusa. Być może stało się tak z powodu wielkich fioletowych oczu o pokrytych błękitnym cieniem powiekach i czarnych włosów, które zebrane nad czołem w kształcie litery V, przypominały nieco kaptur. Jednak bez względu

73

na przyczynę pokochałem ją od pierwszej chwili, przynajmniej tak, jak może kochać głupi dorastający chłopak. Będąc właśnie takim chłopcem, nie zdawałem sobie jednak z tego sprawy.

Jej biała dłoń, zimna, lekko wilgotna i wręcz nieprawdopodobnie wąska, dotknęła mojej, kiedy brała ode mnie tacę.

— To zwyczajne jedzenie — powiedziałem. — Chyba możesz, pani, dostać coś lepszego, jeśli tylko poprosisz.

— Nie nosisz maski — zauważyła. —Twoja twarz jest pierwszą, jaką tutaj widzę.

— Jestem tylko uczniem. Dostanę maskę dopiero za rok.

Uśmiechnęła się, a ja poczułem się jak wówczas, kiedy znalazłem się w Ogrodzie Czasu i wszedłem do wnętrza, gdzie zostałem ogrzany i nakarmiony. Miała szerokie usta i wąskie, niezwykle białe zęby; jej oczy, głębokie jak zbiorniki wody pod Wiczą Dzwonów, rozjarzyły się ciepłym blaskiem.

— Wybacz, pani — ocknąłem się. — Nie słyszałem, co mówiłaś.

Przechyliła śliczną główkę i uśmiechnęła się znowu.

— Powiedziałam, że bardzo się ucieszyłam, widząc twoją twarz, i zapytałam, czy teraz już zawsze będziesz podawał mi posiłki oraz co to jest, co dzisiaj mi przyniosłeś.

— Nie, nie będę. Tylko dzisiaj, ponieważ Drotte jest zajęty. — Usiłowałem pośpiesznie przypomnieć sobie, co znajdowało się na tacy, którą postawiła na stoliku poza zasięgiem mojego wzroku, ale nie mogłem. Wreszcie spocony z wysiłku wydukałem: — Będzie lepiej, jeśli to zjesz. Myślę, że możesz dostać coś lepszego, jeśli tylko poprosisz Drotte'a.

— Oczywiście, że mam zamiar to zjeść. Wszyscy zawsze podziwiali moją figurę, ale wierz mi, jem jak wygłodniały wilk. — Wzięła w ręce tacę i pokazała mi ją, jakby domyślając się, że musi mi pomóc w odgadnięciu, co się na niej znajduje.

— To zielone to pory, kasztelanko. Brązowe to soczewica, a obok chleb.

— Kasztelanko? Nie musisz zachowywać się tak oficjalnie. Jesteś strażnikiem i możesz nazywać mnie, jak tylko zechcesz. — Tym razem w głębokich oczach pojawiło się rozbawienie.

— Nie mam zamiaru cię znieważać — odparłem. — A może wolałabyś, żebym nazywał cię jakoś inaczej?

— Mów do mnie „Theclo", tak brzmi moje imię. Tytuły są na oficjalne okazje, imiona zaś na nieoficjalne, a to jest chyba najbardziej nieoficjalna z możliwych. Przypuszczam jednak, że stanie się najzupełniej oficjalna, kiedy nadejdzie czas kary?

— Tak zwykle się dzieje, kiedy rzecz dotyczy kogoś z arystokracji.

— Będzie pewnie przy tym egzarcha, jeśli mu na to pozwolicie. Cały w szkarłatnych szatach. Inni też, może nawet stara Egino. Jesteś pewien, że to chleb? — Dotknęła tacy długim palcem tak białym, że przez chwilę obawiałem się, iż może go pobrudzić przy zetknięciu z pieczywem.

— Tak. Kasztelanka jadła już chyba chleb, prawda?

— Nie taki jak ten. — Wzięła cienką kromkę i odgryzła spory kęs. — Niezły. Powiadasz, że dadzą mi lepsze jedzenie, jeśli o to poproszę?

— Tak przypuszczam, kasztelanko.

— Theclo. Dwa dni temu, kiedy mnie tu przywieźli, poprosiłam książki, ale ich nie dostałam.

— Mam je — odpowiedziałem. — Zaraz je przyniosę. — Pobiegłem do stołu, na którym leżały, wziąłem je i stanąwszy ponownie pod drzwiami celi, wsunąłem najmniejszą przez szczelinę.

— Och, to wspaniale. Masz jeszcze inne?

— Trzy. — Brązowa także przeszła przez szparę, ale dwie pozostałe, zielona i ta z herbami na okładce, były już zbyt duże. — Drotte da ci je później, kiedy otworzy drzwi.

— A ty nie możesz? To straszne widzieć je i nie móc ich nawet dotknąć.

— Ja nie powinienem nawet podawać ci pożywienia. Wolno to tylko Drotte'owi.

— Ale to zrobiłeś. Poza tym przecież je przyniosłeś. Chyba miałeś mi je oddać.

Nie mogłem przytoczyć zbyt wielu argumentów, wiedząc, że w zasadzie ona ma rację. Prawo, które zabraniało uczniom stykać się z przebywającymi w lochach klientami, miało na celu zapobieżenie ucieczkom — wiedziałem doskonale, że chociaż jest taka wysoka, nigdy nie dałaby mi rady, a nawet gdyby próbowała, to nie miałaby żadnych szans na to, żeby się stąd niepostrzeżenie oddalić. Poszedłem do celi, w której Drotte ciągle zajmował się na pół wykrwawioną klientką, i wróciłem z kluczami.

Stałem przed nią, mając za plecami zamknięte drzwi celi, i nie byłem w stanie wykrztusić ani słowa. Położyłem książki na stoliku obok świecznika, tacy z posiłkiem i karafki z wodą; ledwo starczyło na nie miejsca. Stałem wiedząc, że powinienem już wyjść, ale nie potrafiłem się do tego zmusić.

— Dlaczego nie spoczniesz?

Usiadłem na łóżku, jej zostawiając krzesło.

— W mojej komnacie w Domu Absolutu mogłabym zaofiarować ci większe wygody. Niestety nigdy mnie nie odwiedziłeś, kiedy tam jeszcze byłam.

Potrząsnąłem głową.

— Tutaj nie mogę zaproponować ci nic oprócz tego. Czy lubisz soczewicę?

— Nie będę jadł, kasztelanko. Niebawem dostanę obiad, a tego tutaj ledwo wystarczy dla ciebie.

— To prawda. — Wzięła w palce jeden por i następnie jakby nie wiedząc, co lepszego można z nim zrobić, połknęła niczym sztukmistrz żmiję. — Co będziesz jadł na obiad?

— Pory, soczewicę, chleb i baraninę.

— Ach, kaci dostają baraninę. Na tym polega różnica. Jak się nazywasz, mój kacie?

— Severian. To nic nie pomoże, kasztelanko. To nie ma żadnego znaczenia.

Uśmiechnęła się.

— Co takiego?

— To, że się ze mną zaprzyjaźnisz. I tak nie mógłbym zwrócić ci wolności. Zresztą nie zrobiłbym tego nawet wtedy, gdybyś była jedynym przyjacielem, jakiego mam na całym świecie.

— Wcale o tym nie myślałam, Severianie.

— Więc dlaczego ze mną rozmawiasz?

Westchnęła i wraz z tym westchnieniem zniknęła z jej twarzy cała troska, podobnie jak promienie słońca uciekają pośpiesznie miejsca, w którym przysiadł na chwilę pragnący się ogrzać żebrak.

— A z kim mogę tu rozmawiać, Severianie? Może być tak, że przez pewien czas, może kilka dni, a może tygodni, będę rozmawiać właśnie z tobą, a potem umrę. Wiem, co myślisz: że gdybym była tam, w mojej komnacie, nie zaszczyciłabym cię nawet jednym spojrzeniem. Mylisz się. Nie można mówić ze wszystkimi, bo tych „wszystkich" jest przeogromnie dużo, ale dzień przed tym, kiedy zostałam tutaj zabrana, zamieniłam kilka słów z człowiekiem, który trzymał mojego wierzchowca. Odezwałam się do niego, ponieważ musiałam na coś długo czekać, a on powiedział coś, co mnie od razu zainteresowało.

— Nie zobaczysz mnie już więcej. Twoje posiłki będzie ci przynosił Drotte.

— Nie ty? Zapytaj go, czy nie pozwoliłby ci tego robić.

Wzięła mnie za rękę; jej dłonie były niczym wyciosane z kawałków lodu.

— Spróbuję — odrzekłem.

— Zrób to. Spróbuj. Powtórz mu, że chcę lepszego jedzenia niż to i ciebie, byś mi je przynosił. Albo zaczekaj: sama mu to powiem. Kto jest jego zwierzchnikiem?

— Mistrz Gurloes.

— Powiem temu... jak on się nazywa, Drotte?... że chcę z nim właśnie rozmawiać. Masz rację, będą musieli się na to zgodzić. Autarcha może przecież w każdej chwili rozkazać, aby mnie wypuszczono. — Jej oczy rozbłysły na nowo.

— Przekażę Drotte'owi, że chcesz się z nim widzieć, kiedy będzie miał chwilę czasu — obiecałem i podniosłem się z miejsca.

— Zaczekaj. Nie interesuje cię, dlaczego tu jestem?

— Wiem, po co tu jesteś — odpowiedziałem, idąc do drzwi. — Jesteś po to, żeby tak jak inni zostać pewnego dnia poddana torturom. — Wyrzekłem te okrutne słowa bez zastanowienia, jak to zwykle czynią młodzi ludzie, tylko dlatego, że tak właśnie a nie inaczej myślałem. Była to jednak prawda i przekręcając klucz w zamku, poczułem nawet coś w rodzaju zadowolenia, że odważyłem się ją wyrazić.

W przeszłości naszymi klientami wielokrotnie bywali członkowie arystokratycznych rodów. Większość z nich przybywając do nas, przeważnie zdawała sobie sprawę ze swego położenia, podobnie jak w tej chwili kasztelanka Thecla. Kiedy jednak mijało kilka dni i nie byli poddawani torturom, nadzieja brała górę nad rozsądkiem i zaczynali mówić już tylko o uwolnieniu — o tym, co też przyjaciele i rodzina uczynią, żeby ich wyzwolić, i co oni sami będą robić, kiedy już znajdą się na wolności.

Niektórzy mieli zamiar wrócić do swoich włości i nie pokazywać się więcej na dworze Autarchy. Inni chcieli zgłosić się na ochotnika i poprowadzić na północ oddział lancknechtów. Od nich sprawujący akurat służbę w lochach czeladnicy słyszeli opowieści o polowaniach z psami, o rozległych wrzosowiskach, o grach i zabawach nie znanych gdzie indziej, odbywających się u stóp wiekowych drzew. Kobiety w przeważającej większości wykazywały znacznie więcej realizmu, ale nawet one z biegiem czasu zaczynały snuć opowieści o wpływowych kochankach (chwilowo odsuniętych na bok), którzy jednak nigdy ich nie opuszczą, a następnie o rodzeniu dzieci lub adopcji sierot. Bardziej doświadczeni wiedzieli, że kiedy te nie mające się nigdy narodzić dzieci otrzymywały imiona, to już niebawem należało się spodziewać przejścia do nowego tematu: strojów. Nowe ubranka dla potomstwa, zużyte do pieca, kolory, najnowsze wzory, odświeżanie starych i tak dalej, i tak dalej.

Prędzej czy później jednak zarówno dla mężczyzn, jak i dla kobiet nadchodził czas, kiedy zamiast znajomego czeladnika z posiłkiem pojawiał się mistrz Gurloes, a za nim trzech lub czterech czeladników, czasem w towarzystwie śledczego i elektroegzekutora. Za wszelką cenę pragnąłem oszczędzić Thecli tych złudnych nadziei. Powiesiłem klucze na zwykłym miejscu, a kiedy mijałem celę, w której Drotte zajęty był usuwaniem śladów krwi z podłogi, powiedziałem mu, że chce z nim rozmawiać kasztelanka.

W dwa dni później zostałem wezwany do mistrza Gurloesa. Spodziewałem się, że będę stał przed jego biurkiem z założonymi do tyłu rękami, jak zwykle czynili to wszyscy uczniowie, ale on kazał mi usiąść i zdjąwszy z twarzy złotą maskę, nachylił się ku mnie w sposób, który sugerował poufny i zarazem nieformalny charakter naszej rozmowy.

— Mniej więcej przed tygodniem wysłałem cię do archiwisty — powiedział.

Skinąłem głową.

— Przyniosłeś książki, a potem o ile mi wiadomo, osobiście dostarczyłeś je klientce. Czy to prawda?

Wyjaśniłem mu, jak do tego doszło.

— Nie ma w tym nic złego. Nie chcę, abyś myślał, że zamierzam w związku z tym obarczyć cię dodatkowymi obowiązkami ani tym bardziej ukarać w jakikolwiek sposób. Jesteś już prawie czeladnikiem; kiedy byłem w twoim wieku, obsługiwałem alternator. Chodzi o to, Severianie, że nasza klientka ma wysokie koneksje. — Jego głos zniżył się do głuchego szeptu. — Bardzo wysokie.

Powiedziałem, że rozumiem, co ma na myśli.

— To nie jest jakaś tam zwykła szlachecka rodzina. Prawdziwa błękitna krew. — Odwrócił się i po chwili poszukiwań znalazł na jednej z półek opasłą książkę. — Czy wiesz, jak wiele jest arystokratycznych rodów? Tutaj wymienione są tylko te, które jeszcze nie wygasły. Spis tych, które należą już do przeszłości, byłby większy od niejednej encyklopedii. Kilku z nich osobiście pomogłem przejść do historii.

Roześmiał się, a ja mu zawtórowałem.

— Każdemu poświęcono około pół strony, stron tych zaś jest siedemset czterdzieści sześć.

Skinąłem ze zrozumieniem głową.

— Większość z nich nie ma przedstawiciela na dworze — nie mogą sobie na to pozwolić albo po prostu boją się tego. To są małe, niewiele znaczące rody. Te większe, choćby nawet chciały, nie mogą tego uniknąć; Autarcha musi mieć gdzieś w pobliżu konkubinę, której los leżałby całkowicie w jego ręku, na wypadek gdyby zaczęli się buntować. Rzecz jasna nie może tańczyć kadryla z pięciuset kobietami; w jego bezpośrednim otoczeniu jest ich może dwadzieścia, reszta natomiast spędza czas na zabawach i plotkach, widując go z daleka nie częściej niż raz w miesiącu.

Zapytałem (starając się, żeby mój głos brzmiał możliwie obojętnie), czy Autarcha ma w łóżku wszystkie te konkubiny.

Mistrz Gurloes potarł brodę wielką dłonią.

— Przez wzgląd na przyzwoitość są tam tak zwane kobiety-cienie, wywodzące się z pospólstwa dziewczęta bardzo podobne do kasztelanek. Nie wiem, skąd je biorą, w każdym razie są one podstawiane zamiast kasztelanek. Oczywiście są znacznie niższe od nich. — Zachichotał. — Powiedziałem, że są podstawiane, ale ponieważ chodzi tu raczej o podkładanie, wzrost nie gra tak wielkiej roli. Mówi się jednak, że czasem wszystko wygląda dokładnie na odwrót i to nie sobowtóry wykonują tę pracę zamiast swoich pań, ale panie zamiast sobowtórów. Jeżeli jednak chodzi o naszego obecnego Autarchę, którego każdy czyn, muszę podkreślić z całą mocą, jest słodszy niźli najsłodszy nawet miód i lepiej, żebyś o tym pamiętał, to w jego przypadku jest wysoce wątpliwe, czy znajduje on przyjemność w intymnych spotkaniach z którąkolwiek z nich.

Odetchnąłem z ulgą.

— Nigdy nie słyszałem o tych sprawach. To bardzo interesujące, mistrzu.

Mistrz Gurloes skłonił głowę na znak, że tak jest w istocie, i splótł dłonie na brzuchu.

— Być może pewnego dnia będziesz musiał przejąć obowiązki kierowania naszym bractwem i wtedy ta wiedza bardzo ci się przyda. Kiedy byłem w twoim wieku, a może nieco młodszy, często wyobrażałem sobie, że pochodzę z arystokratycznego rodu. W niektórych przypadkach jest to prawda, nie fantazja.

Nie po raz pierwszy uświadomiłem sobie, że i mistrz Gurloes, i mistrz Palaemon musieli znać pochodzenie zarówno wszystkich uczniów, jak i młodszych czeladników, oni bowiem przecież współdecydowali o ich przyjęciu do bractwa.

— Jak jest w moim przypadku, nie jestem w stanie stwierdzić. Wydaje mi się, że mam rysy twarzy rycerza, wzrost zaś więcej niż średni, pomimo trudnego dzieciństwa. Zapewniam cię, że przed czterdziestu laty było nam dużo, dużo ciężej.

— Bez wątpienia, mistrzu.

Westchnął, wydając z siebie świszczący odgłos podobny do tego, jaki wydobywa się czasem ze skórzanej poduszki, gdy się na niej usiądzie.

— Z biegiem czasu jednak pojąłem, iż Prastwórca działał na moją korzyść, powołując mnie do służby w konfraterni. Bez wątpienia przyczyniły się do tego moje zasługi w poprzednim życiu, którym dorównują, mam nadzieję, te obecne.

Mistrz Gurloes zamilkł, wpatrując się (jak mi się wydawało) w piętrzące się na jego biurku sterty prawniczych instrukcji i akt klientów. Wreszcie, kiedy miałem już zapytać, czy chce mi coś jeszcze powiedzieć, przemówił.

— Przez te wszystkie lata nie słyszałem jeszcze o tym, żeby któryś z członków naszego bractwa został wydany swoim braciom i poddany torturom. A znałem ich co najmniej kilkuset, jak przypuszczam.

Pośpieszyłem ze znaną powszechnie sentencją, że lepiej jest być ukrytą pod kamieniem ropuchą niż zgniecionym przez niego motylem.

— My, członkowie naszej konfraterni, jesteśmy chyba czymś więcej niż tylko takimi ropuchami. Muszę jednak powiedzieć, że chociaż widziałem w naszych lochach już prawie pięciuset, jeśli nie więcej, arystokratów, to nigdy jeszcze nie było wśród nich członków tego wąskiego, najbliższego Autarsze kręgu konkubin.

— Czyżby należała do niego kasztelanka Thecla? To właśnie sugerują twoje słowa, mistrzu?

Skinął posępnie głową.

— Nie byłoby tak źle, gdyby od razu miała zostać poddana badaniom. Ale to może nastąpić po wielu latach. Albo nigdy.

— Przypuszczasz, mistrzu, że może zostać uwolniona?

— Jest tylko pionkiem w rozgrywce między Autarchą a Vodalusem, nawet ja o tym wiem. Jej siostra, kasztelanka Thea, uciekła z Domu Absolutu, żeby stać się kochanką tamtego. Przynajmniej przez jakiś czas o Theclę będą toczyły się targi, a póki one trwają, musimy stworzyć jej dobre warunki. Byle tylko nie za dobre.

— Rozumiem — odrzekłem. Czułem się bardzo nieswojo, nie wiedząc, co właściwie powiedziała Thecla Drotte'owi ani co on z kolei przekazał mistrzowi Gurloesowi.

— Poprosiła o lepsze jedzenie i wydałem już polecenia, żeby jej to zapewniono. Poprosiła również o towarzystwo, a kiedy powiedzieliśmy jej, że nie możemy zgodzić się na żadne odwiedziny, zaczęła nastawać, żeby przynajmniej ktoś z nas dotrzymywał jej od czasu do czasu towarzystwa.

Mistrz Gurloes przerwał, by otrzeć skrajem szaty błyszczące od potu czoło.

— Rozumiem — skinąłem głową. Byłem pewien, że wiem, co usłyszę za chwilę.

— Ponieważ widziała twoją twarz, poprosiła właśnie o ciebie. Obiecałem jej, że będziesz z nią zawsze podczas posiłków. Nie pytam cię o zgodę. Nie tylko dlatego, że i tak jesteś zobowiązany wykonać moje polecenia, ale także dlatego, że jestem przekonany o twojej lojalności. Chciałem cię tylko prosić o to, żebyś nie zawiódł jej oczekiwań, ale także byś nie starał się zanadto im sprostać.

— Zrobię wszystko, co w mojej mocy — usłyszałem ze zdziwieniem swój spokojny, obojętny głos.

Mistrz Gurloes uśmiechnął się, jakbym rozwiał wszystkie jego obawy.

— Masz głowę nie od parady, Severianie, chociaż to jeszcze bardzo młoda głowa. Czy byłeś już kiedyś z kobietą?

Kiedy my, uczniowie, rozmawialiśmy między sobą, mieliśmy w zwyczaju wymyślać na ten temat najprzeróżniejsze historie, ale tym razem nie znajdowałem się wśród uczniów, więc pokręciłem głową.

— Nigdy nie byłeś u wiedźm? To może nawet lepiej. Mnie one właśnie wszystkiego nauczyły, ale nie jestem pewien, czy polecałbym ci ich usługi. Niewykluczone, że kasztelanka będzie chciała mieć cię w swoim łożu. Nie zgódź się na to. Jej ciąża miałaby poważne następstwa: mogłaby odwlec zastosowanie tortur i ściągnąć hańbę na nasze bractwo. Rozumiesz?

Skinąłem głową.

— Chłopcy w twoim wieku zaczynają mieć z tym kłopoty. Polecę komuś, żeby zaprowadził cię tam, gdzie tego typu dolegliwości są błyskawicznie leczone.

— Jak sobie życzysz, mistrzu.

— Co? Nie dziękujesz mi?

— Dziękuję, mistrzu.

Gurloes był jednym z najciekawszych ludzi, jakich kiedykolwiek spotkałem, ponieważ mając niezwykle złożoną osobowość, starał się jednocześnie sprawiać wrażenie prostego człowieka. Nie prostaka, ale kogoś prostego w sposób, w jaki może to sobie wyobrazić ktoś, kto taki bynajmniej nie jest. Tak jak dworzanin stara się być kimś błyskotliwym i interesującym, jakby w połowie drogi między tancerzem a dyplomatą, z niewielką domieszką gotowego na wszystko zabójcy, podobnie mistrz Gurloes przybierał postać tępego oprawcy i urzędnika zarazem, a to są właśnie cechy, których nie może posiadać żaden prawdziwy kat. Ciągłe napięcie w jakiś sposób musiało dawać o sobie znać. Chociaż każda część Gurloesa była taka, jaka być powinna, to części te za nic nie chciały do siebie pasować. Pił dużo i cierpiał z powodu sennych zmór, ale zmory te pojawiały się właśnie wtedy, kiedy pił, jakby wino, zamiast zatrzasnąć na głucho drzwi do jego umysłu, otwierało je na oścież, pozostawiając go chwiejącego się na nogach i próbującego dostrzec błysk słońca, które jeszcze nie wzeszło, a którego promienie odegnałyby precz upiory, pozwalając mu ubrać się i rozdzielić czeladnikom ich codzienne zadania. Czasem wspinał się na szczyt wieży, jeszcze ponad zbrojownię, i pozostawał tam długo sam, mówiąc na głos i w oczekiwaniu na wschód słońca wyglądając przez szyby, podobno twardsze od kamienia. Był jedynym — nie wyłączając mistrza Palaemona — który nie bał się drzemiących tam energii i niewidzialnych ust, które odzywały się czasem do ludzi, a czasem do podobnych im ust w innych wieżach i basztach. Kochał muzykę, lecz słuchając jej, uderzał rytmicznie dłonią w poręcz fotela i tupał, szczególnie głośno wtedy, kiedy był to ten jej rodzaj, który lubił najbardziej, o rytmie zbyt nieuchwytnym, by można było przypisać mu jakąkolwiek regularność. Jadał zbyt dużo i zbyt rzadko, czytał wtedy, kiedy sądził, że nikt się o tym nie dowie, oraz odwiedzał klientów, w tym również tych z trzeciego poziomu, i rozmawiał z nimi o sprawach, których my, podsłuchujący w korytarzu, nie byliśmy w stanie zrozumieć. Jego oczy błyszczały bardziej niż oczy jakiejkolwiek kobiety. Popełniał błędy w wymowie nawet tak powszechnie używanych słów i określeń, jak „trąbka Eustachiusza”, „fraktura” czy „bordereau”. Nie podejmuję się nawet opisać, jak źle wyglądał, kiedy ostatnio powróciłem do Cytadeli, ani jak źle wygląda w chwili obecnej.

Rozdział VIII

Interlokutor

Nazajutrz po raz pierwszy zaniosłem Thecli obiad. Siedziałem z nią przez całą wachtę. Co chwilę przez zakratowane okienko celi zaglądał do nas Drotte. Zabawialiśmy się z kasztelanką słownymi grami, w których była znacznie lepsza ode mnie, a potem nasza rozmowa zeszła na tematy, które jak mawiają podobno ci, którzy wrócili z najdalszej podróży, leżą tuż za progiem śmierci. Opowiadała o tym, co wyczytała w najmniejszej z książek, które jej przyniosłem; były tam nie tylko akceptowane poglądy świątobliwych mężów, ale także różne ekscentryczne, a nawet heretyckie teorie.

— Kiedy odzyskam wolność, założę własną sektę — oświadczyła. — Będę wszystkim mówiła, że głoszone przeze mnie prawdy zostały mi objawione podczas mego pobytu wśród katów. Uwierzą mi.

Zapytałem, jakie by to były prawdy.

— Że nie ma żadnego życia po śmierci. Że śmierć jest opadającym na umysł potężnym, nieprzezwyciężonym snem.

— Ale kto miałby ci to wszystko objaśnić?

Potrząsnęła głową i oparła brodę na ręce, dzięki czemu uwydatniała się piękna linia jej szyi i karku.

— Jeszcze się nie zdecydowałam. Może lodowy anioł albo duch. Jak myślisz, co byłoby lepsze?

— Czy to nie jest to samo?

— Oczywiście, że nie. — Jej pełny głos świadczył o przyjemności, jaką sprawiło jej to pytanie. — Jest to przeciwieństwo, na którym będzie się opierać siła oddziaływania nowej wiary. Nie można zbudować nowej teologii na Niczym, nic zaś nie stanowi mocniejszej podstawy od przeciwieństwa. Spójrz na naszych poprzedników z przeszłości: wszyscy twierdzili, że ich bóstwa władają całym wszechświatem, a jednocześnie potrzebują ochrony i opieki, niczym dzieci przerażone gdakaniem kur. Albo że władza, która nie karze nikogo, dopóki istnieje jakakolwiek nadzieja na poprawę, ukarze wszystkich, kiedy nie będzie już żadnej szansy, że ktokolwiek na tym skorzysta.

— To dla mnie zbyt skomplikowane sprawy — powiedziałem.

— Wcale nie. Jesteś równie inteligentny jak większość młodych ludzi, tyle że wy, jak mi się wydaje, nie macie żadnej religii. Czy każą ją wam porzucić?

— Skądże znowu. Mamy niebiańskich patronów i specjalne obrzędy, podobnie jak wszystkie bractwa.

— A my nie. — Przez moment wydawało się, jakby nad tym bolała. — Tak jest tylko w bractwach i w armii, która także jest czymś w rodzaju bractwa. Byłoby nam chyba lepiej, gdybyśmy i my miały coś takiego. Mimo to i tak wszystkie święta i noce czuwania są wielkimi festynami, okazjami do tego, żeby założyć nowe stroje. Podoba ci się? — Wstała i rozłożyła ramiona, prezentując zabrudzoną suknię.

— Jest bardzo ładna — zapewniłem ją. — Szczególnie hafty i sposób, w jaki naszyte są te małe perły.

— Zostałam w tym zabrana i jest to jedyny strój, jaki tutaj mam. Właściwie to przeznaczony jest na porę obiadową, między późnym popołudniem i wczesnym wieczorem.

Odparłem, że jestem pewien, iż mistrz Gurloes poleci sprowadzić jej inne suknie, jeżeli tylko o to poprosi.

— Zrobiłam to, a on powiedział, że posłał już ludzi do Domu Absolutu, lecz nie mogli go odnaleźć, co oznacza, że Dom usiłuje stworzyć wrażenie, jakbym nigdy nie istniała.

Możliwe, że wszystkie moje rzeczy zostały odwiezione do naszego zamku na północy lub do jednej z willi. Sekretarz ma przygotować pismo, które zostanie tam wysłane.

— Czy wiesz, kogo posłał? — zapytałem. — Dom Absolutu musi być przynajmniej tak duży jak nasza Cytadela i to chyba niemożliwe, żeby nie dało się go znaleźć.

— Wręcz przeciwnie, to bardzo łatwe. Ponieważ go nie widać, możesz nawet w nim być i jeśli nie masz dość szczęścia, wcale o tym nie wiedzieć. Poza tym biorąc pod uwagę, że wszystkie drogi są zamknięte, wystarczy wydać polecenie szpiegom, żeby wskazali niewłaściwy kierunek, a oni mają szpiegów wszędzie.

Miałem już zapytać, jak to możliwe, żeby Dom Absolutu (który wyobrażałem sobie zawsze jako ogromny pałac o strzelistych wieżach) był niewidzialny, ale Thecla myślała już o czymś innym, bawiąc się bransoletą w kształcie ośmiornicy, której macki opasywały jej białe ramię; oczy potwora wykonane były ze szlifowanych na okrągło brylantów.

— Pozwolono mi ją zatrzymać, chociaż to bardzo cenna rzecz. Nie srebro, lecz platyna. Byłam tym zaskoczona.

— Nie ma tutaj nikogo, kogo można by przekupić.

— Ale można ją sprzedać w Nessus, żeby kupić ubrania. Czy próbował się ze mną skontaktować któryś z moich przyjaciół? Może coś wiesz, Severianie?

Potrząsnąłem głową.

— I tak by ich tutaj nie dopuszczono.

— Rozumiem, ale ktoś mógł jednak próbować. Czy wiesz, że większość ludzi w Domu Absolutu nie zdaje sobie sprawy z istnienia tego miejsca? Widzę, że mi nie wierzysz.

— Czy to znaczy, że nie wiedzą o istnieniu Cytadeli?

— O niej wiedzą, bo przecież niektóre jej fragmenty są dostępne dla wszystkich, a poza tym trudno nie dostrzec jej wież, kiedy dotrze się do południowych krańców miasta, wszystko jedno po której stronie Gyoll. — Uderzyła dłonią w metalową ścianę celi. — Nie wiedzą o tym, a w każdym razie większość z nich twierdziłaby, że to miejsce już od dawna nie istnieje.

Ona była wielką kasztelanką, ja zaś czymś gorszym od niewolnika (oczywiście w oczach zwykłych ludzi, nie rozumiejących zadań, jakie spełnia nasza konfraternia). Kiedy jednak minął czas i w dźwięczące drzwi zastukał Drotte, to ja wstałem, opuściłem celę i wkrótce oddychałem już czystym wieczornym powietrzem, ona zaś została, by słuchać jęków i krzyków innych uwięzionych. (Chociaż jej cela znajdowała się w pewnej odległości od schodów, śmiech dobiegający z trzeciego poziomu był doskonale słyszalny, jeżeli akurat nie było z nią kogoś, z kim mogłaby rozmawiać).

Tego wieczoru w naszej bursie zapytałem, czy ktoś zna imiona czeladników, których mistrz Gurloes wysłał w poszukiwaniu Domu Absolutu. Nikt ich nie znał, ale moje pytanie wywołało ożywioną dyskusję. Chociaż żaden z chłopców nie widział tego miejsca ani nawet nie rozmawiał z kimś, kto tam był, wszyscy wiele na ten temat słyszeli. Większość opowieści dotyczyła nieprzebranych bogactw: szczerozłotych zastaw, haftowanych srebrną nicią tkanin i tym podobnych rzeczy. Znacznie bardziej interesujące były opisy samego Autarchy, który gdyby chciał odpowiadać im wszystkim, musiałby być jakimś potworem: miał być wysokiego wzrostu w pozycji stojącej, ale już tylko średniego, gdy siedział. Miał być niezwykle stary albo bardzo młody, miał być przebraną za mężczyznę kobietą i tak dalej, i tak dalej. Jeszcze bardziej fantastyczne były opowieści o jego wezyrze, słynnym Ojcu Inire, który przypominał małpę i był najstarszym człowiekiem na świecie.

Zaczęliśmy już na dobre licytować się najdziwaczniejszymi plotkami, kiedy rozległo się pukanie do drzwi. Otworzył je najmłodszy z nas i ujrzałem Roche'a ubranego nie w wymagane przepisami bractwa fuliginowe szaty, lecz w zwyczajne, chociaż nowe i o modnym kroju spodnie, koszulę i płaszcz. Skinął na mnie, a kiedy zbliżyłem się do drzwi, dał mi znak, że mam iść za nim.

Odezwał się dopiero wtedy, kiedy zeszliśmy kilkanaście stopni w dół.

— Obawiam się, że przestraszyłem tego szkraba. Nie wiedział, kim jestem.

— Nic dziwnego — odparłem. — Poznałby cię, gdybyś był ubrany w swój zwykły strój.

Sprawiło mu to przyjemność, roześmiał się bowiem głośno.

— Wiesz, czułem się bardzo dziwnie, pukając do tych drzwi. Który dzisiaj? Osiemnasty... Więc to już prawie trzy tygodnie. Jak ci się wiedzie?

— Nie najgorzej.

— Zdaje się, że masz ich wszystkich w garści. Eata jest twoim zastępcą, prawda? Nie zostanie czeladnikiem wcześniej niż za cztery lata, więc po tobie jeszcze trzy lata będzie kapitanem uczniów. To dobrze dla niego, bo nabierze doświadczenia; przykro mi, że ty nie miałeś takiej możliwości. Stałem ci na drodze, ale wtedy nie potrafiłem tego dostrzec.

— Dokąd idziemy, Roche?

— Najpierw do mojej kwatery, żeby cię ubrać. Czy cieszysz się, że już niebawem zostaniesz czeladnikiem, Severianie?

Rzucił mi to pytanie przez ramię i pobiegł po schodach, nie czekając na odpowiedź.

Mój strój różnił się od jego tylko kolorami. Czekały na nas także cięższe wierzchnie płaszcze i nakrycia głowy.

— Przydadzą nam się — powiedział Roche, kiedy się ubierałem. — Jest zimno i zaczyna padać śnieg. — Wręczył mi szalik i kazał zdjąć zniszczone sandały, a włożyć nowe buty.

— To buty czeladnika — zaprotestowałem. — Nie wolno mi ich nosić.

— Wkładaj. Nikt nie zauważy, wszyscy noszą czarne buty. Pasują?

Były za duże, więc wciągnąłem jeszcze na stopy jego skarpety.

— Właściwie to ja powinienem nieść sakiewkę, ale ponieważ zawsze istnieje możliwość, że się rozdzielimy, musisz mieć przy sobie parę asimi. — Położył monety na mojej dłoni. — Gotowy? Chodźmy więc. Chciałbym wrócić na tyle wcześnie, żeby się jeszcze trochę przespać.

Wyszliśmy z wieży i owinięci w nasze dziwne ubrania minęliśmy Wiedźminiec, i skręciliśmy w kryte przejście wiodące koło Martella do tak zwanego Zburzonego Dworu. Roche miał rację: zaczynało padać. Puszyste płatki wielkości połowy mego kciuka opadały wolno i dostojnie, jakby leciały tak już od lat. Nie było wiatru, więc doskonale słyszeliśmy skrzypienie naszych butów w białej cienkiej pelerynie, którą narzucił na siebie znajomy świat.

— Masz szczęście — odezwał się po pewnym czasie Roche. — Nie wiem, jak to osiągnąłeś, ale jestem ci wdzięczny.

— Co osiągnąłem?

— Pozwolenie na tę wyprawę do Echopraksji i kobietę dla każdego z nas. Wiesz o tym, prawda? Mistrz Gurloes powiedział mi, że cię uprzedził.

— Zapomniałem, a poza tym nie byłem pewien, czy mówi serio. Będziemy cały czas iść? To chyba daleko stąd.

— Nie tak daleko, jak myślisz, ale powiedziałem ci już, że mamy pieniądze. Przy Gorzkiej Bramie czekają fiakry. Zawsze tam są — ludzie bez przerwy przemieszczają się z miejsca na miejsce, chociaż my w tym naszym cichym zakątku nie mamy o tym pojęcia.

Aby podtrzymać rozmowę, powtórzyłem mu to, co usłyszałem od kasztelanki Thecli: że wielu ludzi z Domu Absolutu nic nie wie o naszym istnieniu.

— Z całą pewnością to prawda. Dorastając w naszym bractwie, wydaje ci się, że stanowi ono centrum świata. Kiedy jednak jesteś już trochę starszy (sam tego doświadczyłem i jestem pewien, że mogę ci się zwierzyć), coś nagle odblokowuje ci się w głowie i w pewnej chwili stwierdzasz, że twoje zajęcie nie jest bynajmniej pępkiem wszechświata, tylko dobrze płatnym niepopularnym zawodem, który tak się akurat złożyło, przyszło ci wykonywać.

Tak jak przewidywał Roche, przy Gorzkiej Bramie stały trzy powozy. Jeden z nich, z herbami na drzwiach i lokajami w szykownych liberiach, należał z pewnością do jakiegoś arystokraty, ale dwa pozostałe, małe i bez żadnych ozdób, czekały na wynajęcie. Woźnice w swoich opuszczonych na uszy futrzanych czapach grzali się wokół płonącego ogniska.

Roche zawołał głośno i zaczął machać ręką; jeden z woźniców wskoczył na kozioł, trzasnął biczem i podjechał do nas. Kiedy znaleźliśmy się już w środku, zapytałem Roche'a, czy ów człowiek wie, kim jesteśmy.

— Dwoma optymatami, którzy załatwiali jakieś sprawy w Cytadeli, a teraz udają się do Echopraksji, by spędzić tam przyjemny wieczór. Tyle wie i tyle musi mu wystarczyć.

Zastanawiałem się, czy Roche ma w tych sprawach dużo więcej doświadczenia ode mnie, ale wydawało mi się to raczej mało prawdopodobne. Mając nadzieję dowiedzieć się w ten sposób, czy był już tam, dokąd zmierzaliśmy, zapytałem, gdzie dokładnie znajduje się Echopraksja.

— W Algedonie. Słyszałeś o tym miejscu?

Skinąłem głową i powiedziałem, że mistrz Palaemon wspominał kiedyś, iż jest to najstarsza część miasta.

— Niezupełnie. Obszary bardziej na południe są jeszcze starsze, ale to teraz tylko kamienna pustynia, w której żyją jedynie omofagowie. Czy wiesz, że kiedyś Cytadela znajdowała się na północ od Nessus?

Potrząsnąłem głową.

— Miasto cały czas posuwa się w górę rzeki. Optymaci i arystokraci chcą mieć czystą wodę — nie po to, żeby ją pić, lecz do basenów z rybami, do kąpieli i żeglowania. Poza tym każdy kto mieszka zbyt blisko morza, jest od razu trochę podejrzany. Tak więc położone najniżej tereny, na których woda jest najgorsza, są stopniowo opuszczane.

Przestaje tam działać prawo, aż wreszcie ci, którzy pozostali, lękają się rozpalić ogień w obawie przed tym, co może ich spotkać, gdyby zostali zauważeni.

Wyglądałem przez okno. Minęliśmy jakąś nie znaną mi bramę pilnowaną przez strażników w hełmach na głowach. Ciągle jednak znajdowaliśmy się na terenie Cytadeli i jechaliśmy w dół wąskim przesmykiem między dwoma rzędami zamkniętych na głucho okien.

— Kiedy jesteś czeladnikiem, możesz wychodzić do miasta, gdy tylko zechcesz, jeśli oczywiście nie jesteś akurat na służbie.

Doskonale o tym wiedziałem, ale zapytałem go, czy sprawia mu to przyjemność.

— Przyjemność... Chyba nie. Prawdę mówiąc, byłem tam dopiero dwa razy. To nie tyle przyjemne, co raczej interesujące. Oczywiście wszyscy wiedzą, kim jesteś.

— Powiedziałeś, że woźnica nie wie.

— No, on chyba nie. Woźnice poruszają się po całym Nessus. Może mieszkać daleko stąd i odwiedzać Cytadelę nie częściej niż raz w roku. Ale miejscowi wiedzą. Żołnierze mówią. Oni zawsze wiedzą i zawsze mówią. Mogą być w mundurach, kiedy idą do miasta.

— W oknach jest ciemno. W tej części Cytadeli chyba zupełnie nikt nie mieszka.

— Wszystko się zmniejsza i nikt nie może nic na to poradzić. Mniej żywności oznacza mniej ludzi i tak już będzie aż do nadejścia Nowego Słońca.

Pomimo zimna zrobiło mi się nagle duszno.

— Czy jeszcze daleko? — zapytałem.

— Masz prawo się denerwować — zachichotał Roche.

— Wcale się nie denerwuję.

— Oczywiście, że tak. Ale nie przejmuj się, to zupełnie naturalne. Nie denerwuj się tym, że się denerwujesz, jeśli rozumiesz, co mam na myśli.

— Jestem zupełnie spokojny.

— Możesz to zrobić szybko, jeśli chcesz. Jeżeli nie masz ochoty, nie musisz z nią rozmawiać. Jej jest wszystko jedno. Oczywiście ona będzie mówić, jeśli sobie tego zażyczysz. Ty przecież płacisz — to znaczy w tym wypadku ja, ale zasada pozostaje taka sama. Zrobi wszystko, czego zażądasz, oczywiście w granicach rozsądku. Jeśli uderzysz ją albo użyjesz bicza, będzie więcej kosztowało.

— Ludzie tak czynią?

— Tylko amatorzy. Nie sądzę, żebyś ty to robił ani ktokolwiek z bractwa, chyba że sobie zdrowo popije. — Przerwał na moment. — Te kobiety łamią prawo, więc nie mogą się na nic skarżyć.

Ślizgając się niebezpiecznie, powóz wyjechał wreszcie z przesmyku i skręcił w jeszcze węższy, prowadzący na wschód.

Rozdział IX

Lazurowy Pałac

Celem naszej podróży okazała się jedna z tych przerośniętych budowli, które można zobaczyć w starszej części miasta (i tylko tam, o ile mi wiadomo), w których nagromadzenie najróżniejszych dobudówek i połączeń scalających odrębne niegdyś budynki doprowadziło do powstania pogmatwanej mieszaniny stylów i mód, charakteryzującej się mnogością wieżyczek i baszt wystrzeliwujących tam, gdzie pierwszy projektant zaplanował jedynie płaskie dachy. Śniegu było tutaj znacznie więcej, czyli albo spadł już wcześniej, albo dopadało go po prostu podczas naszej jazdy. Bezkształtne białe czapy otaczały wysoki portyk, łagodząc i zacierając linie architektoniczne, tworząc grube poduchy na okiennych parapetach i przyoblekając drewniane, podtrzymujące dach kariatydy w białe szaty, dzięki czemu miejsce to samym swoim wyglądem zdawało się obiecywać ciszę, bezpieczeństwo i dyskrecję.

Górne piętra były zupełnie ciemne, ale w oknach na parterze paliło się żółte przyćmione światło. Pomimo tłumiącego wszelkie odgłosy śniegu ktoś wewnątrz musiał jednak usłyszeć nasze kroki. Stare, wielkie, mające lata świetności już za sobą drzwi otworzyły się, zanim Roche zdążył zapukać. Znaleźliśmy się w małym wąskim pomieszczeniu przypominającym szkatułę na klejnoty, o ścianach i suficie obitych błękitnym atłasem. Człowiek, który nas wpuścił, miał buty na grubych podeszwach i żółtą szatę. Jego krótkie siwe włosy były zaczesane do tyłu z szerokiego czoła, wznoszącego się nad starannie ogoloną, gładką twarzą. Mijając go w drzwiach, odniosłem wrażenie, jakbym patrząc w jego oczy, wyglądał przez okno — błyszczały jak wypolerowane i nie miały nawet śladu najmniejszych żyłek. Naprawdę mogły być ze szkła i miały kolor nieba podczas długotrwałej letniej suszy.

— Sprzyja wam szczęście — powiedział, wręczając każdemu z nas kielich. — Nie ma nikogo oprócz was.

— Dziewczęta muszą czuć się samotne — zauważył Roche.

— Tak jest. Uśmiechasz się, więc mi nie wierzysz, ale zapewniam cię, że to prawda. Skarżą się, gdy zbyt wielu odwiedza ich pałac, ale kiedy nikt nie przychodzi, są bardzo smutne. Każda z nich postara się was dzisiaj oczarować. Zobaczycie. Kiedy odejdziecie, będą się chełpić, że to właśnie je wybraliście. Poza tym obaj jesteście bardzo urodziwymi młodzieńcami. — Przerwał i chociaż nie czynił tego w sposób natarczywy, to jednak obrzucił nas długim uważnym spojrzeniem. — Byłeś już tutaj, prawda? Pamiętam twoje rude włosy i szatę. Daleko na południu dzicy w podobny sposób przedstawiają swojego boga ognia. A twój przyjaciel ma twarz arystokraty... To właśnie moje dziewczęta lubią najbardziej. Domyślam się, dlaczego go tutaj przyprowadziłeś. — Jego głos mógł być męskim tenorem lub kobiecym kontraltem.

Otworzyły się następne drzwi, w których znajdował się mały witraż przedstawiający kuszenie. Weszliśmy do pokoju wyglądającego (bez wątpienia poprzez porównanie z tym, który opuściliśmy) na znacznie większy, niżby na to mogły pozwolić zewnętrzne wymiary budynku. Wysoki sufit przystrojono tkaniną przypominającą biały jedwab i nadającą pomieszczeniu charakter letniego pawilonu. Wzdłuż ścian po obu stronach ciągnęły się kolumnady — fałszywe, rzekome kolumny były bowiem jedynie wystającymi nieznacznie z błękitnej ściany pilastrami, architrawy zaś miały głębokość cienkich listew, ale w miejscu, w którym staliśmy, złudzenie było prawie zupełne.

W drugim końcu tej komnaty, naprzeciwko okien, stało przypominające tron krzesło o wysokim oparciu. Nasz gospodarz zajął na nim miejsce i w tej samej chwili gdzieś we wnętrzu domu rozległ się dźwięk dzwonka. Czekaliśmy w milczeniu, aż przebrzmi jego czyste echo. Z zewnątrz nie dochodził żaden odgłos, ale czułem wyraźnie, że śnieg ciągle pada. Puchar wina, który cały czas trzymałem w dłoni, obiecywał oddalenie wszelkich wspomnień o chłodzie, więc kilkoma łykami opróżniłem go do dna. Było to tak, jakbym oczekiwał na rozpoczęcie ceremonii w zrujnowanej kaplicy, tyle tylko że wszystko było mniej realne i zarazem bardziej poważne.

— Kasztelanka Barbea — oznajmił gospodarz.

Do komnaty weszła wysoka kobieta. Była tak piękna i tak wspaniale ubrana, że minęło kilka chwil, zanim uświadomiłem sobie, że nie może mieć więcej niż siedemnaście lat. Jej twarz była owalna i doskonała, oczy kryształowe, nos mały i prosty, a usta drobne i pomalowane tak, żeby wydawały się jeszcze mniejsze. Kolor jej włosów tak bardzo przypominał wypolerowane złoto, że równie dobrze mogła to być peruka ze szczerozłotych nici.

Przesunęła się o krok lub dwa i zaczęła powoli się obracać, przyjmując najróżniejsze wdzięczne pozy. Nigdy wcześniej nie spotkałem zawodowej tancerki, ale nawet jeszcze teraz jestem pewien, że ona była najpiękniejsza ze wszystkich, jakie kiedykolwiek później widziałem. Nie jestem w stanie przekazać, co wówczas czułem, obserwując ją w tej tajemniczej komnacie.

— Wszystkie dworskie piękności czekają na was — odezwał się nasz gospodarz. — Właśnie tutaj, w Lazurowym Pałacu, dokąd przylatują nocą ze swoich złotych komnat, by znaleźć zapomnienia w dawanej wam rozkoszy.

Byłem niemal zahipnotyzowany i wydawało mi się, że ta fantastyczna przenośnia została użyta w sensie jak najbardziej dosłownym.

— To chyba nie może być prawda — zaprotestowałem.

— Przybyłeś tu w poszukiwaniu rozkoszy, czyż nie tak? Cóż w tym złego, jeżeli oprócz niej otrzymujesz także marzenie? — Przez cały czas złotowłosa dziewczyna kontynuowała swój powolny, odbywający się w ciszy taniec.

Chwile mijały jedna za drugą.

— Podoba się wam? — zapytał mężczyzna. — Bierzecie ją?

Miałem już powiedzieć (a raczej wykrzyczeć, tak jak krzyczało we mnie wszystko, co kiedykolwiek pragnęło lub mogło pragnąć kobiety), że tak, że ją biorę, ale uprzedził mnie Roche.

— Zobaczymy jeszcze inne — powiedział. Dziewczyna przerwała taniec, ukłoniła się i wyszła z komnaty.

— Możecie zdecydować się na więcej niż jedną. Razem lub oddzielnie. Mamy bardzo duże łóżka. — Drzwi otworzyły się. — Kasztelanka Gracia.

Chociaż ta dziewczyna była zupełnie inna, było w niej coś, co przypominało jej poprzedniczkę. Jej włosy były białe niczym tańczące za oknami płatki, dzięki czemu młoda twarz wydawała się jeszcze młodsza, a ciemna karnacja skóry jeszcze ciemniejsza. Miała (a w każdym razie takie sprawiała wrażenie) obfitsze piersi i bujniejsze biodra. Mimo to wydawało mi się niemal możliwe, że jest to ta sama kobieta, że w ciągu tych kilku sekund, na które zniknęła nam z oczu, zmieniła tylko strój, perukę i przyciemniła sobie twarz warstwą pudru. Było to absurdalne przypuszczenie, ale podobnie jak w wielu absurdach znajdował się w nim element prawdy. W oczach obu kobiet, w ich ustach, postawie i gestach było coś wspólnego. Przypominało to coś, co już gdzieś widziałem (ale nie mogłem sobie przypomnieć gdzie), a jednocześnie było to nowe i jak podświadomie wyczuwałem, gorsze od tej tajemniczej rzeczy, którą mi przypominało.

— To mi wystarczy — powiedział Roche. — Teraz musimy znaleźć coś dla mego przyjaciela.

Dziewczyna, która nie tańczyła, jak jej poprzedniczka, tylko uśmiechając się lekko, obracała się z wolna na środku komnaty, pozwoliła teraz uśmiechowi opanować bez reszty swoją twarz, zbliżyła się do Roche'a, usiadła na poręczy jego fotela i zaczęła coś mu szeptać do ucha.

— Kasztelanka Thecla — oznajmił gospodarz i drzwi otworzyły się po raz trzeci.

Wydawało się, że to naprawdę ona, dokładnie taka, jaką ją zapamiętałem — tajemnicą pozostawał jedynie sposób, w jaki udało się jej uciec. Raczej rozsądek niż obraz, który widziałem, przekonały mnie, że jednak się mylę. Nie wiem, czy zdołałbym wychwycić jakiekolwiek różnice, gdyby stanęły obok siebie; może ta kobieta była nieco niższa.

— A więc ją wybierasz — powiedział nasz gospodarz. Nie mogłem sobie przypomnieć, żebym cokolwiek mówił.

Roche wydobył skórzaną sakiewkę i oznajmił, że zapłaci za nas obu. Przyglądałem się, jak wydobywa monety, spodziewając się blasku chrisos, ale nie dostrzegłem nic oprócz kilku asimi.

„Kasztelanka Thecla" dotknęła mojej dłoni. Zapach jej perfum był znacznie intensywniejszy od tych, których używała prawdziwa Thecla, ale była to ta sama kompozycja, która kojarzyła się z wonią palonych płatków róży.

— Chodź — powiedziała.

Poszedłem za nią najpierw przez słabo oświetlony i niezbyt czysty korytarz, a potem w górę po wąskich schodach. Zapytałem, jak wiele dam dworu przebywa w tym pałacu, a ona przystanęła na chwilę, obrzucając mnie spod oka szybkim spojrzeniem. Jej twarz przepełniało coś, co mogło być zaspokojoną próżnością, miłością albo tym skrytym uczuciem, które opanowuje nas wówczas, gdy wygrywamy współzawodnictwo.

— Dzisiejszego wieczoru bardzo niewiele. To przez ten śnieg. Ja przyjechałam saniami z Gracią.

Skinąłem głową. Wiedziałem wystarczająco dużo, by domyślić się, że przyszła na piechotę z jakiegoś domostwa przy jednej z pobliskich nędznych uliczek, chroniąc włosy pod narzuconym na nie szalem i czując przez podeszwy starych butów ukąszenia mrozu. Mimo to jej słowa wydały mi się znacznie ważniejsze niż rzeczywistość — nagle ujrzałem spocone rumaki pędzące przez śnieg znacznie szybciej od jakiejkolwiek maszyny i ciemne na tle czerwonych pluszowych siedzeń sylwetki pięknych młodych kobiet, przyozdobionych klejnotami i otulonych w drogocenne futra.

— Dlaczego nie idziesz?

Doszła już do szczytu schodów, niknąc mi niemal z oczu. Ktoś coś do niej powiedział, tytułując ją „moja najdroższa siostro", a kiedy wspiąłem się kilka stopni wyżej, zobaczyłem kobietę bardzo podobną do tej o twarzy w kształcie serca i w nasuniętym na czoło kapturze, która była tamtej nocy z Vodalusem. Ona jednak nie zwróciła na mnie uwagi i jak tylko zrobiłem jej miejsce, zbiegła szybko na dół.

— Widziałeś, co mógłbyś mieć, gdybyś zażądał pokazania jeszcze jednej z nas. — Uśmiech, taki sam jak ten, który zdążyłem już dobrze poznać, igrał w kąciku zmysłowych ust.

— I tak wybrałbym ciebie.

— To naprawdę zabawne. Chodź, chodź ze mną, nie będziesz przecież stał bez końca na korytarzu. Zachowałeś kamienną twarz, ale oczy o mało nie wyszły ci z orbit. Jest piękna, nieprawdaż?

Przypominająca Theclę kobieta otworzyła drzwi i znaleźliśmy się w małej sypialni, w której stało olbrzymich rozmiarów łóżko. Z sufitu na srebrnym łańcuchu zwieszała się kadzielnica, w rogu zaś stał świecznik o różnych kloszach. Oprócz tego w pokoju znajdowała się także niewielka toaletka z lustrem i wąska szafa, toteż tylko z wielkim trudem mogły zmieścić się jeszcze dwie osoby.

— Czy chciałbyś sam mnie rozebrać?

Skinąłem głową i postąpiłem krok w jej stronę.

— W takim razie muszę cię ostrzec, żebyś uważał na moją suknię. — Odwróciła się do mnie plecami. — Rozpina się z tyłu. Zacznij od samej góry, od spinki na karku. Jeżeli zbyt się podniecisz i coś podrzesz, każą ci za to zapłacić, więc żebyś nie mówił, że nikt cię o tym nie uprzedzał.

Moje palce odnalazły małą haftkę i rozpięły ją.

— Sądziłem, kasztelanko, że masz wiele sukien.

— Oczywiście, że mam. Ale nie myślisz chyba, że chciałabym wrócić do Domu Absolutu w podartym stroju?

— Z pewnością masz tutaj jeszcze inne.

— Tak, ale niewiele. Kiedy mnie nie ma, zawsze ktoś ich używa.

Materiał, który w komnacie z fałszywymi kolumnami wydawał mi się tak piękny i bogaty, w dotyku okazał się tandetny i cienki.

— Żadnych atłasów, jak się domyślam — powiedziałem, rozpinając haftkę. — Żadnych jedwabi ani pereł.

— Oczywiście.

Cofnąłem się o krok, opierając się niemal plecami o drzwi. Nie było w niej nic z Thecli. Złudzenie polegało na nieznacznym podobieństwie gestów i stroju. Znajdowałem się w małym chłodnym pokoju, spoglądając na kark i nagie ramiona jakiejś biednej dziewczyny, której rodzice przyjmą pewnie z radością część taniego srebra Roche'a, udając, że nie wiedzą, gdzie i w jaki sposób spędziła noc ich córka.

— Nie jesteś kasztelanką Theclą — powiedziałem. — Co ja tutaj robię?

Ton mojego głosu zawierał chyba więcej, niż mówiły słowa. Odwróciła się ode mnie i cienki materiał zsunął się z jej piersi. Przez twarz dziewczyny przemknął grymas strachu; musiała już kiedyś znaleźć się w podobnej sytuacji i zapewne skończyło się to dla niej niezbyt przyjemnie.

— Jestem Theclą — odparła — jeżeli chcesz, żebym nią była.

Uniosłem dłoń.

— Są tu ludzie, którzy mają za zadanie mnie chronić — dodała pośpiesznie. — Wystarczy, że krzyknę. Uderzysz mnie raz, ale nic zdążysz zrobić tego po raz drugi.

— Nieprawda.

— Właśnie że prawda. Jest ich trzech.

— Nie ma nikogo. Całe piętro jest puste i zimne; myślisz, że nie zauważyłem, jak tu jest cicho? Roche został ze swoją dziewczyną na dole i pewnie dostał lepszy pokój, bo to on płacił. Kobieta, którą spotkaliśmy na schodach, właśnie wychodziła i chciała jeszcze tylko zamienić z tobą kilka słów. — Chwyciłem ją za biodra i uniosłem. — Krzycz. Nikt nie przyjdzie — Nie odezwała się. Posadziłem ją na łóżku i sam usiadłem obok niej.

— Jesteś wściekły, bo nie jestem Theclą. A mogłam nią być dla ciebie. Jeszcze mogę. — Zdjęła mi z ramion płaszcz i rzuciła go na podłogę. — Jesteś bardzo silny.

— Wcale nie. — Wiedziałem doskonale, że niektórzy z chłopców, którzy tak się mnie bali, są znacznie silniejsi ode mnie.

— Bardzo silny. Czy nie dość silny, żeby chociaż na chwilę zapanować nad rzeczywistością?

— O czym mówisz?

— Słabi ludzie wierzą w to, co im zostanie narzucone, a mocni w to, w co chcą uwierzyć, sprawiając, że staje się to rzeczywistością. Kim jest Autarcha, jak nie człowiekiem, który wierzy w to, że jest Autarchą, i zmusza innych, żeby w to wierzyli?

— Nie jesteś kasztelanką Theclą — powtórzyłem.

— Nie rozumiesz, że ona też nią nie jest? Ta, której zapewne nigdy nie spotkałeś... Nie, widzę, że się mylę. Czy byłeś kiedyś w Domu Absolutu? — Jej małe ciepłe dłonie ściskały moją prawą rękę. Pokręciłem głową. — Czasem klienci mówią, że tam byli. Zawsze sprawia mi przyjemność słuchanie ich opowieści.

— A byli tam? Naprawdę?

Wzruszyła ramionami.

— Chciałam tylko powiedzieć, że kasztelanka Thecla nie jest tą kasztelanką Theclą, o której myślisz i marzysz, i która jest twoją wybranką. Ja także nią nie jestem. Czy w takim razie istnieje między nami jakaś różnica?

— Chyba żadna. Mimo to wszyscy pragniemy dostrzec to, co jest naprawdę realne — powiedziałem, zdejmując ubranie. — Dlaczego? Być może dlatego, że wszystkich nas przyciąga idea boskości. Tylko to jest realne, tak twierdzą święci mężowie.

Ucałowała moje uda, wiedząc już, że zwyciężyła.

— Czy jesteś gotowy, żeby to odkryć? Pamiętaj, że musisz być otoczony łaską, bo inaczej zostaniesz oddany katom. Chybabyś tego nie chciał, prawda?

— Nie — odparłem i wziąłem ją w ramiona.

Rozdział X

Ostatni rok

Zamysł mistrza Gurloesa polegał chyba na tym, żebym możliwie często przebywał w Lazurowym Pałacu, aby nie uzależnić się zbytnio od Thecli. W rzeczywistości pozwoliłem Roche'owi zachować przeznaczone dla mnie pieniądze i nigdy już tam nie poszedłem. Ból, jakiego doświadczyłem, był zbyt przyjemny, a świadomość tego zbyt bolesna i bałem się, że po jakimś czasie odbije się to na stanie mojego umysłu.

Poza tym kiedy opuszczaliśmy już tamto miejsce, siwowłosy androgyn zauważywszy moje spojrzenie, wyjął spomiędzy fałd swej szaty coś, co początkowo wziąłem za obrazek, a co okazało się małą złotą buteleczką w kształcie fallusa. Uśmiechnął się, a ponieważ w uśmiechu tym nie było nic oprócz przyjaźni, bardzo się przeraziłem.

Minęło kilka dni, zanim zdołałem oczyścić moje myśli o prawdziwej Thecli z wrażeń i wspomnień odnoszących się do fałszywej, która wprowadziła mnie w arkana anakreonckich igraszek mężczyzn i kobiet. Być może dało to efekt odwrotny do tego, jaki zamierzał osiągnąć mistrz Gurloes, ale nie przypuszczam. Wydaje mi się, że nigdy nie byłem dalszy od pokochania tej nieszczęśliwej kobiety niż wówczas, gdy miałem jeszcze świeżo w pamięci chwile, kiedy była moja. Dostrzegając coraz wyraźniej, że było to nieprawdą, czułem się w obowiązku jakoś temu zadośćuczynić, będąc jednocześnie (chociaż wówczas nie zdawałem sobie jeszcze z tego sprawy) coraz bardziej zafascynowany światem starożytnej wiedzy i dostojeństwa, które ona reprezentowała.

Książki, które jej przyniosłem, stały się moim uniwersytetem, ona zaś wyrocznią. Nie jestem wykształconym człowiekiem — od mistrza Palaemona nauczyłem się zaledwie czytać, pisać i rachować oraz niewielu wiadomości dotyczących otaczającego mnie świata i sekretów związanych z naszym powołaniem. Jeżeli naprawdę wykształceni ludzie uważali mnie czasem jeżeli nie za im równego, to w każdym razie za kogoś, kogo towarzystwo nie przynosi ujmy, zawdzięczam to wyłącznie Thecli. Tej Thecli, którą pamiętam, która ciągle we mnie żyje, a także jej czterem książkom.

Nie będę tutaj wspominał tego, co czytaliśmy i o czym rozmawialiśmy, nie starczyłoby mi bowiem na to tej krótkiej nocy. Przez całą zimę, kiedy Stary Dziedziniec leżał pod warstwą śniegu, wracając z lochów, czułem się tak, jakbym budził się ze snu, i dopiero po chwili zaczynałem dostrzegać pozostawione przeze mnie ślady i kładący się na białym całunie cień. Thecla była bardzo smutna, ale znajdowała wielką przyjemność w opowiadaniu mi o tajemnicach przeszłości, o wzajemnych powiązaniach ludzi z wyższych sfer, o wielkich bitwach i żyjących przed tysiącami lat bohaterach.

*

Rozkwitła wiosna, a wraz z nią fioletowobiałe lilie rosnące w nekropolii. Przyniosłem jej cały ich bukiet, a ona powiedziała mi, że moja broda zaczęła rosnąć tak szybko jak one i że niebawem będę miał zarost bujniejszy, niż to się zwykle spotyka, nazajutrz zaś błagała mnie o wybaczenie, że nie dostrzegła, iż to już się stało. Ciepła pogoda i (jak przypuszczam) kwiaty, które jej przyniosłem, przyczyniły się do znacznej poprawy jej samopoczucia. Oglądaliśmy razem herby starych rodów, a ona opowiadała mi o swoich przyjaciółkach i o małżeństwach, jakie zawierały, dobrych i złych, oraz o tym, jak taka to a taka zamieniła rysującą się przed nią wspaniałą przyszłość na życie w zrujnowanej fortecy, ponieważ to właśnie zobaczyła kiedyś we śnie, a inna z kolei, z którą w dzieciństwie często bawiła się lalkami, była teraz czyjąś kochanką wiele tysięcy mil stąd.

— Kiedyś, Severianie, musi nastać nowa autarchia i nowy Autarcha. Rzeczy mogą być takimi, jakimi są, przez jakiś czas, ale nie wiecznie.

— Niewiele wiem o sprawach dworu, kasztelanko.

— Im mniej wiesz, tym lepiej dla ciebie. — Zamilkła na chwilę i przygryzła delikatnie dolną wargę białymi ząbkami. — Kiedy moja matka rodziła, słudzy zanieśli ją do Fontanny Wróżb, która potrafi uchylić rąbka tego, co dopiero ma się zdarzyć. Przepowiednia głosiła, że zasiądę na tronie. Thea zawsze mi tego zazdrościła, ale Autarcha...

— Tak?

— Będzie lepiej, jeżeli nie powiem zbyt wiele. Autarcha nie jest taki jak inni ludzie. Bez względu na to co czasem możesz ode mnie usłyszeć, na całej Urth nie ma takiego jak on.

— Wiem o tym.

— I na tym poprzestań. Spójrz — uniosła książkę w brązowej oprawie. — Oto co tu jest napisane: „Myślą Thalelaeusa Wielkiego było, że demokracja — a to oznacza lud — pragnie zawsze być kierowana przez jakąś wyższą od siebie siłę, Yrierix Mądry zaś napisał, iż pospólstwo nigdy nie pozwoli na to, żeby ktoś różniący się od niego sprawował jakikolwiek wysoki urząd. Jednakowoż każdy z nich jest nazywany Doskonałym Panem".

Milczałem nie wiedząc, co chce przez to powiedzieć.

— Nikt naprawdę nie wie, co robi Autarcha. Wszystko sprowadza się właśnie do tego. Autarcha, a także Ojciec Inire. Kiedy po raz pierwszy zjawiłam się na dworze, powiedziano mi w wielkim sekrecie, że to właśnie Ojciec Inire decyduje o polityce Wspólnoty. Kiedy przebywałam tam już dwa lata, pewien wysoko postawiony człowiek (nie mogę nawet zdradzić ci jego imienia) wyjawił mi, że wszystkim rządzi Autarcha, chociaż mieszkającym w Domu Absolutu może się wydawać, że to Ojciec Inire. Wreszcie rok temu pewna kobieta, której rozsądkowi ufam bardziej niż mądrości jakiegokolwiek mężczyzny, wyznała, że w gruncie rzeczy nie ma to żadnego znaczenia, obydwaj bowiem są równie nieprzeniknieni jak największe głębiny oceanu i nawet jeśli jeden z nich podejmuje decyzje, wtedy gdy księżyc przechodzi z pełni do nowiu, a drugi, gdy na wschodzie nadchodzi pora silnych wiatrów, nikt nie jest w stanie dostrzec różnicy. Uważałam to za bardzo mądre spostrzeżenie aż do chwili, kiedy zdałam sobie sprawę z tego, że powtórzyła mi dokładnie to samo, co ja powiedziałam jej kilka miesięcy wcześniej.

Thecla umilkła i oparła głowę na poduszce.

— W każdym razie — odezwałem się — potwierdziła się twoja opinia o niej jako o niezwykle rozsądnej osobie, okazało się bowiem, że swoje informacje czerpała z zasługującego na zaufanie źródła.

— To wszystko prawda, Severianie — odparła przyciszonym głosem, jakby nie słyszała moich słów. — Nikt nie wie, co oni mogą zrobić. Jest całkiem prawdopodobne, że już jutro będę wolna. Muszą już wiedzieć, że tutaj jestem. Nie patrz na mnie w ten sposób. Moi przyjaciele będą interweniować u Ojca Inire. Niektórzy może nawet spróbują rozmawiać o mnie z Autarchą. Wiesz, dlaczego się tutaj znalazłam, prawda?

— Miało to coś wspólnego z twoją siostrą.

— Moja siostra Thea jest z Vodalusem. Podobno została jego kochanką, co wydaje mi się całkiem prawdopodobne.

Przypomniałem sobie piękną kobietę na schodach w Lazurowym Pałacu.

— Wydaje mi się, że widziałem ją raz w nekropolii. Był z nią pewien niezwykle przystojny arystokrata, który przedstawił mi się imieniem Vodalus. Kobieta miała twarz w kształcie serca i głos przypominający gruchanie gołębicy. Czy to była ona?

— Możliwe. Chcą, żeby ocaliła mnie, zdradzając Vodalusa, ale ja wiem, że ona tego nie zrobi. Czemu nie mają mnie wypuścić, kiedy przekonają się, że tak jest w istocie?

Zacząłem mówić o czymś innym, aż wreszcie roześmiała się i powiedziała:

— Jesteś taki inteligentny, Severianie. Kiedy zostaniesz czeladnikiem, będziesz najmądrzejszym katem w historii; doprawdy to okropna myśl!

— Wydawało mi się, że znajdujesz przyjemność w takich dyskusjach, kasztelanko.

— Tylko teraz, ponieważ nie mogę stąd wyjść. Może to będzie dla ciebie zaskoczeniem, ale na wolności rzadko kiedy zajmowałam się metafizyką. Wolałam tańczyć i oglądać polowanie tresowanych lampartów na pekari. Wiedza, którą tak podziwiasz, pochodzi jeszcze z dzieciństwa, kiedy pod groźbą rózgi musiałam odsiedzieć swoje w towarzystwie nauczyciela.

— Nie musimy o tym mówić, kasztelanko, jeżeli sobie tego nie życzysz.

Wstała i zanurzyła twarz w bukiecie, który jej przyniosłem.

— Kwiaty więcej mówią o teologii niż jakiekolwiek księgi. Czy ładnie jest teraz w nekropolii? Chyba nie zrywałeś ich z grobów, prawda? A może kupiłeś od kogoś?

— Nie. Zasadzono je tam dawno temu i kwitną każdego roku.

— Już czas — odezwał się zza drzwi głos Drotte'a.

Wstałem z miejsca.

— Jak myślisz, czy będziesz mógł ją jeszcze zobaczyć? Kasztelankę Theę, moją siostrę.

— Nie sądzę, kasztelanko.

— A gdyby jednak tak się stało, czy powiesz jej o mnie, Severianie? Być może nie udało im się z nią skontaktować. Nie będzie w tym nic złego, tego właśnie życzy sobie przecież Autarcha.

— Zrobię to. — Byłem już przy drzwiach.

— Wiem, że ona nie zdradzi Vodalusa, ale może uda się osiągnąć jakiś kompromis.

Drotte zamknął drzwi i przekręcił klucz w zamku. Nie uszło mojej uwagi, że Thecla nie zapytała, skąd jej siostra i Vodalus wzięli się w naszej starożytnej, a tym samym zapomnianej przez wielu nekropolii. Po oświetlonym blaskiem lampy wnętrzu celi korytarz, ze swymi rzędami metalowych drzwi i zimnymi kamiennymi ścianami, wydał mi się nagle bardzo ciemny. Drotte zaczął opowiadać mi o wyprawie, jaką wraz z Roche'em przedsięwziął do znajdującej się po drugiej stronie Gyoll jaskini lwa, ale zdołałem jeszcze dosłyszeć dochodzący zza zamkniętych drzwi głos Thecli:

— Przypomnij jej, jak razem zaszyłyśmy rozprutą lalkę Josephy!

Lilie szybko zwiędły, jak to jest w ich zwyczaju, rozkwitły natomiast ciemne róże śmierci. Ściąłem je i zaniosłem Thecli fioletowo-szkarłatne naręcze, ona zaś uśmiechnęła się i wyrecytowała:

> Spoczywa tu *Róża Gracji*, nie *Róża Czystości*,
> *I wcale nieróżane pachną tu wonności.*

— Jeżeli ich zapach nie podoba ci się, kasztelanko...

— Ależ skąd, jest bardzo słodki. Przypomniałam sobie tylko coś, co często opowiadała moja matka. Podobno tamta kobieta okryła się niesławą, będąc jeszcze małą dziewczynką, więc kiedy umarła, wszystkie dzieci powtarzały ten wierszyk. Ja jednak uważam, że jest on znacznie starszy, chwila i okoliczności zaś jego powstania są zagubione w dawnych czasach, tak samo jak początki wszystkich dobrych i złych rzeczy. Mężczyźni ponoć pożądają kobiet, Severianie. Dlaczego w takim razie pogardzają tymi, które uda im się zdobyć?

— Nie sądzę, żeby odnosiło się to do wszystkich.

— Ta piękna Róża oddała się komuś, a potem musiała cierpieć wiele drwin i szyderstw, chociaż jej sny i marzenia dawno już rozpadły się w proch z jej smukłym ciałem. Podejdź tutaj i usiądź koło mnie.

Uczyniłem, co mi poleciła, ona zaś chwyciła w dłonie puszczony luźno dół mojej koszuli i ściągnęła mi ją przez głowę. Protestowałem, ale nie byłem w stanie się oprzeć.

— Czego się wstydzisz? Nie masz przecież piersi, które musiałbyś okrywać. Jeszcze nigdy nie widziałam kogoś o ciemniejszych włosach, a jednocześnie o tak jasnej skórze... Czy uważasz, że moja skóra również jest jasna?

— Bardzo jasna, kasztelanko.

— Inni też tak myślą, ale w porównaniu z twoją jest niemal śniada. Kiedy zostaniesz katem, Severianie, będziesz musiał unikać słońca, bo możesz okrutnie się poparzyć.

Jej włosy, zwykle spływające swobodnie na ramiona, dzisiaj były upięte dokoła głowy na kształt czarnej aureoli. Nigdy jeszcze tak bardzo nie przypominała swojej siostry Thei; ogarnęło mnie tak ogromne pożądanie, że wydawało mi się, iż z każdym uderzeniem serca tryska ze mnie fontanna krwi, pozostawiając mnie coraz słabszym i słabszym.

— Dlaczego pukasz do moich drzwi? — Jej uśmiech powiedział mi, że wie, co się ze mną dzieje.

— Muszę już iść.

— Nie zapomnij nałożyć koszuli. Nie chcesz chyba, żeby twoi przyjaciele zobaczyli cię w takim stanie?

Tej nocy, chociaż wiedziałem, że to nic nie da, poszedłem do nekropolii i spędziłem kilka wacht, spacerując wśród milczących domostw umarłych. Wróciłem tam następnej nocy i jeszcze następnej, a potem Roche wziął mnie ze sobą do miasta i tam w jakiejś karczmie usłyszałem kogoś, kto mówił, że Vodalus przebywa daleko na północy, ukrywając się w ściśniętych mrozem lasach i napadając na kalifów.

Mijały dni. Thecla była już zupełnie pewna, że ponieważ tak długo nic złego się nie działo, nie zostanie nigdy poddana torturom, i poleciła Drotte'owi, żeby dostarczono jej materiały do pisania i rysowania, przy użyciu których naszkicowała plan willi, którą miała zamiar postawić nad południowym brzegiem jeziora Diuturna — według jej słów znajdowało się ono w najdalszej, a zarazem najpiękniejszej części Wspólnoty. Ja z kolei, uważając to za swój obowiązek, zabierałem uczniów na pływackie wyprawy, chociaż nurkując w głębokiej wodzie, ciągle jeszcze nie mogłem pozbyć się uczucia strachu.

A potem zupełnie niespodziewanie, jak się wydawało, zrobiło się za zimno na pływanie, pewnego ranka zaś starte kamienie Starego Dziedzińca roziskrzyły się igiełkami szronu, a na naszych talerzach pojawiła się świeża wieprzowina — nieomylny znak, że do znajdujących się poniżej miasta wzgórz dotarł już prawdziwy mróz. Zostałem wezwany przed oblicze mistrza Gurloesa i mistrza Palaemona.

— Dochodzą nas pochlebne opinie na twój temat, Severianie — odezwał się pierwszy mistrz Gurloes. — Okres twojej uczniowskiej służby dobiega już końca.

— Wiek chłopięcy jest za tobą, a męski przed tobą — dodał niemal szeptem mistrz Palaemon. Jego głos był pełen ciepła i serdeczności.

— Otóż to — ciągnął dalej mistrz Gurloes. — Zbliża się święto naszej patronki. Przypuszczam, że myślałeś już o tym, nieprawdaż?

Skinąłem głową.

— Teraz kapitanem uczniów będzie Eata.

— A ty?

Nie rozumiałem pytania, co widząc, mistrz Palaemon powtórzył łagodnie:

— A kim ty będziesz, Severianie? Katem? Wiesz, że jeśli chcesz, możesz opuścić nasze bractwo.

Odpowiedziałem, że taka możliwość nigdy nawet nie przeszła mi przez myśl. Starałem się mówić, jakbym był wręcz zaszokowany jego słowami, ale było to kłamstwo. Wiedziałem, jak każdy z uczniów, że rzeczywistym członkiem konfraterni zostawało się wówczas, kiedy będąc już mężczyzną, świadomie i dobrowolnie zgłaszało się do niej akces. Co więcej, chociaż kochałem nasze bractwo, również go nienawidziłem — nie za cierpienie, które zadawało często niewinnym klientom, przewyższające nierzadko wielokrotnie ciężar win, jakie mogli oni popełnić, ale za to, że jego działania były bezskuteczne i bezowocne, służące władzy nie tylko nieefektywnej, ale i niewidocznej. Nie potrafię chyba lepiej oddać moich uczuć, niż mówiąc, że nienawidziłem go za to, że mnie głodziło i upokarzało, a kochałem dlatego, że było moim domem, kochałem je zaś i nienawidziłem jednocześnie dlatego, że stanowiło przeżytek dawnych czasów, że było słabe i dlatego, że wydawało się niezniszczalne.

Rzecz jasna nie podzieliłem się tymi myślami z mistrzem Palaemonem, chociaż może bym to nawet uczynił, gdyby nie obecność mistrza Gurloesa. Wydawało się nieprawdopodobne, żeby ta deklaracja lojalności złożona przez odzianego w łachmany wyrostka została wzięta na serio, ale tak właśnie się stało.

— Niezależnie od tego, czy zastanawiałeś się nad tym czy nie, ta możliwość stoi jeszcze otworem przed tobą. Wielu powiedziałoby, że głupotą jest odsłużyć ciężkie uczniowskie lata i odmówić wejścia w poczet czeladników bractwa, ale możesz tak uczynić, jeżeli taka będzie twoja wola.

— Dokąd miałbym pójść? — Nie mogłem im tego powiedzieć, ale to właśnie była główna przyczyna, dla której zdecydowałem się pozostać. Wiedziałem, że zaraz za murami Cytadeli, a właściwie za murami naszej wieży zaczyna się szeroki świat, ale nie mogłem sobie wyobrazić, że mógłbym znaleźć w nim dla siebie jakieś miejsce. Miałem do wyboru niewolę lub pustkę wolności.

— Wychowałem się w naszym bractwie — dodałem w obawie, że znajdą odpowiedź na moje pytanie.

— Tak — skinął poważnie głową mistrz Gurloes. — Ale nie jesteś jeszcze katem. Nie przyodziałeś się w fuligin.

Dłoń mistrza Palaemona, sucha i pomarszczona niczym dłoń mumii, zacisnęła się na mojej.

— Neofici powiadają: „Znak pozostanie z nami już na zawsze". Chodzi tu nie tyle o ich wiedzę i wiarę, co o krzyżmo, którym są namaszczeni. Ty wiesz, jakie jest nasze.

Skinąłem głową.

— Jest jeszcze trudniejsze do zmycia. Gdybyś opuścił nas teraz, ludzie mówiliby: „Był wychowany przez katów". Kiedy jednak przekroczysz ten próg, nikt nie powie inaczej, jak tylko: „On jest katem". Cokolwiek byś robił, zawsze i wszędzie będziesz słyszał: „On jest katem". Rozumiesz?

— Nie chcę słyszeć nic innego.

— To dobrze — powiedział mistrz Gurloes i niespodziewanie obydwaj uśmiechnęli się, mistrz Palaeomon pokazując swoje starte, zużyte zęby, a Gurloes prostokątne i żółte niczym zęby martwego kucyka. — Nadszedł w takim razie czas, żebyśmy wyjawili ci ostateczną tajemnicę. — Nawet teraz, kiedy piszę te słowa, słyszę jeszcze dobitny, podniosły ton jego głosu. — Lepiej, żebyś miał czas przemyśleć ją, zanim rozpocznie się ceremonia.

Po czym wyjawili mi sekret, którego istotę stanowi serce i sens istnienia naszej konfraterni i który jest tym bardziej święty, ponieważ nie chroni go żadna liturgia, tylko leży nagi w objęciach Wszechstwórcy.

Zaprzysięgli mnie, żebym nigdy nikomu go nie wyjawił, tylko wtedy gdy tak jak oni będę kiedyś wprowadzał mego ucznia w tajemnice naszego bractwa. Złamałem tę przysięgę, podobnie jak wiele innych.

Rozdział XI

Święto

Dzień naszej patronki przypada u schyłku zimy. Zaczyna się wtedy zabawa: czeladnicy wykonują fantastyczny taniec mieczy, mistrzowie oświetlają zrujnowaną kaplicę na Wielkim Dziedzińcu blaskiem tysięcy wonnych świec, my zaś przygotowujemy ucztę.

Te coroczne uroczystości dzielą się na wielkie (kiedy czeladnik zostaje wyniesiony do godności mistrza), średnie (gdy uczeń zostaje czeladnikiem) oraz małe (podczas których nie ma żadnych wyniesień). Ceremonia nadania mi godności czeladnika miała rangę średniego święta, ponieważ żaden z czeladników nie otrzymywał jednocześnie tytułu mistrza. Nie było w tym nic dziwnego — takie okazje zdarzają się nie częściej niż raz na dziesięć lat.

Niezależnie od tego przygotowania zaczynają się już na wiele tygodni przed oczekiwaną chwilą. Słyszałem kiedyś, że na terenie Cytadeli pracują członkowie co najmniej stu trzydziestu pięciu różnych konfraterni, z których kilka (jak na przykład bractwo kuratorów) jest zbyt małych, żeby czcić swoich patronów w kaplicy, więc ich członkowie dołączają wówczas do swoich braci w mieście. Pozostałe jednak konfraternie świętują z największą fetą, na jaką je stać, aby umocnić, a nawet powiększyć swój prestiż. Tak czynią żołnierze w Dzień Hadriana, marynarze w Dzień Barbary, wiedźmy w Dzień Małgorzaty, a wszyscy paradną pompą, najróżniejszymi dziwami i darmową strawą starają się przyciągnąć jak najwięcej uczestników nie należących do ich konfraterni.

Inaczej ma się rzecz u katów. W Dzień Świętej Katarzyny nikt spoza bractwa nie biesiadował z nimi już od ponad trzystu lat, kiedy to pewien kapitan straży miejskiej założył się z kimś, że uda mu się wkraść w nasze szeregi. Krąży sporo opowieści o tym, co go spotkało (na przykład jak to pozwoliliśmy mu usiąść z nami do stołu na krześle z rozpalonego do białości żelaza), ale żadna z nich nie jest prawdziwa. Został godnie przyjęty i ugoszczony, ale ponieważ podczas uczty nie rozmawialiśmy o bólu i cierpieniach, jakie zadajemy naszym klientom, nie wymyślaliśmy nowych rodzajów męczarni ani nie przeklinaliśmy tych, których ciała rozszarpaliśmy na kawałki za to, że zbyt szybko umarli, jego ciekawość rosła i nabierał coraz więcej podejrzeń, że chcemy jedynie uśpić jego czujność, żeby tym łatwiej go później usidlić. Pochłonięty swymi domysłami jadł mało, natomiast pił dużo i wracając do kwatery, przewrócił się, uderzając głową w tak nieszczęśliwy sposób, że odtąd cierpiał bezustannie nieznośny ból. W końcu skierował sobie w usta lufę własnej broni, ale my nie mieliśmy z tym nic wspólnego.

Tak więc w Dzień Świętej Katarzyny w kaplicy zjawiają się tylko kaci, ale co roku, wiedząc, że jesteśmy obserwowani z bardzo wysokich okien, przygotowujemy się do naszego święta tak samo, a może nawet wspanialej od innych. Ustawione dokoła kaplicy czary z winem błyszczą niczym szmaragdy w blasku setek pochodni, pieczone woły wylegują się w sadzawkach sosów, wodząc dokoła oczami z pieczonych cytrusów, kapibary i aguti zaś upozowane jak żywe, wspinają się na stosy szynek i zwały świeżo upieczonego ciasta.

Nasi mistrzowie (w roku mojego wyniesienia mieliśmy ich zaledwie dwóch) przybywają w lektykach obwieszonych kwiatami, a następnie stąpają po ułożonym pracowicie ziarenko po ziarenku chodniku z różnokolorowego piasku, którego wymyślny wzór rozsypuje się w chwili, kiedy dotkną go ich stopy.

We wnętrzu kaplicy czeka wielkie, nabijane gwoździami koło, miecz i dziewczyna. Koło znałem dobrze, jako uczeń miałem bowiem wielokrotnie okazję pomagać podczas jego montażu i demontażu. Kiedy nie było potrzebne, przechowywano je w najwyższej części wieży, tuż pod zbrojownią. Miecz, chociaż z odległości kilku kroków wyglądał jak prawdziwe katowskie narzędzie, był jedynie drewnianą atrapą zaopatrzoną w starą rękojeść i pociągniętą błyszczącą farbą.

O dziewczynie nic nie potrafię powiedzieć. Kiedy byłem bardzo młody, jej obecność nawet mnie nie zastanawiała. Kiedy trochę podrosłem (wtedy kapitanem uczniów był Gildas, w chwili, o której piszę, od dawna już czeladnik), przypuszczałem, że jest to może jedna z wiedźm, ale wkrótce uświadomiłem sobie, że z całą pewnością konfraternia nie dopuściłaby do takiego pohańbienia swojego święta.

Możliwe, że była to jakaś służąca z odległej części Cytadeli lub nawet mieszkanka miasta, która dla zapłaty lub z powodu łączących ją być może z naszym bractwem związków odgrywała tę rolę — jak jest naprawdę, nie wiem do dzisiaj. Wiem tylko tyle, że za każdym razem znajdowała się na swoim miejscu, zupełnie, o ile mogłem to ocenić, nie zmieniona. Była wysoka i szczupła, chociaż nie tak wysoka i nie tak szczupła jak Thecla, śniadoskóra, ciemnooka i kruczowłosa. Miała twarz, jakiej nie widziałem u nikogo innego, przypominającą kryształowo czyste jezioro, na jakie można czasem natrafić w głębi gęstego lasu.

Stała pomiędzy kołem i mieczem, mistrz Palaemon zaś, jako starszy spośród dwóch mistrzów, opowiadał nam o początkach naszej konfraterni i o naszych prekursorach sprzed nadejścia lodów. Ta część jego opowieści była co roku inna, co roku bowiem dzięki intensywnym studiom zmieniała się i poszerzała jego wiedza na ten temat. Dziewczyna stała bez ruchu, a my śpiewaliśmy Pieśń Grozy, hymn konfraterni, który każdy z uczniów musi znać na pamięć, ale wykonuje się go tylko w ten jeden jedyny dzień w roku. Stała bez słowa, a my klęczeliśmy wśród potrzaskanych ław i modliliśmy się.

Potem mistrz Gurloes i mistrz Palaemon, wspomagani przez starszych czeladników, zaczęli opowiadać jej legendę. Czasem mówił tylko jeden, czasem obaj recytowali śpiewnie pewne fragmenty, podczas gdy inni grali na fletach wykonanych z kości udowych lub na trzystrunowych rebekach, których dźwięk przypomina ludzki krzyk.

Kiedy dotarli do momentu, gdy nasza patronka zostaje skazana przez Maxentiusa, rzuciło się na nią czterech zamaskowanych czeladników. Do tej pory spokojna i milcząca, teraz broniła się ze wszystkich sił, kopiąc, drapiąc i krzycząc. Chwycili ją i zaczęli ciągnąć w stronę koła, ale ono, oświetlone pełgającym blaskiem świec, zaczęło się wówczas zmieniać. Najpierw wydawało się, że wypełzają z niego węże, zielone pytony o wysadzanych drogocennymi kamieniami głowach, a potem węże zmieniły się w róże o stulonych ciasno pąkach. Kiedy była tuż przy nich, rozkwitły wszystkie naraz (wiedziałem o tym, że były wykonane z papieru i ukryte wcześniej między fragmentami koła). Czeladnicy cofnęli się, udając strach, ale Gurloes, Palaemon i inni narratorzy, przemawiając razem jako Maxentius, kazali im natychmiast wrócić.

I wtedy ja, ciągle jeszcze bez maski i w stroju ucznia, wystąpiłem krok naprzód i powiedziałem:

— Opór nic ci nie da. Masz zostać połamana kołem, ale my zaoszczędzimy ci wszelkich zniewag.

Dziewczyna nic nie odpowiedziała, tylko dotknęła koła dłonią, a ono rozpadło się z trzaskiem na kawałki.

— Zetnijcie jej głowę! — rozkazał Maxentius.

Wziąłem w ręce miecz; był bardzo ciężki.

Uklękła przede mną.

— Jesteś doradcą Wszechwiedzy — powiedziałem.

— Muszę cię zabić, ale błagam, daruj mi moje życie.

— Uderzaj i niczego się nie lękaj — przemówiła po raz pierwszy.

Pamiętam, że gdy uniosłem miecz, przestraszyłem się, że jego ciężar może mnie przeważyć.

Kiedy sięgam wstecz pamięcią, zawsze wracam do tej właśnie chwili. Żeby przypomnieć sobie coś, co miało miejsce wcześniej lub później, muszę posuwać się krok po kroku, zawsze zaczynając wędrówkę z tego właśnie miejsca. Wydaje mi się, że ciągle tam stoję w mojej szarej koszuli i postrzępionych spodniach, trzymając nad głową ostrze. Podnosząc je, byłem jeszcze uczniem, opuszczając, miałem stać się czeladnikiem Zgromadzenia Poszukiwaczy Prawdy i Skruchy.

Nasze prawo wymaga, aby kat stał zawsze między ofiarą a źródłem światła; głowa dziewczyny leżała na pniu w rzucanym przeze mnie cieniu. Wiedziałem, ze spadający miecz nie uczyni jej nic złego, skieruję go bowiem w bok, uderzenie zaś uruchomi zmyślny mechanizm, który wytoczy na podest woskową, skąpaną w krwi głowę, podczas gdy dziewczyna skryje swoją pod fuliginową zasłoną. Mimo to zawahałem się.

Przemówiła ponownie, jej głos zaś zadźwięczał mi donośnie w uszach.

— Uderzaj i niczego się nie lękaj.

Włożyłem w cios całą siłę, na jaką było mnie stać. Przez chwilę wydawało mi się, że fałszywe ostrze natrafiło na opór, a potem z hukiem spadło na pniak, który rozpadł się na pół, z jego wnętrza zaś wytoczyła się zakrwawiona głowa dziewczyny. Mistrz Gurloes uniósł ją za włosy, a mistrz Palaemon podstawił dłoń, by chwycić kapiącą krew.

— Naznaczam cię tym oto krzyżem — przemówił, czyniąc krwią znak na moim czole — i ogłaszam cię, Severianie, na zawsze naszym bratem.

— Niech tak się stanie — odparł mistrz Gurloes i wszyscy czeladnicy.

Dziewczyna podniosła się na nogi. Wiedziałem doskonale, że jej głowa skryta jest pod fuliginem, ale mimo to miałem wrażenie, że jej tam nie ma. Kręciło mi się w głowie i czułem się bardzo zmęczony.

Wzięła głowę z rąk mistrza Gurloesa i udając, że nasadza ją sobie na ramiona, wsunęła ją przez specjalne rozcięcie pod szatę, po czym stanęła przed nami, promienna i zdrowa. Ukląkłem, a inni cofnęli się o krok.

Uniosła miecz, którym przed chwilą ściąłem jej głowę; jego ostrze czerwieniło się od krwi.

— Jesteś jednym z katów — powiedziała.

Poczułem dotknięcie miecza na jednym, a potem na drugim ramieniu, a następnie czyjeś ręce naciągnęły mi na twarz maskę, symbol naszej profesji, inne zaś chwyciły mnie mocno i nim zdążyłem się zorientować, znajdowałem się już na czyichś ramionach. (Dopiero później dowiedziałem się, że byli to Drotte i Roche, chociaż powinienem był się sam tego domyślić). Przy wtórze radosnych krzyków przenieśli mnie w ceremonialnej procesji przez główną nawę kaplicy.

Na zewnątrz wyszliśmy dopiero wtedy, kiedy zaczęły się fajerwerki; pod naszymi stopami strzelały niezliczone petardy, rakiety rozbijały się kaskadami światła o prastare mury kaplicy, w niebo strzelały czerwone, żółte i zielone ognie, a z Wielkiej Wieży rozległ się huk armatniego wystrzału.

Potrawy, które już wcześniej opisałem, piętrzyły się na ustawionych na dziedzińcu stołach. Otrzymałem honorowe miejsce między mistrzem Gurloesem a mistrzem Palaemonem. Piłem na umór (dla mnie nawet niewielka dawka była już zbyt duża), odpowiadałem na toasty i pozdrowienia. Nie wiem, co się stało z dziewczyną. Zniknęła tak samo jak każdej Świętej Katarzyny, którą pamiętam. Nigdy więcej już jej nie widziałem.

Nie mam pojęcia, w jaki sposób dotarłem do łóżka. Ci, którzy często i dużo piją, mówili mi nieraz, że czasem zapominają wszystko, co działo się pod koniec zabawy, więc być może ze mną stało się podobnie. Sądzę jednak (ja, który niczego nie zapominam, a nawet, muszę to wreszcie przyznać, choć może zabrzmi to chełpliwie, nie rozumiem, co mają na myśli ci, którzy mówią, że o czymś zapomnieli), że po prostu zasnąłem i zostałem tam zaniesiony.

Niezależnie jednak od wszystkiego obudziłem się nie w dobrze znanej mi bursie, tylko w jednym z maleńkich pomieszczeń, w jakich zamieszkiwali czeladnicy. Byłem

116

najmłodszym i najmniej ważnym z nich, a przydzielona mi kwatera dokładnie odpowiadała mojej pozycji.

Wydawało mi się, że łóżko zaczęło się pode mną kołysać. Kiedy chwyciłem się jego krawędzi i usiadłem, uspokoiło się, ale wystarczyło, żeby moja głowa ponownie dotknęła poduszki, a wszystko zaczęło się od początku. Zdawało mi się, że cały czas czuwam, a potem, że właśnie obudziłem się z głębokiego snu. Byłem pewien, że oprócz mnie w maleńkim pomieszczeniu jest ktoś jeszcze, i z jakiegoś nie wyjaśnionego powodu sądziłem, że jest to ta młoda kobieta, która odgrywała rolę naszej patronki.

Usiadłem w rozkołysanym łóżku. Przez szparę pod drzwiami sączyło się przyćmione światło — byłem sam.

Kiedy ponownie się położyłem, pokój wypełnił się zapachem perfum. Przyszła do mnie fałszywa Thecla z Lazurowego Pałacu. Wstałem z trudem z łóżka, zataczając się, podszedłem do drzwi i otworzyłem je. Korytarz był pusty.

Wyciągnąłem spod łóżka nocnik i zwymiotowałem do niego wielkie kawały najróżniejszych mięs zmieszane z winem i sokami żołądkowymi. Miałem wrażenie, że dokonuję aktu zdrady, że odrzucając to, co dała mi konfraternia, odrzucam jednocześnie ją samą. Zanosząc się kaszlem i łkaniem, klęczałem dłuższy czas przy łóżku, a potem znowu się położyłem.

Tym razem z pewnością zapadłem w sen. Widziałem kaplicę, ale nie taką, jaką dobrze znałem. Wysokie sklepienie było całe i zwieszały się z niego rubinowe lampy, ławy nie nosiły śladu uszkodzeń, prastary kamienny ołtarz zaś przybrany był żółtym suknem. Wznosząca się za nim ściana pokryta była piękną błękitną mozaiką zupełnie jakby zsunął się tam fragment bezchmurnego czystego nieba.

Zbliżałem się przejściem między ławami i w pewnym momencie uświadomiłem sobie, o ile to sztuczne niebo jest lżejsze od prawdziwego, które nawet w najpogodniejszy dzień ma kolor ciemnego granatu, i o ile jest piękniejsze. Bałem się na nie patrzeć. Wydawało mi się, że unoszę się w powietrzu porwany jego urodą, spoglądając w dół na ołtarz, na puchar szkarłatnego wina, na pokładowy chleb i starożytny nóż. Uśmiechnąłem się...

...i obudziłem. Przez sen usłyszałem dobiegające z korytarza kroki i niewątpliwie je rozpoznałem, chociaż akurat w tej chwili nie mogłem sobie przypomnieć, do kogo należą. Z wysiłkiem przywołałem z pamięci ich odgłos; nie były to zwyczajne kroki, lecz miękkie stąpnięcia i delikatne drapania.

Rozległy się ponownie, z początku tak słabo, iż wydawało mi się, że rozbrzmiewają jedynie w mojej wyobraźni. Były jednak prawdziwe i przesuwały się korytarzem to w jedną, to drugą stronę. Próbowałem podnieść głowę, ale nawet ten niewielki wysiłek przyprawił mnie o mdłości, więc dałem sobie spokój, mówiąc, że ktokolwiek chodzi po korytarzu, z pewnością nie jest to moja sprawa. Zapach perfum zniknął i chociaż ciągle czułem się bardzo źle, wiedziałem, że znowu znalazłem się w realnym świecie rzeczywistych przedmiotów i prawdziwego światła. Drzwi uchyliły się lekko i do pokoju zajrzał mistrz Malrubius, jakby pragnąc upewnić się, czy nic mi nie potrzeba. Uspokoiłem go gestem dłoni, a on zamknął cicho drzwi. Dopiero po dłuższej chwili uświadomiłem sobie, że umarł, kiedy byłem jeszcze dzieckiem.

Rozdział XII

Zdrajca

Nazajutrz bolała mnie głowa i czułem się potwornie chory. Jak nakazywała tradycja, oszczędzono mi sprzątania kaplicy i dziedzińca, czym zajmowali się niemal wszyscy bracia; byłem potrzebny w lochach. Na kilka chwil ogarnął mnie kojący spokój chłodnych korytarzy, a potem zbiegła tam hałaśliwie cała czereda uczniów, niosąc klientom śniadanie. Był wśród nich mały Eata, już wcale nie taki mały, z opuchniętą wargą i triumfalnym błyskiem w oku. Śniadanie było na zimno i składało się głównie z resztek uczty. Musiałem wyjaśnić niektórym klientom, że jest to jedyna w roku okazja, kiedy dostają do jedzenia mięso, i że nie będzie żadnych badań ani egzekucji; dzień naszego święta oraz następny są dniami odpoczynku. Wszelkie przesłuchania i inne obowiązki przekładamy na później. Kasztelanka Thecla jeszcze spała. Nie budziłem jej, tylko wniosłem śniadanie do celi i zostawiłem na stole.

Bliżej południa ponownie rozległo się echo kroków. Wyszedłem na schody i ujrzałem dwóch żołnierzy, mruczącego półgłosem modlitwy anagnostę, mistrza Gurloesa i jakąś młodą kobietę. Mistrz Gurloes zapytał, czy mam wolną celę, więc zacząłem wyliczać wszystkie nie zajęte pomieszczenia.

— Zajmij się więźniem. Wydałem już w stosunku do niej odpowiednie polecenia.

Skinąłem głową i chwyciłem ją za ramię; żołnierze odstąpili krok wstecz i odwrócili się niczym srebrne automaty.

Przepych jej atłasowej sukni (chociaż teraz brudnej i podartej) wskazywał na to, że była szlachcianką. Arystokratka miałaby strój wykonany z lepszego materiału i o subtelniejszym kroju, natomiast nikt z uboższych klas nie mógłby sobie pozwolić na to, co miała na sobie. Anagnosta chciał iść za nami, ale został zatrzymany przez mistrza Gurloesa. Na schodach rozległy się kroki odchodzących żołnierzy.

— Kiedy zostanę?... — W jej głosie słychać było napięcie i przerażenie.

— Zaprowadzona do komnaty przesłuchań?

Przytuliła się do mego ramienia, jakbym był jej kochankiem lub ojcem.

— A będę?

— Tak, pani.

— Skąd o tym wiesz?

— Wszyscy, którzy tutaj przychodzą, prędzej czy później tam trafiają.

— Wszyscy? Nikt nie zostaje zwolniony?

— Czasami.

— Więc ze mną też tak może być, prawda? — Nadzieja w jej głosie przywiodła mi na myśl kwiat, który wyrósł w głębokim cieniu.

— Jest to możliwe, ale bardzo mało prawdopodobne.

— Nie chcesz wiedzieć, co zrobiłam?

— Nie — odparłem.

Tak się złożyło, że akurat wolna była cela sąsiadująca z celą Thecli, i przez moment zastanawiałem się, czy nie powinienem jej tam umieścić. Stanowiłaby towarzystwo dla kasztelanki — mogłyby rozmawiać przez szpary w dzielących je drzwiach — ale hałas, jaki bym teraz spowodował, najprawdopodobniej obudziłby Theclę. A jednak zdecydowałem się to zrobić. Ulżenie samotności, wydawało mi się, będzie stanowiło więcej niż wystarczającą rekompensatę za utratę kilku chwil snu.

— Byłam zaręczona z pewnym oficerem i odkryłam, że on utrzymuje kochankę. Nie chciał z niej zrezygnować, więc opłaciłam kilku ludzi, żeby spalili jej chatę. Straciła puchową pierzynę, kilka mebli i trochę ubrań. Czy to przestępstwo, za które powinnam być torturowana?

— Nie wiem, madame.

— Nazywam się Marcellina, a ty?

Włożyłem klucz do zamka jej celi i przekręciłem go, zastanawiając się, czy mam jej odpowiedzieć. Thecla, która właśnie poruszyła się w sąsiednim pomieszczeniu i tak by jej to powiedziała.

— Severian.

— Zarabiasz na chleb, łamiąc ludziom kości, prawda? Musisz mieć przyjemne sny.

Głębokie niczym studnie oczy Thecli były już przy szczelinie w drzwiach.

— Kto jest z tobą, Severianie?

— Nowy więzień, kasztelanko.

— Kobieta? Na pewno kobieta, słyszałam jej głos. Z Domu Absolutu?

— Nie, kasztelanko. — Nie wiedząc, kiedy obydwie kobiety będą mogły znów się zobaczyć, kazałem Marcellinie stanąć przed drzwiami Thecli.

— Kolejna kobieta... Czy to nie dziwne, Severianie? Ile ich teraz macie?

— Osiem na tym poziomie, kasztelanko.

— Chyba często przebywa ich tu znacznie więcej?

— Rzadko zdarza się więcej niż cztery.

— Jak długo będę musiała tu zostać? — zapytała Marcellina.

— Niedługo. Tylko nieliczni przebywają tu przez dłuższy czas, madame.

— Ja lada dzień już stąd wyjdę — wtrąciła pośpiesznie Thecla. — On o tym wie.

Nowa klientka naszej konfraterni spojrzała z zainteresowaniem w jej stronę.

— Czy naprawdę będziesz uwolniona, kasztelanko?

— On wie. Wysyłał moje listy, prawda, Severianie? A od kilku dni ciągle się ze mną żegna. Na swój sposób jest bardzo miłym chłopcem.

— Musisz już wejść do celi, madame — wtrąciłem — ale możecie dalej rozmawiać, jeśli macie ochotę.

Po rozdaniu kolacji zostałem zmieniony przez innego czeladnika. Na schodach spotkałem Drotte'a, który poradził mi, żebym położył się do łóżka.

— To ta maska — odparłem. — Nie jesteś przyzwyczajony oglądać mnie w niej.

— Wystarczy, że widzę twoje oczy. Czyż nie potrafisz rozpoznać po oczach każdego z braci i stwierdzić, czy jest w dobrym czy też złym nastroju? Powinieneś pójść do łóżka.

Odpowiedziałem, że mam jeszcze coś do zrobienia, po czym poszedłem do gabinetu mistrza Gurloesa. Nie było go, tak jak przypuszczałem, wśród papierów na biurku zaś znalazłem ten, który spodziewałem się znaleźć (nie podejmuję się wyjaśnić dlaczego ani w jaki sposób): polecenie rozpoczęcia przesłuchań kasztelanki Thecli.

Nie mogłem zasnąć, więc poszedłem (już po raz ostatni, ale wtedy jeszcze tego nie wiedziałem) do grobowca, w którym bawiłem się jako mały chłopiec. Odlana z brązu postać starego arystokraty pokryła się wyraźną patyną, przez na wpół uchylone drzwi wpadło do środka trochę liści, ale poza tym wszystko pozostało bez zmian. Opowiedziałem raz Thecli o tym miejscu i zaraz wyobraziłem sobie, że jest tutaj ze mną. Uciekła przy mojej pomocy, a ja przyrzekłem jej, że nikt jej tutaj nie znajdzie, ja zaś będę przynosił jej jedzenie, a kiedy poszukiwania ustaną, przeprowadzę ją bezpiecznie na handlową barkę, na której będzie mogła popłynąć w dół biegu krętej Gyoll aż do delty i dalej, do morza.

Gdybym był jednym z tych bohaterów, o jakich czytaliśmy w starych romansach, uwolniłbym ją jeszcze tego wieczoru, pozabijawszy uprzednio lub otruwszy pełniących służbę braci, ale ja nikim takim nie byłem, a poza tym nie miałem ani trucizny, ani broni groźniejszej od ukradzionego w kuchni noża.

Jeżeli zaś mam wyjawić prawdę, to między moim najgłębszym jestestwem i tym desperackim uczynkiem tkwiły słowa, które usłyszałem tego ranka, pierwszego ranka po moim wyniesieniu. Kasztelanka Thecla powiedziała, że jestem „na swój sposób miłym chłopcem", i jakaś dorosła cząstka mojej duszy wiedziała, że nawet gdyby udało mi się pokonać wszelkie przeciwności, to i tak zostanę tylko „miłym chłopcem". Wówczas wydawało mi się, że to ma jakieś znaczenie.

Nazajutrz rano mistrz Gurloes polecił mi, żebym asystował mu podczas badania. Poszedł z nami także Roche.

Otworzyłem drzwi celi. W pierwszej chwili nie zrozumiała, po co przyszliśmy, i zapytała mnie, czy może ktoś przyszedł do niej w odwiedziny, a może ma zostać uwolniona?

Domyśliła się, kiedy dotarliśmy do celu. Wielu wówczas mdleje. Ale nie ona. Mistrz Gurloes zapytał uprzejmie, czy życzy sobie, żeby wyjaśnić jej działanie zgromadzonych tu mechanizmów.

— To znaczy tych, których będziecie używać? — W jej głosie słychać było tylko lekkie drżenie.

— Och, tego bym nie zrobił. Myślałem o tych różnych dziwacznych maszynach, które będziemy mijać. Niektóre są bardzo stare, a większość w ogóle nie używana.

Thecla rozejrzała się dokoła. Komnata badań — nasze zasadnicze miejsce pracy — nie jest podzielona na osobne cele, lecz stanowi całość, poprzegradzaną tylko tu i ówdzie rurami i kablami prowadzącymi do starodawnych silników i zastawioną narzędziami naszej profesji.

— Czy to, które zastosujecie dla mnie, też jest stare?

— Najstarsze ze wszystkich — odparł mistrz Gurloes.

Zaczekał na jej słowa, a kiedy te nie padły, rozpoczął wyjaśnienia.

— Oto tak zwany latawiec, o którym z pewnością słyszałaś. Za nim... gdybyś zechciała przejść tutaj, to będziesz mogła lepiej widzieć... przyrząd, który nazywamy aparatem. Powinien on wypalać w ciele klienta układane dowolnie słowa, ale rzadko kiedy działa bez zarzutu. Widzę, że przyglądasz się staremu pręgierzowi. To jedynie specjalny stelaż służący do unieruchamiania rąk, a do tego bicz o trzynastu rzemieniach. Kiedyś stał na Starym Dziedzińcu, ale wiedźmy ustawicznie skarżyły się na krzyki, więc kasztelan polecił nam przenieść go tutaj. Było to około stu lat temu.

— Kto to są wiedźmy?

— Obawiam się, że nie mamy czasu teraz się tym zajmować. Severian może ci o nich opowiedzieć, kiedy wrócisz do swojej celi.

Spojrzała na mnie, jakby chciała zapytać: „Czy naprawdę jeszcze tam wrócę?", a ja skorzystałem z tego, że stała między mną a mistrzem Gurloesem, i ścisnąłem jej lodowatą dłoń.

— Tam, z tyłu...

— Zaczekaj. Czy mogę wybierać? Czy istnieje jakiś sposób, żeby skłonić was... do robienia jakiejś rzeczy zamiast innej? — Jej głos był wciąż jeszcze bardzo dzielny, ale już wyraźnie słabszy.

Gurloes pokręcił głową.

— Ani ty, ani my nie mamy w tej sprawie nic do powiedzenia, kasztelanko. Wykonujemy jedynie dostarczane nam wyroki, robiąc nie więcej i nie mniej, niż zostało nam polecone, i nie wprowadzając żadnych zmian. — Odchrząknął z zakłopotaniem. — Następny obiekt wydaje mi się bardzo interesujący. Nazywamy go naszyjnikiem Allowina. Klient zostaje przywiązany do tego krzesła, dźwignia zaś umocowana tak, żeby dotykała jego piersi. Z każdym oddechem łańcuch zaciska się coraz bardziej, więc im szybciej i głębiej oddycha, tym mniej może nabrać powietrza. Teoretycznie, przy bardzo płytkich oddechach i powolnym zaciskaniu się łańcucha, może to trwać w nieskończoność.

— To straszne. A tam, z tyłu? Ten zwój drutu i wielka szklana kula nad stołem?

— Ach, wreszcie dotarliśmy. Nazywamy to rewolucjonistą. Mogę prosić, kasztelanko?

Przez długą chwilę Thecla stała nieruchomo niczym posąg. Była najwyższa z nas, ale potworny strach na jej twarzy sprawił, że ten wzrost nie był już niczym imponującym.

— Jeżeli nie posłuchasz, zmuszą cię do tego czeladnicy. Zapewniam cię, kasztelanko, że nie będzie to nic przyjemnego.

— Myślałam, że chcecie pokazać mi wszystkie... — wyszeptała.

— Wszystko aż do tego miejsca. Lepiej, żeby myśli klienta były czymś zajęte. A teraz połóż się, proszę. Nie będę prosił więcej.

Posłuchała natychmiast, robiąc to równie lekko i wdzięcznie jak wówczas, gdy kładła się w swojej celi. Pasy, którymi przypięliśmy ją z Roche'em, były tak stare i zbutwiałe, że zastanawiałem się, czy wytrzymają.

Teraz należało z jednego końca sali do drugiego przeprowadzić wiązkę kabli oraz połączyć oporniki i wzmacniacze.

Na konsolecie zapłonęły wiekowe światła, czerwone niczym nabiegłe krwią oczy, całe zaś pomieszczenie wypełniło brzęczenie przypominające śpiew jakiegoś ogromnego owada. Oto na kilka chwil znowu ożyła starodawna maszyneria. Jeden z kabli nie był podłączony i z jego zaśniedziałej końcówki strzelały snopy oślepiająco błękitnych iskier.

— Błyskawice — powiedział mistrz Gurloes, mocując go na miejscu. — Nazywa to się jeszcze inaczej, ale zapomniałem jak, w każdym razie napędzają go błyskawice. To nie znaczy, kasztelanko, że uderzy w ciebie piorun, ale właśnie dzięki temu to funkcjonuje. Severianie, pchnij dźwignię tak, żeby igła doszła do tego miejsca.

Rękojeść, jeszcze przed chwilą zimna niczym wąż, teraz była zupełnie ciepła.

— Jak to działa?

— Nie potrafiłbym ci opisać, kasztelanko. Sama rozumiesz, nigdy tego nie doświadczyłem.

Gurloes dotknął przełącznika i w tej samej chwili na Theclę runęła lawina jaskrawego białego światła odbierającego barwę wszystkiemu, co znalazło się w jej zasięgu. Thecla krzyknęła; słuchałem krzyków przez całe życie, ale ten był najgorszy ze wszystkich, chociaż wcale nie najgłośniejszy. Wydawał się trwać bez końca, niczym przeraźliwe skrzypienie nienaoliwionego koła.

Kiedy światło zgasło, ciągle była przytomna. Wpatrywała się przed siebie otwartymi szeroko oczami, ale zdawała się nic nie dostrzegać ani nie czuć mojej dłoni, kiedy jej dotknąłem. Oddech miała szybki i płytki.

— Czy zaczekamy, aż będzie mogła iść? — zapytał Roche. Najwyraźniej myślał o tym, jak niewygodnie będzie nieść tak wysoką kobietę.

— Weźcie ją teraz — polecił mistrz Gurloes. Ułożyliśmy ją na noszach.

Kiedy uporałem się już ze wszystkimi obowiązkami, przyszedłem do jej celi, żeby zobaczyć, jak się czuje. Była zupełnie przytomna, chociaż ciągle jeszcze nie mogła wstać.

— Powinnam cię znienawidzić — wyszeptała.

Musiałem nachylić się, żeby dosłyszeć jej słowa.

— Postąpisz, jak uważasz.

— Ale nie mogę. Nie ze względu na ciebie. Co mi zostanie, jeśli znienawidzę mojego ostatniego przyjaciela?

Na to pytanie nie sposób było odpowiedzieć, więc milczałem.

— Wiesz, jak to było? Minęło sporo czasu, zanim mogłam znowu o tym myśleć.

Jej prawa ręka pełzła w górę, w kierunku oczu. Chwyciłem ją i zmusiłem do powrotu.

— Zdawało mi się, że widzę mojego największego wroga, jakby demona. A to byłam ja.

Rana na jej głowie krwawiła. Opatrzyłem ją, chociaż wiedziałem, że wkrótce i tak nie będzie po niej śladu. Jej palce były wplątane w długie kręcone włosy.

— Od tamtej chwili nie kontroluję tego, co robią moje ręce... Mogę, jeśli o tym myślę, jeśli wiem, co one robią. Ale to jest bardzo trudne i szybko się męczę. — Odwróciła głowę i splunęła krwią. — Gryzę policzki, język i wargi. Niedawno moje ręce próbowały mnie udusić i myślałam, jak to dobrze, wreszcie umrę. Ale tylko straciłam świadomość, a one pewnie osłabły, bo jednak się obudziłam. To tak jak ta maszyna, prawda?

— Naszyjnik Allowina.

— Tyle że jeszcze gorsze. Teraz moje dłonie chcą mnie oślepić, zedrzeć powieki. Czy będę ślepa?

— Tak.

— Kiedy umrę?

— Może za miesiąc. Ta istota w tobie, która cię nienawidzi, będzie słabła razem z tobą. Maszyna powołała ją do życia, lecz jej energia jest twoją energią, toteż umrzecie razem.

— Severianie...

— Tak?

— Rozumiem. — Zamilkła na chwilę. — To istota z Erebu, z najgłębszych otchłani, w sam raz towarzysz dla mnie, Vodalus...

Nachyliłem się jeszcze bliżej, ale nic nie mogłem dosłyszeć. Wreszcie powiedziałem:

— Próbowałem cię ocalić. Chciałem to zrobić. Ukradłem nóż i całą noc czatowałem na okazję, ale tylko mistrz ma prawo wyprowadzić więźnia z celi, więc musiałbym zabić...

— Twoich przyjaciół.

— Tak, moich przyjaciół.

Jej ręce znowu się poruszały, a z ust ciekł cienki strumyczek krwi.

— Przyniesiesz mi ten nóż?

— Mam go tutaj — powiedziałem i wyjąłem go spod ubrania.

Był to zwykły kuchenny nóż o ostrzu długości nie więcej niż piędzi.

— Wydaje się ostry.

— Bo jest — odparłem. — Wiem, jak należy dbać o nóż, i starannie go naostrzyłem. — Były to ostatnie słowa, jakie do niej powiedziałem. Włożyłem nóż do jej prawej dłoni i wyszedłem.

Wiedziałem, że przez pewien czas będzie się jeszcze wahała. Po tysiąckroć wracała ta sama myśl: żeby wejść do celi, zabrać nóż i nikt o niczym się nie dowie, a ja będę mógł spokojnie dożyć moich dni w bractwie katów.

Jeżeli nawet z jej gardła wydobył się charkot, to go nie słyszałem. Przez długą, bardzo długą chwilę wpatrywałem się w drzwi celi, a kiedy wyciekł spod nich wąski szkarłatny strumyczek, poszedłem do mistrza Gurloesa i powiedziałem mu o swoim czynie.

Rozdział XIII

Liktor z Thraxu

Przez następne dziesięć dni żyłem jak jeden z klientów w celi znajdującej się na najwyższym poziomie lochów (nawet niedaleko od tej, w której mieszkała Thecla). Żeby uniknąć oskarżenia konfraterni o to, że potępiła mnie bez praworządnego procesu, drzwi celi pozostawiono otworem, ale na korytarzu czuwali bez przerwy dwaj czeladnicy z obnażonymi mieczami, nie opuszczałem jej więc, jeśli nie liczyć kilku chwil drugiego dnia, kiedy zostałem zaprowadzony do mistrza Palaemona, by jeszcze raz opowiedzieć moją historię. To był właśnie mój proces, jeśli was to interesuje. Przez pozostałe dni konfraternia zastanawiała się nad karą dla mnie.

Mówi się, że czas ma szczególną właściwość utrwalania wydarzeń, a czyni to poprzez uprawdopodobnianie naszych uprzednich kłamstw i przeinaczeń. Skłamałem, mówiąc, że kocham katowskie bractwo i że nie pragnę niczego innego, jak tylko pozostać w jego łonie. Teraz przekonałem się, że te kłamstwa zamieniają się w prawdę. Życie czeladnika, a nawet ucznia zaczęło mi się nagle wydawać nadzwyczaj atrakcyjne. Nie dlatego, że byłem pewien śmierci, ale dlatego, że je bezpowrotnie utraciłem. Spoglądałem teraz na mych braci z punktu widzenia klientów — jawili mi się jako wszechmocni nieubłagani wykonawcy woli wrogiej, niemal doskonałej maszyny.

Zdając sobie sprawę, że mój przypadek jest beznadziejny, doświadczyłem na sobie tego, o czym uczył mnie niegdyś mistrz Malrubius: że nadzieja jest psychologicznym mechanizmem całkowicie niezależnym od zewnętrznej rzeczywistości. Byłem młody, dawano mi dobrze jeść i pozwalano spać, miałem więc nadzieję. Wciąż od nowa, niemal bez przerwy śniłem o tym, że w chwili kiedy będę miał umrzeć, zjawi się Vodalus. Nie sam, jak wtedy w nekropolii, lecz na czele armii, która zmiecie precz zgniliznę wieków i uczyni nas ponownie panami gwiazd. Często wydawało mi się, że z korytarza dobiega odgłos donośnego kroku tej armii, a czasem podchodziłem do drzwi ze świecą w ręku, bo miałem wrażenie, że w ciemności zaczynającej się za wyciętą w nich szczeliną widzę twarz Vodalusa.

Jak już powiedziałem, oczekiwałem, że zostanę zgładzony. Głównym pytaniem, które zaprzątało mój umysł podczas tych długich dni, było: w jaki sposób? Poznałem wszystkie arkana sztuki katowskiej, więc teraz przypominałem je sobie, czasem pojedynczo, w kolejności, w jakiej nas ich uczono, a czasem wszystkie naraz, aż do bólu. Żyć z dnia na dzień w celi pod ziemią i myśleć o torturach, jest już samo w sobie torturą.

Jedenastego dnia zostałem wezwany przed oblicze mistrza Palaemona. Znowu ujrzałem czerwony blask słońca i oddychałem wilgotnym wiatrem, który zwykle obwieszczał, że nadchodzi już wiosna. Och, jak wiele mnie to kosztowało, iść koło Bramy Zwłok i widzieć czuwającego przy niej brata furtiana.

Gabinet mistrza Palaemona wydał mi się bardzo duży i jednocześnie nadzwyczaj wspaniały, jakby wszystkie znajdujące się tam zakurzone książki i papiery stanowiły moją własność. Mistrz wskazał mi miejsce. Był bez maski i wydawał się starszy niż zazwyczaj.

— Wraz z mistrzem Gurloesem omawialiśmy twoją sprawę — oznajmił. — Musieliśmy zapoznać z nią także czeladników, a nawet uczniów. Lepiej, żeby znali prawdę. Większość jest zdania, że zasługujesz na śmierć.

Przerwał, czekając na moją reakcję, ale ja nic nie odrzekłem.

— Mimo to wiele powiedziano na twoją obronę. Podczas prywatnych rozmów ze mną i mistrzem Gurloesem wielu czeladników prosiło, żeby pozwolić ci umrzeć bez bólu.

Nie wiem dlaczego, ale nagle zapragnąłem wiedzieć, ilu mam przyjaciół.

— Więcej niż dwóch i więcej niż trzech. Dokładna liczba nie ma znaczenia. Czyżbyś nie uważał, że zasługujesz na najbardziej bolesną śmierć?

— Na maszynie z błyskawicami — powiedziałem, mając nadzieję, że ponieważ proszę o to jako o łaskę, to właśnie będzie mi oszczędzone.

— Tak, to by było w sam raz. Jednakże...

Zamilkł. Mijała chwila za chwilą. Pierwsza miedzianogrzbieta mucha rodzącego się lata krążyła z brzęczeniem wokół świetlika. Chciałem ją rozgnieść, schwytać i wypuścić, krzyknąć na mistrza Palaemona, żeby wreszcie coś powiedział, wstać i uciec z pokoju, ale nie potrafiłem zrobić żadnej z tych rzeczy. Siedziałem tylko na starym drewnianym krześle przy stole i czułem, że właściwie już jestem trupem, a mimo to jeszcze muszę umrzeć.

— Otóż my po prostu nie możemy cię zabić. Niełatwo mi było przekonać o tym Gurloesa, ale tak jest naprawdę. Jeżeli zgładzimy cię bez wyroku, okażemy się nie lepsi od ciebie. Ty nas oszukałeś, ale w ten sposób my oszukalibyśmy prawo. Co więcej, narazilibyśmy na niebezpieczeństwo samą konfraternię, Inkwizytor bowiem nazwałby to po prostu morderstwem.

Przerwał ponownie i tym razem to wykorzystałem.

— Ale za to, co uczyniłem...

— Taki wyrok byłby słuszny. Racja. Mimo to według prawa nie wolno nam odbierać życia z własnej inicjatywy. Ci, którym to wolno, nie dzielą się z nikim swym przywilejem. Gdybyśmy się do nich zwrócili, wyrok byłby pewny, ale reputacja naszego bractwa bezpowrotnie zszargana, a znaczna część pokładanego w nim zaufania na zawsze stracona. Czy byłbyś zadowolony, Severianie, widząc naszych klientów strzeżonych przez żołnierzy?

Znowu pojawiła się przede mną wizja, którą miałem wówczas, kiedy nieomal utonąłem w nurtach Gyoll; podobnie jak wtedy, tak i teraz miała ona dla mnie posępny, ale zdecydowany urok.

— Wolałbym odebrać sobie życie — odparłem. — Mógłbym wypłynąć na środek rzeki i tam utonąć, z dala od jakiejkolwiek pomocy.

Przez zniszczoną twarz mistrza Palaemona przemknął cień gorzkiego uśmiechu.

— Dobrze, że tylko ja słyszę tę propozycję. Mistrz Gurloes byłby aż nadto rad, mogąc zwrócić ci uwagę, że minie jeszcze co najmniej miesiąc, zanim ktokolwiek uwierzy w to, że dobrowolnie wszedłeś do wody.

— Mówię poważnie. Pragnę bezbolesnej śmierci, ale jednak śmierci, a nie przedłużenia życia.

— Nawet gdyby to był środek lata, nie moglibyśmy przystać na twą propozycję. Inkwizytor mógłby mimo wszystko domyślić się, że to my spowodowaliśmy twoją śmierć. Na szczęście dla ciebie znaleźliśmy bezpieczniejsze rozwiązanie. Czy wiadomo ci cokolwiek o kondycji naszej profesji na prowincji?

Potrząsnąłem głową.

— Jest bardzo marna. Jedynie w Nessus, a ściślej tylko tu, w Cytadeli, znajduje się kaplica naszej konfraterni. Pomniejsze miejscowości mają jedynie oprawcę, który odbiera życie i zadaje takie tortury, jakie uznają za stosowne miejscowe władze. Człowiek ten jest powszechnie znienawidzony i budzi paniczny lęk. Czy rozumiesz?

— Ta funkcja jest dla mnie zbyt zaszczytna — odparłem zgodnie z tym, co myślałem. W tej chwili nienawidziłem siebie znacznie bardziej niż konfraternię. Od tamtego momentu wielokrotnie przypominałem sobie te słowa i chociaż padły z moich ust, w wielu kłopotach stanowiły dla mnie niemałą pociechę.

— Jednym z takich miast jest Thrax, Miasto Bezokiennych Pokoi — mówił dalej mistrz Palaemon. — Tamtejszy archon o imieniu Abdiesus napisał list do Domu Absolutu.

Jeden z marszałków przekazał ów list kasztelanowi, ten zaś mnie. Thrax pilnie potrzebuje kogoś wykonującego funkcje, które ci opisałem. W przeszłości skazaniec mógł uratować życie pod warunkiem, że obejmie ten urząd, ale ponieważ teraz cała okolica przeżarta jest bezprawiem, boją się tak czynić.

— Rozumiem — skinąłem głową.

— Do tej pory dwukrotnie zdarzyło się, że członkowie bractwa byli zsyłani do odległych miast, chociaż kroniki milczą o tym, jakie popełnili wykroczenia. Mimo to stworzono precedens, który otwiera nam drogę wyjścia z labiryntu. Udasz się do Thraxu, Severianie. Sporządziłem list, w którym przedstawiam cię archonowi i jego urzędnikom jako obeznanego w wysokim stopniu z wszelkimi tajnikami naszego powołania. Biorąc pod uwagę miejsce, w którym się znajdziesz, nie jest to wcale przesadą.

Pochyliłem głowę, pogodziwszy się już w myśli z tym, co mnie czeka. Kiedy jednak siedziałem tak z niewzruszoną twarzą — przykład czeladnika, którego jedynym pragnieniem jest słuchać i być posłusznym — poczułem palący wstyd. Nie był tak dokuczliwy jak ten spowodowany myślą o hańbie, na jaką naraziłem nasze bractwo, ale za to świeższy i bardziej przykry, bo nie zdążyłem się jeszcze przyzwyczaić do jego obecności. Wywołany był pragnieniem natychmiastowego wyruszenia w drogę — moje stopy tęskniły za dotykiem trawy, oczy za nowymi widokami, a płuca za świeżym, czystym powietrzem odległych bezludnych miejsc.

Zapytałem mistrza Palaemona, gdzie mam się udać w poszukiwaniu tego miasta.

— W dół Gyoll, blisko morza. — Przerwał nagle, jak się to często zdarza starym ludziom. — Nie, nie. O czym ja myślę? W górę Gyoll oczywiście. — W tym samym momencie setki mil maszerujących niestrudzenie fal, piasek i krzyki ptaków rozpłynęły się w nicość. Mistrz Palaemon wyjął z szafy mapę, rozwinął ją, po czym nachylił się tak nisko, że soczewki, przez które patrzył, niemal dotykały jej powierzchni.

— Tutaj — powiedział, wskazując mi małą kropkę na brzegu cienkiej kreski rzeki, w pobliżu leżących w dolnej części jej biegu katarakt. — Jeśli ma się pieniądze, można odbyć tę podróż łodzią, ale ciebie czeka piesza wędrówka.

— Rozumiem — odparłem.

Chociaż pamiętałem o spoczywającej w bezpiecznym ukryciu cienkiej sztuce złota, którą otrzymałem od Vodalusa, wiedziałem, że nie wolno mi jej wykorzystać. Wolą konfraterni było oddalić mnie tylko z tyloma pieniędzmi, ile mógł posiadać młody czeladnik, i zarówno przez wzgląd na roztropność, jak i poczucie honoru powinienem przy tym pozostać.

Jednocześnie zdawałem sobie jednak sprawę z tego, że nie było to w porządku. Jest wielce prawdopodobne, że gdybym nie zobaczył wówczas kobiety o twarzy w kształcie serca i nie otrzymał tej monety, nie zaniósłbym później noża Thecli, przekreślając tym samym swoją przyszłość w bractwie. W pewnym sensie zawdzięczam tej monecie życie.

Dobrze więc — pozostawię za sobą całą moją dotychczasową przeszłość.

— Severianie! — dobiegł mnie podniesiony głos mistrza Palaemona. — Nie słuchasz, co do ciebie mówię. Podczas lekcji nigdy ci się to nie zdarzało.

— Przepraszam. Myślałem o wielu różnych rzeczach.

— Nie wątpię. — Po raz pierwszy naprawdę się uśmiechnął i przez chwilę wyglądał jak ten mistrz Palaemon, którego zapamiętałem z dzieciństwa. — Dawałem ci dobrą wskazówkę dotyczącą czekającej cię podróży. Teraz będziesz musiał dać sobie radę bez niej, ale pewnie i tak byś szybko zapomniał o moich słowach. Co wiesz o drogach?

— Tyle, że nie należy z nich korzystać. Nic więcej.

— Zamknął je autarcha Maruthas. Byłem wtedy w twoim wieku. Wszelkie podróże sprzyjają rokoszom, on zaś chciał, żeby wszystkie towary przybywały do miasta i opuszczały je drogą wodną, gdzie łatwo jest je oclić. Prawo to pozostało w mocy do dziś i jak słyszałem, na wszystkich drogach co pięćdziesiąt mil usytuowane są silne posterunki. Same drogi jednak istnieją, chociaż są w złym stanie, i podobno pod osłoną nocy niektórzy z nich korzystają.

— Rozumiem. — Zamknięte czy nie, na pewno mogły znacznie ułatwić mi wędrówkę.

— Wątpię, czy rzeczywiście rozumiesz. Chcę cię ostrzec. Są strzeżone przez patrole mające rozkaz zabijać każdego, kogo napotkają, a ponieważ wolno im łupić tych, których pozbawią życia, nie są zbytnio skłonni słuchać jakichkolwiek wyjaśnień.

— Rozumiem — powtórzyłem, tym razem z większym przekonaniem, a w duchu zdziwiłem się, skąd też ma tak dokładne wiadomości na temat podróżowania.

— To dobrze. Dzień zbliża się już do połowy. Jeżeli chcesz, możesz przespać tu jeszcze tę noc i wyruszyć rano.

— Musiałbym spać w celi?

Skinął głową. Chociaż wiedziałem, że właściwie nie jest w stanie dostrzec mojej twarzy, czułem się tak, jakby jakaś jego cząstka dokładnie mi się przypatrywała.

— W takim razie wyruszę teraz. — Zastanawiałem się, co powinienem zrobić, zanim po raz ostatni opuszczę naszą wieżę, ale nie potrafiłem nic wymyślić, chociaż byłem pewien, że coś takiego musi jednak istnieć. — Czy mogę prosić o jedną wachtę na przygotowanie? Kiedy czas minie, natychmiast wyruszę.

— Z tym nie ma żadnych kłopotów. Zanim jednak odejdziesz, chcę, żebyś jeszcze tutaj zajrzał. Zrobisz to?

— Oczywiście, mistrzu, skoro sobie tego życzysz.

— Bądź ostrożny, Severianie. Masz w konfraterni wielu przyjaciół, którzy pragnęliby, żeby to się nigdy nie stało. Ale są także inni, którzy sądzą, że nas zdradziłeś i zasługujesz na męczarnie i śmierć.

— Dziękuję, mistrzu — schyliłem głowę. — Ci drudzy mają rację.

Mój niewielki dobytek znajdował się już w celi. Związałem go w węzełek, który okazał się tak mały, że mogłem go wsadzić do przytroczonej u pasa sakwy. Powodowany miłością i żalem za tym, co minęło, poszedłem do celi Thecli.

Ciągle stała pusta. Krew Thecli zmyto już z podłogi, ale na metalu pozostał rdzawy wyraźny ślad. Zniknęło jej ubranie, podobnie jak kosmetyki. Cztery książki, które przyniosłem jej przed rokiem, pozostały wraz z innymi na stoliku. Nie mogłem oprzeć się pokusie i zabrałem jedną z nich; w bibliotece mieli ich tak wiele, że z pewnością nie stanie się nic złego, jeżeli zabraknie jednego egzemplarza. Wyciągnąłem rękę, zanim jeszcze uświadomiłem sobie, że nie wiem, na którą się zdecydować. Książka z herbami była najpiękniejsza, ale stanowczo zbyt ciężka, żeby brać ją na długą wędrówkę. Ta z teologii była najmniejsza, lecz brązowa wcale tak bardzo nie przewyższała jej rozmiarami. W końcu zdecydowałem się właśnie na tę, z jej opowieściami o zaginionych światach.

Następnie ruszyłem w górę po schodach wieży, mijając magazyn i zbrojownię, by wreszcie znaleźć się w pokoju o szklanym dachu, poszarzałych ekranach i dziwacznie przechylonych krzesłach. Nie zatrzymałem się tam jednak, tylko wspiąłem się po wąskiej drabinie jeszcze wyżej, aż wreszcie stanąłem na przezroczystych śliskich taflach, płosząc swoim pojawieniem stado czarnych ptaków, które uleciały w niebo niczym płatki sadzy. Nad moją głową łopotał czarny sztandar konfraterni.

Stary Dziedziniec wydawał się stąd mały, a nawet ciasny, ale jednocześnie nieskończenie swojski i bezpieczny. Wyłom w murze był większy, niż kiedykolwiek przypuszczałem, ale po obu stronach Czerwonej i Niedźwiedziej Wieży potężna ściana stała mocna i dumna. Najbliższy naszej wieży Wiedźminiec był smukły, ciemny i wysoki — powiew wiatru przyniósł do mnie strzęp dzikiego śmiechu; poczułem szponiasty uścisk strachu, chociaż my, kaci, zawsze żyliśmy w zgodzie z naszymi siostrami — wiedźmami.

Za murem, na zboczu schodzącym aż do brzegów Gyoll, której błyszczące wody mogłem dostrzec między rozpadającymi się dachami domów, rozciągała się wielka nekropolia. Po drugiej stronie rzeki zaokrąglona kopuła khanu wydawała się nie większa od kamyczka, a otaczające go miasto przypominało dywan z różnokolorowego piasku, po którym kroczyli przed wiekami mistrzowie bractwa katów.

Dostrzegłem kaik o wysokim prostym dziobie, takiej samej rufie i wydętym wiatrem żaglu płynący z prądem na południe; mimo woli popłynąłem przez chwilę wraz z nim, aż do otoczonej bagnami delty, a potem do roziskrzonego morza, w którym drzemie wielki potwór Abaia, przyniesiony w przedlodowych czasach z najdalszych brzegów wszechświata i czekający teraz, aż przyjdzie jego czas i będzie mógł pożreć kontynenty.

Potem odwróciłem myśli od skutego lodami morza i zwróciłem je na północ, ku szczytom i górnemu biegowi rzeki. Przez długi czas (nie wiem dokładnie jak długi, ale kiedy się ocknąłem, słońce było już w zupełnie innym miejscu) patrzyłem właśnie na północ. Góry widziałem jedynie oczami duszy, tymi prawdziwymi bowiem mogłem dostrzec tylko miliony dachów miasta, a w dodatku potężne srebrne wieże Cytadeli zasłaniały mi niemal pół horyzontu. W niczym mi jednak to nie przeszkadzało. Na północy znajdował się Dom Absolutu, katarakty i Thrax, Miasto Bezokiennych Pokoi. Na północy były rozległe równiny, nieprzebyte lasy, a wreszcie opasujące świat gnijące dżungle.

Kiedy już niemal oszalałem od tych wszystkich myśli, zszedłem do gabinetu mistrza Palaemona i powiedziałem mu, że jestem gotów odejść.

Rozdział XIV

Terminus Est

— Mam dla ciebie podarunek — powiedział mistrz Palaemon. — Biorąc pod uwagę twoją młodość i siłę, nie sądzę, żeby miał okazać się dla ciebie za ciężki.

— Nie zasługuję na żadne podarunki.

— W rzeczy samej. Musisz jednak wiedzieć, Severianie, że gdy się na jakiś dar zasługuje, to nie jest on już darem, tylko zapłatą. Prawdziwe podarunki to tylko takie jak ten, który właśnie otrzymasz. Nic mogę wybaczyć ci tego, co uczyniłeś, ale nie mogę też zapomnieć, kim byłeś. Od chwili kiedy mistrz Gurloes został wyniesiony do swej obecnej godności, nie miałem lepszego ucznia. — Podniósł się z miejsca i skierował do alkowy, skąd po chwili dobiegł jego głos. — Ach, więc jednak jeszcze nie jest dla mnie za ciężki.

Pojawił się, niosąc coś tak czarnego, że niemal niewidocznego na tle panującego w pokoju cienia.

— Pozwól, że ci pomogę, mistrzu.

— Nie trzeba, nie trzeba. Łatwy do podniesienia, ale ciężki, gdy opada, po tym poznaje się dobry wyrób.

Położył na stole czarną jak najgłębsza noc skrzynię, prawie długości trumny, ale znacznie węższą. Kiedy ją otwierał, srebrne zatrzaski zadźwięczały niczym dzwonki.

— Nie daję ci tej skrzyni, bo nie sposób byłoby się z nią poruszać. Oto ostrze i pochwa, w której będziesz je nosił, oraz pendent.

Miałem go w dłoniach, zanim jeszcze w pełni zrozumiałem, co to właściwie jest. Niemal po samą gałkę skrywała go wyprawiona na czarno pochwa z ludzkiej skóry. Ściągnąłem ją (okazała się delikatniejsza od najbardziej miękkich rękawiczek) i ujrzałem podarek w całej okazałości.

Nie będę zanudzał was opisami jego piękna i zalet, żeby je bowiem w pełni docenić, musielibyście go sami zobaczyć i wziąć do ręki. Ostrze miało ponad trzy łokcie długości, było proste i równo zakończone, tak jak powinno być. Zarówno męska, jak i niewieścia strona ostrza mogły przeciąć włos na dwoje nawet w miejscu odległym o piędź od srebrnej, ograniczonej z obydwu stron rzeźbionymi głowami osłony. Rękojeść, wykonana z łączonego ze srebrem onyksu, miała dwie piędzie długości i zwieńczona była opalem. Sztuka miała go upiększyć, ale nie udaje się to z przedmiotami, których zadanie jest niepiękne. Na ostrzu dziwnymi literami wypisane były słowa *Terminus Est*. Od chwili moich odwiedzin w Ogrodzie Czasu poznałem na tyle starożytne języki, by wiedzieć, iż słowa te znaczą: Oto linia podziału.

— Jest dobrze naostrzony, zapewniam cię — powiedział mistrz Palaemon widząc, że sprawdzam kciukiem ostrze. — Przez wzgląd na tych, którzy zostaną ci powierzeni, dbaj o to, żeby zawsze taki pozostał. Zastanawiam się tylko, czy nie jest on dla ciebie zbyt potężnym partnerem. Spróbuj go unieść.

Chwyciłem rękojeść Terminus Est tak samo, jak uczyniłem to z atrapą podczas obrzędu mego wyniesienia, i podniosłem go nad głowę, uważając jednak, żeby nie zawadzić o sufit. Poczułem wyraźnie, że poruszył mi się w ręku, zupełnie jakbym trzymał żywą żmiję.

— Masz jakieś trudności?

— Nie, mistrzu. Tyle że poruszył się, kiedy go uniosłem.

— Wewnątrz ostrza, przez całą jego długość, wydrążony jest kanał, w którym zamknięta jest pewna ilość hydragyrum — metalu cięższego od żelaza, ale płynącego niczym woda. Dzięki temu środek ciężkości przesuwa się do rękojeści, kiedy miecz jest podniesiony, ku ostrzu zaś, kiedy opada. Często będziesz musiał czekać na koniec modlitwy lub na znak od mistrza ceremonii; w tym czasie miecz nie ma prawa zachwiać się ani zadrżeć... Ale ty o tym wszystkim wiesz. Nie muszę ci chyba mówić, jakim szacunkiem należy go darzyć. Niech Moira ci sprzyja, Severianie.

Wyjąłem osełkę z przeznaczonej na nią kieszeni przy pochwie i wrzuciłem ją do sakwy, na jej miejsce kładąc list od mistrza Palaemona do archona z Thraxu, który dla pewności zawinąłem jeszcze w skrawek natłuszczonego jedwabiu, po czym pożegnałem się i wyszedłem.

Z przewieszonym przez lewe ramię mieczem wyszedłem przez Bramę Zwłok i znalazłem się w szarganym wiatrami ogrodzie nekropolii. Strażnik czuwający przy najniższej, najbliższej rzeki bramie przyglądał mi się dziwnie, ale nie zatrzymał mnie, więc wkrótce szedłem już wąskimi uliczkami, które prowadzą do biegnącej wzdłuż Gyoll Wodnej Drogi.

Teraz muszę napisać o czymś, co wciąż napawa mnie wstydem mimo wszystko, co później się wydarzyło. Te popołudniowe chwile były najszczęśliwsze w moim życiu. Zniknęła cała moja dawna nienawiść do konfraterni, pozostała jedynie miłość do niej, do mistrza Palaemona, moich braci, a nawet uczniów, do głoszonej przez nią nauki i jej zastosowań. Pozostawiałem wszystko, co kochałem, zbezcześciwszy to uprzednio w straszliwy sposób. Powinienem był szlochać. Ale nie uczyniłem tego. Coś się we mnie uniosło, a kiedy powiał wiatr, rozwijając poły mego płaszcza niczym skrzydła, miałem wrażenie, że jeszcze chwila i polecę wraz z nim. Nie wolno nam uśmiechać się w obecności kogokolwiek z wyjątkiem naszych mistrzów, braci, klientów i uczniów. Nie chciałem zakładać maski, więc naciągnąłem na oczy kaptur i pochyliłem głowę, żeby ukryć twarz przed spojrzeniami przechodniów. Sądziłem, że zginę gdzieś po drodze, ale myliłem się. Myliłem się również, uważając, że czeka mnie jeszcze wiele podobnych dni, i dlatego się uśmiechałem.

W mojej ignorancji przypuszczałem, że przed nadejściem zmroku będę już daleko za miastem, spędzając w miarę bezpiecznie noc pod jakimś drzewem. W rzeczywistości, kiedy zachodni nieboskłon wyszedł na spotkanie słońcu, nie minąłem jeszcze nawet najstarszej i najbiedniejszej dzielnicy. Prosić o gościnę w którejś ze stojących wzdłuż Wodnej Drogi ruin lub próbować zasnąć w jakimś kącie, równałoby się niemal pewnej śmierci, szedłem więc naprzód, aż wiatr oczyścił do połysku świecące na niebie gwiazdy. Dla nielicznych przechodniów nie byłem już katem, tylko skromnie odzianym wędrowcem dźwigającym jakiś podłużny czarny pakunek.

Od czasu do czasu wiatr przynosił dźwięki muzyki z łodzi ślizgających się po pełnej wodorostów tafli Gyoll. Te biedniejsze nie miały żadnych świateł i przypominały raczej unoszące się na wodzie wraki, ale dostrzegłem również kilka wspaniałych jednostek o wywieszonych na dziobie i rufie silnych lampach, wydobywających z mroku ich bogate złocenia. Z obawy przed niespodziewanym atakiem trzymały się środka nurtu, ale i tak słyszałem niesioną nad wodą pieśń wioślarzy:

> *Silniej, bracia, ramionami!*
> *Prąd jest przeciw nam.*
> *Silniej, bracia, ramionami!*
> *Ale Bóg jest z nami.*
> *Mocniej, bracia, ramionami!*
> *Wiatr nam wieje w twarz.*
> *Mocniej, bracia, ramionami!*
> *Ale Bóg jest z nami.*

I tak dalej. Nawet kiedy lampy przypominały już tylko żarzące się milę lub dwie w górze rzeki iskry, wiatr wciąż jeszcze przynosił strzępy pieśni. Później miałem okazję zaobserwować, że za każdym powtórzeniem refrenu następuje pociągnięcie wiosłem, natomiast przy zmieniających się frazach wioślarze wykonują nimi zamach.

Kiedy wydawało się, że lada moment zacznie dnieć, dostrzegłem na czarnej wstędze rzeki rząd iskierek nie będących światłami żadnego statku, tylko pochodniami oświetlającymi spinający brzegi Gyoll most. Gdy dotarłem do niego i wspiąłem się po zrujnowanych schodach, poczułem się jak aktor wkraczający na zupełnie nową scenę. Jak Wodna Droga pogrążona była w ciemnościach, tak most skąpany był w świetle. Do umieszczonych co dziesięć kroków słupów przytwierdzono płonące pochodnie, co sto kroków zaś wznosiły się wieże strażnicze o jarzących się pełnym blaskiem oknach. Wszystkie mijające mnie powozy miały własne oświetlenie, podobnie jak przechodnie, z których każdy albo sam niósł jakąś lampę, albo czynił to jego sługa. Roiło się od przekupniów zachwalających swoje towary, które prezentowali na zawieszonych przed sobą na szyi tacach, od posługujących się dziwnymi językami obcych oraz żebraków odsłaniających swoje rany, usiłujących grać na przeróżnych instrumentach i szczypiących boleśnie swoje dzieci, żeby te głośniej płakały.

Przyznaję, że wszystko to bardzo mnie interesowało, chociaż odebrane nauki powstrzymywały przed gapiowatym rozglądaniem się dookoła. Z nasuniętym na czoło kapturem i oczami utkwionymi w jakimś punkcie przede mną szedłem przez tłum, jakbym nie zwracał na niego żadnej uwagi, ale jednocześnie czułem, że opada ze mnie przynajmniej część zmęczenia, mój krok zaś stał się dłuższy i szybszy chyba właśnie dlatego, że tak bardzo chciałem pozostać w tym miejscu.

Strażnikami byli peltaści w lekkich półpancerzach i z przezroczystymi tarczami. Znajdowałem się już niemal na zachodnim brzegu, kiedy dwaj z nich stanęli przede mną, zagradzając mi drogę błyszczącymi w świetle pochodni włóczniami.

— Noszenie stroju, który masz na sobie, jest poważnym przestępstwem. Narażasz się na duże kłopoty, jeśli w tym przebraniu planujesz jakiś żart lub oszustwo.

— Mam prawo nosić szaty mojej konfraterni — odparłem.

— Więc twierdzisz, że naprawdę jesteś oprawcą? Czy to co niesiesz, to twój miecz?

— Tak, to miecz, ale ja nie jestem oprawcą, tylko czeladnikiem w Zgromadzeniu Poszukiwaczy Prawdy i Skruchy.

Zapadła cisza. Podczas tych kilku chwil, które zajęło im zadanie pytania, a mnie udzielenie na nie odpowiedzi, zebrało się wokół nas co najmniej sto osób. Peltasta, który do tej pory milczał, spojrzał na swego towarzysza, jakby chciał powiedzieć: „On mówi zupełnie serio", a następnie rozejrzał się po otaczającym nas tłumie.

— Chodź z nami. Dowódca chce z tobą mówić.

Zaczekali, aż wejdę przed nimi w wąskie drzwi. Wewnątrz znajdował się niewielki pokój wyposażony w stół i kilka krzeseł. Wspiąłem się na górę po schodach noszących ślady deptania przez niezliczone ciężko obute stopy i znalazłem się w podobnym pomieszczeniu, w którym za pokaźnym biurkiem siedział, pisząc coś, odziany w półpancerz mężczyzna. Strażnicy szli za mną i kiedy stanęliśmy już przed biurkiem, ten, który ze mną rozmawiał, powiedział:

— To jest ten człowiek.

— Wiem — odparł dowódca, nie podnosząc wzroku.

— Twierdzi, że jest czeladnikiem w bractwie katów.

Pióro, które do tej pory wędrowało po papierze, zatrzymało się.

— Nigdy nie przypuszczałem, że spotkam coś takiego poza kartami starej książki, ale wydaje mi się, że on mówi prawdę.

— Czy mamy go wypuścić? — zapytał żołnierz.

— Jeszcze nie.

Człowiek siedzący za biurkiem otarł pióro, posypał piaskiem ukończony list i dopiero wtedy spojrzał na nas.

— Twoi podwładni zatrzymali mnie, ponieważ wątpili w moje prawo do noszenia stroju, który mam na sobie — powiedziałem.

— Zatrzymali cię, ponieważ ja im kazałem, a kazałem im dlatego, że według raportu z posterunków na wschodnim brzegu stałeś się przyczyną niepokojów. Jeśli istotnie

142

jesteś członkiem bractwa katów — a myślałem, szczerze mówiąc, że zostało już dawno rozwiązane — to znaczy, że całe swoje dotychczasowe życie spędziłeś... Jak to nazywacie?

— W Wieży Matachina.

Strzelił palcami, sprawiając wrażenie kogoś, kto jest zarazem rozbawiony i zasmucony.

— Chodzi mi o miejsce, gdzie stoi ta wasza wieża.

— Cytadela.

— Tak, właśnie. Stara Cytadela. Zdaje się, że to na wschód od rzeki, na północnym skraju Algedonu. Kiedy byłem kadetem, zabierano mnie tam, żeby pokazać mi Donjon. Jak często wychodziłeś do miasta?

Przypomniałem sobie nasze pływackie eskapady.

— Często.

— W takim stroju?

Potrząsnąłem głową.

— Jeżeli chcesz tak odpowiadać, to zsuń kaptur z twarzy, bo widzę tylko czubek twojego nosa. — Wstał z miejsca i podszedł do okna, z którego roztaczał się widok na cały most. — Jak myślisz, ilu ludzi mieszka w Nessus?

— Nie mam pojęcia.

— Ani ja, kacie. Nikt tego nie wie. Wszystkie próby policzenia spełzły na niczym, podobnie jak usiłowania ściągnięcia od każdego należnych podatków. Miasto rośnie i zmienia się każdej nocy podobnie jak mazane kredą na murach napisy. Czy wiesz, że mądrzy ludzie zdzierają w nocy bruk i budują na ulicach domy, roszcząc sobie potem pretensje do gruntu? Szlachetny Talarican, którego szaleństwo objawiło się w zainteresowaniu najpodlejszymi aspektami ludzkiej egzystencji, twierdził, że liczba ludzi, którzy utrzymują się przy życiu, spożywając to, co inni wyrzucą do śmieci, przekracza dwadzieścia pięć tysięcy; że w mieście przebywa stale dziesięć tysięcy żebrzących akrobatów, z czego niemal połowa to kobiety; że gdyby z każdym naszym oddechem miał z tego mostu skakać jakiś nędzarz, to żylibyśmy wiecznie, bo miasto i tak ro-

143

dzi i niszczy ludzi szybciej, niż oddychamy. Jest zbyt dużo mieszkańców, by panował spokój. Nie można tolerować żadnych zaburzeń, gdyż później nie sposób ich zlikwidować. Rozumiesz, do czego zmierzam?

— Nie ma spokoju, ale jest porządek. Tak, rozumiem, o co ci chodzi.

Dowódca odwrócił się z westchnieniem w moją stronę.

— Dobrze, że chociaż to rozumiesz. Zgodzisz się w takim razie ze mną, że koniecznie musisz zmienić swój strój na mniej rzucający się w oczy.

— Nie mogę wrócić do Cytadeli.

— Więc skryj się gdzieś na noc i kup coś jutro rano. Masz pieniądze?

— Trochę.

— To dobrze. Kup więc, ukradnij albo zdejmij ubranie z następnego nieszczęśnika, którego zgładzisz tym narzędziem. Kazałbym jednemu z żołnierzy odprowadzić cię do gospody, ale to wywołałoby jeszcze większe zamieszanie. Coś działo się dzisiaj na rzece i plotki zataczają coraz szersze kręgi. W dodatku wiatr cichnie i nadchodzi mgła, więc będzie jeszcze gorzej. Dokąd zmierzasz?

— Polecono mi udać się do miasta zwanego Thrax.

— Wierzysz mu, kapitanie? — zapytał peltasta. — Nie przedstawił żadnego dowodu na prawdziwość swoich słów.

Dowódca znowu wyglądał przez okno; teraz i ja dostrzegłem pierwsze pasma brunatnożółtej mgły.

— Jeżeli nie potrafisz skorzystać z głowy, użyj nosa — odparł. — Co czułeś, kiedy się do niego zbliżyłeś?

Żołnierz uśmiechnął się niepewnie.

— Zardzewiałe żelastwo, zimny pot, zaschniętą krew. Od oszusta czuć by było zapach świeżego ubrania lub odór starych, wyciągniętych z jakiegoś śmietnika łachów. Jeżeli wkrótce nie nauczysz się myśleć, Petronaksie, znajdziesz się na północy, gdzie będziesz mógł walczyć z Ascianami.

— Ale, kapitanie... — próbował coś powiedzieć, rzuciwszy na mnie spojrzenie tak pełne nienawiści, że zacząłem się obawiać, czy nie będzie chciał wyrządzić mi jakiejś krzywdy, kiedy już znajdziemy się poza strażnicą.

— Pokaż mu, że naprawdę należysz do konfraterni katów.

Żołnierz niczego się nie spodziewał, więc nie miałem żadnych problemów. Prawą ręką wytrąciłem mu tarczę, przytrzymałem stopą jego nogę, lewą dłonią zaś uderzyłem w ten nerw na karku, który powoduje natychmiastowe wystąpienie silnych konwulsji.

Rozdział XV

Baldanders

Miasto po zachodniej stronie mostu różniło się bardzo od tego, które opuściłem. Początkowo na skrzyżowaniach ulic płonęły pochodne, ruch zaś wszelkiego rodzaju powozów był nie mniejszy niż na samym moście. Przed opuszczeniem strażnicy zasięgnąłem rady dowódcy co do miejsca, w którym najlepiej byłoby mi spędzić pozostałą część nocy. Teraz, czując na nowo zmęczenie, które opuściło mnie tylko na chwilę, szedłem z wysiłkiem przed siebie, rozglądając się w poszukiwaniu oberży.

Po pewnym czasie odniosłem wrażenie, że z każdym krokiem otaczający mnie mrok coraz bardziej się pogłębia — na którymś skrzyżowaniu musiałem skręcić w niewłaściwą przecznicę. Nie chcąc jednak wracać, starałem się utrzymać kierunek na północ, pocieszając się myślą, że nawet jeśli chwilowo się zgubiłem, to i tak każdy krok zbliża mnie do Thraxu. Wreszcie natrafiłem na niewielką gospodę. Nie zobaczyłem szyldu — być może wcale go nie było — ale poczułem zapach różnych potraw i usłyszałem brzęk naczyń. Otworzyłem na oścież drzwi i wszedłem do środka. Opadłem na jakieś stare krzesło, nie zwracając najmniejszej uwagi na to, gdzie i w czyim towarzystwie się znalazłem.

Po pewnym czasie, kiedy już nieco odpocząłem, trzej siedzący w kącie mężczyźni podnieśli się i wyszli. Oberżysta widząc, jak mi się zdaje, że moja obecność nie wpływa korzystnie na jego interesy, podszedł do mnie i zapytał, czego chcę. Powiedziałem, że pokoju.

— Nie mamy pokoi.

— To dobrze, bo ja i tak nie mam pieniędzy, żeby zapłacić.

— W takim razie musisz odejść.

— Nie teraz — potrząsnąłem głową. — Jestem zbyt zmęczony. — Słyszałem od innych czeladników, jak wielokrotnie korzystali z tej sztuczki, kiedy byli w mieście.

— Jesteś oprawcą, prawda? Ścinasz głowy?

— Przynieś mi dwie z tych ryb, które czuję, a zostawię same łby.

— Mogę wezwać Straż Miejską. Wyrzucą cię stąd.

Poznałem po jego tonie, że sam nie wierzy w swoje słowa, więc odesłałem go, mówiąc, aby wzywał sobie, kogo mu się podoba, ale żeby tymczasem przyniósł mi rybę. Odszedł, mamrocząc coś pod nosem. Usiadłem prosto, trzymając między kolanami Terminus Est, który uprzednio musiałem zdjąć z pleców. W gospodzie oprócz mnie było jeszcze pięciu ludzi, ale wszyscy unikali mojego wzroku, dwóch zaś wkrótce wstało i pośpiesznie wyszło.

Karczmarz wrócił z małą rybą spoczywającą na kromce czerstwego chleba.

— Zjedz to i odejdź.

Kiedy jadłem, stał obok i nie spuszczał ze mnie wzroku. Skończywszy posiłek, zapytałem go, gdzie mogę położyć się spać.

— Nie ma pokoi. Już ci powiedziałem.

Gdyby nawet o pół łańcucha stąd czekał na mnie wspaniały pałac, nie sądzę, bym potrafił się zmusić do opuszczenia tej gospody.

— W takim razie będę spał na tym krześle — oznajmiłem. — Chyba już dzisiaj nie będziesz miał więcej gości.

— Zaczekaj. — Wyszedł do sąsiedniego pomieszczenia, skąd dobiegły mnie odgłosy jego rozmowy z jakąś kobietą. Obudził mnie, potrząsając za ramię.

— Chcesz spać we trzech w łóżku?

— Z kim?

— Z dwoma szlachcicami. Bardzo mili ludzie, przysięgam. Podróżują razem.

Kobieta krzyknęła z kuchni coś, czego nie zrozumiałem.

— Słyszałeś? — mówił dalej gospodarz. — Jeden z nich nawet jeszcze nie przyszedł. Pewnie już w ogóle nie wróci na noc. Będzie was tylko dwóch.

— Skoro oni wynajęli dla siebie pokój...

— Nie będą mieli nic przeciwko temu, obiecuję. Prawdę mówiąc, zalegają z opłatą. Mieszkają już od trzech dni, a zapłacili tylko za pierwszy.

Miałem więc posłużyć jako ostrzeżenie przed eksmisją. To mi nie przeszkadzało, a nawet podsunęło nadzieję, że gdy obecni lokatorzy się wyniosą, będę miał pokój tylko dla siebie. Z trudem podniosłem się na nogi i poszedłem za oberżystą na górę.

Pomieszczenie, do którego weszliśmy, nie było zamknięte, ale panowały w nim grobowe ciemności. Ktoś bardzo ciężko oddychał.

— Halo, dobrodzieju! — ryknął oberżysta, zapominając, że jego klient miał być podobno szlachcicem. — Ej, ty! Jak ty tam się nazywasz? Blady? Baldanders? Przyprowadziłem ci kogoś do towarzystwa. Jak się nie płaci rachunków, to trzeba brać sublokatorów.

Żadnej odpowiedzi.

— Tędy, mistrzu oprawco — zwrócił się do mnie gospodarz. — Zapalę światło. — Zaczął dmuchać w hubkę, aż rozżarzyła się na tyle, żeby mógł zająć się od niej knot świecy.

Pokój był bardzo mały, jedyne umeblowanie zaś stanowiło łóżko. Na nim leżał odwrócony do nas plecami największy człowiek, jakiego w życiu widziałem. Bez żadnej przesady można go było nazwać olbrzymem.

— Nie obudzisz się, Baldanders, żeby zobaczyć, z kim przyjdzie ci dzielić łóżko?

Chciałem się położyć, więc kazałem karczmarzowi wyjść z pokoju. Protestował, ale wypchnąłem go za drzwi i natychmiast usiadłem na nie zajętej połowie łóżka, żeby ściągnąć buty i skarpety. Słaby blask świecy potwierdził moje przypuszczenia, że dorobiłem się kilku pęcherzy. Zdjąłem płaszcz, po czym rozpostarłem go na starej kołdrze. Przez chwilę zastanawiałem się, czy nie zdjąć pasa i spodni. Skromność i zmęczenie kazały mi z tego zrezygnować, a poza tym zwróciłem uwagę, że olbrzym był całkowicie ubrany. Odczuwając potworne wyczerpanie i niewysłowioną ulgę, zdmuchnąłem świecę i położyłem się, żeby spędzić moją pierwszą noc poza Wieżą Matachina.

— Nigdy.

Głos był tak donośny i dźwięczny (niemal jak najniższe tony organów), że w pierwszej chwili nie byłem pewien, czy to, co powiedział, było w ogóle jakimś słowem.

— Co mówisz? — wymamrotałem.

— Baldanders.

— Wiem, gospodarz mi powiedział. Ja jestem Severian. — Leżałem na wznak, mając Terminus Est u boku, między mną a moim sąsiadem. W ciemności nie mogłem stwierdzić, czy odwrócił się do mnie twarzą, choć byłem pewien, że poczułbym każde poruszenie tego ogromnego ciała.

— Ty... ucinasz.

— Więc słyszałeś nas. Myślałem, że śpisz. — Otwierałem już usta, by powiedzieć, że nie jestem zwykłym oprawcą, tylko czeladnikiem w konfraterni katów, ale przypomniałem sobie swój haniebny uczynek oraz to, dokąd i jako kto szedłem. — Tak, ucinam głowy — odparłem — ale nie musisz się mnie obawiać. Robię tylko to, co wynika z moich obowiązków.

— Więc jutro.

— Tak, jutro będzie dość czasu, żeby się poznać i porozmawiać.

A potem już śniłem, chociaż być może słowa Baldandersa także były jedynie snem. Mimo wszystko chyba jednak nie, a nawet jeżeli tak było, to należały one do innego snu.

Dosiadałem wielkiej istoty o pokrytych skórą skrzydłach. Unosząc się pomiędzy poszarpanymi obłokami a pogrążoną w półmroku ziemią, spływaliśmy w dół powietrznego zbocza. Ogromna istota tylko raz wykonała lekki ruch skrzydłami. Umierające słońce było dokładnie przed nami i wyglądało na to, że poruszamy się z taką samą prędkością jak Urth, bo chociaż lecieliśmy — wydawało się — bez końca, ono ciągle stało w tym samym miejscu.

Wreszcie dostrzegłem przed nami jakąś zmianę i początkowo myślałem, że to pustynia. Hen daleko, w miejsce miast, farm, lasów lub pól pojawiła się ciemnofioletowa, bezkształtna statyczna pustka. Skrzydlata istota również ją dostrzegła, a może zwietrzyła jej zapach. Poczułem, jak napinają się stalowe mięśnie i skrzydła trzykrotnie podniosły się i opuściły.

W fioletowej pustce pojawiły się białe plamy. Po pewnym czasie zdałem sobie sprawę, że bijący od niej pozorny spokój był złudzeniem — wszędzie jednakowa pustka, choć znajdowała się w ruchu — morze — unosząca w sobie Urth rzeka — Świat Uroboros.

Wtedy po raz pierwszy obejrzałem się za siebie i zobaczyłem cały ludzki świat znikający w paszczy nocy.

Kiedy już go nie było, pod nami zaś rozciągał się jedynie bezmiar skotłowanej wody, bestia odwróciła głowę i spojrzała na mnie. Miała dziób ibisa, twarz czarownicy, a na głowie kościaną mitrę. Przez moment przyglądaliśmy się sobie i wydawało mi się, że słyszę jej myśli: Teraz śpisz, ale kiedy się obudzisz, będę przy tobie.

Zmieniła kierunek lotu, podobnie jak zmienia swój kurs lugier, gdy marynarze przestawiają żagle, przechodząc na przeciwny hals. Jedno skrzydło opadło, drugie powędrowało w górę, wskazując prosto w niebo, a ja zsunąłem się z przechylonego grzbietu i runąłem do morza.

Siła uderzenia była tak wielka, że się obudziłem. Wyprężyłem się konwulsyjnie i usłyszałem pomruk śpiącego olbrzyma. Sam też coś wymamrotałem, sprawdziłem po omacku, czy miecz leży koło mego boku, po czym ponownie zasnąłem.

Woda zamknęła się nade mną, ale mimo to nie utonąłem. Czułem, że mogę nią oddychać, lecz nie oddychałem. Wszystko było tak wyraźne i czyste. Wydawało mi się, że spadam w pustkę bardziej przejrzystą od powietrza.

Hen daleko zamajaczyły olbrzymie kształty przedmiotów setki razy większych od człowieka. Niektóre z nich przypominały okręty, inne obłoki, jeden był żywą głową bez ciała, inny znów miał sto głów. Spowijała je błękitna mgiełka. Kiedy spojrzałem w dół, ujrzałem rozległy teren pokryty zrytym prądami piaskiem. Stał tam pałac większy od naszej Cytadeli, lecz w kompletnej ruinie — jego komnaty miały ten sam dach co i jego ogrody. Wewnątrz poruszały się olbrzymie postacie białe niczym trąd.

Spoglądałem coraz niżej, a one zwróciły ku mnie swoje twarze, takie same jak te, które widziałem kiedyś pod powierzchnią Gyoll: twarze nagich kobiet o włosach z zielonej morskiej piany i oczach z korali. Śmiejąc się, obserwowały mój upadek, a ich śmiech płynął ku mnie wielkimi bąblami. Każdy z ich białych ostrych zębów miał długość mojego palca.

Byłem już zupełnie nisko. Wyciągnęły ku mnie ręce i głaskały mnie, tak jak matka głaszcze swoje dziecko. W pałacowych ogrodach rosły gąbki, morskie anemony i różne inne niezliczone piękności, których nazw nie znałem. Wobec otaczających mnie olbrzymek wydawałem się nie większy od lalki.

— Kim jesteście? — zapytałem. — I co tutaj robicie?

— Jesteśmy pannami Abaii, jego kochankami, ślicznotkami, zabawkami i pieszczoszkami. Ziemia nie mogła nas utrzymać. Nasze piersi gruchotały rogi barana, nasze pośladki łamały karki bykom. Tutaj się pasiemy, pływając i ciągle rosnąc, aż wreszcie będziemy dość duże, żeby połączyć się z Abaią, który pewnego dnia pożre wszystkie kontynenty.

— A kim ja jestem?

Wtedy roześmiały się wszystkie razem, a ich śmiech był niczym odgłos fal rozbijających się o szklaną plażę.

— Pokażemy ci — powiedziały. — Pokażemy ci!

Dwie z nich wzięły mnie za ręce, tak jak zwykle siostry biorą małego siostrzeńca, uniosły mnie i popłynęły przez ogród. Ich palce były długie jak moje przedramię.

Zatrzymały się, opadając niczym zatopione galeony, aż nasze stopy dotknęły wreszcie piasku. Przed nami wznosił się niski mur, na nim zaś mała, zasłonięta kurtyną scena, jakiej dzieci używają w czasie zabaw.

Spowodowane przez nas zawirowania wody dotarły do miniaturowej kurtyny — zmarszczyła się, zafalowała, po czym zaczęła się rozsuwać, jakby ściągała ją jakaś niewidzialna ręka. Wreszcie na scenie pojawiła się patykowata figurka człowieka. Ręce i nogi miał z niedokładnie okorowanych gałązek z zielonymi pączkami, tułów z kawałka kija o średnicy mniej więcej mojego kciuka, głowę zaś z grubej narośli, której sęki udawały oczy i usta. Miał pałkę (którą wygrażał w naszym kierunku) i poruszał się zupełnie jak żywy.

Kiedy drewniany człowieczek wskoczył na scenę, dla okazania swojej wrogości wymachując trzymaną w dłoni pałką, wkroczyła na nią także figurka przedstawiająca uzbrojonego w miecz chłopca. Ta marionetka była wykonana równie starannie jak tamta niedbale i mogła być nawet prawdziwym dzieckiem, tyle że zmniejszonym do rozmiarów myszy.

Obie laleczki ukłoniły się, po czym rozpoczęły walkę. Drewniany człowieczek wykonywał nieprawdopodobne skoki i zdawał się wypełniać całą scenę ciosami swojej pałki. Chłopiec unikał ich, tańcząc niczym mól w promieniu światła, i usiłował ugodzić przeciwnika cięciem ostrza nie większego od szpilki.

W pewnym momencie drewniana figurka upadła. Chłopiec podszedł do niej, jakby chcąc postawić stopę na jej piersi, ale zanim zdążył to uczynić, patykowata marionetka spłynęła ze sceny, z wolna uniosła się ku górze i wreszcie zniknęła z oczu, pozostawiając w dole chłopca oraz połamaną pałkę i złamany miecz. Zdawało mi się, że słyszę (w rzeczywistości było to bez wątpienia dochodzące z ulicy skrzypienie kół) triumfalną fanfarę zabawkowych trąbek.

Obudziłem się, ponieważ do pokoju weszła trzecia osoba. Był to mały, pełen animuszu człowieczek o płomiennie rudych włosach, ubrany dobrze, a nawet ze smakiem. Kiedy zauważył, że nie śpię, otworzył na oścież okiennice, wpuszczając do pokoju czerwone promienie słońca.

— Mój partner zawsze mocno śpi — powiedział. — Czy nie ogłuszyło cię jego chrapanie?

— Ja sam również spałem jak zabity — odparłem. — Jeśli nawet chrapał, to nie słyszałem tego.

Moja odpowiedź sprawiła mu chyba przyjemność, bo pokazał w szerokim uśmiechu kilka złotych zębów.

— Oj, chrapie, chrapie. I to tak, że aż Urth się trzęsie, zapewniam cię. Cóż, w każdym razie cieszę się, że udało ci się odpocząć. — Wyciągnął delikatną zadbaną dłoń. — Jestem doktor Talos.

— Czeladnik Severian. — Odrzuciłem cienkie przykrycie i wstałem, by dopełnić ceremonii powitania.

— Nosisz się na czarno, jak widzę. Jakie to bractwo?

— To katowski fuligin.

— Aha. — Przekrzywił głowę jak drozd i zaczął skakać dokoła mnie, przyglądając mi się ze wszystkich stron. — Szkoda, że jesteś taki wysoki, ale ten kolor robi wrażenie.

— Przede wszystkim jest praktyczny — odparłem. — Lochy nie należą do najczystszych miejsc, a na fuliginie nie zostają plamy krwi.

— Masz poczucie humoru! To wyśmienicie. Powiadam ci, jest tylko kilka rzeczy, które mogą przynieść więcej korzyści od poczucia humoru. Humor przyciąga tłum, humor też go uspokaja. Humor pozwala ci wszędzie wejść i zewsząd bezpiecznie wyjść, nie mówiąc o tym, że przyciąga asimi niczym magnes.

Nie bardzo rozumiałem, o czym mówi, ale widząc, że jest w dobrym nastroju, przeszedłem do rzeczy.

— Mam nadzieję, że nie sprawiłem nikomu żadnej niewygody? Gospodarz powiedział, że mam tutaj spać, a w łóżku było jeszcze miejsce dla jednej osoby.

— Och nie, w żadnym wypadku! Nigdy nie wracam, znalazłem dużo lepsze miejsce, gdzie mogę spędzić noc. Poza tym bardzo mało śpię, a i to niezbyt mocno. Miałem jednak bardzo dobrą noc, bardzo dobrą. Dokąd masz zamiar się udać, szlachetny panie?

Akurat w tej chwili grzebałem pod łóżkiem w poszukiwaniu moich butów.

— Najpierw chyba na śniadanie. A potem za miasto, na północ.

— Wyśmienicie! Bez wątpienia mój partner nie będzie miał nic przeciwko śniadaniu, z pewnością bardzo mu się ono przyda. My również podróżujemy na północ. Po zakończonym wielkim sukcesem objeździe miasta. Graliśmy na całym wschodnim brzegu, a teraz gramy na zachodnim. Być może po drodze wystąpimy również w Domu Absolutu — wiesz, to takie zawodowe marzenie. Wystąpić w pałacu Autarchy. A potem wrócić, kiedy już się tam wystąpiło. Z naręczami chrisos.

— Spotkałem już co najmniej jedną osobę, która także marzyła o powrocie.

— Nie rób takiej smutnej miny! Musisz mi kiedyś o niej opowiedzieć. Ale teraz, skoro mamy iść na śniadanie... Baldanders! Obudź się! Chodź, Baldanders, chodź! Obudź się! — Tańczył dokoła łóżka, co chwila łapiąc olbrzyma za kolano. — Baldanders! Nie chwytaj go za ramię, szlachetny panie! — (Nie miałem najmniejszego zamiaru tego uczynić). — Czasem może uderzyć. BALDANDERS!

Olbrzym westchnął i poruszył się.

— Już nowy dzień, Baldandersie! Ciągle żyjesz! Pora jeść, wydalać, kochać się i tak dalej! Wstawaj, bo nigdy nie uda nam się wrócić do domu.

Nic nie wskazywało na to, by olbrzym usłyszał choć jedno z jego słów. Wyglądało na to, że owo westchnienie było jedynie wyartykułowanym przez sen protestem albo agonalnym charkotem. Doktor Talos chwycił oburącz brudną kołdrę i ściągnął ją na podłogę.

Monstrualne cielsko jego partnera leżało w całej okazałości. Był jeszcze większy, niż początkowo przypuszczałem, niemal za duży, żeby zmieścić się w łóżku, chociaż kolana miał podkulone prawie pod brodę. Jego plecy miały co najmniej łokieć szerokości, były wysokie i zgarbione. Twarzy nie mogłem dostrzec, leżała bowiem schowana w poduszce. Wokół karku i przy uszach widniały dziwne blizny.

— Baldanders!

Włosy miał zmierzwione i bardzo gęste.

— Baldanders! Wybacz mi, szlachetny panie, ale czy mogę pożyczyć na moment twój miecz?

— Nie — odparłem. — Nie możesz.

— Och, nie chcę go zabić ani nic w tym rodzaju. Klepnę go po prostu płazem.

Potrząsnąłem tylko głową i gdy doktor Talos zrozumiał, że nie zmienię zdania, zaczął przetrząsać pokój.

— Zostawiłem laskę na dole. Głupi zwyczaj, na pewno ją ukradną. Powinienem nauczyć się kuleć, i to prędko. Do licha, nic tutaj nie ma.

Wybiegł z pokoju, by wrócić po chwili z wykonaną z żelaznego drzewa laską o mosiężnej gałce.

— No, teraz! Baldanders! — Ciosy, które spadły na szerokie barki olbrzyma, przypominały poprzedzające burzę grube krople deszczu.

Niespodziewanie olbrzym usiadł.

— Nie śpię, doktorze. — Jego twarz była wielka i prostacka, ale zarazem smutna i wrażliwa. — Czy nareszcie postanowiłeś mnie zabić?

— O czym ty mówisz, Baldandersie? A, chodzi ci o tego tutaj szlachcica. Nie zrobi ci żadnej krzywdy — spał dzisiaj z tobą w jednym łóżku, a teraz będzie nam towarzyszył przy śniadaniu.

— On tu spał, doktorze?

Skinęliśmy jednocześnie głowami.

— Teraz wiem, skąd się wzięły moje sny.

Wciąż jeszcze miałem przed oczami obraz mieszkających na dnie morza ogromnych kobiet, więc zapytałem go, chociaż nadal budził we mnie lęk, co widział w swoich snach.

— Wielkie jaskinie o kamiennych, ociekających krwią zębach... Poobcinane ręce leżące na piaszczystych ścieżkach... Dzwoniące w ciemności łańcuchami istoty... — Usiadł na brzegu łóżka, czyszcząc wskazującym palcem swoje szeroko rozstawione, zaskakująco białe zęby.

— Chodźcie już — odezwał się doktor Talos. — Jeżeli mamy zjeść, porozmawiać i w ogóle dzisiaj jeszcze coś zdziałać, to musimy się już do tego zabrać. Jest dużo do omówienia i zrobienia.

Baldanders splunął w kąt pokoju.

Rozdział XVI

Sklep z łachmanami

Żal, który miał mnie później tak często chwytać w swoje szpony, po raz pierwszy poczułem z całą siłą podczas wędrówki ulicami pogrążonego jeszcze w objęciach snu Nessus. Nie zaznałem go podczas dni, które spędziłem uwięziony w lochach, bo wówczas zaprzątnięty byłem roztrząsaniem potworności mego uczynku i rozmiarów kary, jaką niebawem poniosę z rąk mistrza Gurloesa. Nie odczuwałem go również poprzedniego dnia podczas wędrówki wzdłuż Wodnej Drogi, gdyż odegnały go radość wolności i ból wygnania. Teraz wydawało mi się, że jedynym istotnym w dziejach świata wydarzeniem była śmierć Thecli. Każda smuga cienia przypominała mi jej włosy, każdy błysk bieli jej skórę. Z trudem powstrzymywałem się, żeby pognać z powrotem do Cytadeli i zobaczyć, czy może siedzi znowu w swojej celi, czytając przy blasku srebrnej lampy.

Natrafiliśmy na kawiarnię, której stoliki rozstawione były wzdłuż ulicy. Wczesna pora sprawiła, że ruch panował jeszcze niewielki. Na rogu leżał martwy człowiek (zdaje się, że uduszony lambrekinem). Doktor Talos przeszukał jego kieszenie, ale nic nie znalazł.

— Musimy się zastanowić — powiedział. — Potrzebny nam jest plan.

Kelnerka przyniosła czarki z mokką. Baldanders przysunął sobie jedną i zamieszał wskazującym palcem.

— Miły Severianie, powinienem chyba przedstawić ci naszą sytuację. Otóż Baldanders (jest moim jedynym pacjentem) i ja pochodzimy z terenów wokół jeziora Diuturna. Nasz dom spłonął, my zaś pragnąc zdobyć środki na jego odbudowę, postanowiliśmy wyruszyć w daleką wędrówkę. Mój przyjaciel jest człowiekiem o zadziwiającej sile. Zwołuję tłum, on łamie parę belek i podnosi kilku ludzi naraz, ja natomiast sprzedaję moje lekarstwa. To niewiele, powiesz. Ale jest i coś więcej. Napisałem sztukę, udało nam się zgromadzić trochę rekwizytów i kiedy sytuacja temu sprzyja, przedstawiamy kilka scen, czasem zapraszając do udziału także kogoś z widowni. Powiadasz, przyjacielu, że udajesz się na północ, sądząc zaś ze sposobu, w jaki spędziłeś tę noc, mogę przypuszczać, że nie dysponujesz zbyt wielkimi funduszami. Czy mogę zaproponować ci udział we wspólnym przedsięwzięciu?

— Nie jest zupełnie zniszczony — odezwał się Baldanders, który zrozumiał tylko pierwszą część wypowiedzi swego towarzysza. — Ściany są z kamienia, bardzo grube. Zostało trochę sklepień.

— Masz rację. Chcemy odbudować nasz stary dobry dom. Rozumiesz jednak, na czym polega nasz problem: znajdujemy się już w połowie drogi powrotnej, a zgromadzone przez nas środki są nadal daleko niewystarczające. Chciałbym ci zaproponować...

Podeszła kelnerka, młoda szczupła kobieta o rzadkich włosach, niosąc miskę owsianki dla Baldandersa, chleb i owoce dla mnie i słodycze dla doktora Talosa.

— Cóż za atrakcyjne stworzenie! — zauważył głośno.

Uśmiechnęła się do niego.

— Czy możesz z nami usiąść? Zdaje się, że jesteśmy jedynymi klientami.

Zerknęła w kierunku kuchni, po czym wzruszyła ramionami i przysunęła sobie krzesło.

— Może skosztujesz, powinno ci smakować... Ja i tak będę zbyt zajęty mówieniem, żeby jeść. I łyczek mokki, jeśli nie masz nic przeciwko temu, żeby pić po mnie.

— Pewnie myślicie, że pozwoli wam jeść za darmo, co? Nic z tego, liczy wszystko po pełnej cenie.

— Ach! Więc nie jesteś córką właściciela? To dobrze, bo obawiałem się, że nią jesteś. Albo jego żoną. Jakże mógł dopuścić do tego, żeby taki kwiatuszek rósł przez nikogo nie zerwany?

— Pracuję tu dopiero od miesiąca. Zarabiam tylko to, co mi zostawią. Weźmy was trzech: jeśli mi nic nie dacie, to okaże się, że obsługiwałam was za darmo.

— Otóż to! Otóż to. A co byś powiedziała na pewną propozycję? Czy odrzuciłabyś ją, gdyby jej przyjęcie mogło uczynić cię bogatą? — Mówiąc to, doktor Talos nachylił się w jej stronę i wtedy uderzyło mnie, że jego twarz podobna jest nie tyle do mordki lisa (porównanie zbyt proste, bo wręcz narzucone nastroszonymi ryżymi brwiami i spiczastym nosem), ile do lisa wypchanego. Słyszałem nieraz od tych, którzy zarabiają na życie kopaniem w ziemi, że nie ma takiego miejsca, w którym nie natrafiliby na resztki przeszłości. Bez względu na to, gdzie wbije się szpadel w ziemię, spod odwalonej skiby wyłania się pogruchotany bruk i przerdzewiały metal, uczeni zaś twierdzą, że ów rodzaj piasku zwany przez artystów polichromem (dlatego, że w jego biel wmieszane są różnokolorowe plamki) nie jest wcale piaskiem, tylko ogromnie starym szkłem, zmielonym na pył przez eony tarcia w młyńskich kamieniach huczącego morza. Jeżeli pod postrzeganym przez nas poziomem rzeczywistości są jeszcze inne jej poziomy, podobnie jak pod powierzchnią gruntu, po którym chodzimy, znajdują się kolejne pokłady historii, to w jednej z tych leżących najgłębiej twarz doktora Talosa była wiszącą na ścianie głową lisa. Zdumiałem się widząc, jak obraca się i nachyla do kobiety, zyskując dzięki tym ruchom, które pozwoliły grać rzucanym przez brwi i nos cieniom, zdumiewające i nadzwyczaj realistyczne pozory życia.

— Czy odrzuciłabyś ją? — powtórzył, a ja otrząsnąłem się, jakbym budził się ze snu.

— Co masz na myśli? — zapytała kobieta. — Jeden z was jest katem. Czy mówisz o darze śmierci? Autarcha, którego oczy przyćmiewają blask gwiazd, chroni życie swoich poddanych.

— Dar śmierci? Och, nie! — roześmiał się doktor Talos. — Nie, moja droga, ten dar ofiarowano ci już na samym początku, podobnie jak jemu. Nie proponowalibyśmy ci czegoś, co już do ciebie należy. Darem, który ci oferujemy, jest piękno oraz wywodzące się z niego sława i bogactwo.

— Jeżeli coś sprzedajecie, to musicie wiedzieć, że nie mam pieniędzy.

— Sprzedajemy? Ależ skąd! Wręcz przeciwnie, proponujemy ci nową pracę. Ja jestem cudotwórcą, ci zaś dwaj szlachetni panowie aktorami. Czy nigdy nie pragnęłaś wystąpić na scenie?

— Tak mi się wydawało, że wy trzej jesteście jacyś zabawni.

— Potrzebujemy aktorki do roli młodej niewinnej dziewczyny. Jeżeli chcesz, możesz tę rolę otrzymać, ale musiałabyś zaraz z nami odejść, nie mamy bowiem czasu do stracenia, a nie będziemy już tędy przechodzić.

— Będąc aktorką, nie stanę się wcale piękna.

— Uczynię cię piękną, ponieważ potrzebujemy cię jako aktorki. Na tym polega moja cudowna moc. — Uniósł się z miejsca. — Więc teraz albo nigdy. Idziesz?

Kelnerka również wstała, wciąż wpatrując się w jego twarz.

— Muszę pójść do pokoju...

— Czy posiadasz cokolwiek wartościowego? Muszę jeszcze dzisiaj nauczyć cię roli i rzucić na ciebie czar urody. Nie mogę czekać.

— Zapłaćcie mi za śniadanie, a ja pójdę i powiem mu, że odchodzę.

— Nonsens! Jako członek naszej trupy musisz przyczyniać się do oszczędzania środków, których będziemy potrzebować na kostiumy. Nie mówiąc już o tym, że to ty zjadłaś moją porcję. Sama zapłać.

Zawahała się.

— Możesz mu zaufać — odezwał się Baldanders. — Co prawda doktor patrzy na świat w dość szczególny sposób, ale kłamie znacznie rzadziej, niż się wydaje.

Głęboki dźwięczny głos podziałał na nią uspokajająco.

— Dobrze — powiedziała. — Idę z wami.

Kilka chwil później cała nasza czwórka znajdowała się już parę przecznic dalej, mijając stłoczone gęsto sklepy, których większość była jeszcze zamknięta.

— A teraz, moi drodzy przyjaciele, musimy się rozdzielić — oznajmił doktor Talos, kiedy przeszliśmy już spory szmat drogi. — Ja poświęcę czas na kształcenie naszej sylfidy, a ty, Baldandersie, musisz wydostać nasze proscenium i inne rekwizyty z gospody, w której spaliście z Severianem. Ufam, że nie będziesz miał z tym żadnych kłopotów. Severianie, rozlokujemy się koło Krzyża Ctesiphona. Wiesz, gdzie to jest?

Skinąłem głową, chociaż nie miałem najmniejszego pojęcia. Prawdę mówiąc, nie zamierzałem do nich wracać.

Doktor Talos odszedł szybkim krokiem w towarzystwie dreptczącej u jego boku dziewczyny, a ja zostałem sam z Baldandersem na niemal pustej ulicy. Pragnąc, żeby i on jak najprędzej mnie opuścił, zapytałem, dokąd ma zamiar się udać. Czułem się tak, jakbym rozmawiał z pomnikiem, a nie człowiekiem.

— Nad rzeką jest park, w którym można spać za dnia, ale nie w nocy. Kiedy będzie już prawie ciemno, obudzę się i zabiorę nasze rzeczy.

— Ja nie jestem śpiący. Chyba rozejrzę się trochę po mieście.

— W takim razie zobaczymy się przy Krzyżu Ctesiphona.

Nie wiedzieć czemu, byłem pewien, że dokładnie zna moje plany.

— Tak — skinąłem głową. — Oczywiście.

Jego oczy były puste niczym oczy wołu. Odwrócił się i podążył wielkimi krokami w kierunku Gyoll. Ponieważ jego park leżał na wschodzie, doktor Talos zaś zabrał kelnerkę na zachód, ja postanowiłem ruszyć na północ, kontynuując moją podróż do Thraxu, Miasta Bezokiennych Pokoi.

Tymczasem jednak otaczało mnie Nessus, Wieczne Miasto (w którym spędziłem całe moje życie, a którego prawie w ogóle nie znałem). Szedłem szeroką brukowaną aleją, nie wiedząc i nie troszcząc się o to, czy jest to jedna z głównych czy też bocznych ulic tej dzielnicy. Po obu jej stronach oraz środkiem biegły trotuary dla pieszych; środkowy dzielił ruch pojazdów na dwie nitki, jedną zdążającą na północ, a drugą na południe.

Z lewej i z prawej budowle wystrzelały w górę niczym zbyt gęsto zasiane zboże, tłocząc się i przepychając w walce o miejsce. Cóż to zresztą były za budowle: żadna ani wielkością, ani wiekiem nie dorównywała Wielkiej Wieży, żadna też, jak sądzę, nie miała ścian takich jak nasza wieża — z grubego na pięć kroków metalu. Z kolei jednak Cytadela nie mogła się z nimi równać ani pod względem kolorów, ani oryginalności kształtów, którymi pysznił się tutaj każdy z budynków, chociaż stał w towarzystwie setki innych. Zgodnie z obowiązującym zwyczajem większość miała na parterze sklepy, choć pierwotnie wznoszone były jako siedziby cechów, bazyliki, teatry, konserwatoria, skarbce, domy dysput, manufaktury, hospicja, lazarety, kostnice, młyny czy domy uciech. Ich architektura odpowiadała tysięcznym funkcjom i setkom przeciwstawnych gustów. Wszędzie sterczały wieżyczki i minarety, kopuły, rotundy i wykusze, strome niczym drabiny schody pięły się po nagich ścianach, a niezliczone balkony stanowiły miniaturowe enklawy dla mnóstwa drzew cytrynowych i granatów.

Podziwiałem właśnie te wiszące ogrody, widoczne wyraźnie wśród różowych i białych marmurów, czerwonych sardoniksów, szaroniebieskich, kremowych i czarnych cegieł oraz zielonych, żółtych i fioletowych dachówek, kiedy widok lancknechta strzegącego wejścia do koszar przypomniał mi o obietnicy, jaką złożyłem dowódcy peltastów. Ponieważ miałem mało pieniędzy, a zdawałem sobie sprawę, iż niejednej jeszcze nocy przyda mi się ciepły płaszcz naszej konfraterni, najlepszym rozwiązaniem wydawało mi się zakupienie jakiegoś jeszcze obszerniejszego, z możliwie taniego materiału, który mógłbym narzucić na mój katowski fuligin. Sklepy jeden za drugim otwierały swoje podwoje, ale te z ubiorami oferowały nie to, czego szukałem, w dodatku po cenach znacznie wyższych od tych, na jakie mógłbym sobie pozwolić.

Wówczas nie przyszło mi jeszcze na myśl, że mógłbym wykonywać swój zawód przed przybyciem do Thraxu. Zresztą nawet gdybym wpadł na to, natychmiast bym odrzucił taki pomysł, przypuszczając, że zapotrzebowanie na moje usługi jest niewielkie i po prostu nie opłaca mi się szukać tych, którzy by ich akurat potrzebowali. Uważałem, krótko mówiąc, że zawartość mojej kieszeni, czyli trzy asimi, kilka orichalków i jedno aes, powinna wystarczyć mi na całą podróż do Thraxu, a poza tym nie miałem najmniejszego pojęcia, jakiej zapłaty powinienem żądać. Tak więc mijałem piętrzące się bele przeróżnych kosztownych materiałów, nie wchodząc nawet do sklepów, które je wystawiały, ani nie zatrzymując się, żeby je dokładniej obejrzeć.

Niebawem moją uwagę przyciągnęły inne towary. Choć wówczas nic jeszcze o tym nie wiedziałem, tysiące najemnych żołnierzy szykowało się właśnie do letniej kampanii. Wszędzie aż roiło się od barwnych peleryn i koców, siodeł o specjalnych ochronach na lędźwie, czerwonych furażerek, włóczni, sygnałowych flag ze srebrnej folii, łuków bardziej i mniej wygiętych, z których korzystała kawaleria, strzał pakowanych po dziesięć i dwadzieścia, kołczanów z wygotowanej skóry zdobionej złoconymi ćwiekami i macicą perłową, wreszcie specjalnych osłon na przeguby dla łuczników. Kiedy to wszystko zobaczyłem, przypomniałem sobie, co mistrz Palaemon mówił przed moim wyniesieniem o pokusach żołnierskiego życia i chociaż zawsze myślałem z pewnym lekceważeniem o stacjonujących w Cytadeli żołnierzach, to teraz wydawało mi się, że słyszę wzywający na paradę warkot bębnów i przeciągły, zawodzący jęk bojowych trąb.

Zapomniałem już zupełnie o tym, czego i w jakim celu szukam, kiedy z jednego ze sklepów wyszła szczupła, może dwudziestoletnia kobieta i zaczęła składać zamontowane na noc kraty. Miała na sobie bajecznie kolorową, obsypaną brokatem suknię, bogatą i jednocześnie złachmanioną, a akurat gdy jej się przyglądałem, promień słońca padł na rozdarcie tuż pod piersią, nadając jej skórze odcień najbledszego złota.

Nie jestem w stanie opisać, jakie wówczas i później jeszcze poczułem do niej pożądanie. Spośród wielu kobiet, które znałem, ona była chyba najmniej urodziwa — nie tak zgrabna jak jedna, nie tak zmysłowa jak inna, wreszcie nie tak dostojna jak Thecla. Była średniego wzrostu, miała krótki nos, szerokie kości policzkowe i lekko skośne oczy, jakie często spotyka się w twarzach tego typu. Ujrzałem ją i pokochałem śmiertelną, ale zarazem niezbyt poważną miłością.

Rzecz jasna podszedłem do niej. Nie mogłem się jej oprzeć, podobnie jak spadając z urwiska, nie mógłbym się oprzeć ślepej chciwości Urth. Nie wiedziałem, co powinienem powiedzieć, i drżałem z obawy, że na widok mojego miecza i fuliginowej szaty umknie w popłochu. Ona jednak uśmiechnęła się i odniosłem wrażenie, że nawet podziwia mój wygląd. Ponieważ nic nie mówiłem, zagadnęła, czego sobie życzę, a ja wówczas zapytałem, czy nie wie, gdzie mógłbym sobie kupić płaszcz.

— Jesteś pewien, że go potrzebujesz? — Jej głos był głębszy, niż się spodziewałem. — Twój jest przecież bardzo piękny. Czy mogę go dotknąć?

— Proszę, jeśli chcesz.

Wzięła do ręki skraj mojej szaty i potarła ją delikatnie między palcami.

— Nigdy nie widziałam takiej czerni. Jest tak głęboka, że nie sposób dostrzec na niej żadnych fałd. Kiedy jej dotykam, wydaje się, że moja dłoń znika. A to twój miecz. Czy ten kamień to opal?

— Chciałabyś również go dotknąć?

— Nie, ależ skąd. Jeśli jednak naprawdę potrzebny ci płaszcz... — Wskazała mi gestem wystawę sklepu i wtedy zobaczyłem, że jest zawalona najróżniejszymi używanymi rzeczami: dżelabami, kapotami, chałatami i bluzami.

— Bardzo niedrogo, zapewniam cię. Jeśli tylko zechcesz wejść, jestem pewna, że znajdziesz to, czego szukasz.

Wszedłem do środka przez skrzypiące drzwi. Liczyłem na to, że młoda kobieta pójdzie za mną, ale ona została na zewnątrz.

We wnętrzu panował półmrok, lecz rozejrzawszy się, zrozumiałem, dlaczego mój widok nie wywarł na dziewczynie żadnego wrażenia. Człowiek, który stał za ladą, wyglądał bardziej przerażająco od każdego kata. Jego twarz była twarzą kościotrupa o czarnych jamach zamiast oczu, zapadniętych policzkach i ustach niemal zupełnie pozbawionych warg. Gdyby się nie poruszył i nie przemówił, wziąłbym go nie za żywego człowieka, lecz za zmumifikowane zwłoki postawione za ladą zgodnie z czyimś makabrycznym życzeniem.

Rozdział XVII

Wyzwanie

On jednak poruszył się, zwracając w moją stronę, a także przemówił.

— Bardzo piękny. Tak, tak, bardzo piękny. Twój płaszcz, szlachetny panie... Czy mógłbym go zobaczyć?

Zbliżyłem się do niego, stąpając po podłodze z nierównych wydeptanych desek. Między nami niczym ostrze sztyletu tkwił cienki czerwony promień słońca rojący się życiem milionów cząstek kurzu.

— Twój strój... — Chwyciłem skraj płaszcza lewą dłonią i wyciągnąłem w jego stronę, a on dotknął go niemal w ten sam sposób co dziewczyna. — Tak, naprawdę bardzo piękny. Podobny do wełny, ale znacznie bardziej miękki.

Mieszanka lnu i sierści wigonia? Co za wspaniały kolor. Katowskie szaty. Wątpiłem, czy mogą być choćby w połowie tak dobre, ale czy można wątpić, widząc taki materiał? — Dał nura pod ladę i po chwili pojawił się z naręczem jakichś szmat. — Czy mogę obejrzeć miecz? Będę nadzwyczaj ostrożny, zapewniam cię.

Wyciągnąłem z pochwy Terminus Est i położyłem go na walających się wszędzie łachach. Nachylił się nad nim, nie dotykając go ani nic nie mówiąc. Przez ten czas moje oczy przyzwyczaiły się do półmroku i dostrzegłem wąską czarną tasiemkę wysuwającą się zza jego ucha.

— To jest maska — powiedziałem.

— Trzy chrisos za miecz. I jeszcze jeden za płaszcz.

— Nie przyszedłem tutaj, żeby cokolwiek sprzedawać — odparłem. — Zdejmij ją.

— Jak sobie życzysz. W porządku: cztery chrisos. — Uniósł dłonie do swojej trupiej maski. Jego prawdziwa twarz o wystających kościach policzkowych, pokryta intensywną opalenizną, bardzo przypominała twarz spotkanej przeze mnie przed sklepem kobiety.

— Chcę kupić płaszcz.

— Pięć chrisos. To moja ostatnia propozycja. Musisz dać mi trochę czasu, żebym zebrał pieniądze.

— Powiedziałem ci już, że ten miecz nie jest na sprzedaż. — Wziąłem Tenninus Est i schowałem go do pochwy.

— Sześć. — Nachylił się nad ladą i chwycił mnie za ramię. — To więcej niż jest wart. To twoja ostatnia szansa, naprawdę. Sześć.

— Przyszedłem tu, żeby kupić płaszcz. Twoja siostra, jak przypuszczam, powiedziała mi, że znajdę tu coś w rozsądnej cenie.

— W porządku — westchnął z rezygnacją. — Sprzedam ci płaszcz. Czy przedtem powiesz mi, jak wszedłeś w posiadanie tego miecza?

— Dał mi go mistrz naszej konfraterni. — Przez jego twarz przemknął cień, którego nie zrozumiałem. — Nie wierzysz mi?

— Niestety, wierzę. Kim właściwie jesteś?

— Czeladnikiem w konfraterni katów. Rzeczywiście nieczęsto pojawiamy się w tej dzielnicy, szczególnie tak daleko na północy, ale czy naprawdę jesteś aż tak zdumiony?

Skinął głową.

— To tak, jakbym spotkał psychopompę. Czy mogę zapytać, co robisz w tej części miasta?

— Możesz, ale jest to ostatnie pytanie, na które udzielę ci odpowiedzi. Znajduję się w drodze do Thraxu, gdzie mam podjąć pracę.

— Dziękuję ci. O nic więcej nie będę pytał. Zresztą wcale nie muszę. Wracając do rzeczy: zapewne chcesz sprawić niespodziankę przyjaciołom, zdejmując płaszcz w ich obecności, musimy więc tak dobrać jego kolor, żeby jak najbardziej kontrastował z tym, który masz teraz na sobie. Biały byłby dobry, ale to kolor sam w sobie niezwykle dramatyczny, a poza tym szalenie trudno utrzymać go w czystości. Co byś powiedział na zgaszony brąz?

— Tasiemki, które przytrzymywały twoją maskę — powiedziałem. — One zostały.

Wyciągnął właśnie zza lady jakieś pudła i nie odpowiedział. W chwilę potem odezwał się zawieszony nad drzwiami dzwonek. Nowy klient był młodzieńcem o twarzy skrytej za ukształtowaną na podobieństwo zawiniętych rogów zasłoną hełmu. Miał na sobie zbroję z lakierowanej skóry, a na jednym napierśniku trzepotała skrzydlata złota chimera o pustej twarzy ogarniętej szaleństwem kobiety.

Sklepikarz upuścił pudła i zgiął się w służalczym ukłonie.

— Witaj, hipparcho. Czym mogę ci służyć?

Skryta w rękawicy dłoń wyciągnęła się ku mnie takim gestem, jakby chciała mi coś dać.

— Weź to — ponaglił mnie przerażonym szeptem właściciel sklepu. — Weź, cokolwiek to jest.

Nadstawiłem dłoń; upadło na nią czarne błyszczące nasiono wielkości rodzynka. Sklepikarz wciągnął głośno powietrze, zbrojna zaś postać odwróciła się i wyszła.

Położyłem nasiono na ladzie.

— Nie próbuj mi go dać! — wyskrzeczał sklepikarz, cofając się w popłochu.

— Co to jest?

— Nie wiesz? To ziarno kwiatu zemsty. W jaki sposób obraziłeś oficera Oddziałów Wewnętrznych?

— Nikogo nie obraziłem. Po co on mi to dał?

— Zostałeś wyzwany.

— Na pojedynek? To niemożliwe.

Jego wzruszenie ramionami było bardziej wymowne od słów.

— Musisz walczyć, bo inaczej zostaniesz skrytobójczo zamordowany. Jedyne pytanie to, czy naprawdę obraziłeś tego hipparchę, czy też może kryje się za tym jakiś dostojnik z Domu Absolutu.

Równie wyraźnie jak sklepikarza, ujrzałem przed sobą Vodalusa stającego dzielnie przeciwko trzem ochotnikom. Roztropność nakazywała mi wyrzucić precz nasiono kwiatu zemsty i opuścić czym prędzej miasto, ale nie mogłem tego zrobić. Ktoś — być może sam Autarcha lub tajemniczy Ojciec Inire — dowiedział się prawdy o śmierci Thecli i teraz chciał mnie zgładzić, nie narażając konfraterni na niesławę. Dobrze więc, będę walczył. Jeśli zwyciężę, powinno dać im to do myślenia, a jeżeli zginę, po prostu stanie się zadość sprawiedliwości.

— To jedyna broń, jaką umiem się posługiwać — powiedziałem, wciąż jeszcze myśląc o Vodalusie.

— Nie będziecie walczyć na miecze. Byłoby nawet lepiej, gdybyś go u mnie zostawił.

— W żadnym wypadku.

Westchnął ciężko.

— Widzę, że nic nie wiesz o tych sprawach, a przecież już dzisiaj o zmierzchu masz walczyć o swoje życie. Cóż, jesteś moim klientem, a ja jeszcze nigdy nie opuściłem w potrzebie żadnego klienta. Chciałeś kupić płaszcz: proszę. — Zniknął na zapleczu, skąd wrócił po chwili, niosąc strój koloru martwych liści. — Spróbuj, czy pasuje. Kosztuje cztery orichalki.

Tak duży i luźny płaszcz musiał pasować, chyba że był-by wyraźnie za długi lub zbyt obszerny. Cena wydawała mi się nieco wygórowana, ale zapłaciłem bez targów. Odniosłem wrażenie, że wkładając go, czynię kolejny krok ku staniu się aktorem, do czego zdawały się zmuszać mnie wszystkie wydarzenia tego dnia. Rzeczywiście brałem udział w większej liczbie dramatów, niż jeszcze niedawno gotów byłem podejrzewać.

— Muszę tu teraz zostać, żeby zająć się interesem — powiedział sklepikarz — ale poślę z tobą siostrę, żeby pomogła ci zdobyć twój kwiat. Często chodziła na Okrutne Pole, więc może potrafi nauczyć cię, jak masz nim walczyć.

— Czy ktoś mówił o mnie? — Młoda kobieta, którą spotkałem przed sklepem, wyłoniła się z pogrążonego w mroku zaplecza. Ze swoim zadartym nosem i tajemniczo skośnymi oczami była tak podobna do brata, jakby była jego bliźniaczką. Szczupła figura i delikatne rysy, nieco rażące u niego, u niej wydawały się naturalne. Brat zapewne wyjaśnił jej, co mnie spotkało, ale nie jestem tego całkiem pewien, ponieważ nic nie słyszałem. Patrzyłem tylko na nią.

Zaczynam znowu. Minęło wiele czasu (dwukrotnie słyszałem, jak za drzwiami mego gabinetu zmieniają się straże), od kiedy skończyłem pisać te zdania, które wyczytaliście przed kilkoma zaledwie chwilami. Nie jestem pewien, czy słusznie robię, opisując tak dokładnie sceny, które zapewne są ważne jedynie dla mnie. Wszystko to mogłem przecież bardzo łatwo skrócić: zobaczyłem sklep, wszedłem do środka, zostałem wyzwany na pojedynek przez oficera Septentrionów, właściciel sklepu wysłał siostrę, żeby pomogła mi zdobyć nasiono zatrutego kwiatu. Spędziłem wiele nużących dni, czytając dzieje moich poprzedników, i muszę stwierdzić, że są one w znacznej części utrzymane w takim właśnie stylu. Oto fragment dotyczący Ymara:

Przebrawszy się, wyruszył poza miasto, gdzie spotkał siedzącego pod platanem milczącego mędrca. Autarcha przyłączył się do niego i siedział oparty o pień tak długo, aż Urth wzgardziła światłem słońca. Tymczasem obok nich przemknął galopem oddział wojska pod wspaniałym sztandarem, przeszedł handlarz prowadzący muła uginającego się pod ciężarem złota, przetruchtali eunuchowie niosący na swych barkach cudowną kobietę, wreszcie przekuśtykał jakiś pies. Ymar podniósł się z miejsca i śmiejąc się głośno, ruszył za nim.

Zakładając, że anegdota jest prawdziwa, jakże łatwo ją wyjaśnić: Autarcha pokazał w ten sposób, że wybrał aktywne życie z własnej woli, nie zaś skuszony uciechami świata.

Jednak Thecla miała wielu nauczycieli i każdy z nich próbowałby wytłumaczyć tę historię na własny sposób. Drugi mógłby na przykład powiedzieć, że Autarcha był obojętny na wszystko, co stanowi atrakcję dla zwykłego człowieka, ale nie potrafił zapanować nad swą namiętnością do polowania.

Trzeci stwierdziłby, że Autarcha pragnął okazać swoją pogardę mędrcowi, który milczał, podczas gdy mógł dzielić się z innymi swoją mądrością, sam również na tym zyskując. Nie mógł tego uczynić, opuszczając go, kiedy droga była pusta, jako że samotność jest dla mędrców czymś nadzwyczaj pożądanym, ani wtedy, gdy mijali go żołnierze, zamożny kupiec lub kobieta, nieoświeceni ludzie pragną bowiem przyziemnych rzeczy i mędrzec mógłby pomyśleć, że Autarcha również dał im się skusić.

Czwarty z kolei dowodziłby, że Autarcha poszedł za psem, ponieważ zwierzę było samotne — żołnierze mieli innych żołnierzy, kupiec swego muła, a kobieta niewolników.

Dlaczego jednak Ymar się śmiał? Kto może to wytłumaczyć? Czy kupiec podążał za żołnierzami, żeby kupić ich łupy? Czy kobieta podążała za kupcem, żeby sprzedawać swe wdzięki i pocałunki? Czy pies był psem myśliwskim, czy jednym z tych małych i krótkonogich, które kobiety trzymają przy sobie na wypadek, gdyby ktoś zbytnio zainteresował się nimi podczas ich snu? Kto teraz może to wiedzieć? Ymar nie żyje, podobnie jak wspomnienia o nim, które przetrwały jeszcze przez pewien czas w krwi jego następców.

Przeminą także wspomnienia o mnie. Jednego jestem pewien: żaden z tych, którzy próbowali wyjaśnić zachowanie Ymara, nie miał racji. Prawda niezależnie od tego, jakakolwiek by była, jest z całą pewnością prostsza i subtelniejsza. W moim przypadku można by zapytać, dlaczego zgodziłem się na towarzystwo siostry sklepikarza — ja, który w całym swoim dotychczasowym życiu nie miałem prawdziwego towarzysza. I kto wiedząc, że chodziło jedynie o siostrę sklepikarza, zrozumie, dlaczego pozostałem z nią po tym, o czym za chwilę opowiem? Z pewnością nikt.

Powiedziałem już, że nie potrafię wyjaśnić mego do niej pożądania, i to jest prawda. Pokochałem ją desperacką, spragnioną miłością. Czułem, że we dwójkę moglibyśmy popełnić czyn tak ohydny, że świat widząc nas, dałby mu się bez reszty porwać.

Nie trzeba intelektu, żeby dojrzeć czekające za przepaścią śmierci postaci — każde dziecko może je dostrzec, promieniują blaskiem chwały lub potępienia, otoczone aurą władzy mającej swój początek jeszcze przed początkiem wszechświata. Pojawiają się w naszych pierwszych snach i przedśmiertnych wizjach. Słusznie domyślamy się, że kierują naszym życiem, i mamy rację przeczuwając, iż nic dla nich, budowniczych tego, czego nie sposób sobie wyobrazić, i weteranów wojen toczących się już poza granicą istnienia, nie znaczymy.

Najtrudniej przychodzi nam zrozumieć, że w nas drzemią równie wielkie moce. Mówimy „chcę" albo „nie chcę" i wydaje nam się (chociaż codziennie wykonujemy czyjeś polecenia), że jesteśmy panami samych siebie, podczas gdy prawda jest taka, że nasi panowie akurat śpią. Gdy tylko któryś z nich się obudzi, zamieniamy się w posłuszne wierzchowce, chociaż jeździec jest nieodgadnioną jeszcze i nie uświadomioną cząstką nas samych.

Może to jest właśnie wytłumaczenie historii Ymara? Któż to może wiedzieć?

Nieważne, jakie kierowały mną motywacje, dość, że pozwoliłem siostrze sklepikarza, by pomogła mi założyć płaszcz. Mógł być noszony ciasno ściągnięty przy szyi, zasłaniając dokładnie moją fuliginową szatę. Mimo to nie miałem skrępowanych ruchów, mogąc sięgnąć na zewnątrz przez przód lub przez specjalne rozcięcia po bokach. Odpiąłem Terminus Est od pendentu i przez cały czas, kiedy miałem na sobie ten płaszcz, nosiłem go jak laskę. Ponieważ zawsze skryty był w pochwie odsłaniającej jedynie rękojeść, większość ludzi, która mnie z nim widziała, nie powzięła z pewnością żadnych podejrzeń.

Był to jedyny okres w moim życiu, kiedy kryłem barwy mojego bractwa. Słyszałem nieraz, że nawet w najlepszym przebraniu każdy czuje się jak głupiec. Mogę to potwierdzić, choć to co miałem na sobie, nie było wcale przebraniem. Te obszerne staromodne płaszcze pierwsi zaczęli nosić pasterze (którzy używają ich do dzisiaj), od nich zaś przejęli je żołnierze — stało się to w czasach, kiedy walki z Ascianami toczyły się tutaj, na chłodnym południu. Od armii zapożyczyli je religijni pielgrzymi, dla których strój, który w razie potrzeby można zamienić w mały jednoosobowy namiot, musiał bezsprzecznie wydawać się bardzo praktyczny. Upadek religijności przyczynił się z całą pewnością do tego, że w Nessus już się ich prawie nie widywało; mój był jedyny, na jaki udało mi się natrafić. Gdybym wówczas wiedział o nim nieco więcej, dokupiłbym jeszcze szeroki kapelusz, ale tego nie uczyniłem, a siostra właściciela sklepu pochwaliła mnie, że wyglądam jak prawdziwy pielgrzym. Bez wątpienia powiedziała to z odrobiną kpiny, która zawsze gościła w jej głosie, ale byłem na tyle rad z mojego wyglądu, że nie zwróciłem na to uwagi, powiedziałem tylko z żalem, że mało wiem o religii.

Uśmiechnęli się obydwoje.

— Wystarczy, że pierwszy się odezwiesz, a nikt nie będzie chciał z tobą o niej rozmawiać — powiedział jej brat.

— Poza tym możesz nosić swój płaszcz i nic nie mówić. Jeśli będziesz chciał się kogoś pozbyć, poproś o jałmużnę.

Tak więc stałem się, przynajmniej z wyglądu, pielgrzymem podążającym do jakiejś położonej na północy świątyni. Czyż nie powiedziałem, że czas zmienia nasze kłamstwa w prawdę?

Rozdział XVIII
Zniszczenie ołtarza

Podczas mego pobytu w sklepie po ciszy wczesnego poranka nic nie pozostało; ulicą przewalała się lawina pojazdów i zwierząt, a ledwo zdążyliśmy wyjść na zewnątrz, kiedy usłyszałem przemykający między wieżami miasta ślizgacz. Spojrzałem prędko w górę i jeszcze zdołałem go dostrzec. Przypominał kształtem podłużną, ściekającą po szybie kroplę deszczu.

— To pewnie ten oficer, który cię wyzwał — zauważyła siostra sklepikarza. — Wraca do Domu Absolutu. Hipparcha Gwardii Septentrionów, czy tak powiedział Agilus?

— Więc tak się nazywa twój brat? Tak, zdaje się, że coś w tym rodzaju. A jak ty się nazywasz?

— Agia. Podobno nie wiesz nic o pojedynkach? I ja mam być twoim nauczycielem? No to niech ci wielki Hypogeon dopomoże. Na początek musimy pójść do Ogrodów Botanicznych i ściąć dla ciebie kwiat zemsty. Na szczęście to niedaleko stąd. Czy masz dość pieniędzy, żeby wynająć fiakra?

— Chyba tak. Jeśli to konieczne.

— A więc rzeczywiście jesteś... tym, kim jesteś.

— Katem. Tak, istotnie. Kiedy mam spotkać się z tym hipparchą?

— Dopiero późnym popołudniem, kiedy kwiat zemsty otwiera swój kielich i na Okrutnym Polu rozpoczynają się walki. Mamy masę czasu, ale chyba będzie lepiej, jeśli wykorzystamy go na znalezienie ci kwiatu i naukę walki. — Uniosła rękę, żeby zatrzymać mijający nas właśnie powóz zaprzężony w parę rumaków. — Wiesz chyba o tym, że zostaniesz zabity?

— Sądząc z tego, co mówisz, wydaje mi się to bardzo prawdopodobne.

— To najzupełniej pewne, więc nie masz co przejmować się pieniędzmi.

Wyszła na jezdnię, wyglądając przez moment (rysy jej twarzy były tak delikatne, a linia ciała pełna wdzięku!) jak pomnik wzniesiony ku czci nieznanej, podążającej przed siebie na piechotę kobiety. Zachowywała się tak, jakby sama również postanowiła zginąć. Narowiste zwierzęta próbowały ją ominąć, ale woźnica zmusił je do posłuchu. Zaprzęg stanął. Agia wsiadła i chociaż była z pewnością bardzo lekka, niewielki pojazd zakołysał się na boki. Wspiąłem się za nią i usiedliśmy, przyciśnięci ciasno biodrami. Woźnica obejrzał się na nas.

— Ogrody Botaniczne — rzuciła i ruszyliśmy z kopyta. — Więc nie boisz się śmierci? To pocieszające.

Chwyciłem się kozła, na którym siedział woźnica.

— Z pewnością nie ma w tym nic nadzwyczajnego. Ludzi takich jak ja muszą być tysiące, a może miliony: przyzwyczajonych do śmierci i przekonanych, że jeśli coś ważnego miało ich spotkać w życiu, już się wydarzyło.

Słońce wisiało nad szczytami najwyższych wież i jego światło, zalewające zakurzoną ulicę czerwonozłotym blaskiem, wprawiło mnie w filozoficzny nastrój. W mojej brązowej książce znajdowała się miedzy innymi opowieść o aniele (być może jednym ze skrzydlatych żołnierzy, którzy podobno służą Autarsze), który zjawiwszy się na Urth z jakąś mało istotną misją, zginął trafiony strzałą wypuszczoną z dziecinnego łuku. Mając szatę zbrukaną tryskającą z serca krwią, której barwa przypominała barwę poświaty rzucanej teraz na ulicę przez konające słońce, napotkał samego Gabriela. Archanioł w jednej dłoni dzierżył błyszczący miecz, w drugiej wielki obosieczny topór, przez plecy zaś oprócz łuku przewieszony miał sam wielki bitewny róg Nieba.

— Dokąd zmierzasz, mój mały, z piersią szkarłatną niczym u rudzika? — zapytał Gabriel.

— Zostałem zabity — odpowiedział anioł — i wracam, żeby raz jeszcze połączyć me istnienie z Wszechstwórcą.

— Nie opowiadaj bzdur. Jesteś aniołem, samym duchem, więc nie możesz umrzeć.

— Mimo to umarłem — odparł anioł. — Zwróć uwagę, ile straciłem krwi. Już nie tryska silnym strumieniem, tylko sączy się leniwie. Zauważ bladość mego oblicza. Czyż dotknięcie anioła nie powinno być ciepłe i promieniujące energią? Weź moją dłoń, a wyda ci się, że trzymasz jakieś okropieństwo dopiero co wyciągnięte ze stęchłego stawu. Powąchaj mój oddech: czyż nie jest cuchnący, wstrętny i obrzydliwy? — Gabriel nic na to nie odpowiedział, więc anioł rzekł: — Bracie, nawet jeżeli cię nie przekonałem, błagam, zostaw mnie w pokoju, oto bowiem odchodzę z tego wszechświata.

— Skądże znowu, przekonałeś mnie — odparł Gabriel, ustępując tamtemu z drogi. — Pomyślałem sobie tylko, że gdybym wiedział, że kiedyś może nas to spotkać, byłbym czasem bardziej ostrożny.

— Czuję się dokładnie tak jak archanioł z tej opowieści — zwróciłem się do Agii. — Gdybym wiedział, że tak łatwo i szybko zużyję swoje życie, najprawdopodobniej bym tego nie zrobił. Znałaś tę legendę? Teraz jednak jest już za późno, żeby cokolwiek zmienić lub odwołać. Dziś po południu ten Septentrion zabije mnie... czym? Rośliną? Kwiatem? W każdym razie w sposób, którego nie rozumiem. Jeszcze niedawno sądziłem, że dotrę do miasta zwanego Thrax i spędzę tam resztę dni, które dane mi będzie przeżyć. Cóż, ostatniej nocy spałem w łóżku z olbrzymem. Jedno wcale nie jest bardziej fantastyczne od drugiego.

Nic nie odpowiedziała, więc po pewnym czasie zapytałem:

— Co to za budynek przed nami? Ten o cynobrowym dachu i widlastych kolumnach. Pachnie tak, jakby ucierano tam w moździerzach jakieś przyprawy.

— To klasztorna kuchnia. Czy wiesz, że jesteś przerażającym człowiekiem? Kiedy wszedłeś do naszego sklepu, pomyślałam, że to tylko jeszcze jeden rycerz w błazeńskim przebraniu. Potem, gdy się okazało, że naprawdę jesteś katem, sądziłam, że to nie może być nic złego, że na pewno jesteś zwyczajnym młodzieńcem, takim samym jak wszyscy.

— Ty znałaś zapewne wielu takich młodzieńców. — Prawdę mówiąc, chciałem, żeby tak właśnie było. Pragnąłem, żeby okazała się znacznie bardziej doświadczona ode mnie, i choć nawet przez chwilę nie pomyślałem o sobie jako o kimś czystym, to chciałem, żeby ona była jeszcze bardziej skalana.

— Mimo to jesteś inny. Masz twarz kogoś, kto niebawem odziedziczy dwa palatynaty i wyspę leżącą nie wiadomo gdzie, ale maniery szewca. Kiedy ktoś mówi, że nie boi się śmierci, wydaje mi się, że naprawdę tak myśli, lecz trochę głębiej jest przekonany, że to nieprawda. Ty jednak istotnie tak uważasz. Pewnie nie mrugnąłbyś nawet okiem, gdybyś miał odciąć mi głowę, prawda?

Wokół nas miasto kipiało życiem. Przemykały najróżniejsze maszyny, pojazdy na kołach i bez nich, ciągnięte przez zwierzęta lub przez niewolników, piesi, a także jeźdźcy dosiadający grzbietów dromaderów, wołów lub metamynodonów. Obok pojawił się zaprzęg bliźniaczo podobny do naszego. Również w nim siedziała jakaś para.

— Wyprzedzimy was! — krzyknęła w ich stronę Agia.

— Jaki dystans? — zapytał mężczyzna. Rozpoznałem w nim sieur Racho, którego spotkałem kiedyś, gdy zostałem wysłany do mistrza Ultana po książki.

175

Złapałem Agię za ramię.

— Czy ty oszalałaś, czy on?

— Do wejścia do Ogrodów. O chrisos!

Ich pojazd przedarł się do przodu, a nasz ruszył ostro w ślad za nim.

— Szybciej! — krzyknęła Agia do woźnicy. — Masz sztylet? — To już było skierowane do mnie. — Dobrze by było przyłożyć mu ostrze do karku. Mógłby wtedy mówić, że musiał tak pędzić, bo zabilibyśmy go, gdyby się zatrzymał.

— Po co to robisz?

— Na próbę. Nikt nie da wiary, że naprawdę jesteś katem, ale każdy uwierzy, że jesteś przebranym dla zabawy żołnierzem. Właśnie to udowodniłam. — W ostatniej chwili ominęliśmy wyładowaną piachem bryczkę. — Poza tym wiem, że zwyciężymy. Nasz woźnica i jego zwierzęta są wypoczęci, a tamten woził tę ulicznicę już przez pół nocy.

Uświadomiłem sobie wówczas, że jeśli wygramy, to będę musiał dać Agii kwotę stanowiącą przedmiot zakładu, jeśli zaś zostaniemy pokonani, to tamta kobieta będzie wymagała od Racho, żeby odebrał ode mnie moje (nie istniejące zresztą) chrisos. Jakże wspaniale byłoby go upokorzyć! Szaleńcza prędkość i bliskość śmierci (byłem pewien, że istotnie zostanę zabity przez hipparchę) uczyniły mnie bardziej lekkomyślnym, niż zdarzyło mi się kiedykolwiek w życiu. Terminus Est był tak długi, że bez wysiłku mogłem dosięgnąć nim grzbietów naszych rumaków. Ich boki ociekały już potem, więc płytkie nacięcia, które wykonałem, musiały palić żywym ogniem.

— To lepsze od sztyletu — powiedziałem do Agii.

Tłum rozstępował się przed nami niczym woda. Matki chwytały w objęcia dzieci, a żołnierze katapultowali się za pomocą swoich włóczni na wysokie bezpieczne parapety. Sytuacja, jaka wytworzyła się zaraz na początku wyścigu, przemawiała na naszą korzyść: wyprzedzający nas powóz w pewnym sensie torował nam drogę, znaczy nie częściej od nas wchodząc w kolizje z innymi pojazdami. Mimo to odległość zmniejszała się bardzo powoli, więc nasz woźnica, który bez wątpienia w wypadku zwycięstwa spodziewał się hojnego napiwku, skierował zaprzęg na szerokie chalcedonowe schody. Marmury, pomniki, kolumny i pilastry śmignęły tuż koło nas, a potem przedarliśmy się przez dorównującą wysokością niektórym domom ścianę żywopłotu, przewróciliśmy jakiś wózek ze słodyczami, przemknęliśmy pod łukowato sklepioną bramą i prowadzącymi dla odmiany w dół, zakręcającymi lekko schodami, i znaleźliśmy się znowu na ulicy, nic wiedząc nawet, do kogo należało patio, które zdemolowaliśmy.

Byliśmy tuż za rywalem, ale nagle oddzieliła nas od niego ciągnięta przez owcę, wyładowana pieczywem taczka. Potrąciliśmy ją tylnym kołem i na ulicę runęła kaskada chleba, a szczupłe ciało Agii znalazło się nagle bardzo blisko mnie. Było to takie przyjemne, że objąłem ją ramieniem i przytrzymałem przy sobie. Nieraz już obejmowałem kobiety — chociażby Theclę albo miejskie dziwki. Tym razem odczuwałem nie znaną mi do tej pory gorzkawą słodycz biorącą chyba swój początek w okrutnej fascynacji, jaką Agia darzyła moją osobę.

— Cieszę się, że to zrobiłeś — szepnęła mi do ucha. — Nienawidzę tych, którzy po mnie sięgają. — Po czym obsypała moją twarz pocałunkami.

Woźnica obejrzał się na nas z triumfalnym uśmiechem, nie starając się nawet kierować rozszalałym zaprzęgiem.

— Pojechali Krętą Drogą... mamy ich... prosto na błonie i jesteśmy lepsi o sto łokci...

Powóz zatoczył się i wpadł w wąski, otwierający się wśród gęstych krzaków przesmyk. Przed nami wyrosła nagle ogromna budowla. Woźnica usiłował skręcić, ale było już za późno. Uderzyliśmy całym pędem w ścianę, która ustąpiła niczym we śnie, i znaleźliśmy się w obszernym, słabo oświetlonym i pachnącym sianem wnętrzu. Na wprost znajdował się dorównujący rozmiarami wiejskiej chacie schodkowy ołtarz, na którym płonęły niewielkie błękitne ogniki. Zdałem sobie nagle sprawę, że widzę go zbyt dobrze; woźnica zeskoczył albo został zwalony z kozła. Agia wrzasnęła przeraźliwie.

Wpadliśmy na ołtarz. Nagle wszystko leciało, wirowało, zataczało się, nie mogąc się zatrzymać, niczym w poprzedzającym akt stworzenia chaosie. Ziemia uderzyła mnie z potwornym impetem, od którego zahuczało mi w uszach.

Zdaje się, że podczas lotu cały czas ściskałem rękojeść Terminus Est, ale kiedy upadłem, nie miałem go w dłoni. Nie byłem w stanie zebrać dość sił, żeby go poszukać, nie mogłem bowiem wstać, ani nawet złapać tchu w piersi. Gdzieś z daleka dobiegł mnie jakiś krzyk, a potem zdołałem jakoś stanąć na odmawiających mi posłuszeństwa nogach.

Znajdowaliśmy się chyba blisko środka budynku, który chociaż z całą pewnością dorównywał rozmiarami Wielkiej Wieży, był zupełnie pusty, pozbawiony wewnętrznych ścian, schodów czy nawet jakichkolwiek mebli. Poprzez złotawą pylistą mgłę mogłem dostrzec krzywe kolumny wykonane najprawdopodobniej z malowanego drewna. Lampy, nie rzucające prawie żadnego światła, wisiały co najmniej o łańcuch nad głowami, a jeszcze wyżej różnobarwny dach falował i trzepotał w podmuchach wiatru, którego nie czułem.

Stałem na słomie leżącej wszędzie dokoła niczym nieskończony żółty dywan, pozostawiony po żniwach na należącym do jakiegoś tytana polu. Wokół walały się pozostałości ołtarza: oklejone złotymi płatkami cienkie deseczki i listwy wysadzane turkusami i fioletowymi ametystami. Zdając sobie niewyraźnie sprawę z tego, że powinienem odnaleźć mój miecz, ruszyłem chwiejnie przed siebie i od razu potknąłem się o zmiażdżone ciało woźnicy. Obok leżał jeden z rumaków. Pamiętam, jak przebiegło mi przez myśl, że pewnie złamał sobie kark.

— Kacie! — Usłyszałem czyjś głos. Obejrzałem się i dostrzegłem Agię; stała prosto, chociaż na trzęsących się nogach. Zapytałem, czy nic jej się nie stało.

— W każdym razie żyję, ale musimy natychmiast opuścić to miejsce. Czy to zwierzę jest martwe?

Skinąłem głową.

— Szkoda, mogłabym na nim jechać. Będziesz musiał mnie nieść, jeżeli dasz radę. Wątpię, czy zdołam stanąć całym ciężarem na prawej nodze. — Zachwiała się i musiałem szybko do niej doskoczyć, żeby uchronić ją przed upadkiem. — Trzeba iść — powiedziała — Rozejrzyj się. Gdzie są drzwi? Szybko!

Nigdzie nie mogłem ich dostrzec.

— Dlaczego uciekamy?

— Jeżeli nie widzisz, to powąchaj. Nic nie czujesz?

Przesycający powietrze zapach nie był już zapachem słomy, ale słomy płonącej. Niemal w tej samej chwili dostrzegłem płomienie, wyraźne w panującym dokoła półmroku, ale tak małe, że jeszcze przed chwilą musiały być zaledwie iskrami. Spróbowałem przebiec kilka kroków, lecz nie stać mnie było na nic poza niepewnym kuśtykaniem.

— Gdzie jesteśmy?

— W Katedrze Peleryn. Niektórzy nazywają ją Katedrą Pazura. Peleryny to grupa kapłanek wędrujących po kontynencie i...

Agia przerwała, ponieważ zbliżyliśmy się do grupy odzianych w szkarłatne szaty ludzi. Albo to oni się zbliżyli, gdyż zupełnie nagle pojawili się w pewnej odległości od nas jakby znikąd, bez żadnego ostrzeżenia. Mężczyźni mieli ogolone głowy i trzymali błyszczące, zakrzywione niczym młody księżyc bułaty, a kobieta o wzroście zdradzającym arystokratkę niosła długi, schowany w pochwie miecz: mój własny Terminus Est. Ubrana była w skąpą narzutkę ozdobioną licznymi frędzlami, na głowie zaś miała kaptur.

— Nasz zaprzęg poniósł, święta Kapłanko i...

— To nie ma znaczenia — odparła kobieta. Była piękna, ale jej uroda w niczym nie przypominała urody tych kobiet, które zaspokajają nasze pożądanie. — Ten miecz jest własnością człowieka, który trzyma cię w ramionach.

179

Powiedz mu, żeby cię postawił i wziął go ode mnie. Możesz sama iść.

— Spróbuję. Zrób to, kacie.

— Nie znasz jego imienia?

— Mówił mi, ale zapomniałam.

— Jestem Severian — powiedziałem, podtrzymując ją jedną ręką, podczas gdy drugą odebrałem swoją własność.

— Kończ nim wszelkie spory — zwróciła się do mnie okryta szkarłatem kobieta. — Ale nigdy ich nie wszczynaj.

— Podłoga namiotu zajęła się ogniem, kasztelanko.

— Zostanie ugaszony. Nasze siostry i słudzy już się tym zajmują. — Przeniosła wzrok na Agię, potem na mnie, a potem jeszcze raz na dziewczynę. — W ruinach zniszczonego przez wasz powóz ołtarza znaleźliśmy tylko jedną rzecz, która należała do was i która przedstawia dla was zapewne dużą wartość: ten oto miecz. Zwróciliśmy go. Czy wy również oddacie nam to, co znaleźliście, a co jest dla nas niezwykle cenne?

Przypomniałem sobie tkwiące w zgruchotanych deszczułkach ametysty.

— Nie znaleźliśmy nic wartościowego, kasztelanko. — Agia potwierdziła moje słowa ruchem głowy. — Widziałem szlachetne kamienie, które stanowiły ozdobę waszego ołtarza, ale pozostawiłem je na miejscu.

Mężczyźni ścisnęli mocniej rękojeści swych szabel i stanęli w gotowości do walki, ale wysoka kobieta nie wykonała najmniejszego ruchu, przyglądając się na przemian to Agii, to mnie.

— Zbliż się do mnie, Severianie.

Zrobiłem trzy kroki. Pokusa, aby wyciągnąć z pochwy Terminus Est, była wielka, lecz zdołałem ją opanować. Kapłanka ujęła moje dłonie i spojrzała mi prosto w oczy. Jej własne były bardzo spokojne i w tym dziwnym świetle wydawały się twarde niczym beryle.

— Nie ma w nim winy — oznajmiła po chwili.

— Mylisz się, święta pani — mruknął jeden z mężczyzn.

— Powtarzam, że nie ma w nim winy. Cofnij się, Severianie, i niech teraz podejdzie ta kobieta.

Uczyniłem, jak mi kazała. Agia postąpiła kilka kroków w jej stronę, ale zatrzymała się w znacznie większej odległości niż ja przed chwilą. Wysoka kobieta zbliżyła się do niej i ujęła jej dłonie w taki sam sposób jak moje. Zaraz potem spojrzała w kierunku stojących za zbrojnymi sługami kobiet. Nim zdałem sobie sprawę z tego, co się dzieje, dwie z nich chwyciły suknię Agii i ściągnęły ją przez głowę.

— Nic, Matko — obwieściła jedna z nich.

— W takim razie to chyba jest ów dzień przepowiedziany.

— Peleryny są szalone — szepnęła do mnie Agia, zasłaniając dłońmi piersi. — Wszyscy o tym wiedzą i gdybyśmy mieli więcej czasu, z pewnością bym ci o tym powiedziała.

— Oddajcie jej te łachmany. Za pamięci żywych Pazur nigdy jeszcze nie zniknął, ale może to uczynić, jeśli taka Jego wola, i nikt z nas nie powinien ani nie zdołałby temu przeszkodzić.

— Może odnajdziemy Go w ruinach ołtarza, Matko — zaszemrała jedna z kobiet.

— Czy nie powinni zapłacić za zniszczenia? — dodała druga.

— Zabijmy ich! — rzucił jeden z mężczyzn.

Wysoka kobieta nie dała po sobie poznać, że słyszała którekolwiek z nich. Oddalała się już od nas, sprawiając wrażenie, że płynie przez rozsypaną na ziemi słomę. Kobiety ruszyły za nią, spoglądając co chwila jedna na drugą, mężczyźni zaś schowali szable i cofnęli się o kilka kroków.

Agia wciskała się z powrotem w swoją suknię. Zapytałem ją, co wie o Pazurze i kim właściwie są te Peleryny.

— Zabierz mnie stąd, Severianie, a wszystko ci opowiem. Niedobrze jest rozmawiać o nich w miejscu, które do nich należy. Zdaje się, że w tamtej ścianie jest rozdarcie?

Ruszyliśmy, brodząc niepewnie i potykając się w grubej warstwie słomy. Nie znaleźliśmy żadnego otworu, ale udało mi się unieść krawędź namiotu na tyle, byśmy mogli wyśliznąć się na zewnątrz.

Rozdział XIX
Ogrody Botaniczne

Blask był oślepiający i wydawało się, że znienacka po zmierzchu nastał pełny dzień. W powietrzu wokół nas unosiły się złote drobinki słomy.

— No, tak już lepiej — odetchnęła Agia. — Zaczekaj chwilę, muszę się zastanowić. Schody Adamniana powinny być na prawo. Chyba nimi nie zjeżdżaliśmy — chociaż nie wiadomo, ten woźnica był zupełnie szalony — a prowadzą do samej przeprawy. Podaj mi ramię, Severianie. Moja noga jeszcze nie jest w porządku.

Szliśmy teraz po trawie, namiot-katedra stał bowiem na czymś w rodzaju sporej łąki otoczonej z trzech stron częściowo ufortyfikowanymi domami. Z czwartej strony granicę łąki wyznaczała szeroka brukowana ulica. Kiedy do niej dotarliśmy, zapytałem ponownie, kim są Peleryny.

Agia spojrzała na mnie z ukosa.

— Wybacz, ale niełatwo jest mi rozmawiać o zawodowych dziewicach z mężczyzną, który przed chwilą widział mnie zupełnie nagą. Chociaż w innych okolicznościach mogłoby być zupełnie inaczej. — Nabrała głęboko powietrza w płuca. — Niewiele o nich wiem, ale kiedyś znalazłam ich habity w naszym sklepie i zapytałam brata, a potem zawsze nadstawiałam ucha, kiedy ktoś o nich mówił. Ten ich szkarłat jest bardzo popularnym przebraniem na wszelkiego rodzaju maskarady.

Jak z pewnością sam zauważyłeś, to bardzo tradycyjny zakon. Szkarłat oznacza światło spływające z Nowego Słońca, one zaś spływają na właścicieli ziemskich, podróżując ze swoją katedrą po całym kraju i zagarniając to tu, to tam dość gruntu, żeby móc ją ustawić. Twierdzą, że w ich posiadaniu znajduje się najcenniejsza z istniejących relikwii, Pazur Łagodziciela, więc czerwień ta jest czasem tłumaczona jako Krew Jego Ran.

— Nie wiedziałem, że miał pazury — zauważyłem, starając się błysnąć dowcipem.

— Podobno nie jest to prawdziwy pazur, tylko jakiś klejnot. Z pewnością o nim słyszałeś. Nie rozumiem, dlaczego nazywa się go Pazurem, i wątpię, czy rozumieją to same kapłanki. Zakładając jednak, że istotnie miał jakiś związek z Łagodzicielem, oczywiste jest, czemu otaczają go taką czcią. Zresztą nasza wiedza o Łagodzicielu jest wyłącznie natury historycznej, to znaczy jedni mówią, że miał w odległej przeszłości jakiś kontakt z naszą rasą, a inni zaprzeczają temu. Jeżeli Pazur jest tym, za co uważają go Peleryny, oznaczałoby to, że On naprawdę kiedyś istniał, chociaż teraz może już nie żyć.

Przestraszone spojrzenie jakiejś niosącej cymbały kobiety ostrzegło mnie, że płaszcz, który kupiłem u brata Agii, musiał się nieco rozchylić, odsłaniając znajdujący się pod nim fuligin, który biednej kobiecie musiał się wydać czarną ziejącą pustką.

— Jak wszystkie religijne dysputy, tak i ta staje się tym mniej istotna, im dłużej się ją prowadzi — powiedziałem, starannie ściągając poły płaszcza. — Nawet jeśli Łagodziciel przebywał przed eonami wśród nas, to jakie może to mieć teraz znaczenie dla kogokolwiek poza garstką historyków i fanatyków? Cenię tę legendę jako część naszej świętej przeszłości, ale wydaje mi się, że to ona sama jest teraz ważna, a nie rozwiane po świecie prochy Łagodziciela.

Agia zatarła ręce, jakby chciała je rozgrzać w promieniach słońca.

— Jeżeli rzeczywiście żył... skręcamy tutaj, Severianie, spójrz tam, gdzie stoją posągi eponimów, a zobaczysz już szczyt schodów... był Panem Mocy, co oznacza całkowitą transcendencję i negację czasu, czyż nie tak?

Skinąłem głową.

— W takim razie nic nie może go powstrzymać — nawet gdyby żył przed, powiedzmy, trzydziestoma tysiącami lat — przed przeniesieniem się nagle w czas, który my nazywamy teraźniejszością. Żywy lub martwy, jeśli tylko istniał, może na nas czekać za najbliższym zakrętem.

Dotarliśmy do schodów. Stopnie, wykonane z białego niczym sól kamienia, były miejscami tak szerokie, że każdy pokonywało się kilkoma krokami, a miejscami wąskie i strome niczym drabina. Tu i ówdzie porozstawiali swoje stragany handlarze ubraniami, zwierzętami i temu podobni. Nie wiem dlaczego, ale nasza dysputa sprawiała mi wielką przyjemność.

— A wszystko to dlatego — powiedziałem — że te kobiety twierdzą, jakoby posiadały jeden z jego błyszczących paznokci. Czy dokonują za jego pomocą cudownych uzdrowień?

— Tak mówią. Zasklepia rany, wskrzesza zmarłych, powołuje do życia nowe istoty, oczyszcza namiętności i tak dalej. Podobno On sam również dokonywał tych wszystkich rzeczy.

— Śmiejesz się ze mnie.

— Śmieję się ze słońca. Wiesz, co ono robi z twarzami kobiet?

— Opala je.

— Szpeci. Najpierw wysusza skórę i robi zmarszczki, a potem uwidacznia każdy najmniejszy defekt. Urvasi kochała Pururavasa, dopóki nie ujrzała go w biały dzień. Poczułam je na swojej twarzy i pomyślałam: Nie przejmuję się tobą. Jestem jeszcze za młoda, żeby się ciebie bać, a za rok wezmę sobie ze sklepu kapelusz z szerokim rondem.

Widziana w pełnym słońcu twarz Agii była daleka od ideału, ale musiałem jej przyznać rację, że istotnie nie ma się jeszcze czego obawiać. Mój głód karmił się tymczasem łapczywie wszelkimi niedoskonałościami. Odznaczała się typową dla biedaków, pełną nadziei i beznadziejną jednocześnie odwagą, stanowiącą chyba najbardziej wzruszającą ze wszystkich ludzkich cech; rozkoszowałem się więc wszelkimi skazami, które czyniły ją bardziej prawdziwą.

— Nigdy nie rozumiałam — ciągnęła dalej, ścisnąwszy mocno moją rękę — dlaczego takie na przykład Peleryny uważają, że namiętności zwykłych ludzi powinny ulegać ciągłemu oczyszczaniu. Moim zdaniem oni sami dostatecznie je kontrolują, i to niemal każdego dnia. Większość z nas potrzebuje raczej kogoś, kto pomógłby je wyzwolić.

— Więc zależałoby ci na tym, żebym cię pokochał? — zapytałem na wpół żartobliwie.

— Każdej kobiecie zależy na tym, żeby być kochaną, a im więcej mężczyzn ją kocha, tym lepiej! Ale ja nie odwzajemnię ci się tym samym, jeśli o to ci chodzi. To byłoby bardzo łatwe po spędzeniu z tobą całego dnia, ale gdybyś został dzisiaj zabity, nie mogłabym dojść do siebie przez co najmniej dwa tygodnie.

— Ze mną byłoby to samo.

— Wcale nie. Ty byś się wcale nie przejął ani tym, ani już niczym w ogóle. Będąc martwym, nie czuje się żadnego bólu — ty chyba powinieneś o tym najlepiej wiedzieć.

— Zaczynam prawie podejrzewać, że ta cała sprawa jest twoją zasługą albo twojego brata. Byłaś na zewnątrz, kiedy przyszedł Septentrion. Czy powiedziałaś mu coś, co rozpaliło jego nienawiść do mnie? A może to twój kochanek?

Roześmiała się, pokazując słońcu białe zęby.

— Popatrz na mnie: moja suknia jest co prawda obsypana brokatem, ale widziałeś, co mam pod nią. Moje stopy są bose. Czy widzisz jakieś pierścienie lub kolczyki? Futro srebrnej strzygi na mojej szyi? Złote bransolety na rękach? Jeśli nie, to możesz być zupełnie pewny, że żaden oficer Oddziałów Wewnętrznych nie gościł w moim łożu. Jest tylko pewien stary żeglarz, brzydki i biedny, który namawia mnie, żebym się z nim związała. Poza tym cóż, prowadzimy z Agilusem nasz sklep. Odziedziczyliśmy go po matce. Nie jesteśmy zadłużeni tylko dlatego, że nie sposób znaleźć głupca, który zechciałby cokolwiek nam pożyczyć. Od czasu do czasu bierzemy coś z magazynu i sprzedajemy fabrykantom papieru, żeby mieć za co kupić miskę soczewicy.

— Dzisiaj powinniście zjeść obfitą kolację — powiedziałem. — Twój brat wziął ode mnie dobrą cenę za płaszcz.

— Co takiego? — Znowu wrócił jej żartobliwy nastrój. Cofnęła się o krok, udając wielkie zdumienie. — Nie zaprosisz mnie na kolację? Po tym, jak spędziłam cały dzień, doradzając ci i oprowadzając po mieście?

— Przy okazji wplątując mnie w zniszczenie ołtarza Peleryn.

— Naprawdę bardzo mi przykro. Nie chciałam, żebyś nadwerężał nogi, będą ci potrzebne podczas walki. A potem pojawił się ten drugi powóz i pomyślałam, że będziesz mógł zarobić trochę pieniędzy.

Jej spojrzenie ominęło moją twarz, spoczywając na jednym z kamiennych posągów.

— I to naprawdę wszystko? — zapytałem.

— Prawdę mówiąc, chciałam, żeby wzięli cię za żołnierza. Żołnierze zawsze się przebierają, bo ciągle biorą udział w przeróżnych ucztach i turniejach, a ty masz odpowiednią twarz. Dlatego właśnie tak sobie pomyślałam, kiedy zobaczyłam cię po raz pierwszy. Gdybyś nim był, to tym samym stałabym się osobą, którą darzy zainteresowaniem nie byle kto, bo rycerz i najpewniej bękart jakiegoś arystokraty. Pomyślałam, że to będzie dobry żart. Nie mogłam przewidzieć, jak to się skończy.

— Rozumiem. — Nagle wybuchnąłem głośnym śmiechem. — Ależ musieliśmy wyglądać w tym pędzącym powozie!

— Jeżeli to rozumiesz, to mnie pocałuj.

Wytrzeszczyłem na nią oczy.

— Pocałuj! Jak myślisz, ile jeszcze zostało ci okazji? Dam ci jeszcze więcej, jeśli chcesz... — Także się roześmiała. — Może po kolacji, jeśli uda nam się znaleźć jakiś spokojny zakątek, chociaż chyba nie będzie to dla ciebie zbyt korzystne, zważywszy na to, że czeka cię walka...

Rzuciła mi się w ramiona, stając na palcach, żeby dosięgnąć wargami mych ust. Miała jędrne wysoko osadzone piersi, czułem poruszenia jej bioder.

— No, wystarczy — odepchnęła mnie. — Spójrz tam, Severianie, między tymi pylonami. Co widzisz?

W promieniach słońca woda błyszczała niczym zwierciadło.

— Rzekę.

— Tak. Gyoll. A teraz trochę w lewo. Przez te nenufary trudno dostrzec wyspę, ale trawa ma trochę jaśniejszą, weselszą zieleń. Widzisz te szklane tafle? O tam, gdzie odbija się światło?

— Tak, coś widzę. Czy ta budowla jest cała ze szkła?

Skinęła głową.

— To właśnie Ogrody Botaniczne, do których idziemy. Pozwolą ci tam ściąć twój kwiat, musisz tylko zażądać tego jako należnego ci prawa.

Od tej pory szliśmy w milczeniu. Schody Adamniana wiją się po zboczu dość wysokiego wzgórza i stanowią ulubione miejsce spacerowiczów, którzy często wjeżdżają wynajętym powozem na szczyt i następnie schodzą w dół. Widziałem wiele bogato ubranych par, mężczyzn o twarzach zoranych przeżyciami i dokazujące dzieci. Z kilku miejsc mogłem także dostrzec wznoszące się po przeciwnej stronie rzeki ciemne wieże Cytadeli; skacząc do wody z wysokiego brzegu z innymi uczniami i ścigając się z miejscowymi dziećmi, kilka razy zwróciłem uwagę na wąską, wijącą się kreskę po drugiej stronie, tak daleko w górze rzeki, że aż prawie niewidoczną.

Ogrody Botaniczne znajdowały się na położonej niedaleko brzegu wyspie w budynku wzniesionym całkowicie ze szkła (nic takiego wcześniej nie widziałem i nawet nie podejrzewałem, że w ogóle może istnieć). Była to pozbawiona wszelkich wież i blanków wielościenna rotunda o kopulastym sklepieniu, wznosząca się w niebo i niknąca na jego tle, a błyski świetlnych refleksów można było łatwo pomylić ze słabym migotaniem gwiazd. Zapytałem Agię, czy mamy dość czasu, żeby zobaczyć całe ogrody, i nie czekając na odpowiedź, oświadczyłem, że muszę je zwiedzić. Prawdę powiedziawszy, nie miałem nic przeciwko temu, żeby spóźnić się na własną śmierć, a poza tym coraz trudniej przychodziło mi myśleć poważnie o pojedynku toczonym na kwiaty.

— Niech tak będzie, skoro chcesz tu spędzić swoje ostatnie popołudnie — odparła. — Ja sama często tutaj przychodzę. Są własnością Autarchy, więc wstęp jest za darmo, pobyt zaś może okazać się interesujący, jeśli nie jest się zbyt wybrednym.

Wspinając się po również szklanych bladozielonych schodach, zapytałem Agię, czy ta ogromna budowla istnieje tylko po to, żeby dostarczać kwiatów i owoców.

Potrząsnęła z uśmiechem głową i wskazała na szerokie, zwieńczone łukiem wejście.

— Po obydwu stronach tego korytarza znajdują się oddzielne komory o bardzo zróżnicowanych warunkach klimatycznych. Uważaj jednak, bo korytarz jest krótszy od budynku, więc w miarę posuwania się naprzód komory stają się coraz szersze. Niektórym sprawia to sporo kłopotów.

Weszliśmy do środka i znaleźliśmy się w takiej ciszy, jaka musiała panować u zarania świata, zanim jeszcze ojcowie ludzkości nauczyli się wytwarzać brązowe gongi, budować skrzypiące wozy i nim zaczęli chłostać grzbiet Gyoll rozpryskującymi wodę wiosłami. Powietrze, wilgotne i pachnące, było odrobinę cieplejsze niż na zewnątrz. Ściany po obydwu stronach mozaikowej podłogi także wykonano ze szkła, ale tak grubego, że wzrok z trudem tylko przenikał na drugą stronę — liście, kwiaty, a nawet całe drzewa migotały i falowały, jakby oglądane przez warstwę wody. Na szerokich drzwiach widniał napis: OGRÓD SNU.

— Możecie wybrać, które chcecie — odezwał się człowiek w podeszłym wieku, podnosząc się ze stojącego w kącie krzesła. — I ile chcecie.

Agia pokręciła głową.

— Mamy czas najwyżej na jeden lub dwa.

— Jesteście tu pierwszy raz? Nowo przybyłym zwykle najbardziej podoba się Ogród Pantomimy.

Miał na sobie nie rzucającą się w oczy szatę, która przypominała mi coś, czego nie mogłem w tej chwili przywołać z pamięci. Zapytałem go, czy to jest strój jakiejś konfraterni.

— W istocie. Jesteśmy kuratorami. Czy spotkałeś już kiedyś któregoś z naszych braci?

— Dwa razy.

— Pozostało nas tylko kilku, ale nasze zadanie jest najważniejsze ze wszystkich: zachować to, co minęło. Czy widziałeś Ogród Starożytności?

— Jeszcze nie — odparłem.

— A powinieneś! Jeśli to twoja pierwsza wizyta, to proponuję, żebyś rozpoczął właśnie od niego. Setki wymarłych roślin, w tym także takie, których nikt nie widział już od dziesiątków milionów lat.

— To fioletowe pnącze, z którego jesteście tacy dumni — wtrąciła Agia — rośnie na wzgórzu w Dzielnicy Szewców.

Kurator pokiwał ze smutkiem głową.

— Tak, tak, uciekają nam nasiona. Wiemy o tym. Wystarczy, że pęknie jedna tafla i powieje wiatr... — Zatroskany grymas szybko zniknął z jego pomarszczonej twarzy, jak to się zwykle dzieje z kłopotami prostych ludzi. Uśmiechnął się. — Ma duże szansę się rozplenić. Jego wszyscy wrogowie są równie martwi jak choroby, które leczył wywar z jego liści.

Za moimi plecami rozległ się jakiś rumor. Odwróciłem się szybko i zobaczyłem dwóch robotników przepychających wózek przez jedne z drzwi. Zapytałem, co oni robią.

— To Piaskowy Ogród. Odbudowują go. Kaktusy, juka i takie rzeczy. Obawiam się, że teraz nie ma tam zbyt wiele do oglądania.

Wziąłem Agię za rękę.

— Chodź, chciałbym się przyjrzeć, jak pracują — powiedziałem.

Uśmiechnęła się do kuratora i wzruszyła lekko ramionami, ale posłusznie poszła za mną.

Owszem, był tam piach, ale nie ogród. Znaleźliśmy się na nieskończonej, wydawało się, równinie gęsto usianej sporymi kamieniami. Jeszcze większe głazy wznosiły się za naszymi plecami stromym urwiskiem, kryjąc drzwi, przez które weszliśmy. Tuż przed nami rosła duża roślina, trochę krzak, a trochę drzewo, o okrutnych zakrzywionych kolcach. Domyśliłem się, że jest to ostatnia pozostałość oryginalnej flory, jeszcze nie usunięta na czas remontu. Poza tym nie mogliśmy nic dostrzec, jeżeli nie liczyć śladów kół wózka, niknących między kamieniami.

— To niewiele — stwierdziła Agia. — Czemu nie chcesz, żebym zaprowadziła cię do Ogrodu Rozkoszy?

— Drzwi są otwarte... Dlaczego więc czuję, że nie mogę opuścić tego miejsca?

Obrzuciła mnie uważnym spojrzeniem.

— Każdy kto tu przychodzi, prędzej lub później odnosi takie wrażenie, ale zwykle nie dzieje się to aż tak szybko. Będzie lepiej, jeżeli stąd zaraz wyjdziemy.

Powiedziała jeszcze coś, czego nie dosłyszałem. Wydawało mi się, jakby gdzieś z bardzo daleka dobiegł mnie huk fal rozbijających się o krawędzie świata.

— Zaczekaj... — szepnąłem, ale Agia wyciągnęła mnie na korytarz. Na naszych stopach pozostało tyle piasku, ile dziecko mogłoby zmieścić w jednej dłoni.

— Naprawdę zostało nam niewiele czasu — powiedziała Agia. — Pokażę ci Ogród Rozkoszy, a potem zetniemy kwiat i będziemy już musieli iść.

— Przecież jeszcze wcześnie.

— Minęło już południe. Spędziliśmy całą wachtę w Piaskowym Ogrodzie.

— Teraz wiem, że mnie okłamujesz.

Przez jej twarz przemknęła błyskawica gniewu, która jednak natychmiast ustąpiła miejsca filozoficznej ironii połączonej z lekką urazą. Byłem od niej silniejszy i chociaż niemal nędzarz — zamożniejszy. Myślała teraz (niemal słyszałem, jak jakiś głos szepcze jej to do ucha), że przyjmując takie zniewagi, dowodzi swojej wyższości.

— Kłóciłeś się i kłóciłeś, aż wreszcie musiałam wyciągnąć cię siłą. Ogrody tak właśnie wpływają na ludzi, a w każdym razie na tych bardziej wrażliwych. Mówi się, że Autarcha pragnął, żeby w każdej z komór cały czas przebywali żywi ludzie, więc jego arcymag, Ojciec Inire, rzucił na nie specjalne zaklęcie. Skoro jednak ta tak bardzo cię zainteresowała, są spore szanse, że na inne będziesz odporniejszy.

— Czułem się tak, jakbym należał do tego miejsca — powiedziałem. — Miałem kogoś spotkać... i była tam pewnie kobieta, bardzo blisko, ale ukryta przed moim wzrokiem.

Minęliśmy kolejne drzwi, na których widniał napis: DŻUNGLA.

Agia nie odezwała się słowem.

— Powiedziałaś, że inne już tak na mnie nie wpłyną, więc może byśmy tu weszli? — zaproponowałem.

— Jeżeli będziemy tak marnotrawić czas, to nigdy nie dotrzemy do Ogrodu Rozkoszy.

— Tylko na chwilę.

Była tak zdecydowana zaprowadzić mnie tylko do jednego ogrodu, nie pokazując pozostałych, że zacząłem się obawiać, co też może mnie tam czekać.

Ciężkie drzwi prowadzące do Dżungli otworzyły się, wypuszczając podmuch gorącego parnego powietrza. Wewnątrz światło było zielonkawe i przyćmione. Kilka kroków od wejścia zwieszały się splątane liany, a wielkie, przegniłe na wylot drzewo leżało zwalone w poprzek ścieżki. Do jego pnia była przybita tabliczka z napisem: *Caesalpinia sappan*.

— Prawdziwa dżungla umiera na północy wraz ze stygnącym słońcem — powiedziała Agia. — Pewien człowiek, którego dobrze znam, twierdzi, że dzieje się tak już od wielu stuleci. Tutaj dżungla wygląda identycznie jak wtedy, kiedy słońce było jeszcze młode. Wejdźmy do środka. Chciałeś przecież zobaczyć to miejsce.

Zrobiłem krok naprzód, a drzwi zamknęły się za nami i zniknęły.

Rozdział XX

Zwierciadła Ojca Inire

Tak jak powiedziała Agia, prawdziwe dżungle dogorywały daleko na północy. Nigdy ich nie widziałem, ale znalazłszy się w tym ogrodzie, odniosłem wrażenie, że już tam kiedyś byłem. Nawet teraz, kiedy siedzę przy biurku w Domu Absolutu, jakiś dobiegający z daleka odgłos przywodzi mi na myśl wrzaski papugi o karmazynowej piersi, przenoszącej się bezustannie z drzewa na drzewo i obserwującej nas z dezaprobatą okolonymi białymi obwódkami oczami. Przez jej krzyki przedarł się inny głos, dochodzący z jakiegoś nie odkrytego jeszcze przez myśl, osłoniętego czerwienią świata.

— Co to? — zapytałem, dotykając ramienia Agii.

— To smilodon. Ale jest daleko od nas i chce tylko nastraszyć jelenie, żeby tym łatwiej wpadły w jego szczęki. Uciekłby przed tobą i twoim mieczem dużo szybciej, niż ty zdołałbyś uciec przed nim.

Była w nie najlepszym nastroju, jakaś gałąź bowiem rozerwała jej suknię, odsłaniając jedną pierś.

— Dokąd prowadzi ta ścieżka? I w jaki sposób ten drapieżnik może być daleko stąd, skoro znajdujemy się zaledwie w jednym z pomieszczeń budynku, który widzieliśmy ze Schodów Adamniana?

— Nigdy nie zapuszczałam się aż tak daleko. To ty chciałeś tu wejść.

— Odpowiedz na moje pytanie! — zażądałem, chwytając ją za ramiona.

— Jeżeli to taka sama ścieżka jak inne (to znaczy w innych ogrodach), to prowadzi szerokim kołem, wracając do drzwi, przez które weszliśmy. Nie ma powodu do obaw.

— Drzwi zniknęły, kiedy je zamknąłem.

— To tylko taka sztuczka. Czy nie widziałeś tych obrazów, na których święci mężowie mają zamknięte oczy, gdy patrzy się z jednego miejsca, a otwarte, gdy przejdzie się na drugi koniec pokoju?

Na ścieżkę wypełzł wąż o krwistoczerwonych oczach, uniósł okrutną głowę, żeby na nas spojrzeć, po czym zniknął w gęstwinie. Agia wstrzymała oddech.

— I kto się teraz boi? — zapytałem. — Czy ten wąż uciekałby przed tobą równie szybko, jak ty przed nim? Teraz powiedz mi o smilodonie: czy naprawdę jest daleko stąd? I jak to jest możliwe?

— Nie wiem. Sądzisz, że tutaj możesz znaleźć odpowiedź na wszystkie pytania? Czy tak jest tam, skąd przychodzisz?

Przypomniałem sobie Cytadelę i prastare obyczaje przeróżnych konfraterni.

— Nie — powiedziałem. — Istnieje wiele tajemniczych urzędów i obyczajów, chociaż w tych dekadenckich czasach coraz mniej się o nich pamięta. Są również wieże, do których nikt nie wchodzi, zapomniane komnaty i tunele, nie wiadomo skąd i dokąd prowadzące.

— Dlaczego więc nie możesz zrozumieć, że tutaj jest tak samo? Kiedy spoglądałeś ze szczytu schodów na ogrody, czy byłeś w stanie dostrzec cały budynek?

— Nie — przyznałem. — Widok zasłaniały mi kolumny i wieże, a także fragment skarpy.

— A nawet gdyby tak nie było, czy mógłbyś ocenić jego wielkość?

Wzruszyłem ramionami.

— Jest ze szkła, z daleka trudno więc stwierdzić, gdzie się właściwie kończy.

— Jeśli musisz zadawać takie pytania, uwierz, że ja nie znam na nie odpowiedzi. Po ryku smilodona poznałam, że jest daleko stąd. Możliwe, że wcale go tu nie ma albo że ta odległość jest odległością w czasie.

— Patrząc z zewnątrz na tę budowlę, widziałem wielościenną rotundę. Teraz, kiedy spoglądam w górę, widzę tylko niebo.

— Być może szklane tafle mają tak dużą powierzchnię, że ich krawędzie są zasłonięte przez liście i gałęzie.

Szliśmy naprzód, przechodząc między innymi w bród strumień, w którym odpoczywał jakiś gad o groźnie wyglądających zębach i grzbiecie pokrytym sterczącymi kostnymi płytkami. Obawiając się ataku z jego strony, obnażyłem Terminus Est.

— Jestem pewien — zwróciłem się do Agii — że drzewa rosną tu tak gęsto po to, żeby ograniczać widoczność. Ale tutaj jest trochę lepiej — w górze strumienia widzę tylko dżunglę, a w dole migotanie wody, jakby zaczynało się tam jakieś jezioro.

— Ostrzegałam cię, że komory rozszerzają się, co czasem nieco utrudnia orientację. Słyszałam również, że ściany niektórych z nich wyłożone są lustrami, dzięki czemu powstaje złudzenie rozległej przestrzeni.

— Znałem kiedyś kobietę, która spotkała osobiście Ojca Inire. Opowiedziała mi o nim pewną historię. Czy mam ci ją powtórzyć?

— Jak uważasz.

Właściwie to ja chciałem ją usłyszeć, więc zrobiłem, jak uważałem: opowiedziałem ją w myśli samemu sobie, słysząc ją nie gorzej niż wtedy, gdy mówiła ją Thecla, trzymając moje dłonie w swoich, białych i zimnych niczym lilie zerwane z wypełnionego wodą grobu.

— Ukończyłam wtedy trzynaście lat, Severianie. Miałam przyjaciółkę imieniem Domnina, śliczną dziewczynę sprawiającą wrażenie dużo młodszej, niż była w istocie. Może dlatego właśnie tak mu się spodobała.

Nic nie wiesz o Domu Absolutu. Musisz więc uwierzyć mi na słowo, że w pewnym miejscu w Korytarzu Znaczeń umieszczono dwa lustra. Są szerokie na dwa lub trzy łokcie i sięgają od podłogi do sufitu, między nimi zaś nie ma nic oprócz marmurowej posadzki. Tak więc każdy kto idzie Korytarzem Znaczeń, w pewnej chwili widzi swoje zwielokrotnione do nieskończoności odbicie, każde bowiem lustro odbija obraz, który widać w znajdującym się naprzeciw zwierciadle.

Jest to rzecz jasna bardzo atrakcyjne miejsce dla kogoś, kto jest dziewczynką i w dodatku uważa się za coś w rodzaju piękności. Pewnego wieczoru bawiłyśmy się tam z Domniną, oglądając bez końca nasze nowe sukienki. Przyniosłyśmy dwa duże kandelabry, ustawiając jeden po lewej stronie jednego lustra, drugi zaś po prawej stronie drugiego, czyli w rezultacie we wszystkich czterech rogach, jeżeli tak można powiedzieć.

Tak byłyśmy zajęte podziwianiem swoich odbić, że dostrzegłyśmy Ojca Inire dopiero wtedy, kiedy stał zaledwie kilka kroków od nas. Gdybyśmy zauważyły go wcześniej, z pewnością uciekłybyśmy przed nim, chociaż nie wydawał się wiele większy od nas. Odziany był w lekko opalizujące szaty i kiedy patrzyłam prosto na niego, wydawało mi się, że cały spowity jest obłokiem półprzeźroczystej mgły. ,,Niebezpiecznie jest oglądać w lustrach swoje odbicia, dzieci — rzekł. — W posrebrzanym szkle czai się zły skrzat, który wpełza w oczy tym, którzy mu się przyglądają".

Wiedziałam, co chce przez to powiedzieć, i okryłam się rumieńcem. Domnina jednak odparła: ,,Chyba go widziałam. Czy on ma kształt dużej błyszczącej łzy?"

Chociaż Ojciec Inire nie zawahał się ani nawet nie mrugnął, wiedziałam, że był zdumiony. ,,Nie, to musiał być ktoś inny, księżniczko — powiedział. — Czy widzisz go wyraźnie? Nie? Więc przyjdź jutro zaraz po nonach do sali audiencyjnej, to ci go pokażę".

Odszedł, a my zostałyśmy, bardzo przestraszone. Domnina przysięgała po stokroć, że nie pójdzie. Ja popierałam tę decyzję i starałam się przyjaciółkę w niej utwierdzić. Ustaliłyśmy nawet, że zostanie ze mną na noc i przez cały następny dzień.

Wszystko na nic. Tuż przed wyznaczoną godziną po biedną Domninę przyszedł lokaj w dziwnej liberii, której żadna z nas jeszcze nigdy nie widziała.

Kilka dni wcześniej dostałam w prezencie pudło z papierowymi postaciami. Były tam kolombiny, koryfeusze, arlekini, subretki i jeszcze wiele innych. Pamiętam, że przesiedziałam całe popołudnie przy oknie, czekając na Domninę i bawiąc się tymi papierowymi ludzikami. Malowałam kredkami ich kostiumy, ustawiałam na najprzeróżniejsze sposoby, wymyślałam zabawy, którymi miałyśmy się zająć po jej powrocie.

Wreszcie moja piastunka zawołała mnie na kolację. Byłam już pewna, że Ojciec Inire zabił Domninę albo odesłał ją do matki, nakazując, żeby już nigdy mnie nie odwiedzała. Właśnie kończyłam zupę, kiedy rozległo się pukanie do drzwi. Słyszałam, jak otwiera je jedna ze służących, a za chwilę do pokoju wpadła Domnina. Nigdy nie zapomnę jej twarzy: była tak biała, jak białe bywają tylko twarze lalek. Zanosiła się płaczem, a kiedy piastunce udało się wreszcie ją uspokoić, opowiedziała nam, co ją spotkało.

Człowiek, którego po nią przysłano, poprowadził ją korytarzami, o których istnieniu do tej pory nie wiedziała. Już to, jak z pewnością rozumiesz, było samo w sobie przerażające, dotychczas bowiem obie sądziłyśmy, że ta część Domu Absolutu nie kryje przed nami żadnych tajemnic. Wreszcie dotarli do komnaty, która musiała być właśnie salą audiencyjną. Było to obszerne pomieszczenie o ciężkich ciemnoczerwonych zasłonach, niemal zupełnie pozbawione mebli, jeśli nie liczyć waz wyższych od człowieka i tak szerokich, że Domnina nie mogła objąć ich ramionami.

Pośrodku sali znajdowało się coś, co początkowo wzięła za mały, wstawiony do wnętrza komnaty pokój o ośmiokątnych ścianach pomalowanych w skomplikowane, układające się w kształt labiryntu wzory. Dokładnie nad nim zwie-

196

szała się z sufitu lampa o najmocniejszym świetle, jakie w życiu widziała. Było ono błękitnobiałe i tak jaskrawe, że nawet orzeł nie mógłby patrzeć na nie bez zmrużenia oczu. Drzwi zamknęły się za nią z charakterystycznym odgłosem zaskakującego zatrzasku. Nigdzie nie mogła dostrzec drugiego wyjścia. Zaczęła zaglądać za zasłony, mając nadzieję, że znajdzie tam jeszcze jedne drzwi, ale właśnie wtedy jedna z malowanych ścian otworzyła się i do sali wszedł Ojciec Inire. To co było za nim, przypominało według jej słów bezdenną otchłań wypełnioną płynnym światłem.

„A więc jesteś — powiedział. — Przyszłaś w samą porę. Dziecko, ryba już bierze. Zobaczysz, w jaki sposób zarzuca się hak i w jaki sposób jej złote łuski wypełnią naszą podrywkę".

Wziął ją za ramiona i poprowadził do ośmiokątnego pomieszczenia.

W tym momencie musiałem przerwać moją opowieść, żeby pomóc Agii przejść odcinek ścieżki, który niemal zupełnie zniknął pod bujną roślinnością.

— Cały czas słyszę, jak coś do siebie mruczysz — powiedziała.

— Opowiadam sobie tę historię, o której ci wspomniałem. Wydawało mi się, że nie masz ochoty jej wysłuchać, ja zaś bardzo tego pragnąłem. Poza tym dotyczy ona luster Ojca Inire i może zawierać cenne dla nas informacje.

Domnina cofnęła się. Wewnątrz tuż pod lampą kłębił się wir żółtego światła. Raptownymi skokami przesuwał się w górę, w dół i na boki, ani na moment jednak nie opuszczając wycinka przestrzeni o wymiarach czterech piędzi w każdą stronę. Rzeczywiście przypominało to rybę znacznie bardziej niż niewyraźny kształt, który zobaczyła w lustrach w Korytarzu Znaczeń — rybę pływającą w powietrzu i zamkniętą w niewidzialnym naczyniu. Ojciec Inire zamknął za nimi ścianę. Od tej pory było to lustro, w którym mogła dostrzec jego twarz, dłoń i lśniącą, rozpływającą się szatę, a także siebie i rybę... Ale była tam też jeszcze jedna dziewczynka wyglądająca zza jej ramienia, a potem jeszcze jedna i jeszcze, każda o coraz mniejszej twarzy i tak *ad infinitum*, nieskończony łańcuch malejących dziewczynek.

Zdała sobie sprawę, że naprzeciwko tej ściany muszą znajdować się inne zwierciadła. Rzeczywiście wszystkie osiem ścian było wykonanych z wielkich lustrzanych tafli. Błękitnobiałe światło padało na wszystkie razem i na każdą z osobna, a one przesyłały je między sobą niczym mali chłopcy przerzucający się srebrnymi kulami w nieustannym, niekończącym się tańcu. W samym środku trzepotała się ryba utworzona, wydawało się, właśnie z tego światła.

„Oto ona — powiedział Ojciec Inire. — Starożytni, którzy znali to zjawisko równie dobrze, a może i lepiej od nas, uważali rybę za najmniej ważne i najpospolitsze spośród wielu mieszkańców zwierciadeł. Nie musimy teraz zajmować się ich fałszywym mniemaniem, jakoby istoty, które przywoływali, były cały czas obecne w głębinach luster. Z czasem zajęli się poważniejszymi problemami, jak na przykład tym, w jaki sposób może przebiegać podróż i jakie czynniki mogą wywierać na nią wpływ, jeżeli punkt docelowy dzielą od początkowego astronomiczne odległości".

„Czy mogę włożyć w nią rękę?"

„Teraz jeszcze możesz, moje dziecko. Później już nie radziłbym ci tego robić".

Uczyniła to i poczuła pełgające ciepło.

„Czy właśnie w ten sposób powstają odmieńcy?"

„Latałaś kiedyś z matką jej ślizgaczem?"

„Oczywiście".

„Widziałaś również ślizgacze-zabawki, te, które dzieci robią wieczorami z bibułek i papieru, a następnie podwieszają pod nie pergaminowe latarenki. Otóż to co tutaj widzisz, tak się ma do podróży między słońcami jak tamte papierowe ślizgacze do prawdziwych. Mimo to jesteśmy w stanie przywołać rybę, a być może i coś więcej. Tak samo jak tamte małe ślizgacze potrafią nieraz podpalić dach budynku, na którym wylądują, tak i nasze zwierciadła nie są zupełnie bezpieczne, chociaż ich moc jest niezbyt wielka".

„Myślałam, że aby polecieć do gwiazd, trzeba po prostu usiąść na zwierciadle".

Ojciec Inire uśmiechnął się. Pierwszy raz widziała go uśmiechniętego i chociaż wiedziała, że w ten sposób chce okazać swoje rozbawienie i zadowolenie (być może większe niż mogła mu sprawić dorosła kobieta), to ten widok nie należał do najmilszych.

„Nie, nie — pokręcił głową. — Pozwól, że przedstawię ci pokrótce, na czym polega problem. Kiedy coś porusza się bardzo, ale to bardzo szybko — na przykład tak szybko jak światło świecy, która wydobywa z ciemności wszystkie znajome sprzęty w twoim pokoju — staje się jednocześnie coraz cięższe. Rozumiesz? Nie większe, tylko cięższe, przywiązując się tym samym coraz bardziej do Urth lub jakiegokolwiek innego świata. Gdyby przedmiot ów mógł poruszać się wystarczająco prędko, sam stałby się nowym światem, przyciągając do siebie inne obiekty. Nic takiego nigdy nie miało miejsca, ale gdyby kiedyś jednak się stało, wyglądałoby w taki właśnie sposób. Tyle że nawet światło świecy nie porusza się dość prędko, żeby odbyć podróż między słońcami".

(Ryba cały czas skakała w górę, w dół i na boki).

„A nie można by zrobić większej świecy?"

Byłam pewna, że Domnina myślała o świecy paschalnej grubości męskiego uda, którą widziała każdej wiosny.

„Owszem, wykonanie takiej świecy jest możliwe, ale jej światło nie leciałoby ani odrobinę szybciej. Mimo iż jest ono doskonale nieważkie, to wywiera jednak pewien nacisk na powierzchnię, do której dociera, podobnie jak wiatr, którego przecież nie widzimy, napiera na ramiona wiatraka. Co więc się stanie, gdy ustawimy lustra po przeciwnych stronach źródła światła? Obraz odbija się w jednym i podróżuje w kierunku drugiego. Co będzie, jeśli w drodze powrotnej spotka sam siebie?"

Pomimo strachu, który nie opuszczał jej ani na chwilę, Domnina roześmiała się i powiedziała, że nie ma pojęcia.

„Po prostu sam siebie zlikwiduje. Wyobraź sobie dwie dziewczynki biegające na oślep po trawniku. Jeśli na siebie wpadną, zabawa się skończy. Jeżeli jednak lustra są starannie wykonane, a odległość między nimi dobrze dobrana, to obrazy nigdy się nie spotkają, tylko każdy następny będzie zawsze odrobinę przesunięty w stosunku do swego poprzednika. Nie ma to żadnego znaczenia w przypadku światła biorącego swój początek w świecy lub zwyczajnej gwieździe, ponieważ jest to nieukierunkowane białe światło podobne do rozbiegających się we wszystkie strony fal, jakie powstają na powierzchni stawu, gdy jakieś dziecko wrzuci do niego garść kamyków. Kiedy jednak mamy do czynienia ze światłem ukierunkowanym, jego odbicie zaś powstaje w doskonałym pod względem optycznym lustrze, kierunek rozchodzenia się fal jest ten sam, gdyż odbicie jest takie samo jak oryginał. Ponieważ w naszym wszechświecie nic nie może poruszać się z prędkością większą od prędkości światła, przyśpieszone w ten sposób promienie opuszczają go i przedostają się do innego. Kiedy ich prędkość ulegnie zmniejszeniu, wracają do naszego wszechświata, tyle że w zupełnie innym miejscu".

„Czy to tylko odbicie?" — zapytała Domnina, spoglądając na rybę.

„Kiedyś stanie się żywą istotą, jeśli nie przygasimy światła ani nie zmienimy ustawienia luster. Istnienie odbicia nie posiadającego swego pierwowzoru narusza prawa obowiązujące w naszym wszechświecie i dlatego prędzej czy później ten pierwowzór musi się wreszcie pojawić".

— Spójrz — przerwała mi Agia. — Zbliżamy się do czegoś.

Cień rzucany przez tropikalne drzewa był tak głęboki, że docierające do ścieżki plamy słonecznego światła wydawały się jaskrawe niczym kałuże stopionego złota. Zmarszczyłem brwi, usiłując dojrzeć coś w roztaczającym się za nimi półmroku.

— Dom ustawiony na palach z żółtego drewna. Ma dach z liści palmowych. Nie widzisz?

Coś się poruszyło i szałas pojawił się nagle przede mną, zupełnie jakby rozsunęła się jakaś zielono-żółto-czarna kurtyna. Nieco ciemniejsza plama okazała się wejściem, a dwie wznoszące się ukosem linie — dachem. Na małej werandzie stał przyodziany w barwny strój mężczyzna i spoglądał w naszą stronę. Poprawiłem płaszcz.

— Nie musisz tego robić — powiedziała Agia. — Tutaj to nie ma żadnego znaczenia. Jeżeli jest ci gorąco, po prostu go zdejmij.

Zrobiłem to, po czym zwinąłem płaszcz w rulon i wsunąłem pod pachę. Obserwujący nas z werandy człowiek odwrócił się z wyrazem panicznego przerażenia na twarzy i zniknął we wnętrzu szałasu.

Rozdział XXI
Szałas w dżungli

Weranda wykonana była z sękatego, powiązanego pnączami drewna, takiego samego, z jakiego skonstruowane były ściany szałasu. Można się było na nią dostać po drabinie.

— Chyba nie masz zamiaru tam wchodzić? — zaprotestowała Agia.

— Muszę, jeżeli mam zobaczyć wszystko to, co jest do zobaczenia — odparłem. — Pomyślałem, że ze względu na stan twojego stroju będziesz czuła się lepiej, jeśli pójdę przodem.

Ku mojemu zdziwieniu jej twarz okryła się rumieńcem.

— To tylko drewniana chata, taka, jakie w dawnych czasach budowano w najgorętszych częściach świata. Wierz mi, nie ma tam nic ciekawego.

— Więc zaraz wrócimy, tracąc bardzo niewiele czasu.

Wspiąłem się po drabinie, która zaczęła się chwiać i przeraźliwie trzeszczeć, ale wiedziałem, że w miejscu przeznaczonym dla turystów z całą pewnością nikomu nie może grozić prawdziwe niebezpieczeństwo. Kiedy znajdowałem się mniej więcej w połowie wysokości, poczułem, że Agia rusza za mną.

Wnętrze przypominało rozmiarami nasze cele, ale na tym kończyło się wszelkie podobieństwo. W lochach czuło się napierający zewsząd ciężar i ogromną masę, metalowe ściany podchwytywały zwielokrotnionym echem każdy, najcichszy nawet odgłos, podłogi dźwięczały pod stąpnięciami czeladników, nie uginając się jednak nawet na grubość włosa, sufit zaś sprawiał wrażenie, że nigdy nie runie — choć gdyby tak się stało, zmiażdżyłyby wszystko, co się pod nim znajdowało.

Jeżeli prawdą jest, że każdy z nas ma swego brata stanowiącego nasze dokładne przeciwieństwo (ciemnowłosego, jeśli jesteśmy jasnowłosi, lub blondyna, gdy nasze włosy są czarne), to szałas stanowił taką właśnie odwrotność jednej z naszych cel. We wszystkich ścianach znajdowały się okna z wyjątkiem tej z szerokimi, otwartymi na oścież drzwiami, przez które weszliśmy. Nigdzie nie było żadnych sztab, skobli ani innych zamknięć. Podłogę, ściany i framugi okien wykonano z żółtego drewna nie pociętego na deski, lecz pozostawionego w półokrągłej postaci, dzięki czemu tu i ówdzie przez ściany przedostawały się promienie słońca, a moneta, którą wypuściłbym z dłoni, z pewnością spadłaby na ziemię. Sufitu nie było, tylko trójkątna przestrzeń pod dachem, gdzie wisiały naczynia i siatki z żywnością.

Siedząca w kącie kobieta czytała na głos, a przy jej stopach kulił się nagi mężczyzna. Człowiek, którego widzieliśmy ze ścieżki, stał przy oknie naprzeciwko drzwi i wyglądał na zewnątrz. Czułem, że wie o naszym przybyciu (nawet gdyby nie zobaczył nas kilka chwil wcześniej, to musiały zwrócić jego uwagę wstrząsy spowodowane naszą wspinaczką), ale woli udawać, że tak nie jest. Można poznać po plecach odwróconego od nas człowieka, że nie życzy sobie niczego widzieć, a tak właśnie było w jego przypadku.

Oto co czytała kobieta:

I wspiął się wtedy z nizin aż na wznoszącą się nad miastem Górę Nebo, Litościwy zaś pokazał mu cały kraj rozciągający się aż do Zachodniego Morza. Potem rzekł do niego: „Oto ziemia, którą zgodnie z obietnicą daną twoim ojcom powinienem przekazać ich synom. Ujrzałeś ją, lecz nigdy nie postawisz na niej stopy". I tam skonał, i został pochowany w zwykłym dole.

Siedzący u jej stóp nagi mężczyzna skinął głową.

— Tak samo jest z naszymi panami, Nauczycielko. Daje się najmniejszy palec, ale wczepiony w niego jest cały kciuk. Wystarczy przyjąć dar, zagrzebać go pod podłogą domu i przykryć matą, a ów kciuk zaczyna powoli wszystko wyciągać i wreszcie cały dar wynurza się z ziemi, wstępuje do nieba i nikt go już nigdy więcej nie widzi.

Kobieta wydawała się nieco zniecierpliwiona jego słowami.

— Nie, Isangomo... — zaczęła, lecz stojący przy oknie mężczyzna przerwał jej, nie zmieniając pozycji.

— Bądź cicho, Mario. Chcę usłyszeć, co ma do powiedzenia. Możesz to wytłumaczyć później.

— Mojemu siostrzeńcowi, należącemu do tego samego co i ja kręgu ognia, zabrakło kiedyś ryb — ciągnął nagi mężczyzna. — Wziął więc swój trójząb i udał się nad pewien staw. Nachylił się nad wodą tak cicho, jakby był rosnącym na brzegu drzewem. — Mówiąc to, mężczyzna zerwał się z miejsca i wygiął muskularne ciało w taki sposób, jakby chciał przeszyć stopy kobiety niewidzialnym ościeniem. — Czekał długo, bardzo długo... Aż wreszcie małpy przestały się go bać i zaczęły znowu wrzucać patyki do wody, a ptaki powróciły do swoich gniazd. Wielka ryba wypłynęła ze swej kryjówki w korzeniach zatopionego drzewa. Mój siostrzeniec obserwował ją, jak się porusza, zataczając powoli kręgi, aż wreszcie podpłynęła pod samą powierzchnię, lecz kiedy miał cisnąć trójząb, okazało się, że nie jest to już ryba, tylko piękna kobieta. W pierwszej chwili mój siostrzeniec pomyślał, że spotkał króla wszystkich ryb, który zmienił swoją postać, żeby uniknąć śmierci. Kiedy jednak przyjrzał się dokładniej, zobaczył, że pod twarzą kobiety ciągle znajduje się ryba, i zrozumiał, że widzi po prostu odbicie. Uniósł natychmiast głowę, lecz dostrzegł już tylko poruszające się gałęzie. Kobieta zniknęła.

— Twarz nagiego mężczyzny oddawała zdumienie, jakiego musiał doświadczyć rybak. — Tej nocy mój siostrzeniec poszedł do Numena Dumnego i rozpłatał gardło młodego oreodonta, mówiąc...

— Na Theoanthroposa, jak długo chcesz jeszcze tutaj zostać? — szepnęła Agia. — To może trwać cały dzień.

— Rozejrzę się tylko po szałasie i idziemy — odpowiedziałem również szeptem.

— Potężny jest Dumny i święte są wszystkie jego imiona. Jego jest wszystko, co leży pod liśćmi, burze kryją się w jego ramionach, a trucizna nie niesie ze sobą śmierci dopóty, dopóki on nie wypowie nad nią swego zaklęcia!

— Niepotrzebne nam pienia na cześć twojego fetysza, Isangomo — odezwała się kobieta. — Mój mąż pragnie usłyszeć twoją opowieść, więc przejdź do niej i oszczędź nam swoich litanii.

— Dumny chroni swoich uczniów! Czyż nie byłoby dla niego wstydem, gdyby jeden z tych, którzy go czczą, miał umrzeć?

— Isangoma?!

— On się boi, Mario — stwierdził wyglądający przez okno mężczyzna. — Czy nie słyszysz tego w jego głosie?

204

— Nie znają strachu ci, którzy noszą na sobie znak Dumnego! Jego oddech to mgła, która chroni młodego uskarisa przed szponami margaya!

— Robercie, jeśli zaraz czegoś nie zrobisz, ja to uczynię. Zamilcz, Isangomo, albo odejdź i nigdy nie wracaj.

— Dumny wie, że Isangoma kocha swoją Nauczycielkę, i ocaliłby ją, gdyby tylko mógł.

— Przed czym miałby mnie ocalić? Myślisz, że jest tutaj któraś z twoich krwiożerczych bestii? Gdyby nawet była, Robert zastrzeliłby ją.

— Tokoloshe, Nauczycielko. Tokoloshe nadchodzą. Ale Dumny nas chroni, on bowiem jest potężnym władcą wszystkich tokoloshe! Gdy on zaryczy, czym prędzej chowają się pod opadłe liście.

— Robercie, on chyba oszalał.

— W przeciwieństwie do ciebie ma oczy, Mario.

— Co chcesz przez to powiedzieć? I dlaczego cały czas wyglądasz przez okno?

Mężczyzna powoli odwrócił się w naszą stronę. Przez chwilę przyglądał się Agii i mnie, a potem znowu skierował wzrok w innym kierunku. Miał taki sam wyraz twarzy jak nasi klienci, gdy mistrz Gurloes prezentował im narzędzia, które miały zostać użyte podczas zbliżających się przesłuchań.

— Na niebiosa, Robercie! Co się z tobą dzieje?

— Isangoma miał rację: tokoloshe są już tutaj. Tyle że nie jego, a nasze. Śmierć i Niewiasta. Słyszałaś o nich, Mario?

Kobieta potrząsnęła głową. Wstała z miejsca i podniosła przykrywkę niewielkiej szkatułki.

— Tak też myślałem. To pewien obraz, czy też raczej powtarzający się często temat artystyczny. Obawiam się, Isangomo, że twój Dumny nie ma zbyt wielkiej władzy nad tymi tokoloshami. Ci przychodzą z Paryża, gdzie kiedyś studiowałem, żeby ukarać mnie za to, że porzuciłem sztukę.

— Masz gorączkę, Robercie. Dam ci coś i wkrótce poczujesz się lepiej.

Mężczyzna ponownie spojrzał na nas jakby wbrew własnej woli, która nie była w stanie zapanować nad ruchami jego oczu.

— Jeśli naprawdę jestem chory, Mario, to wiadomo przecież, że dotknięci niemocą często dostrzegają rzeczy, które uchodzą uwagi zdrowych. Nie zapomnij o tym, że Isangoma także zdaje sobie sprawę z ich obecności. Nie czułaś, jak chwieje się podłoga? Właśnie wtedy tutaj weszli.

— Nalałam ci szklankę wody, żebyś mógł połknąć chininę.

— Kim oni są, Isangomo? Wiem, że to tokoloshe, ale kim oni właściwie są?

— Złe duchy. Nauczycielu. Kiedy mężczyzna lub kobieta pomyślą albo zrobią coś niedobrego, pojawiają się tokoloshe. I zostają. Człowiek myśli: Nikt nie wie, wszyscy umarli, ale tokoloshe zostają aż do końca świata. I wtedy wszyscy dowiedzą się, co ten człowiek uczynił.

— Cóż to za okropny pomysł — wzdrygnęła się kobieta.

Dłoń jej męża była zaciśnięta na żółtej framudze okna.

— Nie rozumiesz, że oni są jedynie następstwami naszych uczynków? To duchy przyszłości, a my kształtujemy je na nasze podobieństwo.

— Dla mnie to tylko stek pogańskich bzdur. Robercie, twój wzrok jest tak ostry, czy nie mógłbyś dla odmiany trochę posłuchać?

— Słucham. Co chciałaś powiedzieć?

— Nic. Chcę tylko, żebyś posłuchał.

W szałasie zapadła cisza. Ja również słuchałem, bo nawet gdybym chciał, nie mógłbym robić nic innego. Na zewnątrz wrzeszczały małpy i skrzeczały papugi. Po pewnym czasie zdałem sobie sprawę z docierającego poprzez odgłosy dżungli głębokiego jednostajnego brzęczenia, jakby gdzieś w oddali unosił się w powietrzu jakiś owad wielkości dużej łodzi.

— Co to jest? — zapytał mężczyzna.

— Samolot pocztowy. Jeśli będziesz miał szczęście, wkrótce uda ci się go zobaczyć.

Mężczyzna wychylił się przez okno. Zaciekawiło mnie, czego tak wypatruje, więc podszedłem do okna znajdującego się z jego lewej strony i także wyjrzałem na zewnątrz. Roślinność była tak gęsta, że wydawało się niemożliwe, żeby cokolwiek dostrzec, on jednak patrzył niemal pionowo w górę, gdzie rzeczywiście można było dojrzeć skrawek błękitu.

Brzęczenie narastało i wreszcie pojawił się najdziwniejszy ślizgacz, jaki w życiu widziałem. Miał skrzydła, jakby został zbudowany przez rasę, która nie zdała sobie jeszcze sprawy, że są one całkowicie zbędne, jako że nie może nimi poruszać jak ptak, i że w zupełności wystarczyłoby, gdyby unosząca go siła oddziaływała bezpośrednio na kadłub. Na końcach skrzydeł i z przodu kadłuba znajdowały się jakieś zgrubienia — światło zdawało się przed nimi załamywać i dziwnie migotać.

— W ciągu trzech dni moglibyśmy dotrzeć do lądowiska, Robercie. Kiedy przyleci następnym razem, będziemy na niego czekać.

— Skoro Pan nas tu posłał...

— Tak, Nauczycielu, musimy postępować zgodnie z życzeniami Dumnego! Nie ma nikogo takiego jak on! Nauczycielko, pozwól mi dla niego zatańczyć i zaśpiewać jego pieśń! Może wtedy tokoloshe odejdą.

Nagi mężczyzna zabrał kobiecie książkę i zaczął w nią rytmicznie uderzać dłonią, jakby grał na bębenku. Jego stopy zaszurały na nierównej podłodze, a zawodzący melodyjnie głos zamienił się w głos dziecka:

> Nocą, kiedy wszędzie cisza,
> Usłysz w drzewach jego krzyk!
> Zobacz jego postać w ogniu!
> On mieszka w zatrutej strzale,
> Mały niczym żółta mucha,

Jasny niczym spadająca gwiazda!
Włochaci ludzie wędrują po lesie...

— Idę, Severianie — powiedziała Agia, kierując się w stronę drzwi. — Możesz zostać, jeśli chcesz tego dalej słuchać, ale będziesz musiał sam zdobyć kwiat zemsty i odnaleźć drogę na Okrutne Pole. Czy wiesz, co się stanie, jeśli się tam nie pojawisz?

— Powiedziałaś, że wynajmą morderców.

— A ci z kolei posłużą się wężem zwanym żółtobrodym. Nie zaczną od ciebie, tylko od twojej rodziny, jeśli ją masz, i od twoich przyjaciół. Ja będę pierwsza w kolejności, bo przecież widziało mnie z tobą pół miasta.

On przybywa wraz z zachodem słońca,
Kroczy ku nam po wodzie,
Zostawiając ogniste ślady!

Śpiew trwał, ale śpiewak wiedział, że odchodzimy, w jego głosie bowiem zabrzmiała triumfalna nuta. Zaczekałem, aż Agia znajdzie się na ziemi, po czym ruszyłem w jej ślady.

— Myślałam już, że nigdy stamtąd nie odejdziesz — powiedziała. — Naprawdę tak bardzo ci się tutaj podoba? — Na tle chłodnej zieleni nienaturalnie ciemnych liści metaliczne kolory jej podartej szaty zdawały się podkreślać jej rozdrażnienie.

— Nie — odparłem. — Ale to interesujące miejsce. Widziałaś ten ślizgacz?

— Kiedy wyglądaliście przez okna? Nie, nie byłam taka głupia.

— Nigdy jeszcze takiego nie widziałem. Powinienem był zobaczyć najwyżej okap dachu, a zobaczyłem to, co on spodziewał się ujrzeć. W każdym razie tak to wyglądało. Jak coś, co należy do zupełnie innego miejsca. Niedawno chciałem ci opowiedzieć o przyjaciółce mojej przyjaciółki, która wpadła w pułapkę zwierciadeł Ojca Inire. Znalazła się w zupełnie innym świecie i nawet kiedy już wróciła do Thecli — tak właśnie nazywała się moja znajoma — nie była pewna, czy rzeczywiście trafiła do tego miejsca. Zastanawiam się, czy przypadkiem to nie my znaleźliśmy się w świecie tych ludzi, zamiast oni w naszym.

Tymczasem Agia ruszyła już przed siebie ścieżką. Kiedy obejrzała się przez ramię, igrające plamki światła zdawały się malować jej włosy na ciemnozłoty kolor.

— Ostrzegałam cię, że niektórzy zwiedzający ulegają w szczególnie silny sposób wpływowi poszczególnych ogrodów.

Musiałem podbiec kilka kroków, żeby znaleźć się tuż za nią.

— Z czasem ich umysły zaczynają dostosowywać się do otoczenia, wpływając przy okazji również na nasze. Prawdopodobnie zobaczyłeś najzwyczajniejszy ślizgacz.

— On nas widział. Ten dzikus też.

— Z tego co słyszałam, im większym zmianom musi ulec świadomość, tym trwalej zakodowane zostają pewne wzorce percepcji. Kiedy spotykam tutaj dzikich ludzi lub jakieś potwory, przekonuję się, że w znacznie większym stopniu niż inni zdają sobie sprawę z mojej obecności.

— A ten człowiek?

— Severianie, nie ja zbudowałam to miejsce. Wiem tylko tyle, że gdybyśmy teraz zawrócili, najprawdopodobniej nie znaleźlibyśmy już tego szałasu. Obiecaj mi, że kiedy stąd wyjdziemy, pozwolisz zaprowadzić się prosto do Ogrodu Wiecznego Snu. Nie mamy już czasu na nic więcej, nawet na Ogród Rozkoszy. A poza tym nie należysz do osób, które mogą tutaj wszystko bezpiecznie zwiedzać.

— Czy dlatego, że chciałem zostać w Piaskowym Ogrodzie?

— Także dlatego. Obawiam się, że prędzej czy później narobisz mi niezłych kłopotów.

Minęliśmy jeden z niekończących się zakrętów ścieżki i natrafiliśmy na zwalony, potężnych rozmiarów pień. Niewielki biały kwadracik był z pewnością tabliczką z nazwą gatunku i rodzaju. Z lewej strony wśród gęstwiny liści dostrzegłem półprzezroczystą zieloną ścianę. Agia skierowała się prosto do drzwi, więc przełożyłem Terminus Est do drugiej ręki i otworzyłem je dla niej.

Rozdział XXII

Dorcas

Kiedy po raz pierwszy usłyszałem o kwiecie zemsty, wyobrażałem sobie, że będzie rósł w równych rzędach na wysokich rabatach, tak jak widziałem to w cieplarniach Cytadeli. Później, gdy Agia opowiedziała mi nieco więcej o Ogrodach Botanicznych, spodziewałem się ujrzeć miejsce przypominające nekropolię, w której swawoliłem jako chłopiec: pełne drzew, chylących się ku upadkowi grobowców, z alejkami pokrytymi warstwą murszejących kości.

Rzeczywistość okazała się zupełnie inna: czarne jezioro otoczone ciągnącymi się bez końca moczarami. Nasze stopy grzęzły w turzycy, a zimny wiatr świstał koło uszu, gnając, wydawałoby się, aż do samego morza. Po obu stronach ścieżki rosło sitowie, w górze zaś raz czy dwa przeleciał jakiś wodny ptak, czarny na tle zasnutego chmurami nieba.

Opowiadałem Agii o Thecli. Przerwała mi, dotykając mojego ramienia.

— Możesz już je stąd zobaczyć, ale musimy obejść jezioro, żeby do nich dotrzeć. Patrz tam, gdzie wskazuję... To ta jasna smuga.

— Nie wyglądają zbyt groźnie.

— Zapewniam cię, że okazały się groźne dla bardzo wielu ludzi. Niektórzy z nich zostali nawet pogrzebani w tym ogrodzie.

A więc jednak były i groby. Zapytałem, gdzie mogę je znaleźć.

— Nie ma żadnych pomników. Ani trumien, urn czy innych głupstw. Spójrz na wodę, która chlupocze ci pod stopami.

Zrobiłem to. Była brązowa niczym herbata.

— Ma właściwości konserwujące ciała. Zwłoki obciąża się ołowiem i zatapia, zaznaczając miejsce na mapie, żeby móc potem je wydobyć, gdyby komuś przyszła ochota na nie popatrzeć.

Mógłbym przysiąc, że w promieniu co najmniej mili (lub też przynajmniej w Ogrodzie Wiecznego Snu, jeśli szklane ściany budynku ciągle jeszcze stały na swoim miejscu, oddzielając od świata zewnętrznego zamkniętą w nim przestrzeń) nie było oprócz nas żywego ducha. Jednak ledwie Agia skończyła mówić, nad kępą trzcin rosnących w odległości jakichś dwunastu kroków od nas pojawiła się głowa i ramiona starego mężczyzny.

— To nieprawda — powiedział. — Wiem, że tak mówią, ale to nieprawda.

Agia, która do tej pory nie starała się zasłonić swego ciała strzępami podartej sukni, teraz ściągnęła ją pośpiesznie na piersiach.

— Nie wiedziałam, że mówię jeszcze do kogoś poza moim towarzyszem.

Starzec zignorował przytyk. Bez wątpienia jego myśli zbyt były zaprzątnięte uwagą, którą podsłuchał.

— Mam tutaj mapę. Chcecie ją zobaczyć? Może ty, młody panie? Jesteś wykształcony, od razu to widać. Zechcesz rzucić okiem?

W dłoni miał coś na kształt laski, którą rytmicznie podnosił i opuszczał. Dopiero po chwili zrozumiałem, że musi to być żerdź, którą odpycha się od dna, kierując łódź w naszą stronę.

— Znowu kłopoty. — Agia pociągnęła mnie za rękę. — Lepiej chodźmy.

Zapytałem, czy mógłby przeprawić nas na drugą stronę jeziora, oszczędzając nam w ten sposób długiej wędrówki.

Potrząsnął głową.

— To za dużo na moją małą łódkę. Ledwo starcza miejsca dla Cas i dla mnie. Jesteście zbyt ciężcy.

Wypłynął zza trzcin i przekonałem się, że mówił prawdę; łódka była tak mała, że chyba tylko cudem utrzymywała starego człowieka, chociaż ten był już zasuszony i skurczony (wydawał się starszy nawet od mistrza Palaemona) i chyba nie mógł ważyć więcej niż dziesięcioletni chłopiec. Nigdzie nie mogłem jednak dostrzec drugiej osoby, o której wspomniał.

— Wybacz mi, panie, ale nie mogę bardziej się zbliżyć — powiedział. — Czy możesz tu podejść, żebym pokazał ci mapę?

Obudził moją ciekawość, więc ruszyłem w jego stronę. Agia choć niechętnie, uczyniła to samo.

— O, proszę. — Spomiędzy fałd tuniki wyciągnął niewielki zwój. — Tu wszystko jest opisane. Racz spojrzeć, młody panie.

Na początku zwoju znajdowało się jakieś nazwisko, a następnie długi opis miejsc, w których ta osoba bywała za życia, czyją była żoną i w jaki sposób jej mąż zarabiał na utrzymanie; wszystko to obrzuciłem jednym niezbyt uważnym spojrzeniem. Poniżej nieudolnie narysowana była mapa i dwie cyfry.

— Jak widzisz, panie, powinno to być bardzo proste. Pierwsza cyfra określa pozycję na jednej osi, następna zaś na drugiej. Czy uwierzysz jednak, że przez wszystkie te lata usiłuję ją odnaleźć i do dziś mi się nie udało? — Utkwiwszy wzrok w Agii, zaczął się stopniowo prostować, aż wreszcie stanął niemal całkiem normalnie.

— Owszem, uwierzymy — odparła Agia. — Jeśli sprawia ci to przyjemność, możemy nawet złożyć wyrazy współczucia, ale to naprawdę nie ma z nami nic wspólnego.

Odwróciła się, żeby odejść, lecz starzec szybkim ruchem wyciągnął przed siebie żerdź, zatrzymując mnie na miejscu.

— Nie zważaj na to, co mówią. Owszem, wrzucają ich w zaznaczonych miejscach, ale oni tam nie zostają. Niektórych widziano nawet w rzece. — Wskazał głową w kierunku horyzontu. — Tam, na zewnątrz.

Powiedziałem, że wątpię, czy jest to możliwe.

— A ta woda tutaj, jak myślisz, skąd się bierze? Pod ziemią jest doprowadzający ją rurociąg. Gdyby go nie było, wszystko by tu wyschło. Kiedy zaczynają się poruszać, co może ich powstrzymać przed wypłynięciem na zewnątrz? Nie ma przecież żadnego prądu. Przyszliście tu pewnie po to, żeby ściąć kwiat zemsty, prawda? Wiecie chyba, dlaczego posadzono je właśnie tutaj?

Potrząsnąłem głową.

— Ze względu na manaty. Żyją w rzece i wpływały tutaj przez rurociąg. Ludzie bali się, widząc ich twarze pod powierzchnią jeziora, więc Ojciec Inire kazał ogrodnikom posadzić kwiaty zemsty. Widziałem go na własne oczy. To mały człowieczek o krzywym karku i pałąkowatych nogach. Teraz jeżeli wpłynie tu jakiś manat, kwiaty zabijają go w ciągu jednej nocy. Pewnego ranka, kiedy jak zwykle zacząłem szukać Cas (robię to zawsze, chyba że muszę akurat zająć się jakąś inną sprawą), zobaczyłem na brzegu dwóch kuratorów z harpunami. Powiedzieli mi, że w jeziorze pływa martwy manat. Wziąłem mój hak i wydobyłem go, ale okazało się, że to nie manat, tylko człowiek. Albo wypluł swoją porcję ołowiu, albo zapomniano go nim nakarmić. Wyglądał równie dobrze jak któreś z was, a na pewno lepiej ode mnie.

— Od jak dawna nie żył?

— Trudno powiedzieć, bo ta woda ich konserwuje. Mówi się, że garbuje skórę, i to jest prawda. Nie tak, jak podeszwy twoich butów, tylko jak damskie rękawiczki.

Agia była już daleko z przodu, więc przyśpieszyłem kroku, żeby do niej dołączyć. Starzec towarzyszył nam, płynąc wzdłuż porośniętej turzycą ścieżki.

— Powiedziałem im, że miałem więcej szczęścia z nimi przez jeden dzień niż sam przez czterdzieści lat. O, tego właśnie używam. — Podniósł z dna łódki hak umocowany do długiej liny. — Złapałem ich już całą masę, ale nie Cas. Zacząłem w zaznaczonym na mapie punkcie w rok po jej śmierci. Nie było jej tam, więc szukałem dalej.

Po pięciu latach byłem już bardzo daleko od tego miejsca (a w każdym razie tak wtedy myślałem). Przyszło mi na myśl, że tymczasem mogła wrócić, więc zacząłem jeszcze raz, najpierw w tamtym rejonie, a potem stopniowo coraz dalej. I tak przez dziesięć lat. Potem znowu zacząłem się obawiać tego samego, więc dziś rano zarzuciłem hak w pierwszym miejscu, a potem dookoła. Później sprawdzę tam, gdzie ostatnio się zatrzymałem. Nie ma jej tam, gdzie powinna być. Znam już wszystkich, którzy tutaj są — niektórych wyciągałem co najmniej sto razy. Ona ciągle wędruje i nieraz tak sobie myślę, że może kiedyś wróci do domu.

— Była twoją żoną?

Ku memu zdziwieniu starzec tylko skinął w milczeniu głową.

— Dlaczego chcesz odzyskać jej ciało?

Milczał w dalszym ciągu. Żerdź bezszelestnie zanurzała się i wynurzała z wody, a za łodzią pozostawał ledwo dostrzegalny ślad — delikatne fale liżące trawiasty brzeg ścieżki niczym języki kociąt.

— Jesteś pewien, że po tak długim czasie będziesz jeszcze potrafił ją rozpoznać?

— Tak... tak — skinął głową najpierw powoli, potem energicznie i z przekonaniem. — Myślisz, że mogłem ją już wyciągnąć, spojrzeć w twarz i wyrzucić z powrotem do wody? To niemożliwe. Nie znałeś Cas, prawda? No tak, dziwisz się, dlaczego chcę ją z powrotem. Jeden powód to wspomnienie, jakie zachowałem — to najsilniejsze — o jej twarzy niknącej w tej brązowej wodzie. Miała zamknięte oczy, rozumiesz?

— Obawiam się, że nie bardzo.

— Kładą im cement na powieki, żeby pozostały na zawsze zamknięte, ale kiedy dotknęła wody, otworzyły się. Wytłumacz to, jeśli potrafisz. To właśnie pamiętam, widzę za każdym razem, kiedy próbuję zasnąć: brązową wodę zalewającą jej twarz i otwierające się niebieskie oczy. Budzę się po pięć, sześć razy w ciągu nocy. Zanim sam się tutaj znajdę, chcę zobaczyć, jak jej twarz pojawia się na powierzchni, nawet jeżeli tylko na końcu mego haka. Rozumiesz?

Pomyślałem o Thecli, o strużce krwi wyciekającej spod drzwi jej celi i skinąłem głową.

— Jest jeszcze drugi powód. Cas i ja mieliśmy niewielki sklepik, przede wszystkim z artystycznymi wyrobami z metalu. Produkcją zajmowali się jej ojciec i brat, a nasz sklepik mieścił się przy ulicy Hejnałowej, niemal dokładnie w jej połowie, tuż przy domu aukcyjnym. Budynek jeszcze stoi, chociaż już nikt w nim nie mieszka. Chodziłem do teścia i szwagra, przynosiłem skrzynki do domu, a tam rozpakowywaliśmy je i ustawialiśmy przedmioty na półkach. Cas wyceniała je, sprzedawała i o wszystko się troszczyła. Czy wiesz, jak długo to trwało?

Potrząsnąłem głową.

— Cztery lata bez pięciu tygodni. Potem umarła. Cas umarła. Nie minęło wiele czasu i wszystko zniknęło, wszystko, co stanowiło istotę mojego życia. Teraz sypiam na strychu u człowieka, którego znam od wielu lat. Nie ma tam żadnej ozdoby, nawet jednego gwoździa z naszego starego sklepu. Chciałem zatrzymać naszyjnik i grzebienie należące do Cas, ale wszystko przepadło. Powiedz mi, skąd mogę mieć pewność, że to nie było tylko snem?

Zacząłem podejrzewać, że starzec może pozostawać pod wpływem jakiegoś zaklęcia, podobnie jak ludzie z szałasu.

— Nie mam pojęcia — odparłem. — Może to naprawdę był sen? Chyba zbytnio się dręczysz.

Jego nastrój, podobnie jak dzieje się nieraz z dziećmi, zmienił się w jednej chwili. Roześmiał się głośno.

— Łatwo poznać, młody panie, że mimo stroju, który ukrywasz pod tym płaszczem, nie jesteś katem. Naprawdę bardzo bym chciał przewieźć was na drugą stronę, ale nie mogę. Nieco dalej traficie na człowieka z dużo większą łodzią. Często tutaj przypływa i rozmawia ze mną tak jak ty. Powiedzcie mu, iż mam nadzieję, że będzie mógł was zabrać.

Podziękowałem mu i pośpieszyłem w ślad za Agią, która tymczasem oddaliła się już na znaczną odległość. Zobaczyłem, że utyka, i przypomniałem sobie, jak dużo już dzisiaj przeszła od chwili, kiedy skręciła sobie nogę. Postanowiłem ją wyprzedzić i ofiarować jej ramię, ale uczyniłem fałszywy krok, jeden z tych, które w pierwszej chwili wydają się niezwykle groźne i brzemienne w skutki, a z których zaraz potem serdecznie się śmiejemy. W ten właśnie sposób zapoczątkowałem jedno z najdziwniejszych wydarzeń mojego i tak już dosyć niezwykłego życia. Puściłem się biegiem, zbliżając się zbytnio do krawędzi ścieżki.

W jednej chwili biegłem po sprężystej trawie, by już w następnej szamotać się w lodowatej brązowej wodzie, czując, jak obszerny płaszcz hamuje moje ruchy. Przez moment ponownie doświadczyłem paraliżującego strachu przed utonięciem, ale zaraz wyprostowałem się i moja głowa znalazła się nad wodą. Doszły do głosu nawyki wyuczone podczas tych wszystkich pływackich wypraw nad Gyoll: wydmuchnąłem wodę z ust i z nosa, wziąłem głęboki oddech i zsunąłem z twarzy ociekający wodą kaptur.

Zanim jednak zdążyłem się zupełnie uspokoić, zdałem sobie sprawę, że wypuściłem z dłoni Terminus Est. Możliwość utracenia miecza okazała się znacznie bardziej przerażająca niż perspektywa śmierci. Zanurkowałem, nie zadając sobie nawet trudu, by zrzucić buty, przepychając się przez bursztynową ciecz, która z pewnością nie była samą wodą i robiła się coraz bardziej gęsta od korzeni i łodyg najróżniejszych roślin. One właśnie, chociaż stanowiły dla mnie śmiertelne niebezpieczeństwo, ocaliły Terminus Est. Bez nich miecz opadłby natychmiast na dno i pomimo pewnej ilości powietrza, jaka musiała pozostać w pochwie, ugrzązłby w mule. Tymczasem osiem czy dziesięć łokci pod powierzchnią wody jedna z moich szukających na oślep rąk napotkała cudowny znajomy kształt onyksowej rękojeści.

W tej samej chwili druga dłoń natrafiła na obiekt zupełnie innego rodzaju; była to ludzka ręka, której uchwyt (zacisnęła się bowiem momentalnie na mojej dłoni) był tak dokładnie powiązany w czasie z odzyskaniem miecza, iż wydawało się, jakby jej właściciel zwracał mi go, podobnie jak wcześniej przełożona Peleryn. Uczułem przypływ nieopisanej wdzięczności, która niemal natychmiast ustąpiła miejsca zwielokrotnionemu przerażeniu: ręka nie zwalniała uchwytu, ciągnąc mnie w głąb mrocznej otchłani.

Rozdział XXIII
Hildegrin

Ostatkiem sił udało mi się wyszarpnąć Terminus Est na powierzchnię, cisnąć go na ścieżkę, a samemu chwycić się jej nierównego brzegu. Ktoś złapał mnie za przegub. Spojrzałem w górę, spodziewając się zobaczyć Agię, ale zamiast niej ujrzałem jakąś młodszą od niej kobietę o długich żółtych włosach. Otworzyłem usta, żeby jej podziękować, lecz zamiast słów wydobyły się z nich jedynie strugi wody. Pociągnęła jeszcze raz, ja rozpaczliwie odepchnąłem się nogami i wreszcie znalazłem się całym ciałem na trawie, tak wyczerpany, że nie mogłem wykonać najmniejszego ruchu.

Musiałem leżeć tam przynajmniej tyle czasu, ile trzeba na odmówienie jednego pacierza, a może nawet dłużej. Zacząłem zdawać sobie sprawę z zimna, które z każdą chwilą robiło się coraz trudniejsze do wytrzymania, oraz z tego, że gruba warstwa częściowo przegniłych roślin, na której leżałem, stopniowo pogrąża się pod moim ciężarem, tak że znowu byłem do połowy zanurzony w wodzie. Choć łapałem powietrze wielkimi łykami, moim płucom wciąż było go mało. Co chwila kaszlałem, wypluwając wodę, która ciekła mi także z nosa. Jakiś głos (należący do mężczyzny, głęboki i donośny, sprawiający wrażenie, jakbym kiedyś, bardzo dawno temu, już go gdzieś słyszał) powiedział:

— Trzeba go wyciągnąć dalej, bo utonie.

Ktoś chwycił mnie za pas. Po chwili mogłem już stać, chociaż nogi tak mi się trzęsły, że nadal bałem się upadku.

Obok mnie pojawiła się Agia oraz jasnowłosa dziewczyna, która pomogła mi wydostać się z wody, i jakiś potężny mężczyzna o mięsistej czerwonej twarzy. Agia zapytała mnie, co właściwie się stało. Chociaż byłem jeszcze na pół przytomny, zauważyłem, że jej twarz jest śmiertelnie blada.

— Daj mu trochę czasu — poradził jej mężczyzna. — Wkrótce dojdzie do siebie. Kim jesteś, na Phlegetona?

— zapytał patrząc na dziewczynę, która wydawała się przynajmniej równie oszołomiona jak ja. Przez chwilę próbowała coś wykrztusić, a potem zwiesiła głowę i umilkła. Od czubków włosów aż do pięt była wymazana błotem, a to co miała na sobie, trudno było nazwać inaczej niż łachmanami.

— Skąd ona się tu wzięła? — Tym razem pytanie zostało skierowane do Agii.

— Nie wiem. Kiedy się obejrzałam, żeby zobaczyć, co zatrzymało Severiana, ona wyciągnęła go już na tę pływającą ścieżkę.

— I dobrze, że to zrobiła. Przynajmniej dla niego. Czy ona jest szalona? A może uwięziona tu jakimś zaklęciem?

— Kimkolwiek jest, ocaliła mi życie — odezwałem się. — Nie możecie dać jej czegoś, żeby się okryła? Jest zupełnie przemarznięta.

To samo mogłem powiedzieć o sobie, oprzytomniawszy już na tyle, żeby zwracać uwagę na takie szczegóły.

Potężny mężczyzna pokręcił głową i otulił się ciaśniej swoim grubym płaszczem.

— Dopóki się nie umyje, na pewno tego nie zrobię. A umyłaby się pewnie tylko wtedy, gdyby ją znowu wrzu-

218

cić do wody. Ale mam tu coś wcale nie gorszego, a kto wie, czy nie znacznie lepszego. — Mówiąc to, wyjął z kieszeni metalową flaszkę w kształcie psa i podał mi ją.

Tkwiąca w psim pysku kość okazała się zatyczką. Podałem naczynie jasnowłosej dziewczynie, która początkowo zdawała się nie rozumieć, co ma zrobić. Dopiero Agia otworzyła flaszkę, przytrzymała jej przy ustach, żeby przełknęła kilka łyków, a potem oddała mnie. Okazało się, że flaszka zawiera śliwowicę. Już pierwszy ognisty haust spłukał bez śladu gorzki smak bagiennej wody. Kiedy wreszcie kość wróciła na swe miejsce w psim pysku, jego brzuch był, jak przypuszczam, co najmniej w połowie pusty.

— A teraz — odezwał się mężczyzna — powinniście mi już chyba powiedzieć, kim jesteście i co tutaj robicie, i lepiej nie mówcie, że przyszliście tylko na zwiedzanie. Znam zwyczajnych gapowiczów na tyle dobrze, że potrafię ich wyczuć, zanim ich jeszcze dobrze zobaczę. — Spojrzał na mnie. — Na przykład ty: masz całkiem niezły nożyk.

— Ten oficer jest w przebraniu — pośpieszyła z odpowiedzią Agia. — Został wezwany na pojedynek i przyszedł tutaj, żeby ściąć kwiat zemsty.

— Więc on jest w przebraniu, a ty pewnie nie, co? Myślisz, że nie potrafię poznać scenicznego kostiumu? I bosych stóp, kiedy je już zobaczę?

— Nie powiedziałam, że nie jestem w kostiumie ani że dorównuję mu pochodzeniem. Jeżeli chodzi o buty, to zostawiłam je na zewnątrz, żeby nie zniszczyć ich w tej wodzie.

Mężczyzna skinął głową, ale w taki sposób, że trudno było zgadnąć, czy jej uwierzył czy nie.

— A teraz ty, złotowłosa. Ta brokatowa laleczka już powiedziała, że cię nie zna, a sądząc z wyglądu tego topielca, którego wyciągnęłaś, wie on o tobie jeszcze mniej. No więc jak się nazywasz?

Dziewczyna przełknęła z trudem ślinę.

— Dorcas.

— Skąd się tu wzięłaś, Dorcas? I w jaki sposób znalazłaś się w wodzie? Bo najwyraźniej tam właśnie byłaś. Nie mogłaś aż tak się zmoczyć, ratując naszego młodego przyjaciela.

Alkohol przywrócił rumieńce na policzkach dziewczyny, ale wyraz jej twarzy był równie zagubiony i nieobecny jak przedtem.

— Nie wiem — wyszeptała.

— Nie pamiętasz, jak tutaj przyszłaś? — zapytała Agia.

Dorcas potrząsnęła głową.

— A co w takim razie pamiętasz?

Zapadła cisza. Wiatr zdawał się przybierać na sile i pomimo rozgrzewającego napitku odczuwałem przenikliwe zimno.

— Siedziałam przy oknie... — wymamrotała wreszcie Dorcas. — Było pełno ładnych rzeczy. Pudełka, naczynia i krucyfiks...

— Ładne rzeczy? — powtórzył mężczyzna. — No, jeśli i ty tam byłaś, to wierzę, że to prawda.

— Ona jest szalona — stwierdziła Agia. — Albo oddaliła się od kogoś, kto się nią opiekował, albo nikogo takiego nie było — co chyba jest bardziej prawdopodobne, biorąc pod uwagę jej strój — i weszła tutaj, korzystając z nieuwagi kuratorów.

— Może ktoś zdzielił ją przez głowę, okradł, a potem wepchnął tutaj, uważając, że się jej pozbył. Tu jest więcej wejść, moja ckliwa panno, niż się wydaje wszystkim kuratorom razem wziętym. Albo ktoś chciał ją utopić, korzystając z tego, że śpi lub jest nieprzytomna, a zetknięcie z wodą ją ocuciło. Zresztą to nie ma większego znaczenia. Dość, że jest tutaj i teraz przede wszystkim do niej należy ustalenie, kim właściwie jest i w jaki sposób się tu znalazła.

Zrzuciłem brązowy płaszcz i starałem się jakoś wysuszyć mój katowski fuligin. Uniosłem jednak z zainteresowaniem głowę, kiedy Agia powiedziała:

— Wypytujesz nas wszystkich, kim jesteśmy i skąd się tutaj wzięliśmy. A kim ty jesteś?

— Macie wszelkie prawo wiedzieć — odparł potężny mężczyzna — a ja udzielę wam informacji o wiele dokładniejszej, niż uczyniło to którekolwiek z was. Tylko że zaraz potem będę musiał zająć się swoimi sprawami. Pośpieszyłem tu tylko dlatego, że zobaczyłem, jak topi się ten młody szlachcic — każdy zrobiłby to samo na moim miejscu. Teraz mam jednak inne zajęcia, którym muszę poświęcić uwagę.

Mówiąc to, zdjął wysoki kapelusz i wyciągnął z niego poplamiony karteluszek mniej więcej dwukrotnie większy od kart wizytowych, które czasami widywałem w Cytadeli. Wręczył go Agii, a ja zajrzałem jej przez ramię i przeczytałem bogate ozdobne pismo:

HILDEGRIN BORSUK
Prace ziemne wszelkiego rodzaju
Dowolna liczba kopaczy
Kamień nie jest za twardy ani błoto za grząskie.
Informacje na ulicy Morskiej koło znaku
ŚLEPEJ ŁOPATY
lub w Alticamelus za rogiem ulicy Dobrych Chęci.

— Oto kim jestem, ckliwa panno i młody panie. Ufam, że nie macie nic przeciwko temu, żebym was tak nazywał, po pierwsze dlatego, że jesteś ode mnie dużo młodsza, ty zaś jesteś jeszcze młodszy od niej, a wszyscy zapewne urodziliście się przed bardzo niewielu laty. No, muszę już iść.

Zatrzymałem go.

— Zanim wpadłem do wody, rozmawiałem ze starym człowiekiem w małej łódce, który powiedział mi, że nieco dalej spotkam kogoś, kto mógłby nas przewieźć na drugą stronę. Sądzę, że myślał właśnie o tobie. Zabierzesz nas?

— Ach, mówisz o tym biedaku, który ciągle szuka swojej żony. Cóż, zawsze był moim dobrym przyjacielem, więc skoro was poleca, zrobię to. Powinniśmy się jakoś zmieścić we czwórkę.

Skinął na nas, byśmy szli za nim. Zauważyłem, że jego zabłocone buty zanurzają się w trawie jeszcze głębiej od moich.

— Ona nie jest z nami — powiedziała Agia, chociaż Dorcas szła za nią z tak zagubioną, bezradną miną, że aż zaczekałem na nią, by ją pocieszyć.

— Pożyczyłbym ci mój płaszcz — wyszeptałem — ale jest mokry. Gdybyś jednak poszła tą ścieżką, ale w drugą stronę, doszłabyś do korytarza, w którym jest ciepło i sucho, a potem, jeśli udałoby ci się znaleźć drzwi z napisem DŻUNGLA i wejść do środka, znalazłabyś się w miejscu, gdzie słońce grzeje bardzo mocno i tam byłoby ci bardzo dobrze.

W tej samej jednak chwili kiedy skończyłem mówić, przypomniałem sobie drapieżnika, którego głos słyszeliśmy w dżungli. Na szczęście Dorcas nawet najmniejszym gestem nie dała poznać, że słyszała i zrozumiała moje słowa. Coś w wyrazie jej twarzy zdradzało, że boi się Agii, albo przynajmniej w swój bezradny sposób wie, że stała się powodem jej niezadowolenia. Był to jednak jedyny znak świadczący o tym, że postrzega otoczenie odrobinę lepiej od somnambulika.

— W korytarzu jest pewien człowiek, kurator — zacząłem ponownie, świadom, że nie udało mi się ulżyć jej niedoli. — Na pewno znajdzie dla ciebie jakieś ubranie i pozwoli ci ogrzać się przy ogniu.

Kiedy Agia obejrzała się na nas, wiatr rozwiał jej kasztanowe włosy.

— Zbyt dużo kręci się tych żebraczek, żeby się nimi przejmować, Severianie. Ciebie to też dotyczy.

Na dźwięk jej głosu Hildegrin spojrzał w naszą stronę.

— Znam kobietę, która mogłaby się nią zaopiekować. Umyłaby ją i dała nowe ubranie. Chociaż to chudzina, widać, że pod tym brudem kryje się dobra rasa.

— A co ty właściwie tutaj robisz? — prychnęła w odpowiedzi Agia. — Wynajmujesz robotników, jak informuje twoja kartka, ale dlaczego właśnie tutaj?

— To moja sprawa, panienko.

Ciałem Dorcas zaczęły wstrząsać dreszcze.

— Naprawdę powinnaś zawrócić — powtórzyłem. — W korytarzu jest dużo cieplej. Ale lepiej nie chodź do dżungli. Idź do Piaskowego Ogrodu, tam jest sucho i słonecznie.

W moich słowach musiało być coś, co potrąciło w niej jakąś strunę.

— Tak... — szepnęła. — Tak...

— Piaskowy Ogród? Chciałabyś tam pójść?

— Słońce... — powiedziała cichutko.

— No, jesteśmy już przy łajbie — oznajmił Hildegrin. — Musimy uważać przy zajmowaniu miejsc. I żadnych spacerów, i tak już będzie zanurzona głęboko w wodzie. Jedną z pań poproszę na dziób, a drugą i młodego pana na rufę.

— Chętnie bym powiosłował — zaproponowałem.

— Robiłeś to już tutaj? Chyba nie. Lepiej usiądź na rufie, jak ci powiedziałem. Nie ma wielkiej różnicy, czy pracuje się jednym wiosłem czy dwoma, a ja robiłem to nawet wtedy, kiedy siedziało w niej pół tuzina ludzi.

Łódź przypominała swego właściciela: była duża, niezgrabna i sprawiała wrażenie bardzo ciężkiej. Zarówno rufa, jak i dziób były prostokątne, a sam kadłub nieco tylko głębszy w środkowej części niż w pozostałych. Hildegrin wsiadł pierwszy i stanąwszy okrakiem na ławce, podepchnął łódź wiosłem bliżej brzegu.

— Siadaj z przodu — powiedziała Agia, biorąc Dorcas za ramię.

Dziewczyna była gotowa posłuchać, ale Hildegrin ją powstrzymał.

— Jeżeli nie masz nic przeciwko temu, panienko, to wolę, żebyś to ty siedziała na dziobie. Wszyscy widzimy, że coś z nią jest nie w porządku, a wolę mieć ją na oku, gdyby przy takim obciążeniu zachciało jej się jakichś szaleństw.

— Nie jestem szalona — odezwała się ku naszemu zdumieniu Dorcas. — Tylko... Czuję się tak, jakbym dopiero co się obudziła.

Mimo to Hildegrin posadził ją ze mną na rufie.

— A teraz — powiedział, kiedy odbiliśmy od brzegu — czeka was coś, czego tak łatwo nie zapomnicie, jeżeli doświadczacie tego po raz pierwszy. Przeprawa przez Ptasie Jezioro w samym środku Ogrodu Wiecznego Snu.

— Zanurzające się rytmicznie wiosła wydawały głuchy melancholijny odgłos.

Zapytałem, dlaczego to jezioro nazywa się Ptasie.

— Może dlatego, że tak wiele ich tu ginie, a może po prostu z powodu ich wielkiej liczby. Tak dużo złego mówi się o śmierci; szczególnie ci, którzy muszą umrzeć, opisują ją jako wstrętną staruchę z workiem albo coś w tym rodzaju. Ale ona jest wielką przyjaciółką ptaków. Wszędzie tam gdzie są martwi ludzie i panuje spokój, znajdziecie mnóstwo ptaków. Już się o tym przekonałem.

Skinąłem głową, przypomniawszy sobie drozdy śpiewające w naszej nekropolii.

— Jeżeli teraz spojrzycie ponad moim ramieniem, będziecie mieli piękny widok na drugi brzeg i zobaczycie rzeczy, których nie dostrzeglibyście ze ścieżki, tyle tam trzcin i wysokiej trawy. Zauważycie, jeżeli akurat nie ma mgły, że nieco dalej teren wyraźnie się wznosi, kończą moczary, a zaczynają drzewa. Widzicie?

Ponownie skinąłem głową, a siedząca obok mnie Dorcas uczyniła to samo.

— To dlatego, że ta cała inscenizacja ma wyglądać jak krater wygasłego wulkanu. Albo jak usta nieżywego człowieka, mówią niektórzy, ale to nieprawda. Brakuje przecież zębów. Pamiętajcie jednak, że wchodzi się tutaj przez podziemny tunel.

Po raz kolejny potwierdziliśmy ruchem głów jego słowa. Agia siedziała nie dalej niż dwa kroki od nas, ale prawie nie było jej widać za szerokimi ramionami i obszernym płaszczem Hildegrina.

— Z tej strony — wskazał nam kierunek ruchem swej kwadratowej brody — powinniście dostrzec czarną plamę. Jest mniej więcej w połowie drogi między bagnami a horyzontem. Niektórzy myślą, że tamtędy właśnie przyszli, ale wylot tunelu znajduje się w przeciwnym kierunku, dużo niżej, a poza tym jest znacznie mniejszy. To, co widzicie, to Grota Cumaeany — kobiety, która zna przeszłość, przyszłość i wie wszystko o wszystkim. Czasem mówią, że całe to miejsce zostało zbudowane specjalnie dla niej, ale ja w to nie wierzę.

— Jak to możliwe? — zapytała cicho Dorcas. Hildegrin albo udał, albo rzeczywiście opacznie zrozumiał jej pytanie.

— Rzekomo mieszka tu z rozkazu Autarchy, by ten mógł porozmawiać z nią w każdej chwili, bez potrzeby odbywania podróży na drugi koniec świata. Ja o niczym nie wiem, ale czasem widzę, jak tam ktoś idzie i nieraz błyszczy nie tylko pancerzem, lecz i drogimi kamieniami. Nie mam pojęcia, kto to może być, a ponieważ nie zależy mi na tym, żeby poznać moją przyszłość, swoją przeszłość zaś znam chyba trochę lepiej od niej, nigdy nie zbliżam się do groty. Ludzie czasem tam przychodzą, by dowiedzieć się, kiedy wyjdą za mąż albo czy będą mieli szczęście w interesach, ale zauważyłem, że bardzo rzadko wracają.

Dotarliśmy już prawie do środka jeziora. Ogród Wiecznego Snu wznosił się dookoła nas niczym wielka misa na krawędziach porośnięta sosnami, a niżej zaroślami i trawą. Było mi ciągle bardzo zimno, najbardziej chyba z powodu nieruchomego siedzenia w łodzi. Zaczynałem się martwić, jaki wpływ na ostrze Terminus Est może mieć woda. Chciałem możliwie szybko wytrzeć go i naoliwić, ale mimo to cały czas pozostawałem pod urokiem tego miejsca. (Z całą pewnością musiał tutaj działać jakiś czar czy nawet zaklęcie. Zdawało mi się, że słyszę je w plusku wody, wypowiadane słowami, których nie znam, ale doskonale rozumiem). Myślę, że podobnie było ze wszystkimi, nawet z Hildegrinem i Agią. Przez pewien czas płynęliśmy

225

w milczeniu. Daleko od nas zobaczyłem nurkujące gęsi, żywe i sprawiające wrażenie bardzo zadowolonych, a w pewnej chwili niczym zjawa ze snu z brązowej wody spojrzała na mnie twarz manata, przypominająca do złudzenia ludzką.

Rozdział XXIV
Kwiat nieistnienia

Dorcas wyłowiła z wody hiacynt i wpięła go sobie we włosy. Jeżeli nie liczyć białawej plamy majaczącej na brzegu, był to pierwszy kwiat, jaki zobaczyłem w Ogrodzie Wiecznego Snu. Rozglądałem się w poszukiwaniu następnych, lecz bezskutecznie.

Czy możliwe, żeby hiacynt zmaterializował się tylko dlatego, że sięgnęła po niego dłoń Dorcas? W jasnym świetle dnia wiem doskonale, że takie rzeczy nie są możliwe, ale piszę te słowa nocą, wtedy zaś kiedy siedziałem w łodzi, mając ów kwiat nie dalej niż na łokieć, przypomniałem sobie uwagę Hildegrina, która sugerowała (chociaż wypowiadając ją, z pewnością nie zdawał sobie z tego sprawy), że grota prorokini, a tym samym cały Ogród mogą znajdować się na drugim końcu świata. Tam, jak uczył nas dawno temu mistrz Malrubius, wszystko jest odwrócone: ciepło na północy, zimno na południu; światło w nocy, ciemność za dnia, a śnieg latem. Chłód, który odczuwałem, byłby w takim razie jak najbardziej na miejscu, jako że wkrótce miało nadejść lato, a wraz z nim podróżujący na skrzydłach wiatru deszcz ze śniegiem, podobnie półmrok, który miałem przed oczami, i niebieskawy odcień hiacyntu, zapadała bowiem powoli noc.

Prastwórca z całą pewnością utrzymuje wszystkie rzeczy w należytym porządku, a teologowie mawiają, że światło jest jego cieniem, lecz czy nie może być tak, że w mroku ów porządek nieco się zatraca i kwiaty wyskakują z nicości prosto w palce dziewczyny, podobnie jak na wiosnę czynią to pod wpływem promieni słońca? Możliwe, że gdy noc zamyka nam oczy, na świecie zapanowuje większy bezład, niż gotowi byśmy byli uwierzyć. A może to właśnie odbieramy jako ciemność, rozproszenie fal energii (przypominających morze) czy też jej pól (przypominających farmę), które naszym omamionym oczom — zmuszanym przez światło do akceptowania porządku, którego one same nie są w stanie ani stworzyć, ani zrozumieć — wydają się rzeczywistym światem?

Z wody zaczynały unosić się opary mgły, przypominając mi najpierw wirujące źdźbła słomy w katedrze Peleryn, a potem parę buchającą z wazy z zupą, którą brat kucharz wnosił do refektarza w zimowe popołudnie. Te wazy pochodziły podobno z Wiedźmińca, ale ja nigdy nic widziałem żadnej wiedźmy, chociaż ich wieża wznosiła się niecały łańcuch od naszej. Przypomniałem sobie, że płyniemy przez krater wulkanu. Może była to waza Cumaeany? Mistrz Malrubius uczył nas, że wewnętrzne ognie Urth dawno już wygasły; nastąpiło to prawdopodobnie wcześniej, nim człowiek zaczął czymkolwiek odróżniać się od bestii i nim zeszpecił oblicze ziemi swoimi miastami. O wiedźmach krążyły jednak plotki, że potrafią wskrzeszać zmarłych. Czemu więc Cumaeana nie miałaby wskrzesić dawno już wygasłych płomieni i użyć ich do podgrzania swego naczynia? Zanurzyłem palce w wodzie. Była zimna jak lód.

Hildegrin nachylił się ku mnie, biorąc zamach, a potem odsunął, wykonując pociągnięcie wiosłem.

— Idziesz na spotkanie ze śmiercią — powiedział. — O tym właśnie myślisz, widzę to na twojej twarzy. Pójdziesz na Okrutne Pole, a on cię zabije.

— Czy to prawda? — zapytała Dorcas, chwytając mnie za rękę.

Kiedy nie odpowiedziałem, Hildegrin skinął za mnie głową.

— Pamiętaj, że wcale nie musisz. Są tacy, którzy nie przestrzegają reguł, a mimo to żyją.

— Mylisz się — odparłem. — Wcale nie myślałem ani o pojedynku, ani o umieraniu.

— Myślałeś — szepnęła mi do ucha Dorcas tak cicho, że chyba nawet Hildegrin nie mógł tego dosłyszeć. — Twoja twarz była pełna piękna i szlachetności. Kiedy świat jest okropny, wtedy myśli wznoszą się wysoko, pełne wielkości i wdzięku.

Spojrzałem na nią, żeby sprawdzić, czy przypadkiem ze mnie nie kpi, ale nie dostrzegłem nic, co by mogło o tym świadczyć.

— Świat jest w połowie wypełniony złem, a w połowie dobrem. Możemy nachylić go do przodu, wtedy do naszych umysłów napływa więcej dobra, albo do tyłu i wtedy więcej jest tego. — Ruchem oczu ogarnęła całe jezioro. — Ilość pozostaje cały czas taka sama, tu i ówdzie zmieniamy jedynie proporcje.

— Chętnie przechyliłbym go do tyłu tak bardzo, jak to tylko możliwe, żeby wylać z niego całe zło.

— Nie wiadomo, czy nie wylałbyś wtedy również dobra. Jestem podobna do ciebie: także cofnęłabym czas, gdybym tylko mogła.

— Ja jednak nie uważam, żeby piękne czy nawet dobre myśli rodziły się pod wpływem zewnętrznych kłopotów — powiedziałem.

— Nie mówiłam o pięknych myślach, tylko o pełnych wdzięku i wielkości, choć to chyba też jest pewien rodzaj piękna. Pozwól, że ci pokażę. — Wzięła moją dłoń, wsunęła ją pod swoje łachmany i przycisnęła do prawej piersi. Czułem pod palcami sutek twardy niczym świeża czereśnia i delikatny jak aksamit wzgórek, ciepły od pulsującej w jego wnętrzu krwi.

— O czym teraz myślisz? — zapytała. — Czy teraz, kiedy świat stał się na chwilę słodki, twoje myśli nie straciły nieco ze swej głębi?

— Skąd wiesz o tym wszystkim?

Twarz Dorcas była pozbawiona mądrości zawartej w jej słowach. Mądrość ta zamknęła się w dwóch kryształowych kroplach, które pojawiły się w kącikach jej oczu.

Brzeg, na którym rosły kwiaty zemsty, nie był tak podmokły jak ten, który opuściliśmy. Było to dziwne uczucie, po długiej wędrówce po unoszącej się na powierzchni wody trawie i trwającej jakiś czas podróży wodą, postawić znowu stopę na ziemi, o której dałoby się najwyżej powiedzieć, że jest cokolwiek miękka. Wylądowaliśmy w pewnej odległości od roślin, na tyle jednak blisko, żeby przestały być rozmazaną jasną plamą, a zamieniły w pojedyncze okazy o wyraźnej barwie, kształcie i wielkości.

— One nie są stąd, prawda? — zapytałem. — Nie są z naszej Urth. — Nikt mi nie odpowiedział. Wyszeptałem to chyba zbyt cicho, żeby którekolwiek z nich (może oprócz Dorcas) usłyszało.

Miały w sobie sztywność i geometryczną precyzję z całą pewnością zrodzone pod jakimś innym słońcem. Kolor ich liści przypominał barwę grzbietu skarabeusza, ale z dodatkiem odcieni zarazem głębszych i bardziej przejrzystych, sugerując istnienie w jakiejś niewyobrażalnej dali światła, które mogłoby łatwo zniszczyć lub uszlachetnić każdy świat.

Kiedy podeszliśmy bliżej (na przedzie szła Agia, za nią ja, potem Dorcas, a na końcu Hildegrin), zobaczyłem, że każdy liść, sztywny i spiczasty, przypomina sztylet o ostrzu, którego jakość zadowoliłaby nawet samego mistrza Gurloesa. Wznoszące się wyżej półotwarte białe kwiaty, które widzieliśmy z drugiej strony jeziora, były niczym uosobienie czystego piękna, dziewicze fantazje strzeżone przez setki noży. Były bujne i rozłożyste, ich płatki zaś zwijały się w sposób, który mógłby robić wrażenie nieładu, gdyby nie to, że tworzyły skomplikowany wzór przyciągający uwagę niczym spirala namalowana na obracającym się kole.

— Zwyczaj nakazuje, żebyś sam zerwał kwiat — powiedziała Agia — ale pójdę z tobą i pokażę, jak masz to uczynić. Cały problem w tym, żeby chwycić łodygę poniżej dolnych liści i złamać ją przy samej ziemi.

Hildegrin chwycił ją za ramię.

— O nie, panienko, nic z tego. Idź sam, młody panie, bo to przecież twoja sprawa. Ja zaopiekuję się kobietami.

Byłem już kilka kroków z przodu, ale przystanąłem, kiedy do mnie mówił.

— Bądź ostrożny! — zawołała niemal w tej samej chwili Dorcas, więc mogło się wydawać, że to jej ostrzeżenie kazało mi się zatrzymać.

Prawda wyglądała jeszcze inaczej. Od chwili kiedy spotkaliśmy Hildegrina, byłem pewien, że już go kiedyś widziałem, chociaż szok rozpoznania, który w przypadku ponownego zetknięcia się z sieur Rachem przyszedł niemal od razu, tutaj kazał na siebie długo czekać. Wreszcie się zjawił, paraliżując mnie swoją zwielokrotnioną siłą.

Jak już powiedziałem, nigdy niczego nie zapominam, ale zdarza się nieraz, że przywołanie jakiegoś faktu, twarzy czy uczucia przychodzi mi z wielkim trudem. Przypuszczam, że w tym przypadku spowodowane to zostało tym, iż od chwili kiedy zobaczyłem go pochylającego się nade mną na trawiastej ścieżce, mogłem go cały czas dokładnie obserwować, podczas gdy poprzednio ledwie go widziałem. Dopiero gdy powiedział: „Ja zaopiekuję się kobietami", moja pamięć skojarzyła sobie wreszcie jego głos.

— Liście są zatrute! — zawołała Agia. — Owiń sobie płaszcz dokoła ramienia, ale najlepiej, żebyś ich nie dotykał. I uważaj: zawsze jesteś bliżej kwiatu zemsty, niż ci się wydaje.

Skinąłem głową na znak, że usłyszałem.

Nie wiem, czy tam, skąd pochodzi, kwiat zemsty również stanowi śmiertelne niebezpieczeństwo. Możliwe, że nie, i tylko przypadek sprawił, iż jest tak wielkim zagrożeniem dla naszego życia. Niezależnie jednak od tego, jak jest naprawdę, ziemia pomiędzy i pod kwiatami porośnięta była krótką, nadzwyczaj miękką trawą, zupełnie odmienną od tej, którą mogłem dostrzec dookoła. W trawie tej leżało mnóstwo martwych owadów i bielały kości ptaków.

Kiedy dzieliło mnie od nich nie więcej niż kilka kroków, zatrzymałem się ponownie, tknięty myślą, której nie poświęciłem wcześniej wystarczającej uwagi. Kwiat, który wybiorę, będzie stanowił moją broń podczas pojedynku; ja jednak, nie mając najmniejszego pojęcia o tym, w jaki sposób przyjdzie mi toczyć walkę, nie znałem kryteriów, według których powinienem go wybrać. Mogłem zawrócić i zapytać o to Agię, ale czułbym się głupio, wypytując o takie sprawy kobietę, więc ostatecznie postanowiłem zaufać własnemu rozsądkowi. Sądziłem zresztą, że gdyby zerwany przeze mnie kwiat okazał się zupełnie do niczego, będę mógł przyjść po następny.

Wysokość roślin wahała się od niecałej piędzi do trzech łokci. Starsze rośliny miały mniej liści, ale za to były większe; u młodych były one węższe i tak gęste, że zakrywały zupełnie łodygę, u starszych zaś znacznie szersze, nawet w stosunku do długości, i rozmieszczone w pewnych odstępach na mięsistej łodydze. Jeżeli (co wydawało się najbardziej prawdopodobne) Septentrion i ja mieliśmy użyć kwiatów jako czegoś w rodzaju maczug, to najlepszy byłby egzemplarz możliwie największy, o najgrubszych liściach. Te jednak rosły w głębi i dostać się do nich można było, jedynie łamiąc znaczną ilość mniejszych, co przy użyciu sposobu, który podsunęła mi Agia, było raczej niemożliwe, jako że ich liście wyrastały przy samej ziemi.

Wreszcie wybrałem jeden, o wysokości około dwóch łokci. Uklękłem przy nim i wyciągnąłem rękę w kierunku łodygi, kiedy nagle jakby ktoś usunął mi sprzed oczu gęstą zasłonę i zobaczyłem, że moja dłoń, która jeszcze przed chwilą wydawała się znajdować dobrych kilka piędzi od ostrego grotu najbliższego liścia, teraz niemal go dotyka. Cofnąłem ją pośpiesznie. Wyglądało na to, że kwiat jest poza moim zasięgiem — nie byłem pewien, czy nawet kładąc się jak długi na ziemi, zdołałbym dosięgnąć łodygi. Czułem wielką pokusę, żeby użyć miecza, ale wiedziałem, że okryłbym się hańbą zarówno w oczach Agii, jak i Dorcas, a poza tym i tak musiałbym sobie z nim poradzić w czasie walki.

Ponownie, tym razem znacznie ostrożniej, wysunąłem naprzód rękę, prowadząc ją cały czas po ziemi, i odkryłem, że choć rozpłaszczony na trawie, żeby uniknąć kontaktu z chwiejącymi się dookoła mnie liśćmi, mogę bez większych kłopotów sięgnąć do łodygi. Jedno ze smukłych ostrzy, znajdujące się jakieś pół łokcia od mojej twarzy, kołysało się w takt mojego oddechu.

W chwili kiedy łamałem łodygę (nie było to wcale łatwe zadanie), zrozumiałem, dlaczego pod kwiatami rosła tylko krótka trawa. Jeden z liści dotknął zbytnio wybujałego źdźbła i w tej samej chwili cała kępa trawy zaczęła żółknąć i usychać.

Jak powinienem był przewidzieć, zerwany kwiat okazał się nadzwyczaj kłopotliwą zdobyczą. Nie sposób było wejść z nim do łodzi, nie zabijając przy tym kogoś z nas, więc zanim ruszyliśmy w drogę powrotną, musiałem wdrapać się na pobliskie zbocze, ściąć młode drzewko i oczyścić je ze wszystkich gałązek. Następnie przywiązaliśmy kwiat do jego końca. Kiedy więc później szliśmy przez miasto, mogło się wydawać, że niosę jakiś groteskowy sztandar.

Agia wyjaśniła mi, na czym polega walka przy użyciu kwiatów zemsty. Czym prędzej zerwałem drugi egzemplarz (mimo jej protestów, a przy dużo większym ryzyku, bo byłem już zbytnio pewny siebie) i natychmiast zacząłem ćwiczyć.

Kwiat nie służył, jak wcześniej przypuszczałem, jedynie jako nabijana sztyletami maczuga. Jego liście dadzą się odrywać specjalnym ruchem kciuka i palca wskazującego, zamieniając się wówczas w pozbawione rękojeści, przeraźliwie ostre, gotowe do rzutu noże. Walczący trzyma kwiat w lewej ręce, prawą odrywając kolejne liście, poczynając od najniższych. Agia zwróciła mi uwagę, że kwiat musi cały czas pozostawać poza zasięgiem przeciwnika, może on bowiem chwycić za odsłoniętą część łodygi i wyrwać go z ręki.

Ćwicząc ten nowy sposób walki, przekonałem się wkrótce, że mój własny kwiat może okazać się dla mnie równie niebezpieczny, jak należący do Septentriona. Kiedy trzymałem go za blisko, ryzykowałem zetknięcie z długimi dolnymi liśćmi, a kiedykolwiek spojrzałem na niego, żeby oderwać jeden ze sztyletów, przykuwał moją uwagę pogmatwanym ułożeniem płatków, usiłując zwabić mnie obietnicą śmiertelnych rozkoszy. Wszystko to nie wyglądało zbyt zachęcająco, ale kiedy wreszcie nauczyłem się nie patrzeć w półotwarty kielich, zdałem sobie sprawę, że przecież mój przeciwnik będzie narażony na takie same niebezpieczeństwa.

Rzucanie liśćmi okazało się łatwiejsze, niż przypuszczałem. Ich powierzchnia była śliska, podobnie jak wielu roślin, które zaobserwowałem w Dżungli, dzięki czemu łatwo opuszczały dłoń, były zaś wystarczająco ciężkie, żeby celnie i daleko lecieć. Można było rzucać je ostrzem naprzód lub nadając im ruch obrotowy, żeby cięły swymi śmiercionośnymi krawędziami wszystko, co znajdzie się na drodze. Pilno mi było rzecz jasna zasypać Hildegrina pytaniami dotyczącymi Vodalusa, ale okazja nadarzyła się dopiero wtedy, kiedy już przeprawił nas na drugą stronę spokojnego jeziora. Wówczas Agia tak zajęła się zachęcaniem Dorcas, by ta odeszła, że zdołałem odciągnąć go na bok i szepnąć mu do ucha, że ja także jestem przyjacielem. Vodalusa.

— Chyba pomyliłeś mnie z kimś innym, mój młody panie. Czy mówisz o tym wyrzutku?

— Nigdy nie zapominam głosu — odparłem. — Nic nie zapominam. — A potem w rozgorączkowaniu dodałem coś, co było najgorszą rzeczą, jaką mogłem powiedzieć:

— Próbowałeś rozwalić mi głowę swoją łopatą.

Jego twarz momentalnie zamieniła się w pozbawioną wszelkiego wyrazu maskę. Wrócił pośpiesznie do łodzi i wypłynął na brązową wodę.

Kiedy opuściliśmy Ogrody Botaniczne, Dorcas ciągle była z nami. Agia usilnie starała się, żeby ją odstręczyć, ja zaś przez cały czas pozwalałem jej na to. Powodowała mną częściowo obawa, że w obecności dziewczyny nie namówię Agii, by mi się oddała, ale bardziej chyba niejasne przeczucie bólu i rozpaczy, jakiego doznałaby widząc, jak umieram. Jeszcze niedawno wylałem przed Agią smutek, jaki wywołała u mnie śmierć Thecli, teraz zaś jego miejsce zajęły nowe troski. Przekonałem się, że rzeczywiście go wylałem, jak to się czyni nieraz z kwaśnym winem. Mówiąc o bólu, udało mi się na jakiś czas go stłumić — tak potężny jest czar słów redukujący do przyswajalnych rozmiarów emocje, które w przeciwnym razie wpędziłyby nas w szaleństwo i unicestwiły.

Niezależnie od motywów kierujących postępowaniem moim, Dorcas i Agii wysiłki tej ostatniej spełzły na niczym. Wreszcie zagroziłem, że ją uderzę, jeśli natychmiast nie przestanie, i przywołałem Dorcas, która szła jakieś pięćdziesiąt kroków za nami.

Od tej pory podążaliśmy razem w milczeniu, przyciągając wiele ciekawskich spojrzeń. Byłem przemoczony do suchej nitki i przestałem już się troszczyć, czy mój płaszcz zakrywa czerń katowskich szat. Agia w swojej poszarpanej, obsypanej brokatem sukni musiała wyglądać równie dziwnie, Dorcas zaś ciągle była cała wymazana błotem, które wyschło w ciepłym wiosennym wietrze, wykruszając się z jej złotych włosów i pozostawiając pyliste brązowe smugi na jasnej skórze. Kwiat zemsty trzepotał nad nami niczym chorągiew, rozsiewając zapach mirrowych perfum. Półotwarty kielich wciąż bielił się niczym kość, ale liście w promieniach słońca wydawały się zupełnie czarne.

Rozdział XXV
Gospoda Straconych Uczuć

Jak do tej pory miałem szczęście — a może nieszczęście? — że wszystkie miejsca, z którymi moje życie było bardziej związane, miały z kilkoma zaledwie wyjątkami, niezwykle stały charakter. Gdybym tylko chciał, mógłbym jutro wrócić do Cytadeli na tę samą pryczę, na której sypiałem jako uczeń. Gyoll wciąż płynie przez Nessus, Ogrody Botaniczne nadal błyszczą w słońcu, pełne tajemniczych pomieszczeń, w których pojedyncze uczucie zostaje zachowane na wieczne czasy. Kiedy myślę o efemerydach mojego życia, najczęściej są to mężczyźni i kobiety, choć również kilka budynków, a wśród nich przede wszystkim gospoda usytuowana na skraju Okrutnego Pola.

Szliśmy całe popołudnie szerokimi ulicami i wąskimi zaułkami, wśród domów zbudowanych z kamienia i cegły. Wreszcie dotarliśmy do parceli, które właściwie nimi nie były, nie stały bowiem na nich żadne domy. Pamiętam, że ostrzegłem Agię przed zbliżającą się burzą — czułem, jak powietrze robi się coraz cięższe, i widziałem czarną smugę ciągnącą się nad horyzontem. Agia roześmiała się głośno.

— Ależ to tylko Mury Miasta. Hamują ruch powietrza i to wszystko.

— Tamto czarne pasmo? Przecież ono sięga połowy nieba!

Agia roześmiała się ponownie, lecz Dorcas przycisnęła się do mnie całym ciałem.

— Boję się, Severianie.

Usłyszała to Agia.

— Boisz się Muru? Nie zrobi ci krzywdy, chyba żeby się na ciebie zwalił, ale stoi już od kilkunastu stuleci. Przynajmniej na tyle wygląda, a może być jeszcze starszy — odpowiedziała na moje pytające spojrzenie. — Kto to wie?

— Czy otaczają całe miasto?

— Na tym polega ich rola. Miastem jest to, co znajduje się wewnątrz, chociaż słyszałam, że na północy są też puste pola, a na południu morze ruin, w których nikt nie mieszka. Spójrz tam, między te topole — widzisz gospodę?

Zgodnie z prawdą odpowiedziałem, że nie widzę.

— Pod samymi drzewami. Obiecałeś mi poczęstunek i tam właśnie chcę go zjeść. Zdążymy jeszcze przed twoim spotkaniem z Septentrionem.

— Nie, nie teraz — odparłem. — Z przyjemnością zjem z tobą kolację, ale po pojedynku. Już teraz wszystko zamówię, jeśli sobie życzysz.

Ciągle nie mogłem dojrzeć żadnej budowli, lecz zobaczyłem coś dziwnego: schody pnące się w górę wokół pnia jednego z drzew.

— Zrób to. Jeśli zginiesz, zaproszę Septentriona, a jeśli nie przyjmie zaproszenia, to tego żeglarza, który ciągle chce się ze mną umówić. Będziemy pić za ciebie.

W gałęziach drzewa zapłonęło światło i zobaczyłem, że do schodów prowadzi wydeptana ścieżka, a nad nimi wisi malowany szyld przedstawiający szlochającą kobietę ciągnącą zakrwawiony miecz. Z cienia wyszedł potwornie otyły mężczyzna w fartuchu; czekał na nas, zacierając ogromne dłonie. Dobiegł mnie stłumiony brzęk naczyń.

— Jestem Abban, do waszych usług — powiedział tłuścioch, kiedy znaleźliśmy się przy nim. — Jakie macie życzenia? — Zauważyłem, że cały czas nerwowo zerka na mój kwiat.

— Chcieliśmy zamówić kolację dla dwóch osób, powiedzmy na... — spojrzałem pytająco na Agię.

— Na początek następnej wachty.

— Znakomicie. Ale to za wcześnie, sieur. Przygotowanie zabierze nam więcej czasu. Chyba że zadowolicie się zimnymi mięsami, sałatką i butelką wina?

— Chcemy młodą pieczoną kurę — odparła ze zniecierpliwieniem w głosie Agia.

— Jeśli tak, to każę kucharzowi, żeby zaczął już wszystko przygotowywać. A po zwycięskim pojedynku,

236

jeżeli kura nie będzie jeszcze gotowa, znajdziecie na stole różne przysmaki dla zabicia czasu.

Agia skinęła głową. Spoglądali na siebie jak ludzie, którzy widzą się nie po raz pierwszy.

— Tymczasem jeśli macie dość czasu — ciągnął dalej właściciel — mógłbym dostarczyć naczynie z ciepłą wodą i gąbką dla tej młodej damy, a dla wszystkich po szklaneczce medoca i garści ciasteczek.

Zdałem sobie nagle sprawę z tego, że moim ostatnim posiłkiem było śniadanie zjedzone w towarzystwie Baldandersa i doktora Talosa oraz że Dorcas i Agia prawdopodobnie nie jadły nic przez cały dzień. Skinąłem głową, a właściciel poprowadził nas w górę szerokimi, wykonanymi z surowego drewna schodami. Pień, wokół którego się wspinały, miał równe dziesięć kroków w obwodzie.

— Czy byłeś już kiedyś u nas, sieur?

Potrząsnąłem głową.

— Miałem cię właśnie zapytać, co to za gospoda. Nigdy nic takiego nie widziałem.

— I nigdzie nie zobaczysz, sieur, tylko tutaj. Powinieneś był odwiedzić nas wcześniej. Mamy znakomitą kuchnię, a posiłek na otwartym powietrzu smakuje najlepiej.

Pomyślałem, że tak musi być w istocie, skoro udało mu się utrzymać tuszę mimo ciągłego biegania po schodach, ale zatrzymałem tę uwagę dla siebie.

— Jak wiesz, panie, prawo zabrania wznoszenia jakichkolwiek budynków w bezpośrednim sąsiedztwie muru, nam jednak to nie przeszkadza, bo nie mamy przecież ani ścian, ani dachu. Naszymi gośćmi są wszyscy, którzy odwiedzają Okrutne Pole: słynni wojownicy i bohaterowie, publiczność, lekarze, a nawet eforowie. Oto wasza komnata.

Była to okrągła, doskonale równa platforma. Otaczające ją ze wszystkich stron bladozielone liście tłumiły wszelkie odgłosy i zasłaniały przed spojrzeniami. Agia usiadła na płóciennym krześle, ja zaś (muszę przyznać, że byłem bardzo zmęczony) opadłem obok Dorcas na wykonaną ze skóry i bawolich rogów otomanę. Położyłem na podłodze kwiat, a następnie wyjąłem Terminus Est i zacząłem wycierać ostrze. Pomywacz przyniósł wodę, gąbkę oraz kiedy zobaczył, co robię, kilka starych szmat i trochę oliwy, dzięki czemu mogłem zabrać się za poważne czyszczenie.

— Nie umyjesz się? — zapytała Agia.

— Chciałabym, ale nie przy was — odrzekła Dorcas.

— Severian z pewnością odwróci głowę, jeśli go o to poprosisz. Robił to już dzisiaj rano i nawet nieźle mu wychodziło.

— Ty też, pani — powiedziała cicho Dorcas. — Jeżeli to możliwe, wolałabym zrobić to na osobności.

Agia tylko się uśmiechnęła, ale ja wezwałem pomywacza i dałem mu orichalka, żeby przyniósł składany parawan. Kiedy go ustawił, zaproponowałem Dorcas, że kupię jej jakąś suknię.

— Nie — odpowiedziała.

Zapytałem szeptem Agię, o co może jej chodzić.

— Widocznie jest zadowolona z tego, co ma. Ja muszę cały czas uważać, żeby nie najeść się wstydu na całe życie. — Mówiąc to opuściła rękę, którą przytrzymywała swoją rozdartą suknię: rozproszone promienie zachodzącego słońca padły na jej wysokie piersi. — Te jej łachy nie zakrywają ani nóg, ani biustu, a w dodatku mają jeszcze rozdarcie na brzuchu, chociaż jak mi się wydaje, uszło to twojej uwagi.

Przerwał nam właściciel, wprowadzając kelnera niosącego tacę z ciastkami, butelką i kieliszkami. Napomknąłem, że moje ubranie jest zupełnie mokre, a on kazał przynieść żelazny kosz z żarzącym się koksem i sam stanął przy nim, jakby znajdował się w swoim prywatnym mieszkaniu.

— O, to bardzo przyjemne, szczególnie o tej porze roku — powiedział. — Słońce jest już martwe, chociaż nie zdaje sobie z tego sprawy, ale wystarczy, że my wiemy. Jeżeli zginiesz, ominie cię następna zima, a jeśli zostaniesz ciężko ranny, nie będziesz mógł wychodzić na dwór. Zawsze im to powtarzam. Rzecz jasna większość pojedynków odbywa się w środku lata, więc wtedy nabiera to głębszego sensu, że tak powiem. Nie wiem, czy przynosi ulgę, ale w każdym razie na pewno nie czyni nikomu krzywdy.

Ściągnąłem zarówno brązowy płaszcz, jak i mój fuligin, postawiłem buty na stołku, a sam zająłem miejsce obok oberżysty, żeby wysuszyć koszulę i spodnie. Zapytałem go, czy wszyscy, którzy udają się tędy na pojedynek, przychodzą najpierw do niego, żeby się posilić. Jak każdy człowiek, który spodziewa się rychłej śmierci, czułbym się znacznie lepiej, wiedząc, że biorę udział w uświęconym tradycją rytuale.

— Wszyscy? Och, nie — odparł. — Niech umiarkowanie i święty Amand obdarzą cię swymi łaskami, panie. Gdyby ci wszyscy odwiedzali moją gospodę, to już dawno nie byłaby ona moją gospodą. Sprzedałbym ją i żył wygodnie w wielkim kamiennym domu, którego drzwi pilnowaliby groźni strażnicy, a koło mnie zawsze kręciłoby się kilku młodych ludzi z dużymi nożami na wypadek, gdyby zechcieli mnie odwiedzić nieprzyjaciele. Niestety wielu przechodzi, nie rzuciwszy choćby jednego spojrzenia. Nie przyjdzie im na myśl, że być może jest to ostatnia okazja, żeby wypić łyk dobrego wina.

— Jeśli już o tym mówimy — wtrąciła Agia, podając mi kieliszek wypełniony aż po krawędź ciemnoszkarłatnym płynem. Nie było to zbyt dobre wino, szczypało w język, dodatkowo zaś jego smak, jeśli go w ogóle miało, zepsuty był wyraźnie wyczuwalnym śladem cierpkości. Jednak komuś kto był tak zmęczony i zmarznięty jak ja, smakowało. Agia również trzymała pełen kieliszek, ale po jej zarumienionych policzkach i błyszczących oczach poznałem, że wcześniej opróżniła już co najmniej jeden. Przypomniałem jej, żeby zostawiła trochę dla Dorcas.

— Dla tej uznającej tylko mleko i wodę dziewicy? Nie wypije go, a poza tym to tobie jest potrzebna odwaga, nie jej.

Niezbyt szczerze odparłem, że wcale się nie boję.

— O to właśnie chodzi! — wykrzyknął gospodarz. — Nie dać się zastraszyć i nie zaprzątać sobie głowy myślami o śmierci, ostatnich dniach i tak dalej. Zapewniam cię, że ci, którzy ulegają lękom, już nigdy tutaj nie wracają. Ale zdaje się, że miałeś zamiar zamówić posiłek dla siebie i tych dwóch młodych dam?

— Już go zamówiliśmy — odparłem.

— Zamówiliście, ale nie zadatkowaliście. Do tego jeszcze wino i te *gateaux secs*. Za to trzeba zapłacić tutaj i teraz, bo przecież tutaj i teraz są jedzone, czyż nie? Co do kolacji, to potrzebny będzie zadatek w wysokości trzech orichalków, plus dwa, kiedy przyjdziecie ją zjeść.

— A jeżeli ja nie przyjdę?

— Wtedy nie będzie żadnej dopłaty, sieur. Właśnie dzięki temu mogę utrzymać takie niskie ceny.

Jego całkowity brak wrażliwości rozbroił mnie. Dałem mu pieniądze i wreszcie sobie poszedł. Agia zaglądała ukradkiem za parawan, gdzie Dorcas myła się przy pomocy jednej ze służebnych, ja zaś ponownie zająłem miejsce na otomanie i zacząłem jeść ciastka, popijając je resztkami wina.

— Gdyby udało się jakoś spiąć te dwie części i może podeprzeć je krzesłem, mielibyśmy kilka chwil tylko dla siebie, Severianie. Chociaż i tak tamte dwie wybrałyby pewnie najmniej odpowiedni moment, żeby zacząć się z tym szarpać i wszystko poprzewracać.

Miałem już udzielić jakiejś żartobliwej odpowiedzi, kiedy dostrzegłem złożony wielokrotnie kawałek papieru wciśnięty pod przyniesioną przez kelnera tacę w taki sposób, że można go było zobaczyć jedynie z tego miejsca, które właśnie zajmowałem.

— Tego już za wiele — powiedziałem. — Najpierw wyzwanie, a teraz jeszcze jakiś tajemniczy list.

— O czym mówisz? — Agia zbliżyła się do mnie. — Jesteś już pijany?

Położyłem dłoń na jej krągłym biodrze, a kiedy nie zaprotestowała, użyłem tego przyjemnego w dotyku uchwytu, żeby przyciągnąć ją bliżej, tak by i ona mogła dostrzec zwitek papieru.

— Jak myślisz, co tam może być napisane? „Wspólnota cię wzywa, pędź natychmiast...", „Twoim przyjacielem jest człowiek, który wypowie...", „Strzeż się mężczyzny o pomarańczowych włosach".

Agia podchwyciła mój żartobliwy ton.

— „Wyjrzyj, gdy trzy razy kamień zastuka w szybę...", „Liść", powinnam chyba powiedzieć, „Róża zraniła hiacynt, którego nektar da ci...", „Poznasz prawdziwą miłość po jej czerwonym woalu".

Nachyliła się, żeby mnie pocałować, a potem usiadła mi na kolanach.

— Nie zajrzysz?

— Właśnie zaglądam. — Jej rozdarta suknia znowu szeroko się rozchyliła.

— Nie tam. Zakryj to dłonią i zainteresuj się listem.

Wykonałem tylko pierwszą część jej polecenia.

— To naprawdę już zbyt wiele dla mnie. Najpierw wyzwanie tajemniczego Septentriona, potem Hildegrin, teraz to. Wspominałem ci o kasztelance Thecli?

— I to nie raz.

— Kochałem ją. Ona bardzo wiele czytała (cóż mogła innego robić, kiedy zostawiałem ją samą, jak tylko czytać, wyszywać i spać?), a kiedy byliśmy razem, śmialiśmy się często z niektórych historii. Ich bohaterom zdarzały się bezustannie właśnie takie rzeczy, w wyniku czego wiecznie byli uwikłani w wielce melodramatyczne sytuacje, do których rozwiązywania nie mieli żadnych kwalifikacji.

Agia roześmiała się wraz ze mną i ponownie mnie pocałowała, tym razem znacznie dłużej.

— A co takiego uderzyło cię w Hildegrinie? — zapytała, kiedy nasze wargi się rozłączyły. — Wydawał się zupełnie zwyczajny.

Wziąłem z tacy ciastko, niechcący dotykając po drodze listu, i włożyłem je do jej ust.

— Jakiś czas temu ocaliłem życie człowiekowi o imieniu Vodalus...

— Vodalus? — Agia odepchnęła mnie, wypluwając kilka okruszków. — Chyba żartujesz?

— Wcale nie. Tak właśnie nazywał go jego przyjaciel. Byłem wtedy jeszcze chłopcem, ale udało mi się na moment powstrzymać opadający topór, którego uderzenie z pewnością by go zabiło. Dał mi za to chrisos.

— Ale co to ma wspólnego z Hildegrinem?

— Kiedy po raz pierwszy zobaczyłem Vodalusa, byli z nim mężczyzna i kobieta. W chwili gdy zaatakowali ich nieprzyjaciele, Vodalus został, żeby walczyć, natomiast ten drugi uciekł z kobietą, żeby odprowadzić ją w bezpieczne miejsce. — Uznałem, że rozsądniej będzie nie wspominać nic o zwłokach ani o zabiciu przeze mnie człowieka z toporem.

— Ja bym została. Dzięki temu byłoby was troje, a nie jeden. Mów dalej.

— Tym towarzyszącym Vodalusowi mężczyzną był Hildegrin, to wszystko. Gdybyśmy to jego najpierw spotkali, wtedy wiedziałbym, a przynajmniej wydawałoby mi się, że wiem, dlaczego hipparcha z Gwardii Septentriońskiej chce ze mną walczyć, a także czemu ktoś uznał za stosowne przesłać mi jakąś tajemną wiadomość. Sama widzisz, że wszystko to są rzeczy, z których wyśmiewaliśmy się z kasztelanką Theclą; szpiedzy, intrygi, ukradkowe schadzki, prześladowani dziedzice. Co się stało, Agio?

— Czy budzę w tobie odrazę? Czy jestem aż tak brzydka?

— Jesteś piękna, ale sprawiasz wrażenie, jakby miało ci coś zaszkodzić. Chyba zbyt szybko wypiłaś to wino.

— Popatrz. — Szybki ruch ciała uwolnił ją z sukni, która opadła na podłogę, układając się wokół jej brązowych zakurzonych stóp niczym stos drogocennych kamieni. Widziałem ją już nagą w katedrze Peleryn, ale teraz (może z powodu wina, które wypiłem, lub tego, które ona wypiła, może dlatego, że światło było teraz jaśniejsze, a może dlatego, że bardziej przyćmione, lub może po prostu dlatego, że wtedy, przestraszona i zawstydzona, zakrywała piersi i starała się ukryć swoją kobiecość) pociągała mnie znacznie bardziej. Kompletnie oszołomiony pożądaniem, nie będąc w stanie o niczym myśleć i nic powiedzieć, przyciągnąłem do siebie jej promieniujące ciepłem ciało.

— Zaczekaj, Severianie. Nie jestem ulicznicą, cokolwiek o mnie myślisz, ale musisz za to zapłacić.

— Co takiego?

— Musisz mi obiecać, że nie przeczytasz tego listu. Wyrzuć go do ognia.

Puściłem ją i cofnąłem się o krok.

W jej oczach pojawiły się łzy, niczym wypływające spomiędzy skał strumienie.

— Szkoda, że nie widzisz, jak na mnie teraz patrzysz, Severianie. Nie, nie wiem, co tam jest napisane. To tylko... Nie słyszałeś nigdy o kobiecych przeczuciach? O odgadywaniu rzeczy nieznanych?

Pożądanie, które przed chwilą odczuwałem, zniknęło niemal bez śladu. Bałem się, czując jednocześnie ogarniający mnie gniew, choć nie znałem przyczyn żadnego z tych uczuć.

— W Cytadeli jest konfraternia takich kobiet. Są naszymi siostrami. Ani ich twarze, ani ciała nie są podobne do twojego.

— Wiem, że ja do nich nie należę. Ale właśnie dlatego musisz mnie posłuchać. Nigdy w życiu nie miałam jeszcze przeczucia o takiej sile. Nie rozumiesz, że musi to oznaczać coś tak prawdziwego i ważnego, że nie wolno ci tego zlekceważyć? Spal ten list.

— Ktoś próbuje mnie ostrzec, a ty nie chcesz, żebym przeczytał ostrzeżenie. Zapytałem cię, czy Septentrion był twoim kochankiem. Powiedziałaś, że nie, a ja ci uwierzyłem.

Otworzyła usta, lecz nie dałem jej dojść do głosu.

— Nadal ci wierzę. W twoim głosie nie ma fałszu, a mimo to wiem, że chcesz mnie w jakiś sposób zdradzić. Powiedz mi, że tak nie jest. Powiedz mi, że chodzi ci wyłącznie o moje dobro.

— Severianie...
— Powiedz!
— Severianie, spotkaliśmy się zaledwie dziś rano. Nie znam cię i ty też mnie prawie nie znasz. Czego oczekujesz teraz, a czego byś oczekiwał, gdybyś nie opuścił konfraterni? Od czasu do czasu próbuję ci pomóc. Tak jest i tym razem.
— Włóż suknię.
Wyjąłem list spod tacy. Rzuciła się na mnie, ale bez trudu udało mi się zatrzymać ją jedną ręką. List został napisany wronim piórem. W półmroku mogłem odczytać zaledwie kilka słów.
— Mogłam cię zająć i niepostrzeżenie wrzucić go do ognia. Powinnam była tak zrobić. Puść mnie...
— Bądź cicho.
— Jeszcze w ubiegłym tygodniu miałam nóż, piękną mizerykordię o hebanowej rękojeści. Byliśmy głodni, więc Agilus musiał oddać ją w zastaw. Gdyby nie to, użyłabym jej teraz!
— Nóż byłby w twojej sukni, a twoja suknia leży teraz tam, na podłodze. — Pchnąłem ją tak, że zatoczyła się do tyłu (działało jeszcze wino, które wypiła), prosto na płócienne krzesło, a sam przeszedłem z listem na miejsce, gdzie ostatnie promienie zachodzącego słońca przedostawały się przez zasłonę z liści.

Kobieta, która jest z tobą,
już tutaj była. Nie ufaj jej. Trudo
mówi, że ten człowiek to kat.
Jesteś moją matką, która znowu do
mnie przyszła.

Rozdział XXVI

Dźwięk trąby

Ledwo zdążyłem przeczytać te słowa, kiedy Agia zerwała się z krzesła, wyrwała mi list z dłoni i wyrzuciła go poza krawędź platformy. Przez moment stała przede mną, spoglądając to na mnie, to na Terminus Est, który leżał wyjęty z pochwy, na otomanie. Być może lękała się, że zetnę jej głowę i wyrzucę w ślad za listem.

— Przeczytałeś go? — zapytała, kiedy nie wykonałem żadnego ruchu. — Severianie, powiedz, że nie!

— Przeczytałem, ale go nie rozumiem.

— Więc nic myśl już o nim.

— Uspokój się choć na chwilę. On nawet nie był do mnie skierowany. Może do ciebie, ale w takim razie dlaczego położono go tam, gdzie tylko ja mogłem go znaleźć? Agia, czy miałaś kiedyś dziecko? Ile masz lat?

— Dwadzieścia trzy. To dużo, ale nie, nie urodziłam jeszcze dziecka. Obejrzyj mój brzuch, jeśli mi nie wierzysz.

Zacząłem liczyć w pamięci, lecz wkrótce przekonałem się, że za mało wiem o dojrzewaniu kobiet.

— Kiedy miałaś pierwszą menstruację?

— Jak miałam trzynaście lat. Gdybym od razu zaszła w ciążę, dziecko urodziłoby się wtedy, kiedy miałam czternaście. Czy to właśnie próbujesz wyliczyć?

— Tak. A teraz miałoby dziewięć lat. Gdyby było zdolne, dałoby sobie radę z napisaniem takiego listu. Czy chcesz wiedzieć, co on zawierał?

— Nie!

— Ile lat według ciebie może mieć Dorcas? Osiemnaście? Dziewiętnaście?

— Nie powinieneś o tym myśleć, Severianie. Niezależnie od tego, co to było.

— Nie jestem w nastroju do zabawy. Jesteś kobietą, mów.

Agia zacisnęła swoje pełne wargi.

— Wątpię, żeby twoja tajemnicza łachmaniarka miała więcej jak szesnaście albo osiemnaście. To jeszcze prawie dziecko.

Przypuszczam, że każdemu zdarzyło się zaobserwować, jak rozmowa o nieobecnych chwilowo osobach przywołuje je niczym duchy Podobnie stało się i tym razem. Parawan rozsunął się i pojawiła się Dorcas — już nie zabłocone stworzenie, do którego zdążyłem się przyzwyczaić, lecz smukła, nadzwyczaj zgrabna dziewczyna o krągłych piersiach. Widywałem już skórę jaśniejszą od jej, ale wtedy nie była to zdrowa bladość, w przeciwieństwie do tej, którą ona zdawała się emanować. Jej włosy miały barwę jasnego złota, a oczy były takie same jak przedtem: ciemnobłękitne niby wody rzeki — świata mojego snu. Kiedy zobaczyła, że Agia jest zupełnie naga, chciała cofnąć się za zasłonę, ale drogę odwrotu odcięło jej grube ciało służebnej.

— Chyba włożę moje szmaty, bo twoje zwierzątko gotowe jeszcze zemdleć — powiedziała Agia.

— Nie będę patrzeć — wyszeptała Dorcas.

— Nie obchodzi mnie to — odparła Agia, ale zauważyłem, że wkładając suknię, odwróciła się do nas plecami. — Musimy już iść, Severianie — oznajmiła do zielonej ściany liści. — Lada moment rozlegnie się sygnał trąby.

— A co on oznacza?

— Nie wiesz? — Odwróciła się twarzą do nas. — Kiedy słońce zajrzy w otwory strzelnicze Muru, na Okrutnym Polu rozlega się pierwszy sygnał. Niektórzy myślą, że ma on na celu wyłącznie określenie pory rozpoczęcia pojedynków, ale w rzeczywistości jest to również znak dla strażników, że pora zamykać miejskie bramy. Kiedy słońce zniknie za horyzontem i nastanie prawdziwa noc, hejnalista zatrąbi po raz drugi, co oznacza, że od tej pory bramy pozostaną zamknięte nawet dla tych, którzy mają specjalne przepustki, i że wszyscy, którzy mimo otrzymanego wezwania nie stawili się do walki, tym samym z niej rezygnują. Mogą zostać w każdej chwili zabici, ich przeciwnicy zaś, jeśli są szlachcicami lub arystokratami, mogą bez uszczerbku na honorze wynająć płatnych morderców.

Służąca, która słuchała tego, stojąc przy schodach i kiwając potwierdzająco głową, odsunęła się, żeby przepuścić swego chlebodawcę.

— Jeżeli rzeczywiście czeka cię śmiertelna rozprawa, panie... — zaczął.

— Już mi to powiedziała moja przyjaciółka — przerwałem mu. — Musimy iść.

Dorcas zapytała, czy mogłaby napić się trochę wina. Zdziwiło mnie to, ale skinąłem głową, gospodarz zaś nalał jej pełen kieliszek, który wzięła w obie dłonie jak dziecko. Spytałem go, czy znajdą się u niego jakieś przybory do pisania.

— Chcesz sporządzić testament, sieur? Chodź ze mną. Mamy miejsce przeznaczone tylko do tego celu. Nie pobieramy za to żadnej opłaty, a jeśli chcesz, mogę wysłać chłopca, żeby zaniósł papiery do twojego egzekutora.

Wziąłem Terminus Est i poszedłem za nim, pozostawiając kwiat zemsty pod opieką Agii i Dorcas. Miejsce, o którym mówił gospodarz, okazało się umocowaną do gałęzi platformą tak małą, że z trudem zmieściło się na niej biurko i krzesło, ale było tam kilka piór, kartki papieru, a także kałamarz. Usiadłem i zapisałem zapamiętane przeze mnie słowa listu. O ile mogłem się zorientować, zarówno papier, jak i atrament były takie same. Osuszywszy atrament, zwinąłem kartkę i schowałem ją do rzadko używanej przegródki w sakiewce, po czym powiedziałem oberżyście, że nie będę potrzebował posłańca, a następnie zapytałem go, czy zna kogoś o imieniu Trudo.

— Trudo, sieur? — powtórzył ze zdumieniem.

— Tak, to dosyć popularne imię.

— W samej rzeczy, sieur. Wiem o tym. Staram się tylko przypomnieć sobie kogoś, kogo bym znał, a kto jednocześnie byłby, że tak powiem, zbliżony do ciebie pozycją, na przykład jakiegoś szlachcica lub...

— Kogokolwiek — przerwałem mu. — Chodzi mi o kogokolwiek. Na przykład czy nie tak właśnie nazywa się kelner, który nas obsługiwał?

— Nie, panie. On ma na imię Ouen. Miałem kiedyś sąsiada o imieniu Trudo, ale to było wiele lat temu, jeszcze zanim zacząłem prowadzić ten interes. Nie sądzę, żeby o niego ci chodziło. Jest jeszcze mój stajenny, on też nazywa się Trudo.

— Chciałbym z nim porozmawiać.

Gospodarz skinął głową, chowając na chwilę brodę w otaczających jego kark zwałach tłuszczu.

— Jak sobie życzysz, sieur. Tylko że nie sądzę, byś mógł się od niego zbyt wiele dowiedzieć. — Stopnie zatrzeszczały pod jego ciężarem. — Ostrzegam cię, że pochodzi z południa. — (Miał na myśli południową część miasta, nie dzikie bezleśne tereny graniczące z krainą lodów). — W dodatku z drugiej strony rzeki. Chyba nie wyciągniesz z niego nic sensownego, chociaż to bardzo pracowity chłopak.

— Chyba wiem, o jakiej części miasta mówisz — odparłem.

— Naprawdę? O, to bardzo interesujące, sieur. Bardzo interesujące. Spotkałem już paru takich, którzy twierdzili, że potrafią to rozpoznać po sposobie ubierania się i mówienia, ale nie myślałem, że ty też do nich należysz. — Byliśmy już prawie na ziemi. — Trudo! — ryknął. — Truuudo!

Nikt się nie pojawił. U podnóża schodów leżał płaski głaz o rozmiarach dużego stołu. Weszliśmy na niego.

Była to dokładnie ta chwila, w której wydłużające się cienie przestają być cieniami, zamieniając się w kałuże czerni, jakby z ziemi sączyła się jakaś ciecz ciemniejsza jeszcze od tej, która wypełniała Ptasie Jezioro. Setki ludzi, niektórzy pojedynczo, a niektórzy w małych grupkach, śpieszyły od strony miasta. Wszyscy wydawali się bardzo przejęci, uginając się pod ciężarem niesionej na barkach gorliwości. Większość nie miała żadnej broni, ale dostrzegłem też kilka rapierów, a w oddali błysnął mi również biały kielich kwiatu zemsty niesionego, zdaje się, na identycznej jak moja tyce.

— Szkoda, że tutaj nie zaglądają — powiedział oberżysta. — Oczywiście niektórzy z nich wstąpią tu w drodze powrotnej, ale to już nie to samo. Najwięcej zarabia się na obiadach przed, jeśli rozumiesz, co mam na myśli. Mówię z tobą szczerze, panie, bo choć jesteś młody, to widzę, iż doskonale rozumiesz, że każdy interes prowadzi się po to, by ciągnąć z niego zyski. Staram się utrzymywać rozsądne ceny, a poza tym jak już powiedziałem, słyniemy z naszej kuchni. Trudo! Moja w tym głowa, bo ja sam uznaję tylko smaczne potrawy; gdybym miał jeść to co wszyscy, z pewnością umarłbym z głodu. Trudo, ty zawszony wieśniaku, gdzie jesteś?!

Zza drzewa, ocierając rękawem nos, wyszedł mały brudny chłopiec.

— Nie ma go tutaj, panie.

— Więc gdzie jest? Idź i go poszukaj.

Cały czas przyglądałem się defilującym przed nami tłumom.

— I wszyscy oni idą na Okrutne Pole? — zapytałem, dopiero teraz zdając sobie sprawę, że wedle wszelkiego prawdopodobieństwa miałem być martwy jeszcze przed wschodem księżyca. Nagle cała ta historia z listem wydała mi się dziecinna i bezsensowna.

— Tak, ale nie wszyscy po to, żeby walczyć. Większość to gapie, z których część jest tu po raz pierwszy, dlatego tylko, że ma się pojedynkować ktoś, kogo znają, lub dlatego że właśnie o tym usłyszeli lub przeczytali. Najczęściej to później odchorowują, wstępują tu bowiem w drodze powrotnej i wychylają niejedną butelkę.

Są też jednak tacy, którzy przychodzą co wieczór, a przynajmniej cztery lub pięć razy w tygodniu. To specjaliści, najczęściej w zakresie jednego lub dwóch rodzajów broni. Twierdzą, że wiedzą o niej więcej od tych, którzy się nią posługują, i czasem nawet mają rację. Po twoim zwycięskim pojedynku, sieur, dwóch lub trzech będzie chciało postawić ci kolejkę. Jeśli się zgodzisz, powiedzą ci, na czym polegały twoje błędy, a jakie z kolei popełnił twój przeciwnik, ale przekonasz się, że w każdej sprawie będą mieli przeciwne zdania.

— Nasza kolacja ma mieć ściśle prywatny charakter — odparłem i odwróciłem się, ze schodów dobiegł mnie bowiem odgłos stąpających bosych stóp. Pojawiły się Agia i Dorcas. Agia niosła mój kwiat, który w bladym świetle wydawał się jakby nieco większy niż do tej pory.

Wyznałem już, jak bardzo jej pożądałem. W kontaktach z kobietami zachowujemy się zwykle tak, jakby miłość i pożądanie stanowiły dwa całkowicie odrębne zjawiska, kobiety zaś, które czasem nas kochają, a często pożądają, starają się podtrzymywać to złudzenie. Prawda wygląda tak, że uczucia te stanowią dwa aspekty jednego zjawiska, podobnie jak pień drzewa, na którym mieściła się gospoda, miał swoją północną i południową stronę. Jeśli pragniemy kobiety, wkrótce zaczynamy ją kochać za to, że nam się oddaje (to właśnie stanowiło podstawę mej miłości do Thecli), a ponieważ każda z nich prędzej czy później nam się oddaje, jeśli nawet nie fizycznie, to przynajmniej psychicznie, element miłości jest ciągle obecny. Z drugiej strony jeśli ją kochamy, wkrótce zaczynamy jej również pożądać, jako że atrakcyjność jest jedną z tych cech, które musi mieć każda kobieta, a już na pewno ta, która została naszą wybranką. Dzięki temu właśnie mężczyźni pożądają kobiet, których nogi dotknięte są paraliżem, a kobiety tych mężczyzn, którzy są impotentami — z wyjątkiem chwil, gdy stykają się z podobnymi do nich mężczyznami.

Nikt jednak nie jest w stanie powiedzieć, skąd biorą się zarówno miłość, jak i pożądanie. Kiedy Agia schodziła po schodach, połowa jej twarzy była oświetlona ginącym blaskiem dnia, połowa zaś skryta w cieniu, a w sięgającym niemal do pasa rozdarciu sukni można było dostrzec błysk białego ciała. Wszystko to, co czułem do niej, a co wydawało się bezpowrotnie ginąć, gdy kilka chwil temu odepchnąłem ją od siebie, powróciło ze zdwojoną mocą. Wiem, że wyczytała to z mojej twarzy, podobnie jak Dorcas, która szybko odwróciła wzrok. Agia jednak wciąż była na mnie zagniewana (możliwe zresztą, że miała ku temu powody), więc uśmiechała się jedynie na tyle, na ile nakazywały to względy uprzejmości, nie starając się zbytnio ukryć dokuczającego jej bólu.

Sądzę, że na tym właśnie polega różnica między tymi kobietami, którym (chcąc pozostać mężczyzną) musimy ofiarować nasze życie, a tymi, które musimy (przy tym samym założeniu) w miarę możliwości przechytrzyć, pokonać i wykorzystać tak, jak nigdy nie ośmielilibyśmy się wykorzystać bezrozumnego zwierzęcia. Te drugie nigdy nie pozwolą nam zaofiarować sobie tego, co dajemy tym pierwszym. Agia cieszyła się z okazywanego jej uwielbienia i pod wpływem moich pieszczot z całą pewnością osiągnęłaby ekstazę, ale nawet gdybym miał ją sto razy, rozstalibyśmy się jako dwoje zupełnie obcych ludzi. Zrozumiałem to wszystko w czasie, jakiego potrzebowała na przejście ostatnich kilku stopni, jedną dłonią podtrzymując rozdartą suknię, a w drugiej niosąc tykę z przymocowanym do niej kwiatem. Lecz ciągle ją kochałem, czy raczej kochałbym, gdybym mógł.

Pojawił się zadyszany chłopiec.

— Kucharka mówi, że Trudo odszedł. Wyszła, żeby nabrać wody, i widziała go, jak uciekał. Zabrał swoje rzeczy.

— A więc zniknął na dobre — mruknął gospodarz. — Kiedy to było? Przed chwilą?

Chłopiec skinął głową.

— Pewnie dowiedział się, że go szukasz, panie. Ktoś ze służby musiał mu o tym powiedzieć. Czy coś ci ukradł?

— Nie, nie zrobił mi nic złego. Przypuszczam, że nawet na swój sposób starał się okazać pomocny. Przykro mi, że z mojego powodu straciłeś służącego.

Oberżysta rozłożył ręce.

— Miałem mu dopiero zapłacić, więc nic na tym nie tracę.

— A mnie jest przykro, że przeszkodziłam ci tam, na górze — szepnęła mi do ucha Dorcas. — Nie chciałam pozbawić cię przyjemności. Kocham cię, Severianie.

Gdzieś niedaleko od nas srebrzysty dźwięk trąby wzniósł się ku rozbłyskującym gwiazdom.

Rozdział XXVII
Czy on nie żyje?

Okrutne Pole, o którym z pewnością wszyscy moi czytelnicy słyszeli, choć większość z nich, mam nadzieję, nigdy nie będzie miała okazji tam się znaleźć, leży na północny zachód od zabudowanych rejonów Nessus, między willową enklawą miejskiej szlachty a barakami i stajniami Błękitnej Jazdy, na tyle niedaleko Murów, że komuś takiemu jak ja, kto jeszcze nigdy tam nie był, wydaje się to bardzo blisko, choć w rzeczywistości do ich podstawy trzeba odbyć kilkumilową wędrówkę wąskimi krętymi uliczkami. Nie wiem, ile jednocześnie pojedynków może tam się odbywać. Przypuszczalnie ograniczające miejsce każdej z potyczek ogrodzenia, na których widzowie mogą wedle życzenia opierać się, a nawet siadać, są ruchome i można je przestawiać w zależności od potrzeb. Byłem tam tylko raz, lecz to miejsce, porośnięte zdeptaną trawą i pełne milczących ociężałych gapiów, sprawiło na mnie dziwne, melancholijne wrażenie.

W krótkim okresie mojego panowania miałem do czynienia z wieloma sprawami znacznie pilniejszymi niż problem pojedynków. Dobre czy złe (ja sam skłaniam się raczej ku tej drugiej opinii), są bez wątpienia nierozerwalnie związane z naszym społeczeństwem, które po to, by przetrwać, musi cenić najwyżej wojownicze cnoty.

Czy jednak rzeczywiście jest to samo zło?

W czasach kiedy pojedynki były zakazane przez prawo (czyli, jak wynika z moich lektur, przez wiele stuleci), zastąpiły je morderstwa, i to szczególnie między znajomymi, przyjaciółmi lub krewnymi. Zamiast jednego ginęli wówczas dwaj ludzie, prawo bowiem ścigało zabójcę (który stawał się nim raczej z przypadku niż dzięki swoim szczególnym zdolnościom lub predyspozycjom) i likwidowało go, jakby jego śmierć mogła przywrócić życie ofierze. Inaczej mówiąc, nawet gdyby tysiąc pojedynków zakończyło się tysiącem zgonów (co jest raczej mało prawdopodobne, jako że w większości przypadków dochodzi jedynie do zranienia jednego z uczestników), a jednocześnie zapobieżono by pięciuset morderstwom, to państwo nie poniosłoby żadnego uszczerbku. Mało tego: wyłoniony w wyniku pojedynku zwycięzca jest osobnikiem znakomicie nadającym się do obrony tegoż państwa, a tym samym szczególnie predysponowanym do płodzenia zdrowych dzieci, podczas gdy w większości morderstw nie ma nikogo, kto by ocalał, a nawet jeśli zabójcy uda się ta sztuka, to okazuje się on najczęściej człowiekiem jedynie chytrym i mściwym, a nie silnym, szybkim i inteligentnym.

Mimo to oparty na tak prostych i pozornie przejrzystych zasadach pojedynek jest czasem zaledwie jednym z elementów znacznie bardziej skomplikowanej intrygi.

Gdy byliśmy jeszcze w odległości większej niż sto kroków, usłyszeliśmy wykrzykiwane donośnie nazwiska:

— Cadroe z Siedemnastu Kamieni!
— Sabas z Podzielonej Łąki!
— Laurentia z Domu Harfy! (To był głos kobiety).
— Cadroe z Siedemnastu Kamieni!

Zapytałem Agię, kim są ci wrzeszczący ludzie.

253

— To wyzywający i wyzwani. Wykrzykując swoje imiona, obwieszczają wszystkim, że stawili się na umówione miejsce, a ich przeciwnik nie.

— Cadroe z Siedemnastu Kamieni!

Zachodzące słońce, którego tarcza skryła się już w jednej czwartej za nieprzeniknioną czernią Muru, zabarwiło niebo gumigutą, wiśnią, cynobrem i ponurym fioletem. Kolory te, spływające na kłębiącą się ciżbę w ten sam sposób, w jaki na obrazach promienie boskiej łaskawości spływają na świętych mężów, nadały zarówno oczekującym na walkę, jak i gapiom wygląd czegoś ulotnego i nierzeczywistego, jakby wszyscy oni zostali dopiero przed chwilą powołani do życia i lada moment mieli rozwiać się bez śladu.

— Laurentia z Domu Harfy!

— Agia, powinnaś chyba zawołać: „Severian z Wieży Matachina" — zwróciłem się do dziewczyny.

W tej samej chwili tuż koło nas rozległ się charkot umierającego człowieka.

— Nie jestem twoją służącą. Zrób to sam, jeśli chcesz.

— Cadroe z Siedemnastu Kamieni!

— Nie patrz tak na mnie, Severianie. Ja również wolałabym, żebyśmy nie musieli tutaj przychodzić. Severian! Severian z bractwa katów! Severian z Cytadeli! Z Wieży Bólu! Śmierć! Oto śmierć we własnej osobie!

Moja dłoń uderzyła ją tuż poniżej ucha. Zatoczyła się i upadła na ziemię, a wraz z nią przymocowany do tyki kwiat. Dorcas chwyciła mnie za ramię.

— Nie powinieneś tego robić, Severianie.

— Nic jej nie będzie, nie zacisnąłem pięści.

— Będzie cię jeszcze bardziej nienawidzić.

— Sądzisz, że to właśnie do mnie czuje?

Dorcas nie odpowiedziała, niebawem zaś ja sam zapomniałem, że zadałem to pytanie, w pewnej odległości od nas dostrzegłem bowiem wśród tłumu identyczny jak mój kwiat zemsty.

*

Arena miała kształt koła o średnicy około piętnastu kroków, z dwoma przejściami w otaczającej ją barierze.

— Przystano na sąd kwiatu zemsty — obwieścił donośnym głosem efor. — Oto miejsce i czas. Pozostało jedynie ustalić, czy zmierzycie się nadzy czy też tak, jak stoicie. Co proponujesz?

— Nadzy — odpowiedziała Dorcas, zanim zdołałem otworzyć usta. — On ma zbroję.

Groteskowy hełm Septentriona obrócił się kilka razy w lewo i prawo. Podobnie jak większość hełmów kawalerii nie zakrywał uszu, aby ułatwić dosłyszenie w bitewnym zgiełku rozkazów przełożonych. Wydawało mi się, że w rzucanym przez część twarzową cieniu dostrzegam wąską czarną wstążkę, i próbowałem sobie przypomnieć, gdzie widziałem już coś takiego.

— Nie zgadzasz się, hipparcho? — zapytał efor.

— Mężczyźni z moich stron obnażają się jedynie w obecności kobiet.

— Ale on ma zbroję! — powtórzyła Dorcas. — Ten zaś nie ma nawet koszuli.

— Zdejmę ją — oznajmił Septentrion.

Zrzucił płaszcz i rozpiął pancerz, który upadł u jego stóp. Spodziewałem się zobaczyć pierś równie masywną jak mistrza Gurloesa, tymczasem była ona węższa od mojej.

— Jeszcze hełm.

Septentrion ponownie pokręcił głową.

— Czy to ostateczna odmowa? — zapytał efor.

— Tak. — W głosie hipparchy można było dosłyszeć ledwie uchwytny ślad niepewności. — Mogę powiedzieć tylko tyle, że zakazano mi go zdejmować.

— Chyba nikt z nas nie chciałby wprawiać w zakłopotanie hipparchy ani tym bardziej osoby, ktokolwiek by to był, której on służy — zwrócił się do mnie efor. — Sądzę, że najlepszym rozwiązaniem byłoby przyznanie ci, sieur, prawa do czegoś, co zniwelowałoby tę przewagę. Czy masz jakąś propozycję?

— Odmów walki, Severianie — odezwała się Agia, która milczała nieprzerwanie od chwili, kiedy ją uderzyłem. — Albo zachowaj to prawo do momentu, kiedy będziesz naprawdę go potrzebował.

— Odmów walki — powtórzyła za nią Dorcas, odwiązując skrawki materiału, którymi był przymocowany kwiat do tyki.

— Zaszedłem zbyt daleko, żeby teraz się wycofać.

— Czy już coś postanowiłeś, sieur? — zapytał z ponagleniem w głosie efor.

— Chyba tak.

W sakwie cały czas miałem moją maskę. Jak wszystkie używane przez naszą konfraternię, wykonana była z cienkiej skóry wzmocnionej kawałkami kości. Nie wiedziałem, czy zdoła ochronić mnie przed liśćmi, ale pełne grozy westchnienia, jakie dały się słyszeć wśród tłumu, kiedy naciągnąłem ją na twarz, sprawiły mi niemałą satysfakcję.

— Czy jesteście gotowi? Hipparcho? Sieur? Panie, na czas walki musisz oddać komuś swój miecz. Wolno wam mieć przy sobie jedynie kwiat zemsty.

Rozejrzałem się w poszukiwaniu Agii, ale zniknęła w tłumie. Dorcas wręczyła mi śmiercionośny kwiat, a ja oddałem jej Terminus Est.

— Zaczynajcie!

Liść przeleciał ze świstem tuż koło mojego ucha. Septentrion zbliżał się nieregularnym krokiem, lewą ręką trzymając kwiat tuż pod dolnymi liśćmi, prawą wysunąwszy naprzód, jakby chciał wyrwać mi mój oręż. Przypomniałem sobie, że Agia ostrzegała mnie przed takim niebezpieczeństwem, i przycisnąłem swój kwiat tak blisko, jak tylko mogłem.

Przez jakieś pięć oddechów krążyliśmy wokół siebie. Potem zaatakowałem jego wysuniętą rękę, on zaś sparował uderzenie swoim kwiatem. Uniosłem mój ponad głowę i w tym momencie uświadomiłem sobie, że jest to najwygodniejsza pozycja — przeciwnik nie był już w stanie dosięgnąć łodygi, ja zaś mogłem zarówno uderzać całą rośliną, jak i odrywać pojedyncze liście prawą ręką.

Skorzystałem od razu z tej ostatniej możliwości, posyłając jeden liść w kierunku jego twarzy. Mimo osłony, jaką dawał mu hełm, uchylił się, a ludzie za jego plecami odskoczyli na boki, aby uniknąć trafienia. Zaatakowałem ponownie, a chwilę potem jeszcze raz, strącając w locie rzucony przez niego liść.

Rezultat był ze wszech miar godny uwagi. Zamiast opaść natychmiast na ziemię, jak by się stało ze zwykłymi przedmiotami, oba liście zwarły się w walce, zadając sobie ciosy i pchnięcia z taką szybkością, że w chwili kiedy zaczęły spadać, przypominały już postrzępione czarno-zielone wstążki, które nagle, nie wiedzieć czemu, rozbłysły setką barw...

Coś czy może ktoś dotykał moich pleców. Było to tak, jakby tuż za mną stał jakiś człowiek, przyciskając lekko swoje ciało do mojego grzbietu. Było mi zimno, więc emanujące od niego ciepło sprawiało mi dużą przyjemność.

— Severianie! — Głos należał do Dorcas, ale dochodził jakby z wielkiej oddali.

— Severianie! Czy nikt mu nie pomoże? Przepuśćcie mnie!

Usłyszałem bicie dzwonów. Barwy, które dojrzałem w walczących liściach, pojawiły się na niebie, gdzie pod zorzą polarną rozwinęła się przepyszna tęcza. Świat był wielkim paschalnym jajkiem pomalowanym na wszystkie możliwe kolory.

— Czy on nie żyje? — zapytał jakiś głos tuż przy moim uchu.

— Jasne — odpowiedział spokojnie inny. — To zawsze zabija. Chcesz czekać, aż go zabiorą?

— Jako zwycięzca mam prawo do jego szat i broni — usłyszałem dziwnie znajomy głos Septentriona. — Dajcie mi ten miecz.

Usiadłem. Kilka kroków od moich stóp leżące na ziemi liście wciąż jeszcze próbowały słabo walczyć. Tuż za nimi stał Septentrion, trzymając ciągle w ręku swój kwiat. Nabrałem w płuca powietrza, żeby spytać, co się stało, i coś zsunęło się z mojej piersi na kolana; był to liść o zakrwawionym końcu.

Dostrzegłszy moje poruszenie, Septentrion uniósł kwiat, ale w tej samej chwili między nas wkroczył efor z rozłożonymi szeroko ramionami.

— Spokojnie, żołnierzu! — krzyknął ktoś z widzów.

— Pozwól mu wstać i wziąć broń do ręki.

Nogi uginały się pode mną. Oszołomiony rozejrzałem się w poszukiwaniu mego kwiatu i znalazłem go wreszcie tylko dlatego, że leżał niedaleko stóp szamoczącej się z Agią Dorcas.

— On powinien już nie żyć! — zawołał hipparcha.

— Ale żyje — odparł efor. — Możesz wznowić walkę, kiedy weźmie broń do ręki.

Chwyciłem łodygę mego kwiatu i przez moment wydawało mi się, że dotykam ogona jakiegoś zimnokrwistego, ale żywego zwierzęcia. Zadrżał w mojej dłoni, a liście zaszeleściły głośno.

— Świętokradztwo! — krzyknęła Agia.

Spojrzałem na nią, a potem podniosłem kwiat i odwróciłem się do Septentriona.

Jego oczy były skryte w cieniu hełmu, lecz w każdym ruchu ciała widoczne było potworne przerażenie. Przez chwilę spoglądał to na mnie, to na Agię, a potem odwrócił się i rzucił w kierunku wyjścia z areny. Widzowie zastąpili mu drogę, zaczął więc uderzać na oślep kwiatem. Rozległ się przeraźliwy wrzask, potem następne. Mój kwiat zaczął ciągnąć mnie do tyłu, a właściwie nie kwiat, bo ten zniknął, tylko ktoś, kto chwycił mnie za rękę. Dorcas.

— Agilus! — usłyszałem gdzieś z daleka krzyk Agii.

— Laurentia z Domu Harfy! — zawtórował jej głos innej kobiety.

Rozdział XXVlll
Oprawca

Obudziłem się następnego ranka w lazarecie. Było to długie wysokie pomieszczenie, w którym na łóżkach leżeli ranni i chorzy. Byłem zupełnie nagi i przez długi czas, kiedy sen (a może śmierć) wisiał mi u powiek, przesuwałem powoli dłońmi po moim ciele w poszukiwaniu ran, zastanawiając się jednocześnie, jakby dotyczyło to kogoś zupełnie innego, jak dam sobie teraz radę bez ubrania i pieniędzy i jak usprawiedliwię przed mistrzem Palaemonem utratę miecza i płaszcza, które od niego otrzymałem. Byłem pewien, że je zgubiłem, czy też raczej ja w jakiś sposób zgubiłem się im. Wzdłuż rzędu łóżek przebiegła małpa z głową psa, zatrzymała się na chwilę, by na mnie spojrzeć, i odeszła. Nie wydało mi się to wcale dziwniejsze od faktu, że na mój koc padały promienie słońca, chociaż nigdzie nie mogłem dostrzec żadnego okna.

Obudziłem się ponownie i usiadłem. Przez moment zdawało mi się, że znowu znajduję się w naszej bursie, że jestem kapitanem uczniów, że wszystko inne, czyli moje wyniesienie, śmierć Thecli, walka na kwiaty zemsty, było tylko snem. Jeszcze nieraz miałem odnosić podobne wrażenie. Potem zobaczyłem, że sufit jest z gipsu, a nie z metalu, i że leżący w sąsiednim łóżku człowiek jest cały spowity bandażami. Odsunąłem koc i opuściłem stopy na podłogę. Dorcas spała oparta plecami o ścianę u wezgłowia mojego łóżka. Owinęła się w mój brązowy płaszcz, spod którego wystawały rękojeść i część ostrza spoczywającego na jej kolanach Terminus Est. Udało mi się ubrać, nie budząc jej, ale kiedy próbowałem zabrać miecz, wymamrotała coś przez sen i przycisnęła go mocniej do siebie, więc zostawiłem go w jej objęciach.

Wielu chorych również nie spało i przyglądało mi się, lecz żaden się nie odezwał. Znajdujące się w końcu pomieszczenia drzwi prowadziły na klatkę schodową, a ta z kolei na dziedziniec, po którym dreptało niespokojnie kilkanaście wierzchowców. Myślałem, że jeszcze śnię, ujrzawszy wspinającego się po murze cynocefalusa, ale był on tak samo realny jak podenerwowane rumaki, kiedy zaś cisnąłem w niego grudką ziemi, obnażył zęby niemal równie białe jak te, które lśniły w paszczy Triskele.

Ubrany w kolczugę żołnierz podszedł do jednego z wierzchowców, żeby wyjąć coś z torby przy siodle. Zatrzymałem go i zapytałem, gdzie jestem. Sądził, że chcę wiedzieć, jaka to część fortecy, i wskazał mi jedną z wież, za którą jak powiedział, znajdują się Sądy, a potem dodał, że jeśli pójdę z nim, to prawdopodobnie uda mi się dostać coś do jedzenia.

Dopiero wtedy zdałem sobie sprawę z tego, jak bardzo jestem głodny. Podążyłem za nim przez ciemny korytarz do pomieszczenia niższego i nie tak jasnego jak lazaret, w którym kilkudziesięciu żołnierzy siedziało pochylonych nad posiłkiem składającym się ze świeżego chleba, mięsa i gotowanych jarzyn. Mój nowy przyjaciel poradził mi, żebym wziął talerz i powiedział kucharzom, że kazano mi tutaj przyjść na obiad. Uczyniłem tak i chociaż spoglądali ze zdziwieniem na mój fuliginowy płaszcz, obsłużyli mnie bez sprzeciwu.

Jeżeli kucharze nie przejawiali zbytniej ciekawości, to żołnierze stanowili jej istne ucieleśnienie. Wypytywali o moje imię, miejsce, z którego przybyłem, a także o rangę, sądzili bowiem, że nasza konfraternia jest zorganizowana na wojskowy sposób. Chcieli wiedzieć, gdzie podział się mój topór, a potem, gdzie miecz, kiedy już powiedziałem im, że tego właśnie narzędzia używamy. Wyjaśniłem, że jest ze mną kobieta, która go teraz strzeże. Ostrzegli mnie, że może z nim uciec, a następnie doradzili, żebym wyniósł dla niej pod płaszczem trochę chleba, jako że ona sama nie będzie mogła tutaj przyjść, aby się posilić. Dowiedziałem się, że starsi z nich często utrzymywali kobiety podążające zwykle za wojskiem, chociaż obecnie czyniło to już niewielu. Poprzednie lato spędzili walcząc na północy, skąd na zimę skierowano ich do Nessus, gdzie zajmowali się utrzymywaniem porządku, obecnie zaś spodziewali się, że najdalej za tydzień znowu wyruszą na północ. Ich kobiety wróciły do swoich wiosek, gdzie pozostały z rodzicami lub krewnymi. Zapytałem, czy nie wolałyby być z nimi tutaj, na południu.

— Czyby nie wolały? — powtórzył mój znajomy. — Oczywiście, że tak. Ale jak niby miałyby to zrobić? Inna sprawa iść za kawalerią biorącą udział w ciągłych walkach, wtedy bowiem dziennie przebywa się w najlepszym przypadku jedną lub dwie mile, jeśli zaś w ciągu tygodnia zyska się trzy, to można być pewnym, że w następnym trzeba będzie cofnąć się o dwie. Jak jednak miałyby nadążyć za nami w czasie drogi powrotnej do miasta? To piętnaście mil dziennie. I co miałyby jeść? Lepiej dla nich, jeśli poczekają. Kiedy do naszego sektora przybędzie nowy oddział, będą miały nowych chłopów. Pojawi się też trochę nowych dziewczyn, niektóre starsze odpadną, więc wszyscy zyskają szansę na odmianę. Słyszałem, że wczoraj przynieśli tu też kata, takiego jak ty, tyle że prawie martwego. Widziałeś go może?

Odpowiedziałem, że nie.

— Znalazł go jeden z naszych patroli, a kiedy dowiedział się o tym dowódca, kazał po niego wrócić, spodziewając się, że już wkrótce możemy go potrzebować. Przysięgają, że go nawet nie tknęli, ale był w takim stanie, że musieli nieść go na noszach. Nie wiem, czy to jeden z twoich towarzyszy, ale może chciałbyś rzucić na niego okiem.

Obiecałem, że to uczynię, i podziękowawszy żołnierzom za ich gościnność, wstałem z miejsca i odszedłem, zacząłem się bowiem niepokoić o Dorcas, ich pytania zaś, chociaż zadawane w dobrej wierze, stawiały mnie w kłopotliwej sytuacji. Zbyt wiele było bowiem rzeczy, których nie potrafiłbym im wyjaśnić. Na przykład w jaki sposób zostałem ranny, jeśli już przyznałbym się, że to ja byłem tym przyniesionym na noszach katem, ani kim jest i skąd właściwie wzięła się Dorcas. Mnie samemu nie dawała spokoju świadomość, że nie potrafię tego wyjaśnić, i czułem się tak, jak się zawsze czujemy, gdy jakiś obszar naszego życia musi pozostać w cieniu, i chociaż poprzednie pytanie dotyczyło spraw całkowicie odmiennych, to następne będzie wymierzone w sam środek tych, o których nie potrafimy i nie możemy nic powiedzieć.

Dorcas stała przy moim łóżku, na którym ktoś postawił kubek z gorącym rosołem. Tak bardzo ucieszyła się na mój widok, że mnie także zrobiło się przyjemnie, jakby radość była równie zaraźliwa jak epidemia.

— Myślałam, że umarłeś — powiedziała. — Zniknąłeś wraz z ubraniem i sądziłam, że zabrano cię, żeby pochować.

— Nic mi nie jest — odparłem. — Powiedz mi, co właściwie wydarzyło się tej nocy?

Dorcas od razu spoważniała. Posadziłem ją obok siebie na łóżku i dałem chleb, który dostałem od żołnierzy, każąc jej popijać go rosołem.

— Z pewnością pamiętasz walkę z człowiekiem, który nosił dziwny hełm — powiedziała, zaspokoiwszy pierwszy głód. — Założyłeś swoją maskę i wyszedłeś na arenę, chociaż błagałam cię, żebyś tego nie czynił. Niemal natychmiast trafił cię w pierś i upadłeś. Widziałam liść przypominający płaskiego stalowego robaka, pogrążony do połowy w twoim ciele i pijący twoją krew. A potem odpadł na ziemię. Nie wiem, czy potrafię to opisać; było tak, jakby wszystko, co widziałam, działo się inaczej. Ale pamiętam, że tak właśnie się stało. Podniosłeś się i wyglądałeś... nie wiem. Jakbyś się zgubił albo jakby część ciebie była gdzieś bardzo daleko. Myślałam, że od razu cię zabije, ale osłonił cię efor, mówiąc, że musisz najpierw wziąć do ręki swój kwiat. Kwiat twojego przeciwnika był zupełnie spokojny, jak rosnące na tym strasznym jeziorze, twój natomiast zaczął się nagle wić i rozwijać, chociaż wydawało mi się, że już wcześniej był rozkwitnięty, biały, o poskręcanych płatkach, ale teraz wiem, że za bardzo chciałam, żeby był podobny do róży, a poza tym wcale nie był rozwinięty. Znajdowało się w nim coś, jakby twarz, taka, jaką mogłaby mieć trucizna.

Ty tego jednak nie zauważyłeś, tylko podniosłeś go, a on zaczął się ku tobie nachylać, bardzo powoli, jakby jeszcze spał. Twój przeciwnik widział to i nie mógł uwierzyć własnym oczom. Wpatrywał się w ciebie, Agia zaś krzyczała do niego, a w pewnej chwili odwrócił się i rzucił do ucieczki. Nie podobało się to ludziom, którzy chcieli zobaczyć czyjąś śmierć. Próbowali go zatrzymać, a on...

Jej oczy wypełniły się łzami. Odwróciła głowę, żebym ich nie zauważył, więc dokończyłem za nią:

— A on zaczął uderzać swoim kwiatem i zapewne wielu z nich zabił, prawda?

— Nawet nie o to chodzi, że on. Sam kwiat rzucał się na nich niczym wąż. Ci, których dosięgły ciosy liści, nie ginęli od razu, tylko przeraźliwie krzyczeli, a niektórzy biegli na oślep przed siebie, przewracali innych, wstawali i znowu biegli. Wreszcie jakiś potężny mężczyzna uderzył go z tyłu, a kobieta, która walczyła na krótkie obosieczne miecze, rozcięła kwiat od góry do dołu. Potem mężczyźni przytrzymali hipparchę i usłyszałam, jak jej broń uderza w jego hełm.

Ty po prostu stałeś. Nie zdawałeś sobie nawet sprawy z tego, że on uciekł. Kwiat, który trzymałeś w dłoni, nachylał się coraz bardziej ku twojej twarzy. Przypomniałam sobie, co zrobiła ta kobieta, i uderzyłam w niego z całej siły twoim mieczem. Z początku wydawał mi się tak bardzo, bardzo ciężki, a potem jakby w ogóle przestał ważyć, lecz kiedy go opuściłam, odniosłam wrażenie, że mogłabym nawet odciąć głowę bizona. Co prawda zapomniałam wyjąć go z pochwy, ale i tak udało mi się wytrącić ci kwiat z dłoni, a potem wzięłam cię za rękę i odprowadziłam...

— Dokąd?

Zadrżała i pośpiesznie zanurzyła kawałek chleba w kubku z parującym rosołem.

— Nie wiem. Nie obchodziło mnie to. Tak dobrze było po prostu iść z tobą i wiedzieć, że oto opiekuję się tobą tak samo, jak ty opiekowałeś się mną, kiedy poszukiwałeś swojego kwiatu. Kiedy jednak nastała noc, poczułam przenikliwe zimno. Wcześniej okryłam cię twoim płaszczem, ale tobie wydawało się ciepło, więc zabrałam ci go i sama włożyłam. Moja suknia rozpadła się na strzępy.

— W oberży chciałem kupić ci nową — zauważyłem.

Potrząsnęła głową, żując namoczony chleb.

— Wiesz, to chyba pierwszy posiłek, jaki jem od bardzo długiego czasu. Aż zaczął mnie boleć żołądek — dlatego właśnie napiłam się tam wina — ale teraz czuję się już o wiele lepiej. Nie zdawałam sobie sprawy z tego, jak bardzo jestem osłabiona.

Nie chciałam, żebyś kupował mi tam suknię, bo musiałabym nosić ją potem przez długi czas, a to przypominałoby mi tamten dzień. Możesz mi ją kupić teraz, jeśli chcesz, bo teraz będzie mi przypominała ten dzień, kiedy myślałam, że umarłeś, podczas gdy tobie nic się nie stało.

W każdym razie udało nam się jakoś wrócić do miasta. Szukałam jakiegoś zajazdu, w którym mogłabym znaleźć dla ciebie łóżko, ale wszędzie były tylko wielkie domy z tarasami i balustradami. W pewnej chwili przygalopowali żołnierze i zapytali mnie, czy jesteś carnifexem. Nie wiedziałam, co znaczy to słowo, ale przypomniałam sobie wszystko, co mi opowiadałeś, i powiedziałam im, że jesteś katem, bo dla mnie wszyscy żołnierze byli zawsze jakby po trosze katami, i wiedziałam, że nam pomogą. Próbowali wsadzić cię na konia, lecz nie mogłeś utrzymać się w siodle, więc rozpostarli na dwóch lancach swoje płaszcze, położyli cię na nich i umocowali końce drzewc do siodeł. Jeden z nich chciał wziąć mnie na swojego rumaka, ale nie zgodziłam się. Szłam cały czas obok noszy i od czasu do czasu mówiłam do ciebie, ale ty chyba mnie nie słyszałeś.

Opróżniła do końca kubek.

— Teraz chcę cię o coś zapytać. Kiedy myłam się za parawanem, słyszałam, że szepczecie z Agią o jakimś liście, a potem szukałeś kogoś w oberży. Czy opowiesz mi o tym?

— Dlaczego nie zapytałaś wcześniej?

— Bo była z nami Agia. Nie chciałam, żeby usłyszała, jeżeli udało ci się coś odkryć.

— Jestem pewien, że byłaby w stanie odkryć wszystko, co i ja odkryłem — powiedziałem. — Nie znam jej zbyt dobrze, a nawet wydaje mi się, że znam ją jeszcze mniej niż ciebie. Mimo to zdaję sobie sprawę z tego, że jest znacznie mądrzejsza ode mnie.

Dorcas pokręciła głową.

— Ona należy do tych kobiet, które znakomicie potrafią zadawać zagadki, ale nie są zbyt dobre w rozwiązywaniu tych, które wymyślił ktoś inny. Ona chyba myśli jakoś tak... bokiem, więc nikt nie jest w stanie za tym nadążyć. Jest jedną z tych kobiet, o których mówi się, że rozumują jak mężczyźni, ale to nieprawda, te kobiety nie myślą jak prawdziwi mężczyźni. Nie myślą też jak kobiety. Trudno je zrozumieć, bo nie jest to myślenie ani mądre, ani głębokie.

Opowiedziałem jej o liście, o jego zawartości i wspomniałem, że chociaż został zniszczony, to zanotowałem jego treść i okazało się, że był napisany tym samym atramentem i na tym samym papierze, jakimi dysponował oberżysta.

— A więc ktoś właśnie tam go napisał — powiedziała z namysłem. — Prawdopodobnie któryś ze służących, skoro nazywał stajennego po imieniu. Ale co to właściwie miało znaczyć?

— Nie mam pojęcia.

— Powiem ci, dlaczego podłożono go właśnie w tym miejscu. Ja pierwsza usiadłam na otomanie, a potem ty usiadłeś przy mnie. Byłam szczęśliwa, bo miałam cię tuż obok siebie. Pamiętasz może, czy kelner, który z pewnością musiał list przynieść, niezależnie od tego, czy to on go napisał czy nie, postawił tam tacę, jeszcze zanim poszłam się kąpać?

— Pamiętam wszystko z wyjątkiem ostatniej nocy — odparłem. — Agia siedziała na krześle, ty na otomanie, a ja obok ciebie. Niosłem miecz i tykę z przywiązanym do niej kwiatem, którą położyłem na podłodze. Wszedł posługacz z wodą i ręcznikiem dla ciebie i zaraz wyszedł, żeby przynieść mi oliwę i szmaty.

— Powinniśmy byli coś mu dać — przerwała mi Dorcas.

— Dałem mu orichalka za przyniesienie parawanu. Wątpię, czy zarabia tyle przez cały tydzień. W każdym razie ty schowałaś się za parawan i w chwilę potem gospodarz wprowadził kelnera.

— Więc dlatego nie zobaczyłam listu. Ale kelner musiał wiedzieć, gdzie siedzę, bo nie było przecież innego miejsca, i zostawił list pod tacą, mając nadzieję, że zauważę go, kiedy wrócę. Jak on się zaczynał?

— „Kobieta, która jest z tobą, już tutaj była. Nie ufaj jej".

— Więc musiał być przeznaczony dla mnie. Gdyby był do ciebie, jego autor musiałby jakoś odróżnić Agię ode mnie, zapewne określając kolor włosów. Jeżeli zaś adresatem miałaby być Agia, to położono by go po drugiej stronie stołu, gdzie tylko ona mogłaby go zobaczyć.

— Przypominasz więc komuś matkę.

— Tak. — W jej oczach znowu pojawiły się łzy.

— Jesteś zbyt młoda, żeby mieć dziecko, które mogłoby napisać ten list.

— Nic nie pamiętam — wyszeptała i skryła twarz w fałdach mojego płaszcza.

Rozdział XXIX
Agilus

Kiedy opiekujący się chorymi lekarz zbadał mnie i stwierdził, że nie potrzebuję już żadnej opieki, poprosił, byśmy opuścili lazaret, widok mojego miecza bowiem, jak powiedział, i fuliginowego płaszcza źle wpływa na jego pacjentów.

Po przeciwnej stronie budynku, w którym spożyłem z żołnierzami posiłek, znaleźliśmy sklep zaopatrujący ich w potrzebne artykuły. Oprócz fałszywej biżuterii i błyskotek, jakie zwykle mężczyźni dają swoim kochankom, znajdował się także spory wybór kobiecych strojów i chociaż moje fundusze zostały mocno nadwerężone przez kolację, której nie dane nam było zjeść, kupiłem tam nową suknię dla Dorcas.

Wejście do Sądów znajdowało się w pobliżu sklepu. Kłębił się tam co najmniej stuosobowy tłum, a ponieważ ludzie na widok mego fuliginu zaczęli trącać się łokciami i wskazywać na mnie, wycofaliśmy się na dziedziniec, na którym były zgromadzone wierzchowce. Tam znalazł nas urzędnik sądowy — potężnej postury mężczyzna o wysokim białym czole przypominającym brzuch pękatego dzbana.

— Jesteś katem — powiedział. — Słyszałem, że czujesz się już na tyle dobrze, że możesz wykonywać swoje obowiązki.

Odpowiedziałem, iż jestem gotów jeszcze dziś uczynić wszystko, co tylko jego pan uzna za stosowne.

— Dziś? Nie, to niemożliwe. Sąd odbędzie się dopiero po południu.

Zwróciłem mu uwagę, że skoro przyszedł, by sprawdzić, czy czuję się wystarczająco dobrze, żeby wykonać wyrok, musi być przekonany o tym, że zapadnie wyrok skazujący.

— Och, co do tego nie ma żadnych wątpliwości. Zginęło przecież dziewięć osób, a sprawcę schwytano na gorącym uczynku. Nie jest to jakaś ważna osobistość, więc nie może być mowy o żadnej apelacji czy prośbie o ułaskawienie. Trybunał zbierze się ponownie jutro rano, ale ty będziesz potrzebny najwcześniej w południe.

Jako że nie miałem jeszcze nigdy styczności z sądem i sędziami (do Cytadeli przybywali sami klienci, wszelkie zaś sprawy z najróżniejszymi oficjelami, którzy zjawiali się czasem, żeby wydać bardziej szczegółowe dyspozycje dotyczące poszczególnych przypadków, załatwiał wyłącznie mistrz Gurloes), a także dlatego, że bardzo chciałem wykorzystać wreszcie to, czego uczono mnie przez tyle lat, zapytałem, czy przewodniczący sądu nie życzyłby sobie przypadkiem jeszcze dziś wieczorem uroczystej ceremonii przy świetle pochodni.

— To niemożliwe — odparł urzędnik. — Musi przecież mieć czas na rozważenie swojej decyzji. Jak by to inaczej wyglądało? I tak już dużo ludzi uważa, że wojskowe władze są pochopne, a nawet niepotrzebnie mściwe w ferowaniu wyroków. Szczerze mówiąc, cywilny sędzia czekałby co najmniej tydzień, na wypadek gdyby ktoś miał się pojawić z nowymi dowodami, co oczywiście by nie nastąpiło.

— A więc jutro wczesnym popołudniem — powiedziałem. — Będziemy potrzebowali kwatery na noc. Chcę też zobaczyć szafot, pień, a także przygotować mojego klienta. Czy będę potrzebował przepustki, żeby móc się z nim zobaczyć?

Urzędnik zapytał, czy moglibyśmy zostać w lazarecie, a kiedy pokręciłem głową, poszliśmy tam we trójkę, żeby porozmawiać z lekarzem, który jak się tego spodziewałem, nie zmienił swojej decyzji. Potem miała miejsce długa dyskusja z jakimś podoficerem, który wyjaśnił, że nie możemy nocować z żołnierzami w barakach, a gdybyśmy zajęli któryś z pokoi przeznaczonych dla wyższych szarż, to nikt później nie chciałby w nim mieszkać. Wreszcie opróżniono dla nas małe bezokienne pomieszczenie służące za magazyn i wniesiono do niego dwa łóżka i trochę innych mebli, z których wszystkie nosiły ślady wieloletniego używania. Zostawiłem tam Dorcas, po czym upewniwszy się, że w ostatniej chwili nie potknę się o przegniłą deskę ani że nie będę musiał odrzynać klientowi głowy, trzymając go przełożonego przez kolano, skierowałem się do lochów, aby złożyć wizytę, której wymaga nasza tradycja.

Jeżeli chodzi o subiektywne odczucia, to istnieje ogromna różnica między miejscami odosobnienia, do których zdążyliśmy się przyzwyczaić, a tymi, które są dla nas zupełnie nowe. Gdybym wchodził do naszych lochów, czułbym się tak, jakbym wracał do domu — być może po to, żeby umrzeć, ale mimo wszystko do domu. Choć w jakiś niewyraźny sposób zdawałem sobie sprawę z tego, że kręte metalowe korytarze i wąskie szare drzwi mogą dla zamkniętych tam ludzi stanowić najpotworniejszy z możliwych widoków, to jednak sam w ogóle tej potworności nie odczuwałem, a gdyby któryś z nich uważał, że powinienem, to bez namysłu zacząłbym wyliczać wygody, jakich doświadczali: czyste prześcieradło, ciepłe koce, regularne posiłki, wystarczające oświetlenie, rzadkie naruszanie ich prywatności i tak dalej, i tak dalej.

Teraz schodząc wąskimi kamiennymi schodami do podziemi dwukrotnie mniejszych od naszych, doznawałem uczuć stanowiących odwrotność tych, które byłyby moim udziałem w Cytadeli. Ciemność i fetor przygniatały mnie niemal fizycznym ciężarem. Myśl, że i ja mógłbym się tu znaleźć (na przykład w wyniku niewłaściwie zrozumianego rozkazu lub złej woli urzędnika), wracała uparcie, chociaż starałem się od niej uwolnić.

Usłyszałem kobiecy szloch; urzędnik wspominał o mężczyźnie, więc byłem pewien, że odgłos ów dochodził z celi innej niż ta, w której przebywał mój klient. Miała być to trzecia cela z prawej strony. Policzyłem: pierwsza, druga i trzecia. Drzwi były drewniane, tyle że z metalowymi okuciami, ale zamki (na tym właśnie polega wojskowa niezawodność!) zostały niedawno naoliwione. Kiedy szczęknął klucz, szloch, który rozlegał się jednak za tymi właśnie drzwiami, przycichł, a potem prawie zupełnie ustał.

Wewnątrz, przykuty do ściany biegnącym od jego szyi łańcuchem, leżał na słomie nagi mężczyzna. Nachylała się nad nim kobieta, również zupełnie naga. Jej długie brązowe włosy zasłaniały ich twarze, łącząc je jakby w całość. Kiedy zwróciła głowę w moją stronę, zobaczyłem, że to Agia.

— Agilus! — syknęła.

Mężczyzna usiadł. Ich twarze były tak podobne, że odnosiło się wrażenie, jakby Agia trzymała w swoich dłoniach lustro.

— Więc to byłeś ty — powiedziałem. — Ale to przecież niemożliwe. — Jednak mówiąc te słowa, przypomniałem sobie zachowanie Agii na Okrutnym Polu i czarną wstążkę, którą dostrzegłem za uchem hipparchy.

— Ty... — otworzyła usta Agia. — Ty przeżyłeś i dlatego on musi umrzeć.

— To naprawdę był Agilus? — Tylko to przychodziło mi do głowy.

— Oczywiście. — Głos mego klienta był o oktawę niższy niż jego siostry, chociaż nie tak spokojny. — Ciągle nic nie rozumiesz, prawda?

Mogłem jedynie potrząsać głową.

— Tam, w sklepie, to była Agia. W przebraniu Septentriona. Weszła przez tylne drzwi, kiedy rozmawiałem z tobą, a ja dałem jej znak, kiedy nie chciałeś się zgodzić na sprzedaż miecza.

— Nie mogłam nic powiedzieć — wtrąciła Agia — bo zdradziłby mnie głos, ale zbroja ukryła moje piersi, a rękawice moje dłonie. Chodzenie jak mężczyzna nie jest wcale tak trudne, jak niektórzy uważają.

— Przyjrzałaś się chociaż temu mieczowi? Powinna być na nim inskrypcja. — Dłonie Agilusa uniosły się na moment, jakby nawet teraz chciały sięgnąć po rękojeść.

— Jest — potwierdziła głuchym tonem Agia. — Widziałam w gospodzie.

Wysoko w ścianie za ich plecami znajdowało się małe okienko. Nagle, jakby słońce wzniosło się właśnie ponad krawędź dachu lub wychyliło zza ciemnej chmury, wpadł przez nie promień światła, kąpiąc ich oboje w swoim blasku. Spoglądałem to na jedną, to na drugą twarz.

— Próbowaliście mnie zabić. Tylko po to, żeby zabrać mi miecz.

— Nie pamiętasz, że chciałem go od ciebie kupić? — zapytał Agilus. — Przekonywałem cię, że powinieneś się go pozbyć i uciec w przebraniu. Dałbym ci strój i wszystkie pieniądze, jakie miałem.

— Nie rozumiesz, Severianie? On był wart dziesięć razy więcej niż nasz sklep, a ten sklep był wszystkim, co mieliśmy.

— Robiliście to już wcześniej. Musieliście to już robić. Szło wam nazbyt gładko. Łatwe morderstwo, a ciało prosto do Gyoll.

— Zabijesz Agilusa, prawda? Dlatego tutaj jesteś. Ale nie wiedziałeś, że to my, dopóki nie otworzyłeś tych drzwi. Czy zrobiliśmy coś, czego ty już niebawem nie zrobisz?

— To była uczciwa walka — zawtórował jej niski głos brata. — Byliśmy tak samo uzbrojeni, a ty zgodziłeś się na warunki. Czy jutro również dasz mi taką szansę?

— Wiedziałeś, że gdy nadejdzie wieczór, ciepło moich rąk pobudzi kwiat i ten uderzy w moją twarz — odparłem.

— Ty miałeś rękawice i nie pozostawało ci nic innego, jak tylko czekać. Właściwie nawet nie musiałeś, bo przecież już nieraz miałeś okazję rzucać liśćmi.

Agilus uśmiechnął się.

— Rzeczywiście rękawice miały najmniejsze znaczenie. — Rozłożył ręce. — Ja zwyciężyłem. Ale ostatecznie dzięki jakiejś tajemniczej sztuczce, której nie rozumiemy, zwycięzcą zostałeś ty. Trzykrotnie mnie oszukałeś, a stare prawo mówi, że człowiek trzykrotnie oszukany przez swego przeciwnika może żądać od niego spełnienia jednego życzenia. Wątpię, żeby to prawo jeszcze obowiązywało, ale moja ukochana twierdzi, że jesteś bardzo przywiązany do starych dziejów, kiedy twoja konfraternia była potężna, a Cytadela stanowiła centralny punkt Wspólnoty. Domagam się spełnienia tego życzenia. Puść mnie wolno.

Agia wstała, strząsając źdźbła słomy z kolan i krągłych bioder. Jakby dopiero w tej chwili zdała sobie sprawę z tego, że jest naga, podniosła błękitnozieloną suknię, którą tak dobrze znałem, i przycisnęła ją do piersi.

— W jaki sposób cię oszukałem, Agilusie? Wydaje mi się, że ty to uczyniłeś, a w każdym razie próbowałeś uczynić.

— Po pierwsze, nosząc przy sobie przedmiot równy wartością najpiękniejszej willi i nie zdając sobie nawet z tego sprawy. Twoim obowiązkiem jako właściciela było o tym wiedzieć, a twoja ignorancja może mnie kosztować życie. Po drugie, odmawiając jego sprzedaży. W naszym komercjalnym społeczeństwie każdy może ustalić taką cenę, jaka mu się podoba, ale odmowa sprzedaży równa jest zdradzie. Agia i ja nosimy może stroje barbarzyńców, ale ty masz ich serce. Po trzecie, sposobem, w jaki rozstrzygnąłeś na swoją korzyść nasz pojedynek. W przeciwieństwie do ciebie musiałem walczyć z siłami potężniejszymi, niż byłem w stanie sobie wyobrazić. Straciłem zimną krew, jak każdy, kto by się znalazł na moim miejscu, i oto tutaj jestem. Wzywam cię, żebyś mnie uwolnił.

Wbrew mojej woli wybuchnąłem głośnym, pełnym goryczy śmiechem.

— Żądasz ode mnie, żebym uczynił dla ciebie, którego mam wszelkie powody nienawidzić, to, czego nie uczyniłem dla Thecli, którą kochałem niemal nad życie? Nic z tego. Co prawda jestem głupcem, w znacznej mierze dzięki twojej ukochanej siostrze, ale nie do tego stopnia.

Agia wypuściła suknię z dłoni i rzuciła się na mnie z taką gwałtownością, iż w pierwszej chwili myślałem, że chce mnie zaatakować. Ona jednak obsypała moje usta pocałunkami, a chwyciwszy moje dłonie, położyła jedną na swojej piersi, a drugą na aksamitnym biodrze. Zarówno tam, jak i na jej plecach, gdzie w chwilę potem przesunąłem obie ręce, były jeszcze źdźbła słomy.

— Kocham cię, Severianie! Pragnęłam cię przez cały czas, kiedy byliśmy razem, i próbowałam wiele razy ci się oddać. Czy nie pamiętasz, jak bardzo chciałam cię zaprowadzić do Ogrodu Rozkoszy? Byłoby to wspaniałe przeżycie dla nas obojga, ale ty nie chciałeś tam iść. Bądź chociaż raz uczciwy. — Powiedziała to takim tonem, jakby uczciwość była czymś równie nienormalnym jak choroba psychiczna. — Czyżbyś mnie nie kochał? Weź mnie tutaj i teraz. Agilus odwróci głowę, obiecuję ci. — Jej palce wślizgnęły się pod pas na moim brzuchu. Nie zdawałem sobie z tego sprawy, dopóki nie usłyszałem szelestu papierów.

Uderzyłem ją w rękę, może trochę mocniej, niż to było potrzebne, a ona rzuciła się do moich oczu, podobnie jak czyniła to czasem Thecla, kiedy nie mogła już znieść myśli o odosobnieniu i bólu. Odepchnąłem ją, tym razem nie na krzesło, lecz na przeciwległą ścianę. Uderzyła głową o kamień i chociaż cios został z pewnością zamortyzowany jej gęstymi włosami, odgłos był ostry i głośny, przypominał dźwięk, jaki wydaje uderzający w kamienne bryły młotek murarza. Kolana ugięły się pod nią i osunęła się po murze, aż wreszcie usiadła na słomie. Nigdy bym nie przypuszczał, że potrafi płakać, ale jej ciałem wstrząsnął szloch.

— Co ona zrobiła? — zapytał Agilus. W jego głosie nie było żadnego innego uczucia oprócz ciekawości.

— Przecież widziałeś. Próbowała sięgnąć do mojej sakwy. — Wyjąłem wszystkie pieniądze, jakie mi jeszcze zostały: dwa orichalki i siedem aes. — Zapewne chciała ukraść list, który mam dla archona Thraxu. Powiedziałem jej kiedyś o nim, lecz go tutaj nie noszę.

— Jestem pewien, że chodziło jej tylko o pieniądze. Mnie karmią, ale ona musi być potwornie głodna.

Podniosłem Agię, narzuciłem na nią suknię, a następnie otworzyłem drzwi i wyprowadziłem ją na zewnątrz. Była jeszcze oszołomiona, lecz kiedy dałem jej orichalka, cisnęła go na ziemię i splunęła.

Kiedy wróciłem do celi, Agilus siedział pod ścianą ze skrzyżowanymi nogami.

— Nie pytaj mnie o Agię — powiedział. — Wszystkie twoje podejrzenia są słuszne, czy ci to wystarczy? Jutro już będę martwy, a ona poślubi tego starca, który daje jej pieniądze, albo kogoś innego. Chciałem, żeby zrobiła to wcześniej. Przecież nie mógłby zabronić jej widywania się ze mną, jej własnym bratem. Teraz umrę i nie będzie musiała już się o to martwić.

— Rzeczywiście jutro umrzesz — skinąłem głową. — Właśnie o tym chciałem z tobą porozmawiać. Czy obchodzi cię, jak będziesz wyglądał na szafocie?

Opuścił wzrok na swoje ręce, szczupłe i delikatne, oświetlone tym samym promieniem słońca, który przed kilkoma chwilami rozpalił nad głowami jego i Agii złociste aureole.

— Tak — powiedział wreszcie. — Ona może tam przyjść. Mam nadzieję, że tego nie zrobi, ale tak, obchodzi mnie to.

Poradziłem mu wówczas (zgodnie z tym, czego mnie uczono), żeby nie jadł zbyt wiele na śniadanie, na wypadek gdyby miało mu się zrobić niedobrze, i żeby opróżnił wcześniej pęcherz, zaciskające bowiem jego ujście mięśnie rozluźniają się zaraz po ciosie. Przedstawiłem mu również, jak to zawsze czynimy, nieprawdziwy przebieg ceremonii, żeby nie wiedział, że właśnie nadchodzi koniec, kiedy on istotnie nadejdzie. To kłamstwo pozwalało naszym klientom umierać z nieco mniejszym strachem. Nie wiem, czy mi uwierzył, chociaż mam nadzieję, że tak było. Jeżeli jakiekolwiek oszustwo może zostać usprawiedliwione w oczach Wszechstwórcy, to z całą pewnością to właśnie.

Kiedy wyszedłem z celi, orichalk zniknął. W miejscu, w którym leżał, widniał wyrysowany jego krawędzią na brudnej kamiennej posadzce niezwykły wzór. Mogła być to wykrzywiona w okrutnym grymasie twarz Juruparii albo jakaś mapa pokryta nie znanym mi pismem. Starłem go stopą.

Rozdział XXX

Noc

Było ich pięcioro: trzech mężczyzn i dwie kobiety. Czekali nie zaraz za drzwiami, ale w pewnym oddaleniu, co najmniej tuzin kroków od nich. Rozmawiali ze sobą, mówiąc po dwoje lub troje naraz, prawie krzycząc, śmiejąc się, wymachując rękami i rozdając sobie kuksańce. Ukryty w cieniu przyglądałem im się przez chwilę. Nie mogli mnie zobaczyć, jako że byłem zawinięty w mój fuliginowy płaszcz i udawałem, że nie wiem, kim są. Mogli stanowić grupę lekko podpitych przyjaciół wracających z jakiegoś przyjęcia.

Podeszli szybko, ale i z wahaniem. Bali się, że zostaną odprawieni, a jednocześnie byli zdecydowani podjąć próbę. Jeden z mężczyzn przewyższał mnie wzrostem (z pewnością był to nieprawy syn jakiegoś arystokraty), miał około pięćdziesięciu lat, a tuszą dorównywał niemal karczmarzowi z Gospody Straconych Uczuć. Tuż obok niego szła szczupła, może dwudziestoletnia kobieta o najbardziej wygłodniałych oczach, jakie kiedykolwiek zdarzyło mi się widzieć. Kiedy gruby mężczyzna stanął przede mną, tarasując mi drogę swoją tuszą, ona znalazła się tak blisko mnie, iż wydawało się niemal cudem, że nasze ciała się nie zetknęły. Jej dłonie o smukłych palcach poruszały się wzdłuż rozcięcia płaszcza, jakby chciała pogłaskać mnie po piersi, więc czułem się tak, jakbym za chwilę miał paść ofiarą jakiegoś krwiożerczego ducha. Pozostali również stłoczyli się dokoła mnie, przyciskając do ściany budynku.

— To już jutro, prawda? Jak on się czuje?

— Jak się naprawdę nazywasz?

— Ten jest rzeczywiście paskudny, prawda? Czy to potwór?

Żadne z nich nie czekało na odpowiedź i żadne, sądząc z tego, co widziałem, nie spodziewało się jej. Zależało im tylko na mojej bliskości i możliwości mówienia do mnie.

— Czy będziesz go najpierw torturował?

— Zabiłeś już kiedyś kobietę?

— Tak — odpowiedziałem. — Zabiłem. Raz.

Jeden z mężczyzn, niski i szczupły, o wysokim wypukłym czole intelektualisty, wpychał mi do dłoni asimi.

— Słyszałem, że wy niewiele zarabiacie, a ten to biedak, nie będzie mógł ci dać napiwku.

Kobieta o siwych, opadających w nieładzie na twarz włosach, usiłowała wręczyć mi koronkową chusteczkę.

— Umocz ją we krwi całą albo tyle, ile zechcesz. Zapłacę ci później.

Budzili we mnie odrazę, ale i litość. Szczególnie trzeci mężczyzna, niższy nawet od tego, który dawał mi pieniądze, bardziej siwy od siwowłosej kobiety. Jego zgaszone oczy wypełniało szaleństwo, lecz oprócz tego czaił się w nich cień jakiejś myśli, która wypaliła się w otchłaniach jego umysłu, aż wreszcie zniknęła jakakolwiek jej celowość, a pozostała jedynie przyniesiona przez nią energia. Wydawał się czekać, aż pozostali skończą mówić, a ponieważ wszystko wskazywało na to, że ta chwila nigdy nie nastąpi, uciszyłem ich gestem i zapytałem, czego chce.

— P-p-panie, kiedy byłem na Kwazarze, miałem swoją laleczkę, genotwór, niezwykle piękną, o wielkich źrenicach niczym bezdenne studnie, o tęczówkach fioletowych jak kwitnące latem astry lub bratki. Całe ich łany, panie, musiano z-z-zebrać, żeby stworzyć te oczy i ciało, które zawsze wydawało się skąpane w promieniach słońca. G-g-gdzie ona teraz jest, moje uspokojenie, moja kruszyna? Niech gwoździe przebiją d-d-dłonie, które mi ją zabrały! Niech spadnie na nie lawina kamieni! Gdzie zniknęła ze skrzyneczki z drzewa cytrynowego, w której nigdy nie spała, bo całą noc była ze mną, a w niej czekała cały dzień, czuwając bezustannie, panie, uśmiechając się kiedy ją tam kładłem, żeby uśmiechać się również wtedy, kiedy ją wyjmowałem? Jakże delikatne były jej dłonie, jej małe dłonie. Jak skrzydła g-g-gołębicy. Mogłaby latać po całej kabinie, gdyby nie to, że wolała być ze mną. Wkręć ich jelita w k-k-kołowroty, każ im pożreć ich własne oczy! Pozbaw ich męskości, wygól dokładnie, żeby nie poznały ich kochanki, żeby wyśmiały ich nałożnice, żeby szydziły z nich uliczne dziewki. Czyń nad nimi swoją powinność. Gdzież była ich litość dla niewinnych? Czy choć raz zadrżała im ręka, czy choć raz wezbrał im w gardle szloch? Kto mógł uczynić to, co oni uczynili? Złodzieje, fałszywi przyjaciele, zdrajcy, mordercy i porywacze. Gdyby n-n-nie ty, gdzie byłyby ich nocne zmory, ich tak dawno obiecana zapłata? Gdzie byłyby łańcuchy, kajdany, dyby i pęta? Gdzie rozpalone do białości żelaza, które niszczą ich wzrok? Gdzie łamiące kości koła, gdzie wbijające się w ich stawy gwoździe? Gdzie moja ukochana, którą utraciłem?

Dorcas wpięła sobie we włosy stokrotkę; kiedy jednak szliśmy wzdłuż kamiennych ścian (ja owinięty szczelnie w mój płaszcz, a tym samym całkowicie niewidoczny nawet dla kogoś, kto by się znalazł kilka kroków od nas), stokrotka złożyła swoje płatki do snu, więc zamiast niej zerwała jeden z tych białych, przypominających kształtem trąbkę kwiatów, które zwą się kwiatami księżycowymi, w zielonkawym świetle księżyca przybierają bowiem jego barwę. Ani ona, ani ja nie mieliśmy nic do powiedzenia. Chyba tylko to, że gdyby nie drugie z nas, bylibyśmy całkowicie samotni, ale to mówiły za nas połączone silnym uściskiem dłonie.

Minęła nas grupa dostawców prowiantu — nieomylny znak, że żołnierze szykowali się do wymarszu. Od północy i wschodu otaczał nas Mur, przy którym ściany baraków i budynków administracji wydawały się zaledwie piaskowymi konstrukcjami wzniesionymi przez dzieci, łatwymi do zburzenia nawet przez przypadkowe trącenie nogą. Na południu i zachodzie rozciągało się Okrutne Pole. Słyszeliśmy dobiegający stamtąd dźwięk trąby oraz okrzyki tych, którzy poszukiwali swoich przeciwników. Była taka chwila, że każde z nas bało się, iż drugie zaproponuje, żebyśmy poszli tam, by przypatrywać się pojedynkom. Żadne tego nie zrobiło.

Kiedy z wyżyn Muru rozległ się ostatni sygnał wzywający do gaszenia świateł, wróciliśmy z pożyczoną świeczką do naszego bezokiennego ciemnego pokoju. Drzwi nie miały żadnego zamknięcia, ale przysunęliśmy do nich stół, na którym postawiliśmy lichtarz. Powiedziałem Dorcas, że może w każdej chwili odejść, w przeciwnym bowiem razie wszyscy już zawsze będą o niej mówili, że była kobietą oprawcy, oddającą się na stopniach szafotu za zbrukane krwią pieniądze.

— Te pieniądze ubrały mnie i nakarmiły — odparła, zdejmując z ramion mój brązowy płaszcz (sięgał jej do kostek, a nawet niżej, i kiedy nie uważała, jego skraj ciągnął się za nią po ziemi) i gładząc surowe żółtobrązowe płótno swej nowej sukni.

Zapytałem ją, czy się boi.

— Tak. Ale nie ciebie — dodała pośpiesznie.

— Czego więc? — Zacząłem się rozbierać. Gdyby mnie poprosiła, nie tknąłbym jej w nocy. Chciałem, żeby to zrobiła, gdyż (jak mi się wydawało) płynąca ze wstrzemięźliwości przyjemność byłaby większa, niż gdybym ją posiadł, łączyłaby się bowiem z nią świadomość, że następnej nocy Dorcas powinna czuć się bardziej zobowiązana, właśnie dlatego że wcześniej ją oszczędziłem.

— Siebie. Myśli, jakie do mnie wrócą, kiedy znowu znajdę się z mężczyzną.

— Znowu? Pamiętasz poprzedni raz?

Potrząsnęła głową.

— Ale jestem pewna, że nie jestem już dziewicą. Pożądałam cię dzisiaj, pożądałam także wczoraj. Jak sądzisz, dla kogo się kąpałam? W nocy, kiedy spałeś, trzymałam cię za rękę i marzyłam, że się kochamy, leżąc w swoich ramionach. Znam smak zaspokojenia i pożądania, więc musiałam mieć już przynajmniej jednego mężczyznę. Czy chcesz, żebym to zdjęła, zanim zgaszę świecę?

Była szczupła, o sterczących piersiach i wąskich biodrach, zadziwiająco dziecinna, chociaż jednocześnie bardzo kobieca.

— Wydajesz się taka mała — powiedziałem, biorąc ją w ramiona.

— A ty taki duży...

Wiedziałem, że choćbym nie wiem jak się starał, i tak zadam jej ból zarówno tej, jak i każdej następnej nocy. Wiedziałem również, że nie byłoby mnie stać na to, żeby ją oszczędzić. Jeszcze przed chwilą cofnąłbym się, gdyby mnie o to poprosiła. Teraz już nie mogłem. Tak jak rzuciłbym się naprzód, by wbić się na czekające na mnie piki, tak później uparcie podążałbym za nią, usiłując ją do siebie przywiązać.

Jednak to nie w moje ciało miało się coś wbijać, tylko w jej. Ciągle stojąc, gładziłem jej skórę i całowałem piersi, które były jak połówki krągłych owoców. Następnie podniosłem ją i razem upadliśmy na jedno z łóżek. Krzyknęła, częściowo z rozkoszy, a częściowo z bólu, i odepchnęła mnie po to tylko, żeby natychmiast do mnie przywrzeć.

— Tak mi dobrze — wyszeptała. — Tak dobrze... — i ugryzła mnie w ramię, wyginając ciało niczym łuk.

Później zsunęliśmy łóżka, żeby móc leżeć obok siebie. Za drugim razem wszystko odbyło się dużo wolniej, natomiast na trzeci już się nie zgodziła.

— Będziesz potrzebował jutro swojej siły — powiedziała.

— A więc nie zależy ci na tym.

— Gdyby to zależało od nas, żaden mężczyzna nie musiałby tułać się po świecie lub żyć z zabijania. Niestety świat nie został stworzony przez kobiety. W taki czy inny sposób wszyscy jesteście katami.

W nocy padało, i to tak mocno, że słyszeliśmy bezustanny łoskot lejącej się na dach wody. Zapadłem w drzemkę i śniłem, że świat został odwrócony do góry nogami. Gyoll znalazła się nad naszymi głowami, zalewając nas potokiem ryb, śmieci i kwiatów. Zobaczyłem znowu tę wielką twarz, którą widziałem pod wodą wtedy, gdy niemal się utopiłem — białokoralowe zjawisko na niebie, uśmiechające się ostrymi niczym igły zębami.

Thrax jest nazywany Miastem Bezokiennych Pokoi. To nasze ślepe pomieszczenie miało nas do niego przygotować. Thrax będzie właśnie taki. A może już tam dotarliśmy, może nie leżał aż tak daleko na północy, jak myślałem, nie tak daleko, jak chciano, żebym myślał...

Dorcas wstała, żeby wyjść za potrzebą, a ja poszedłem za nią wiedząc, że samotne nocne przechadzki w miejscu, w którym było tak wielu żołnierzy, mogą okazać się dla niej niezbyt bezpieczne. Korytarz, na który wychodziło się z naszego pokoju, biegł wzdłuż zewnętrznej ściany budynku, pociętej gęsto szczelinami strzelniczymi, przez które dostawały się do wnętrza strużki wody rozbryzgujące się w miniaturowe fontanny. Chciałem zostawić Terminus Est w jego pochwie, ale wyciągnięcie w razie potrzeby tak długiego miecza zabiera zbyt dużo czasu. Kiedy znaleźliśmy się z powrotem w pokoju i zastawiliśmy drzwi, wyjąłem osełkę i tak długo ostrzyłem jego męską stronę, której miałem jutro potrzebować, aż mogłem przeciąć na pół rzucony w powietrze włos. Następnie wytarłem i naoliwiłem całe ostrze, a potem oparłem miecz o ścianę w pobliżu wezgłowia mego łóżka.

Jutro miałem po raz pierwszy pojawić się na szafocie, chyba że chiliarcha postanowi w ostatniej chwili skorzystać z prawa łaski. Zawsze istniała taka możliwość i takie ryzyko. Z historii wynika jasno, że każda epoka ma jakąś swoją neurozę, a mistrz Palaemon uczył nas, że w naszych czasach jest nią właśnie łaska, za pomocą której usiłuje się udowodnić, że jeden minus jeden to jednak trochę więcej niż nic, bo skoro prawo nie musi być spójne, to podobnie sprawiedliwość. W brązowej książce między dwiema opowieściami znajduje się dialog, z którego wynika, że kultura stanowi ucieleśnienie idei Prastwórcy równie logicznej i przejrzystej jak on sam, spojonej w jedność wewnętrznym podporządkowaniem naczelnemu celowi, jakim jest realizacja jego obietnic i gróźb. Jeśli tak jest w istocie, myślałem, to z pewnością już niebawem wszyscy zginiemy, inwazja zaś z północy, w walce z którą tak wielu poległo, jest jedynie wiatrem, który przewraca zgniłe do cna drzewo.

Sprawiedliwość jest wspaniałą rzeczą, a że tej nocy, kiedy leżałem u boku Dorcas, wsłuchując się w padający deszcz, byłem młody, pragnąłem więc jedynie wspaniałych rzeczy. Chyba dlatego właśnie tak bardzo chciałem, żeby nasza konfraternia odzyskała, a następnie utrzymała swoją dawną pozycję. (Pragnąłem tego nawet wtedy, kiedy znalazłem się poza nią). Działo się tak być może z tego samego powodu, dla którego wielka miłość do wszystkich żywych istot, którą odczuwałem, będąc dzieckiem, przygasła z czasem do tego stopnia, że pozostało z niej zaledwie wspomnienie o tym, jak kiedyś u podnóża Niedźwiedziej Wieży znalazłem wykrwawionego niemal na śmierć Triskele. Samo życie nie jest niczym wspaniałym, a często stanowi wręcz zaprzeczenie jakiejkolwiek czystości. Jestem teraz jeśli nawet niewiele starszy, to na pewno mądrzejszy, i wiem, że lepiej mieć zarówno wspaniałe, jak i złe wspomnienia, niż tylko te wspaniałe.

Jeżeli więc chiliarcha nie zadecyduje inaczej, jutro odbiorę życie Agilusowi. Nikt nie wie, co to naprawdę znaczy. Ciało jest jedynie kolonią komórek. (Zawsze kiedy mistrz Palaemon powtarzał te słowa, przychodziły mi na myśl nasze lochy, których poszczególne cele, niczym komórki, składały się na olbrzymi skomplikowany organizm). Rozdzielone na dwie części ginie. Ale nie ma najmniejszego powodu, żeby rozpaczać nad zniszczeniem kolonii komórek. Taka kolonia ulega przecież zagładzie za każdym razem, kiedy do pieca wędruje kolejny bochenek chleba.

Jeżeli człowiek jest tylko taką właśnie kolonią, to jest niczym — jednak instynktownie wyczuwamy, że jest czymś więcej. Co w takim razie dzieje się z tą jego częścią, która oznacza owo „więcej"?

Być może ta część również umiera, tylko znacznie wolniej. Istnieje przecież wiele nawiedzonych domów czy innych budowli, ale słyszałem, że tam, gdzie mieszkający w nich duch należy do człowieka, a nie do jakiegoś naturalnego żywiołu, z biegiem czasu pojawia się coraz rzadziej, aż wreszcie zupełnie niknie. Historycy twierdzą, że w odległej przeszłości ludzie nie znali żadnego innego świata oprócz Urth, nie obawiali się zamieszkujących ją wówczas zwierząt i bez przeszkód podróżowali z tego kontynentu na północ. Nikomu jednak nie udało się nigdy spotkać ich duchów.

Może być również tak, że ginie on od razu albo wędruje po konstelacjach. Nie ulega żadnej wątpliwości, że nasza Urth jest zaledwie maleńką osadą zagubioną w bezmiarze wszechświata. Jeżeli człowiekowi mieszkającemu w wiosce sąsiedzi spalą jego dom, opuszcza ją, jeśli oczywiście nie zginie w płomieniach.

Mistrz Gurloes, który osobiście wykonał wiele egzekucji, mawiał, że tylko głupiec może obawiać się uchybienia w jakiś sposób rytuałowi, takiego jak na przykład poślizgnięcie się w kałuży krwi czy próba podniesienia za włosy głowy klienta, który nosił perukę. Znacznie większe niebezpieczeństwo grozi w wypadku zdenerwowania, które powoduje drgnięcie ręki i nieczysty cios, zamieniający ceremonię stanowiącą ukoronowanie sprawiedliwego sądu w akt pospolitej zemsty. Przed ponownym zaśnięciem usiłowałem uodpornić się przeciwko każdej z tych możliwości.

Rozdział XXXI

Cień kata

Do obowiązków naszej profesji należy na długo przed przyprowadzeniem klienta stanąć na szafocie bez płaszcza, w masce i z obnażonym mieczem. Niektórzy twierdzą, że ma to symbolizować wiecznie czuwającą, wszechobecną sprawiedliwość, ale ja myślę, że naprawdę chodzi o to, żeby tłum miał na czym skoncentrować uwagę oraz by wiedział, że niebawem wydarzy się coś ważnego.

Tłum nie stanowi bynajmniej sumy tworzących go jednostek. Jest to raczej osobny gatunek zwierzęcia nie dysponującego własnym językiem czy świadomością, rodzący się w miejscach zgromadzeń, umierający w chwili ich zakończenia. Wzniesiony przed gmachem Sądów szafot był otoczony szczelnym pierścieniem żołnierzy, ich dowódca zaś mógłby przy użyciu swego pistoletu zabić co najmniej pięćdziesięciu lub sześćdziesięciu ludzi, zanim wytrącono by mu go z ręki, a jego samego powalono na bruk, gdzie w chwilę potem by zginął. Mimo to zawsze jest lepiej, gdy tłum ma się czym zająć i gdy widzi jakiś niekwestionowany symbol władzy.

Ludzi, którzy przyszli na egzekucję, w żaden sposób nie można było nazwać biednymi. Okrutne Pole leży w pobliżu jednej z lepszych dzielnic, tak więc mogłem dostrzec wiele kolorowych jedwabnych szat i niemało twarzy, które tego ranka były myte specjalnym aromatycznym mydłem (Dorcas i ja umyliśmy się przy studni na podwórzu). Tacy ludzie są znacznie mniej skorzy do przemocy od biedaków, ale i znacznie bardziej niebezpieczni, kiedy już wpadną we wściekłość, nie są bowiem przyzwyczajeni do stosowania wobec nich siły, a także, na przekór temu, co twierdzą niektórzy demagodzy, przejawiają o wiele większą odwagę.

Stałem więc z dłońmi na rękojeści Terminus Est, ustawiwszy uprzednio pień w ten sposób, żeby padał na niego mój cień. Nie mogłem nigdzie dojrzeć przewodniczącego sądu, chociaż później dowiedziałem się, że obserwował wszystko z okna. Szukałem w tłumie Agii, ale jej również nie mogłem dostrzec. Dorcas stała na stopniach gmachu, gdzie na moje żądanie zarezerwowano dla niej miejsce.

Potężny mężczyzna, który wczoraj na mnie czatował, przepchnął się tak blisko szafotu, jak tylko mógł, ryzykując, że ostrze piki przeszyje jego gruby brzuch. Po swojej prawej stronie miał kobietę o wygłodniałych oczach, a po lewej tę z siwymi włosami, której chusteczkę wsunąłem za cholewę buta. Nigdzie nie widziałem ani niskiego mężczyzny, który dał mi asimi, ani tego drugiego, który jąkał się i wygadywał dziwne rzeczy. Rozglądałem się za nimi po dachach, skąd mimo swego mizernego wzrostu mogliby mieć dobry widok, i chociaż ich nie znalazłem, to niewykluczone, że tam właśnie byli.

Pojawili się czterej sierżanci w paradnych hełmach, prowadząc między sobą Agilusa. Najpierw dostrzegłem poruszenie tłumu, rozstępującego się przed nimi jak woda przed łodzią Hildegrina, potem szkarłatne pióropusze, błysk broni, a wreszcie brązowe włosy i szeroką chłopięcą twarz Agilusa uniesioną ku górze, krępujące jego ramiona łańcuchy ściągały mu bowiem łopatki do tyłu. Przypomniałem sobie, jak elegancko prezentował się w zbroi Septentriona ze złotą chimerą na piersi. Wydawało mi się właściwsze, żeby zamiast tych zwyczajnych żołnierzy zakutych w mozolnie wypolerowaną stal towarzyszyli mu członkowie formacji, do której w pewnym sensie przez jakiś czas należał. Teraz pozbawiono go wszelkich dystynkcji, a ja czekałem na niego w tej samej fuliginowej masce, w której jeszcze nie tak dawno z nim walczyłem. Stare głupie kobiety wierzą, że Prasędzia karze nas porażkami i nagradza zwycięstwami. Czułem, że otrzymałem znacznie większą nagrodę, niż sobie na to zasłużyłem.

W chwilę później Agilus wszedł na szafot i rozpoczęła się krótka ceremonia. Po jej zakończeniu żołnierze zmusili go, żeby ukląkł, a ja uniosłem miecz, przesłaniając na zawsze blask słońca.

Jeśli miecz jest odpowiednio ostry, a cios prawidłowo zadany, czuje się jedynie lekki opór, gdy żelazo przecina kręgosłup, by zaraz potem ugrzęznąć w twardym drewnie. Mogę przysiąc, że poczułem w świeżym porannym powietrzu zapach krwi Agilusa, jeszcze zanim jego głowa spadła z łoskotem do kosza. Tłum cofnął się, a potem naparł na nastawione piki. Usłyszałem wyraźnie, jak gruby mężczyzna wciągnął raptownie powietrze, jakby osiągnął szczyt uniesienia, pocąc się nad jakąś opłaconą dziewką. Gdzieś daleko rozległ się przeraźliwy krzyk. Był to głos Agii, równie łatwy do rozpoznania jak widziana w świetle błyskawicy twarz. Coś w jego tonie powiedziało mi, że nie widziała egzekucji, ale mimo to wiedziała dokładnie, kiedy umarł jej brat.

To wszystko, co trzeba zrobić po egzekucji, nastręcza często więcej trudności niż ona sama. Po pokazaniu tłumowi głowy można ją wrzucić na powrót do kosza, natomiast ciało (które nieraz krwawi obficie jeszcze długo po ustaniu akcji serca) należy zabrać w sposób godny, a jednocześnie nie sugerujący, że zmarłemu oddaje się jakiekolwiek honory. Co więcej, rzecz nie polega na zabraniu go gdziekolwiek, tylko w takie miejsce, w którym nie byłoby narażone na zbezczeszczenie. Zgodnie ze zwyczajem zwłoki arystokraty przewiesza się przez grzbiet jego wierzchowca i natychmiast oddaje rodzinie, ale szczątkom skazańców o gorszym pochodzeniu należy zapewnić ochronę przed zjadaczami zwłok. Kat nie może spełniać tego zadania, ponieważ ma już pod opieką głowę i swój miecz, a nieczęsto się zdarza, żeby ktokolwiek z zaangażowanych w ceremonię — czyli ktoś spośród żołnierzy lub urzędników sądowych — dobrowolnie zgłosił się do pełnienia tej funkcji. (W Cytadeli nie mieliśmy z tym żadnego problemu, robiło to bowiem dwóch czeladników).

Przewodniczący sądu, kawalerzysta nie tylko z wykształcenia, ale i z urodzenia, znalazł rozwiązanie, każąc odciągnąć zwłoki za pomocą jucznego konia. Nie skonsultował jednak swojej decyzji ze zwierzęciem, które będąc bardziej robotnikiem niż wojownikiem, spłoszyło się, poczuwszy woń krwi. Przeżyliśmy bardzo interesujące chwile, zanim wreszcie udało nam się umieścić nieszczęsnego Agilusa w ogrodzonej części placu, z której usunięto publiczność.

Byłem zajęty czyszczeniem butów, kiedy podszedł do mnie urzędnik. Sądziłem, że wręczy mi zapłatę, ale on dał znak, że przewodniczący chce uczynić to osobiście. Odparłem, że to dla mnie zupełnie niespodziewany zaszczyt.

— Widział całą ceremonię — powiedział urzędnik — i był bardzo zadowolony. Kazał mi powtórzyć, że ty i kobieta, z którą podróżujesz, możecie spędzić tutaj jeszcze jedną noc, jeśli macie takie życzenie.

— Wyruszymy o zmierzchu — odparłem. — Sądzę, że tak będzie bezpieczniej.

Zamyślił się na chwilę, a potem skinął głową, wykazując więcej inteligencji, niż mogłem oczekiwać.

— Stracony miał zapewne rodzinę i przyjaciół... Chociaż ty z pewnością wiesz o nim równie mało jak ja. Cóż, jest to niebezpieczeństwo, wobec którego stawałeś już najprawdopodobniej wiele razy.

— Ostrzegli mnie bardziej doświadczeni członkowie mojej konfraterni — odpowiedziałem.

Mieliśmy zamiar wyruszyć o zmierzchu, ale ostatecznie zaczekaliśmy, aż zapadnie zupełna ciemność, częściowo przez wzgląd na bezpieczeństwo, a częściowo dlatego, że wydawało się rozsądne zjeść przed podróżą solidny posiłek.

Nie mogliśmy rzecz jasna wyruszyć prosto w kierunku Muru, a potem do Thraxu. Brama (o której usytuowaniu miałem bardzo niejasne pojęcie) byłaby i tak zamknięta, między koszarami zaś a Murem nie było żadnych zajazdów ani gospód. Nie pozostawało nam więc nic innego, jak zniknąć z tego miejsca i znaleźć jakieś inne, gdzie dałoby się spędzić noc i skąd nazajutrz z łatwością dotarlibyśmy do najbliższej bramy. Urzędnik udzielił nam dokładnych wskazówek i chociaż już na samym początku skręciliśmy nie tam, gdzie trzeba, to jednak nie zdawaliśmy sobie z tego sprawy i szliśmy przed siebie w dobrych nastrojach. Wcześniej przewodniczący sądu chciał wręczyć mi zapłatę, a nie rzucić ją na ziemię, jak nakazywał zwyczaj, i musiałem odwieść go od tego zamiaru przez wzgląd na jego własną reputację. Opowiedziałem dokładnie Dorcas o tym incydencie, który rozbawił mnie niemal w równym stopniu, co mi pochlebił.

— Przypuszczam więc, że dobrze ci zapłacił? — zapytała trzeźwo, kiedy skończyłem.

— Ponad dwa razy więcej, niż powinien zapłacić czeladnikowi. Dokładnie tyle, ile otrzymuje mistrz. Oprócz tego dostałem jeszcze kilka napiwków. Czy wiesz, że mimo wydatków, które poniosłem za sprawą Agii, mam teraz więcej pieniędzy niż wówczas, kiedy opuszczałem wieżę? Zaczynam myśleć, że wykonując podczas podróży mój zawód, uda mi się nas utrzymać.

Dorcas otuliła się szczelniej moim brązowym płaszczem.

— Miałam nadzieję, że już w ogóle nie będziesz musiał tego robić. A przynajmniej przez dłuższy czas. Przecież tak źle się po tym czułeś, za co zresztą wcale cię nie winię.

— To tylko nerwy. Bałem się, że coś może się nie udać.

— Było ci go żal. Widziałam to.

— Możliwe. To przecież brat Agii, dokładnie taki sam jak ona, z wyjątkiem płci.

— Brakuje ci jej, prawda? Czy aż tak bardzo ją lubiłeś?

— Znałem ją zaledwie jeden dzień — znacznie krócej niż znam ciebie. Gdyby wszystko ułożyło się po jej myśli, już bym nie żył. Jeden z dwóch kwiatów zemsty z pewnością by mnie zabił.

— Ale ten liść tego nie zrobił.

Do dziś pamiętam ton, jakim to powiedziała. Słyszę jej głos i odczuwam znowu szok, jakiego doznałem, uświadomiwszy sobie, że od tej chwili, kiedy usiadłem na ziemi i zobaczyłem Agilusa trzymającego ciągle w dłoni swój kwiat, unikałem jak ognia tej myśli. Liść mnie nie zabił, lecz ja natychmiast przestałem się nad tym zastanawiać, podobnie jak nieuleczalnie chory człowiek wynajduje tysiące sztuczek i wybiegów, a wszystko po to, żeby nie spojrzeć śmierci prosto w oczy, albo raczej jak kobieta, która zostaje sama w dużym domu i za wszelką cenę stara się nie patrzeć w lustro, by nie zobaczyć istoty, której ciche stąpnięcia słyszy co chwila na schodach.

Żyłem, chociaż powinienem był umrzeć. Moje życie stanowiło dla mnie koszmarną zagadkę. Wsadziłem rękę pod płaszcz i pogładziłem się po skórze. Natrafiłem na coś jakby bliznę i niewielki zaschnięty strup, ale nie czułem ani bólu, ani krwawienia.

— Te liście nie zabijają — powiedziałem. — To wszystko.

— Agia twierdzi inaczej.

— Ona bardzo często kłamała.

Wspinaliśmy się na łagodne, skąpane w bladozielonym świetle księżyca wzgórze. Przed nami, wydając się znacznie bliższa, niż była w istocie, wznosiła się atramentowoczarna ściana Muru. Za nami światła Nessus łączyły się w udającą świt poświatę, która przygasała stopniowo w miarę nastawania coraz głębszej nocy. Przystanąłem na szczycie wzniesienia, żeby napawać się tym widokiem. Dorcas wzięła mnie pod ramię.

— Tak dużo domów — wyszeptała. — Ilu ludzi mieszka w mieście?

— Nikt tego nie wie.

— A my zostawiamy ich wszystkich. Jak daleko leży Thrax, Severianie?

— Daleko, już ci mówiłem. Przy pierwszej katarakcie. Wiesz przecież, że nie musisz tam ze mną iść.

— Ale chcę. Gdybym jednak... Przypuśćmy, że chciałabym później wrócić. Czy próbowałbyś mnie zatrzymać?

— Samotna podróż groziłaby ci wieloma niebezpieczeństwami, więc ponownie próbowałbym cię przekonać, żebyś tego nie robiła — odparłem. — Jeśli jednak chodzi ci o to, czybym cię związał lub uwięził, to nie, nie uczyniłbym tego.

— Powiedziałeś mi, że sporządziłeś kopię listu, który otrzymałeś w gospodzie, pamiętasz? Jednak nigdy mi jej nie pokazałeś. Chciałabym ją teraz zobaczyć.

— Powtórzyłem ci dokładnie jego treść, a to nawet trudno nazwać kopią. Agia wyrzuciła go, bo pewnie przypuszczała, że ktoś, może Hildegrin, próbuje mnie ostrzec. — Mówiąc to, otworzyłem sakwę; kiedy jednak sięgnąłem do środka, moje palce oprócz papieru napotkały coś jeszcze, co było zupełnie zimne i miało dziwny kształt.

— Co się stało? — zapytała Dorcas, spostrzegłszy wyraz mojej twarzy.

Wyciągnąłem rękę. W dłoni trzymałem coś, co przypominało wielkością orichalk, będąc od niego tylko nieznacznie grubsze i większe. Zimne tworzywo (cokolwiek to było) odbijało gorącymi barwami chłodne promienie księżyca. Miałem wrażenie, że trzymam w dłoni płonącą latarnię, którą można dostrzec z każdego punktu miasta, więc pośpiesznie schowałem to coś na powrót do sakwy.

Dorcas ściskała moje ramię z taką siłą, jakby była bransoletą ze złota i kości słoniowej, która nagle urosła kilkunastokrotnie, przyjmując postać kobiety.

— Co to było? — wyszeptała.

Potrząsnąłem głową, starając się zebrać myśli.

— To nie należy do mnie. Nawet nie wiedziałem, że to mam. Jakiś klejnot, szlachetny kamień.

— Niemożliwe. Nie czułeś ciepła? Spójrz na swój miecz: tak wygląda szlachetny kamień. To musiało być coś innego. Tylko co?

Opuściłem wzrok na ciemny opal wieńczący rękojeść Terminus Est. Błyszczał w świetle księżyca, ale tak się miał do tajemniczego przedmiotu, który wyjąłem z mojej sakwy, jak lusterko ma się do słońca.

— To Pazur Łagodziciela — powiedziałem. — Agia go tam schowała, zapewne wtedy gdy zniszczyliśmy ołtarz, żeby nie znaleziono go przy niej. Odzyskałaby go, kiedy Agilus prawem zwycięzcy zagarnąłby moje rzeczy, a gdy ten plan zawiódł, próbowała mi go ukraść w celi.

Dorcas nie patrzyła już na mnie. Jej twarz była zwrócona w stronę miasta i unoszącej się nad nim poświaty miliona lamp.

— Severianie... — wyszeptała. — To niemożliwe...

Nad miastem, niczym latająca góra z sennego widziadła, wisiała potężna budowla o niezliczonych wieżach, przyporach i wysoko sklepionym dachu. Z jej okien wylewało się szkarłatne światło. Próbowałem coś powiedzieć, zaprzeczyć temu cudowi, chociaż sam go widziałem, ale zanim zdołałem wykrztusić choćby słowo, budowla znikła niczym powietrzna bańka w fontannie, pozostawiając na niebie kaskadę iskier.

Rozdział XXXll

Przedstawienie

Dopiero po zniknięciu tej wielkiej wiszącej nad miastem budowli zrozumiałem, że kocham Dorcas. Ruszyliśmy przed siebie — na szczycie wzgórza znaleźliśmy bowiem nową drogę — w ciemność.

Ponieważ nasze myśli były w całości zajęte tym, co widzieliśmy, nasze duchy połączyły się bez żadnych przeszkód, przechodząc przez drzwi, które nigdy przedtem i nigdy potem nie miały już zostać otwarte.

Nie potrafię powiedzieć, którędy szliśmy. Przypominam sobie drogę wijącą się w dół zbocza, most u jego

podnóża i następną drogę prowadzącą wzdłuż niedbale
skleconego drewnianego płotu. Gdziekolwiek jednak szliśmy, wiem, że nie rozmawialiśmy o sobie, lecz o zjawisku,
którego byliśmy świadkami, i o jego przypuszczalnym znaczeniu. Pamiętam także, że na początku podróży patrzyłem
na Dorcas jak na przypadkową towarzyszkę, niezależnie od
tego, jak bardzo godną pożądania i współczucia, pod koniec zaś kochałem ją tak, jak nigdy jeszcze nie kochałem
żadnej ludzkiej istoty. Wcale nie stało się tak dlatego, że
przestałem kochać Theclę. Raczej kochając Dorcas, kochałem Theclę jeszcze mocniej niż dotąd, Dorcas bowiem była
kimś zupełnie innym (jak tamta miała jeszcze kiedyś stać
się równie straszną jak ona uroczą), więc skoro kochałem
Theclę, to Dorcas również ją kochała.

— Sądzisz, że widział to ktoś poza nami? — zapytała.

Nie zastanawiałem się nad tym, lecz odparłem, że chociaż zjawisko trwało tylko chwilę, to jednak miało ono
miejsce nad największym z miast i nawet jeśli miliony ludzi go nie zauważyły, to dziesiątki lub setki z całą pewnością tak.

— A czy nie mogła być to wizja przeznaczona wyłącznie dla nas?

— Nigdy nie miałem żadnych wizji, Dorcas.

— A ja nie wiem, czy miałam czy nie. Kiedy próbuję przypomnieć sobie cokolwiek, co miało miejsce, zanim
wyciągnęłam cię z wody, jedyne, co pamiętam, to że sama
byłam w wodzie. Wszystko wcześniejsze przypomina roz-
trzaskane na błyszczące odłamki lustro. W jednym widzę
jakiś naparstek leżący na skrawku materiału, w drugim słyszę dobiegające zza zamkniętych drzwi szczekanie małego
psa, i to wszystko. Nic podobnego do tego, co widzieliśmy.

Jej słowa przypomniały mi o kopii listu, której szukałem w sakwie, a ta z kolei o brązowej książce, która również tam się znajdowała. Zapytałem Dorcas, czy miałaby
ochotę zobaczyć książkę, która kiedyś należała do Thecli,
kiedy znajdziemy jakieś miejsce, w którym będziemy mogli się zatrzymać.

— Owszem — powiedziała. — Gdy usiądziemy razem przy ogniu, jak wtedy przez chwilę w gospodzie.

— Relikwia, którą znalazłem w sakwie, a którą rzecz jasna będę musiał oddać, zanim opuścimy miasto, a także nasza rozmowa przypomniały mi o czymś, co kiedyś przeczytałem. Czy słyszałaś o kluczu do wszechświata?

Dorcas roześmiała się łagodnie.

— Nie, Severianie. Ja, która zaledwie znam swoje imię, nie wiem nic o kluczu do wszechświata.

— Nie wyraziłem się tak, jak powinienem. Chciałem zapytać, czy słyszałaś o tym, że istnieje sekretny klucz do wszechświata? Jedno jedyne zdanie, fraza, a może pojedyncze słowo, które można usłyszeć z ust jakiegoś posągu, wyczytać na niebie, lub które po drugiej stronie oceanu przekazuje swoim uczniom jakiś wiekowy nauczyciel?

— Znają je dzieci — powiedziała Dorcas. — Znają je, zanim jeszcze nauczą się mówić, lecz kiedy są dość duże, żeby je wypowiedzieć, już go nie pamiętają. Tak mi ktoś kiedyś powiedział.

— Właśnie o to mi chodzi. Ta brązowa książeczka stanowi zbiór prastarych mitów i znajduje się w niej także rozdział wyliczający wszystkie klucze do wszechświata. Czytaliśmy je z Theclą i dyskutowaliśmy o nich, a jedna z mądrości głosiła, że wszystko, cokolwiek się wydarza, ma trzy znaczenia. Pierwsze jest znaczeniem praktycznym, tym, które według książki „dostrzega nawet oracz". Gdy krowa żuje trawę, to jest to prawdziwa trawa i prawdziwa krowa — to znaczenie jest równie ważne i równie prawdziwe jak dwa pozostałe. Drugie znaczenie to odbicie otaczającego świata. Każdy przedmiot pozostaje w kontakcie ze wszystkimi pozostałymi, a tym samym mądry obserwator może dowiedzieć się wszystkiego o wszystkich, widząc tylko jeden z nich. To znaczenie nazywane jest „znaczeniem wróżbitów", korzystają z niego bowiem ci, którzy przepowiadają radosne spotkanie, obserwując ślad, jaki zostawia na piasku pełzający wąż, lub potwierdzają wzajemność uczucia, pocierając o siebie części ubrania zainteresowanych osób.

— A trzecie znaczenie?

— To znaczenie nadrzeczywiste. Ponieważ wszystkie przedmioty i zjawiska mają swój początek w Prastwórcy i wszystkie zostały wprawione w ruch przez niego, tym samym muszą wyrażać jego wolę, która należy już do rzeczy znajdujących się ponad naszą rzeczywistością.

— Chcesz powiedzieć, że to, co widzieliśmy, było jakimś znakiem?

Pokręciłem głową.

— Książka mówi, że wszystko jest znakiem. Znakiem jest ten płot, znakiem jest także opierające się o niego drzewo. Niektóre znaki mogą zdradzać trzecie znaczenie gorliwiej od pozostałych.

Przeszliśmy w milczeniu jakieś sto kroków.

— Wydaje mi się, że jeśli to, co mówi książka kasztelanki Thecli, jest prawdą — odezwała się Dorcas — to ludzie rozumieją wszystko na opak. Widzieliśmy wielką budowlę, która wzbiła się w niebo i rozwiała bez śladu, prawda?

— Ja zobaczyłem ją dopiero w chwili, kiedy wisiała już nad miastem. Czy rzeczywiście uniosła się z ziemi?

Dorcas skinęła głową. Jej jasne włosy błyszczały w świetle księżyca.

— To, co nazywasz trzecim znaczeniem, jest wręcz oczywiste. Trudniej jest znaleźć drugie, natomiast pierwsze, które powinno być najprostsze, pozostaje kompletną zagadką.

Miałem właśnie powiedzieć, że zgadzam się z nią — przynajmniej co do pierwszego znaczenia — kiedy z pewnego oddalenia dobiegł głuchy łoskot mogący być odgłosem gromu.

— Co to? — zapytała przerażonym szeptem Dorcas, chwytając moją dłoń w swoją, bardzo ciepłą i przyjemną w dotyku.

— Nie wiem, ale wydaje mi się, że to gdzieś niedaleko stąd.

Kiwnęła głową.

— Słyszę jakieś głosy.

— W takim razie masz słuch znacznie lepszy od mojego.

Łoskot rozległ się ponownie, tym razem dłuższy i głośniejszy, być może dlatego, że znaleźliśmy się odrobinę bliżej jego źródła. Wydało mi się, że między pniami rosnących przed nami młodych buków dostrzegam blask ognia.

— Tam! — zawołała Dorcas, wskazując nieco na północ od kępy drzew. — To nie może być gwiazda. Jest za nisko, świeci za jasno i zbyt szybko się porusza.

— W takim razie jest to lampa przymocowana do jakiegoś wozu albo niesiona czyjąś ręką.

Grzmot przetoczył się po raz trzeci i teraz już wiedziałem, że był to łoskot bębna. Również ja dosłyszałem bardzo jeszcze przytłumione głosy, a szczególnie jeden, głębszy od dźwięku bębna i niemal równie jak on donośny.

Okrążyliśmy zagajnik i ujrzeliśmy około pięćdziesięciu osób zgromadzonych wokół niewielkiej platformy, na której między płonącymi pochodniami stał olbrzym trzymający pod pachą wielki kocioł równie łatwo i lekko, jakby był to przenośny bębenek. Po jego prawej stronie stał znacznie mniejszy, bogato odziany mężczyzna, a po lewej prawie naga kobieta o najbardziej zmysłowej urodzie, jaką kiedykolwiek widziałem.

— Wszyscy już jesteście! — mówił głośno i bardzo szybko niski mężczyzna. — Wszyscy co do jednego. Co chcecie zobaczyć? Miłość i piękno? — Wskazał na kobietę. — Siłę i odwagę? — Machnął trzymaną w dłoni laską w kierunku olbrzyma. — Oszustwo i tajemnicę? — Poklepał się po piersi. — Występek i rozpustę? — Ponownie wskazał na olbrzyma. — Spójrzcie, kto przyszedł! Nasz odwieczny wróg: Śmierć, która zawsze się zjawia, prędzej czy później. — Mówiąc to, pokazał w moją stronę, a za tym gestem odwróciły się wszystkie twarze jego słuchaczy.

Byli to doktor Talos i Baldanders. Obecność tych ludzi tutaj, kiedy już ich rozpoznałem, wydała mi się czymś oczywistym. Kobietę, o ile mogłem sobie przypomnieć, widziałem po raz pierwszy.

— Śmierć! — zawołał doktor Talos. — Śmierć przyszła. Już w ciebie wątpiłem, przyjacielu, choć teraz wiem, że nie powinienem.

Spodziewałem się, że publiczność roześmieje się z tego ponurego żartu, lecz nikt tego nie uczynił. Kilka osób zamruczało coś pod nosem, a jakaś starowina splunęła w dłoń i skierowała dwa palce do ziemi.

— Kogóż ze sobą przyprowadziłeś? — Doktor Talos nachylił się, by przyjrzeć się Dorcas w świetle pochodni. — Niewinność. Tak, to chyba Niewinność. Tak więc mamy już wszystkich! Za kilka chwil rozpocznie się przedstawienie. Tylko dla ludzi o mężnych sercach! Jeszcze nigdy nic takiego nie widzieliście. Zaraz się zacznie!

Piękna kobieta znikła, ale magnetyzm w głosie doktora był tak silny, że nawet nie zauważyłem, kiedy odeszła.

Gdybym miał teraz opisać przedstawienie doktora Talosa tak, jak ja je widziałem (a więc jako jego uczestnik), zaowocowałoby to jedynie chaosem i nieporozumieniem. Kiedy opiszę je tak, jak je widziała publiczność (co mam zamiar uczynić w bardziej odpowiednim miejscu), najprawdopodobniej nikt mi nie uwierzy. W dramacie w pięciooosobowej obsadzie, przy czym dwoje nie znało zupełnie swoich ról, maszerowały armie, grały orkiestry, padał śnieg i Urth chwiała się w swoich posadach. Doktor Talos postawił duże wymagania wyobraźni swojej publiczności, pomagając jej jednak narracją, prostymi, ale pomysłowymi urządzeniami, teatrem cieni, holograficznymi projekcjami, efektami dźwiękowymi, odblaskowymi zasłonami oraz całą masą innych sztuczek, i sądząc z dochodzących co chwila z ciemności łkań, okrzyków i westchnień, udało mu się osiągnąć całkowity sukces.

A jednak poniósł porażkę. Pragnął się porozumieć, pragnął przekazać wspaniałą opowieść, która żyła dotąd jedynie w jego umyśle i nie dawała się zredukować do zwykłych słów, ale nie sądzę, żeby ktokolwiek z oglądających przedstawienie — a tym bardziej my, którzy braliśmy w nim udział, wygłaszając na jego znak nasze kwestie — wiedział, o czym właściwie jest ta opowieść. Doktor Talos twierdził, że można ją wyrazić biciem dzwonów, hukiem eksplozji i rytualnymi obrzędami, ale jak się ostatecznie okazało, nawet to było niewystarczające. W skład przedstawienia wchodziła scena, w której doktor Talos i Baldanders walczyli ze sobą tak zacięcie, że krew płynęła obfitymi strumieniami z ich twarzy; inna, gdzie Baldanders szukał przerażonej Jolenty (tak bowiem nazywała się ta najpiękniejsza kobieta świata) w jednej z komnat podziemnego pałacu, by wreszcie usiąść na skrzyni, w której ona się schowała. W końcowej części ja zajmowałem centralne miejsce na scenie zamienionej w pokój przesłuchań, doktor Talos zaś, Baldanders i Jolenta byli unieruchomieni w najróżniejszych machinach. Zadawałem im kolejno najwymyślniejsze i kompletnie nieefektowne (gdyby były prawdziwe) męczarnie. Zabierając się do wyłamywania nóg Dorcas, zwróciłem uwagę na dziwny szmer, jaki podniósł się na widowni. W przeciwieństwie do mnie widzowie zauważyli, że Baldanders zaczął wyswobadzać się z kajdan. Kilka kobiet krzyknęło, kiedy jego łańcuch upadł z łoskotem na scenę. Zerknąłem na doktora Talosa, oczekując dalszych wskazówek, ale on akurat skoczył w kierunku publiczności, wyzwoliwszy się z pęt w znacznie łatwiejszy sposób.

— *Tableau!* — zawołał. — Wszyscy *tableau!* — Zamarłem w bezruchu, domyśliwszy się, że o to mu właśnie chodzi. — Szlachetni widzowie, oglądacie nasze przedstawienie z godną podziwu uwagą. Teraz, otrzymawszy od was część waszego czasu, prosimy, abyście zechcieli użyczyć nam również odrobiny zawartości waszych portfeli. Niebawem zobaczycie, co nastąpi, gdy potwór oswobodzi się ze swoich kajdan.

Wyciągnął przed siebie wysoki kapelusz i usłyszałem brzęk kilku wpadających do niego monet. Niezadowolony zeskoczył ze sceny i zaczął krążyć między ludźmi.

— Pamiętajcie, że znalazłszy się na wolności, nie spotka już niczego, co by stało między nim a spełnieniem jego brutalnych żądz. Nie zapominajcie, że ja, jego ciemiężyciel, jestem skazany na jego łaskę i niełaskę. Pamiętajcie, że nie wiecie jeszcze (dziękuję, sieur), kim jest tajemnicza postać, którą Contessa widziała przez zasłonięte okno. Dziękuję. Stojący nad lochami, szlochający posąg ciągle jeszcze kopie pod drzewem jarzębiny. Dziękuję, dziękuję. Obdarowaliście nas hojnie waszym czasem, nie bądźcie więc skąpi, jeśli chodzi o wasze pieniądze. Kilkoro z was dobrze nas potraktowało, ale przecież nie będziemy grać dla kilku osób. Gdzie są te lśniące asimi, które już dawno powinny wypełnić mój ubogi kapelusz? Nieliczni nie mogą płacić za większość! Jeśli nie macie asimi, dawajcie orichalki; jeśli nie macie orichalków, z całą pewnością znajdziecie masę aes!

Kiedy wreszcie zebrała się wystarczająca suma, doktor Talos wskoczył z powrotem na scenę i zręcznie pozakładał na siebie kajdany, które przykuwały go do miejsca kaźni. Baldanders ryknął z całych sił i wyciągnął do mnie ręce, pokazując publiczności, że trzyma go jeszcze jeden, niewidoczny do tej pory łańcuch.

— Odwróć się do niego — podpowiedział mi doktor Talos *sotto voce*. — Broń się pochodnią.

Udałem, iż dopiero teraz dostrzegłem, że olbrzymowi udało się oswobodzić ramiona, i chwyciłem jedną z oświetlających scenę pochodni. W tej samej chwili ich do tej pory spokojne żółte płomienie zmieniły barwę na błękitnozieloną i zaczęły strzelać w górę drugimi językami, sycząc przeraźliwie i rozrzucając snopy iskier, by niebawem opaść, jakby miały zupełnie zgasnąć. Wymierzyłem swoją w Baldandersa, krzycząc (jak podpowiedział mi znowu doktor Talos), żeby się cofnął. Olbrzym odpowiedział rykiem jeszcze donośniejszym niż do tej pory. Napiął łańcuch z taką siłą, że zaczęła się chwiać cała ściana, do której był przykuty, z ust zaś zaczęła mu ciec najprawdziwsza gęsta piana, która spływała na brodę i kapała na jego czarne ubranie.

Ktoś z publiczności krzyknął i dokładnie w tym momencie łańcuch pękł z trzaskiem przypominającym uderzenie bicza. Twarz olbrzyma stanowiła uosobienie szaleństwa. Próbując mu się przeciwstawić, miałbym dokładnie tyle samo szans co wtedy, gdybym chciał powstrzymać lawinę. Zanim jednak zdążyłem zrobić choćby krok, żeby usunąć mu się z drogi, wyrwał mi pochodnię z dłoni i powalił mnie na ziemię jej okutą żelazem rękojeścią.

Uniosłem głowę w samą porę, żeby zobaczyć, jak chwyta za drugą i rzuca się w kierunku publiczności. Wrzask mężczyzn zagłuszył przeraźliwe piski kobiet. Brzmiało to tak, jakby nasza konfraternia zajmowała się naraz co najmniej setką klientów. Wstałem na nogi i miałem już zamiar chwycić Dorcas i uciekać z nią pod osłonę zagajnika, kiedy moje spojrzenie padło na doktora Talosa. Jego twarz promieniowała czymś, co mogę określić tylko jako złowieszczy humor, i chociaż właśnie wyswobadzał się z kajdan, wcale się nie spieszył. Jolenta robiła to samo co on, jeśli zaś na jej doskonałej twarzy malowało się w ogóle jakiekolwiek uczucie, to było to uczucie ulgi.

— Wspaniale! — krzyknął doktor Talos. — Znakomicie! Możesz już wrócić, Baldanders. Nie zostawiaj nas w ciemności. Czy podobał ci się twój pierwszy występ na scenicznych deskach, Mistrzu Kacie? — zwrócił się do mnie. — Jak na nowicjusza, który nie miał nawet jednej próby, spisałeś się bardzo dzielnie.

Z trudem zdołałem skinąć głową.

— No, może z wyjątkiem tej ostatniej sceny. Baldanders powinien był pamiętać, że nie wiesz, kiedy masz upaść. Musisz mu wybaczyć. Chodź ze mną. Baldanders ma wiele talentów, ale nie ma wśród nich umiejętności dostrzegania małych, zagubionych w trawie przedmiotów. Za kulisami mam światło, więc ty i Niewinność będziecie mogli pomóc nam przy zbieraniu.

Początkowo nie rozumiałem, co ma na myśli, ale po chwili pochodnie były już na swoich miejscach, a my przeszukiwaliśmy zdeptaną trawę przed sceną.

— To prawdziwy hazard — ciągnął doktor Talos. — Przyznaję, że bardzo to lubię. Pieniądze w kapeluszu są czymś pewnym — pod koniec pierwszego aktu mogę przepowiedzieć co do orichalka, ile ich będzie. Ale te zguby! Mogą to być zaledwie dwa jabłka i rzepa albo więcej, niż ktokolwiek potrafiłby sobie wyobrazić. Kiedyś znaleźliśmy prosię. Znakomite, jak twierdził Baldanders, który je zjadł. Kiedy indziej wyszukaliśmy dziecko. Wysadzaną złotem laskę, którą zatrzymałem. Starożytną biżuterię. Buty. Bardzo często znajdujemy buty najróżniejszych rozmiarów. O, teraz mamy damską parasolkę. — Podniósł ją z ziemi. — Przyda się jutro naszej Jolencie, kiedy będziemy podróżować w promieniach słońca.

Jolenta wyprostowała się tak, jak to czynią ludzie, którzy nie mogą i nie lubią się schylać. Kremowe wypukłości powyżej jej talii były takich rozmiarów, że jej kręgosłup musiał być cały czas przegięty do tyłu, aby zrównoważyć ciężar.

— Jeżeli mamy jeszcze tej nocy znaleźć jakąś gospodę, chciałabym wyruszyć już teraz. Jestem bardzo zmęczona, doktorze — powiedziała.

Ja również byłem wyczerpany.

— Do gospody? Dzisiaj? Cóż za karygodna rozrzutność! Spójrz na to w ten sposób, moja droga: najbliższa oberża znajduje się przynajmniej milę stąd, a złożenie sceny i spakowanie naszego dobytku zajmie mi i Baldandersowi co najmniej całą wachtę, nawet przy pomocy tego oto przyjaznego Anioła Męki. Zanim dotarlibyśmy do gospody, słońce wisiałoby już nad horyzontem, piałyby koguty i tysiące głupców wstawałoby z pościeli, waląc drzwiami i opróżniając pęcherze.

Baldanders mruknął potwierdzająco i uderzył butem, jakby napotkał w trawie jakąś obrzydliwą rzecz.

Doktor Talos rozłożył ramiona, żeby objąć nimi cały wszechświat.

— Tutaj, moja droga, pod gwiazdami, które stanowią osobistą, ukochaną własność Prastwórcy, mamy wszystko, czego możemy potrzebować dla najzdrowszego z możliwych odpoczynku. Powietrze jest wystarczająco chłodne, żebyśmy docenili przyjemne ciepło, jakie daje okrycie i ogień, i wcale nie zanosi się na deszcz. Tutaj rozbijemy obóz, tutaj rano spożyjemy śniadanie i stąd odświeżeni wyruszymy o radosnym poranku w dalszą drogę.

— Wspomniał pan o śniadaniu — odezwałem się.

— Czy macie coś do jedzenia? Dorcas i ja jesteśmy bardzo głodni.

— Oczywiście, że tak. Widziałem, że Baldanders właśnie znalazł cały kosz ignamów.

Znaczną część naszej publiczności musieli stanowić wieśniacy wracający z targu z tym wszystkim, czego nie udało im się sprzedać. Oprócz ignamów znaleźliśmy jeszcze parę tłustych gołębi i kilka pędów młodej trzciny cukrowej. Jeżeli chodzi o pościel, to nie było jej zbyt wiele, ale doktor Talos w ogóle z niej zrezygnował, mówiąc, że na razie posiedzi przy ognisku, a potem być może utnie sobie krótką drzemkę na krześle, które jeszcze niedawno stanowiło tron Autarchy i fotel Inkwizytora.

Rozdział XXXIII

Pięć nóg

Przez co najmniej wachtę leżałem z otwartymi oczami. Wkrótce zorientowałem się, że doktor Talos nie ma zamiaru spać tej nocy, ale miałem nadzieję, iż może gdzieś sobie pójdzie. Jakiś czas siedział pogrążony głęboko w myślach, a potem wstał i zaczął przechadzać się wokół ogniska. Jego twarz była nieruchoma, a jednocześnie nadzwyczaj wyrazista — niewielkie uniesienie brwi lub nachylenie głowy mogło ją zupełnie zmienić — i kiedy tak chodził przede mną, widziałem, jak przez tę lisią maskę przewijają się rozpacz, radość, pożądanie, nuda, zdecydowanie, a także tuzin innych, nie mających nawet nazwy uczuć.

Potem zaczął ścinać swoją laską rosnące w trawie kwiaty. Wkrótce zniszczył wszystkie w promieniu tuzina kroków wokół ognia. Zaczekałem, aż jego wyprostowana energiczna postać zniknie mi z oczu, a świst laski przycichnie tak, że będzie już prawie niedosłyszalny, po czym powoli wyciągnąłem mój klejnot.

Miałem wrażenie, że trzymam w dłoni płonącą gwiazdę. Pragnąłem obejrzeć go wspólnie z Dorcas, ale ona już spała, a ja nie chciałem jej budzić. Stalowobłękitna poświata była tak silna, że zacząłem się obawiać, by nie dostrzegł jej doktor Talos, chociaż znajdował się dość daleko ode mnie. Powodowany dziecięcą chęcią przyjrzenia się igrającemu we wnętrzu klejnotu płomieniowi, przyłożyłem go do oka, lecz natychmiast go odsunąłem — znajomy świat z trawą i śpiącymi wokół ognia postaciami zamienił się w wir tańczących iskier, przecięty ostrzem zakrzywionej szabli.

Nie jestem pewien, ile miałem lat, kiedy umarł mistrz Malrubius. Miało to miejsce wiele lat przedtem, nim zostałem kapitanem uczniów, więc musiałem być wtedy bardzo małym chłopcem. Pamiętam jednak doskonale, jak to było, kiedy mistrz Palaemon przejął po nim funkcję opiekuna uczniów. Mistrz Malrubius pełnił ją od chwili, kiedy zacząłem sobie zdawać sprawę z tego, że coś takiego w ogóle istnieje, i teraz przez wiele tygodni, a nawet miesięcy, wydawało mi się, że mistrz Palaemon (chociaż lubiłem go tak samo, jeśli nawet nie bardziej) nie może być naszym mistrzem w tym samym sensie, w jakim był nim mistrz Malrubius. Wrażenie nieprawidłowości pogłębiała świadomość, że mistrz Malrubius nie był martwy ani też nigdzie nie wyjechał... Leżał po prostu w swoim pokoju, w tym samym łóżku, do którego kładł się co noc wówczas, kiedy jeszcze nas uczył i wychowywał. Istnieje powiedzenie, że to, czego nie widzimy, równie dobrze mogłoby dla nas nie istnieć. Tym razem jednak było inaczej: chociaż niewidzialny, mistrz Malrubius był wśród nas obecny w sposób jeszcze bardziej oczywisty niż kiedykolwiek przedtem. Mistrz Palaemon nie stwierdził wyraźnie, że jego poprzednik już nigdy nie wróci, więc każdą podejmowaną przez nas decyzję rozważaliśmy z dwóch punktów widzenia: czy pozwoli na to mistrz Palaemon? Co by na to powiedział mistrz Malrubius?

(Ostatecznie nic nie powiedział. Żaden kat, choćby śmiertelnie chory, nie pójdzie do Wieży Wyleczenia; istnieje przekonanie — nie jestem w stanie powiedzieć, w jakim stopniu prawdziwe — że notowane są tam wszystkie nasze czyny).

Gdybym spisywał tę historię dla rozrywki lub nawet dla pouczenia, nie robiłbym w tym momencie dygresji na temat mistrza Malrubiusa, który w chwili, kiedy raptownie oderwałem Pazur od oka, musiał już od wielu lat być tylko pyłem. Każda jednak opowieść, jak i wiele innych rzeczy, ma swoje wymagania. Niewiele wiem o stylu literackim, ale uczyłem się cały czas i teraz przekonuję się, że ta umiejętność znacznie mniej różni się od mej starej profesji, niżby się tego można było spodziewać.

Dziesiątki, a czasem nawet setki ludzi przychodzi, żeby przypatrywać się egzekucji. Widziałem nieraz, jak urywały się przepełnione balkony, unicestwiając w jednej chwili więcej istnień, niż mnie udało się podczas całej mojej kariery. Ludzi tych można porównać do czytelników pisemnych relacji.

Jednak oprócz widzów są jeszcze inni, których należy zadowolić: władze, w których imieniu kat wykonuje swoją powinność, ci, którzy dali mu pieniądze, żeby skazany miał lekką (lub ciężką) śmierć, a wreszcie sam egzekutor.

Widzowie są zadowoleni, jeśli nie ma żadnych dłużyzn, skazany mówi krótko i z sensem, w uniesionym na chwilę przed ciosem ostrzu błysną promienie słońca, dając im czas na wstrzymanie oddechu i trącenie się łokciami, i jeśli po odcięciu głowy z tętnic tryśnie obfita fontanna krwi. Podobnie wy, którzy pewnego dnia zagłębicie się w zawartość biblioteki mistrza Ultana, będziecie oczekiwali ode mnie wartkiego toku narracji, postaci, które będą was ostrzegać, że za chwilę wydarzy się coś ważnego, podniecenia, a także odpowiedniej dawki krwi.

Władze, w imieniu których działa kat, nie będą miały żadnych zastrzeżeń, jeśli skazańcowi uniemożliwi się ucieczkę oraz jeśli po zakończeniu ceremonii będzie on ostatecznie i nieodwołalnie martwy. Władza ta (jeśli wolno mi kontynuować moją przenośnię) jest w procesie pisania impulsem, który zmusza mnie do podjęcia tego zadania. Wymaga on, żeby główny temat pozostawał cały czas w centrum uwagi, a nie uciekał do przedmów, przypisów czy wręcz do innych dzieł, żeby nie został przytłoczony pustą retoryką i żeby był doprowadzony do zadowalającego rozwiązania.

Tych, którzy zapłacili katu, żeby uczynić śmierć skazańca mniej lub bardziej bolesną, można porównać do literackich tradycji i zaakceptowanych wzorców, przed którymi muszę się ugiąć. Pamiętam, jak pewnego zimowego dnia, kiedy po oknach naszej klasy spływały strugi zimnego deszczu, mistrz Malrubius — być może wiedząc, że nie znajdujemy się w nastroju do poważnej pracy, a może dlatego, że on sam go nie miał — opowiadał nam o niejakim mistrzu Werenfridzie z naszego bractwa, który w dawnych czasach, będąc w naglącej potrzebie, przyjął wynagrodzenie zarówno od wrogów, jak i od przyjaciół skazanego. Ustawiwszy jednych po lewej, a drugich po prawej stronie szafotu, zdołał dzięki swej wielkiej sztuce przekonać wszystkich, że rezultat był dokładnie po ich myśli. W ten sam sposób ciągną pisarza w przeciwne strony różne literackie wzorce i tradycje. Tak, nawet wtedy, gdy jest on Autarchą. Jedna domaga się lekkości, druga bogactwa i głębi doznań podczas egzekucji... tematu. Będąc w sytuacji mistrza Werenfrida, lecz nie dysponując jego umiejętnościami, muszę starać się obydwie zaspokoić. Podjąłem tę próbę.

Pozostaje nam sam kat; ja nim jestem. Jemu nie wystarczy, gdy zadowoli wszystkie strony. Nie wystarczy mu nawet świadomość, że spełnił swoje zadanie bez zarzutu zgodnie z naukami mistrzów i starożytną tradycją. Jeżeli w chwili, kiedy Czas uniesie za włosy jego własną głowę, chce odczuwać całkowitą satysfakcję, musi dodać do każdej egzekucji jakiś szczegół, choćby najdrobniejszy, który należy wyłącznie do niego i nie pojawi się nigdzie indziej. Tylko wtedy może uważać się za w pełni wolnego artystę.

Kiedy dzieliłem łóżko z Baldandersem, śnił mi się dziwny sen. Nie zawahałem się powtórzyć go w mojej opowieści, jako że relacjonowanie snów mieści się jak najbardziej w literackiej tradycji. W chwili, którą teraz opisuję, kiedy Dorcas i ja spaliśmy u boku Baldandersa i Jolenty pod świecącymi gwiazdami, a obok siedział doktor Talos, doświadczyłem czegoś, co mogło być czymś większym lub mniejszym od snu, a co już się zupełnie w ramach tej tradycji nie mieści. Ostrzegam was, którzy będziecie to czytać, że nie ma to specjalnego związku z tym, co wkrótce nastąpi. Opisuję to tylko dlatego, że bardzo mnie wtedy zdziwiło, opowiedzenie zaś o tym sprawi mi niemałą satysfakcję. Może być jednak i tak, że od chwili, w której weszło do mego umysłu i pozostało tam aż do dziś, wpływało w jakiś sposób na moje czyny, stanowiące treść dalszej części mojej opowieści.

Schowawszy Pazur w bezpieczne miejsce, leżałem na starym kocu rozłożonym w pobliżu ogniska. Głowa Dorcas spoczywała niedaleko mojej, Jolenta leżała zwrócona stopami w moim kierunku, a Baldanders na wznak po drugiej stronie ogniska, sięgając swymi butami o grubych podeszwach wygasłych węgli. Krzesło doktora Talosa stało koło ręki olbrzyma, ale było odwrócone od ognia. Nie wiem, czy siedział w nim, zwrócony twarzą do ciemności. Chwilami wydawało mi się, że tam jest, a chwilami, że go nie ma. Niebo przybierało już chyba odrobinę jaśniejszy kolor niż podczas najgłębszej nocy.

Ciężkie, lecz zarazem delikatne kroki dotarły do moich uszu, nie zakłócając jednak mego odpoczynku. W chwilę potem usłyszałem oddech, a właściwie węszenie zwierzęcia. Miałem otwarte oczy, lecz znajdowałem się jeszcze tak blisko granicy snu, że nie odwróciłem głowy. Zwierzę podeszło do mnie i obwąchało moje ubranie i twarz. Był to Triskele, który zaraz położył się koło mnie i przycisnął się grzbietem do mego ciała. Nie wydało mi się ani trochę dziwne, że mnie odnalazł, chociaż ucieszyłem się, mogąc go ponownie zobaczyć.

Rozległy się kolejne stąpnięcia, tym razem należące bez wątpienia do człowieka. Wiedziałem od razu, że to mistrz Malrubius — pamiętałem jego kroki jeszcze z czasów, kiedy dokonywał obchodu rozciągających się pod naszą wieżą lochów. Niebawem pojawił się w polu mego widzenia. Jego płaszcz pokryty był kurzem jak zawsze, z wyjątkiem najbardziej uroczystych okazji. Otulił się nim w charakterystyczny dla siebie sposób i usiadł na jakiejś pace.

— Severianie, wymień siedem sposobów sprawowania rządów.

We śnie (jeżeli był to rzeczywiście sen) miałem kłopoty z mówieniem, ale udało mi się jakoś odezwać.

— Nie przypominam sobie, mistrzu, żebyśmy kiedykolwiek zajmowali się tym problemem.

— Zawsze byłeś najmniej uważnym z moich uczniów — powiedział.

Zapadła cisza. Miałem przeczucie, że jeśli nie odpowiem, wydarzy się jakaś tragedia.

— Anarchia... — zacząłem niepewnie.

— To nie sposób rządzenia, lecz jego kompletny brak. Powtarzałem ci wielokrotnie, że ona poprzedza rządy. Teraz wymień ich siedem rodzajów.

— Więź z osobą monarchy. Więź z rodem lub inną zasadą dziedziczenia. Więź z państwem. Więź z prawem sankcjonującym jego istnienie i funkcjonowanie. Więź z prawem w ogóle. Więź z większym lub mniejszym elektoratem jako czynnikiem określającym prawo. Więź z abstrakcyjnym tworem pełniącym jego funkcję, z ciałami dającymi mu początek i z wieloma innymi składnikami, w znacznej mierze również abstrakcyjnymi.

— No, może być. Który z tych rodzajów jest najstarszy, a który najdoskonalszy?

— Wymieniłem je w porządku chronologicznym, mistrzu. Nie przypominam sobie jednak, żebyś kiedykolwiek pytał o to, który z nich jest najlepszy.

Mistrz Malrubius, z oczami płonącymi jaśniej od dogasających węgli, nachylił się w moją stronę.

— Który, Severianie?

— Ostatni?

— Myślisz o więzi z abstrakcyjnym tworem pełniącym funkcje elektoratu, z ciałami dającymi mu początek i z wieloma innymi składnikami, w znacznej mierze również abstrakcyjnymi?

— Tak, mistrzu.

— Jakiego rodzaju, Severianie, jest twoja więź z Boską Istotą?

Milczałem. Możliwe, że myślałem, ale jeśli tak rzeczywiście było, to mój umysł był zbyt głęboko pogrążony we śnie, żeby zdawać sobie sprawę z tych myśli. W zamian zacząłem nagle w niezwykle wyrazisty sposób postrzegać otoczenie. Wydawało mi się, że przepyszne, wiszące nad moją twarzą niebo zostało stworzone wyłącznie dla mnie po to, bym mógł mu się teraz przyglądać. Leżałem na ziemi jak na kobiecie, otaczające zaś mnie powietrze sprawiało wrażenie czegoś tak pięknego jak kryształ i równie płynnego jak woda.

— Odpowiedz mi, Severianie.

— Jeżeli w ogóle istnieje, to chyba pierwszego.

— Więź z osobą monarchy?!

— Tak, ponieważ nie może być żadnej sukcesji.

— Zwierzę, które spoczywa przy twym boku, oddałoby za ciebie życie. Jakiego rodzaju jest jego przywiązanie do ciebie?

— Również pierwszego.

Nic nie odpowiedział. Usiadłem. Mistrz Malrubius i Triskele zniknęli, ale przy boku czułem jeszcze przez chwilę wyraźne ciepło.

Rozdział XXXIV

Poranek

— Obudziłeś się — stwierdził doktor Talos. — Mam nadzieję, że dobrze spałeś?

— Miałem dziwny sen. — Wstałem z mego posłania i rozejrzałem się dookoła.

— Nie ma tu nikogo oprócz nas — powiedział doktor Talos takim tonem, jakby uspokajał dziecko, i wskazał na Baldandersa i pogrążone we śnie kobiety.

— Śniło mi się, że mój pies, który zginął wiele lat temu, wrócił i położył się u mego boku. Kiedy obudziłem się, czułem jeszcze ciepło jego ciała.

— Leżałeś przy ogniu — zwrócił mi uwagę doktor. — Nie było tutaj żadnego psa.

— I jeszcze człowiek ubrany podobnie jak ja.

Doktor Talos potrząsnął głową.

— Z pewnością bym go zauważył.

— Mógł pan się zdrzemnąć.

— Może wcześniej, ale na pewno nie przez ostatnie dwie wachty.

— Jeśli chce pan spać, mogę popilnować bagaży — zaofiarowałem się, chociaż prawda była taka, że po prostu bałem się już położyć.

— To miłe z twojej strony — powiedział po krótkim wahaniu i położył się na moim pokrytym pierwszą rosą kocu.

Usiadłem na jego krześle, odwróciwszy je uprzednio w stronę ognia. Przez jakiś czas byłem sam z własnymi myślami, które najpierw dotyczyły mojego snu, a potem Pazura, potężnej relikwii, którą zbieg okoliczności wcisnął mi w ręce. Ucieszyłem się, kiedy Jolenta poruszyła się, a potem wstała, prężąc swoje urokliwe ciało na tle zaróżowionego nieba.

— Czy jest tu gdzieś woda? — zapytała. — Chciałabym się umyć.

Powiedziałem jej, że Baldanders chodził po wodę gdzieś w kierunku zagajnika, a ona skinęła głową i wyruszyła w poszukiwaniu strumienia. Dzięki niej udało mi się skierować myśli na inny temat, zacząłem bowiem spoglądać to na jej oddalającą się postać, to na leżącą nieruchomo Dorcas. Jolenta była doskonale piękna. Żadna z kobiet, które kiedykolwiek widziałem, nie mogła się z nią równać. Spokojne dostojeństwo Thecli czyniło ją zbyt sztuczną i podobną do mężczyzny, jasnowłosy zaś wdzięk Dorcas przypominał mi kruchą dziecinną Valerię, którą bardzo dawno temu spotkałem w Ogrodzie Czasu.

Mimo to Jolenta nie pociągała mnie nawet w połowie tak silnie, jak jeszcze niedawno Agia, nie kochałem jej tak, jak kochałem Theclę, i nie czułem intymnej duchowej więzi, jaka narodziła się między mną a Dorcas. Jak każdy mężczyzna, który ją kiedykolwiek ujrzał, pożądałem jej, ale w sposób, w jaki pożąda się kobiety namalowanej na płótnie, podziwiając ją zaś, nie mogłem nie zauważyć (jak uczyniłem to już wczoraj podczas przedstawienia), jak niezgrabnie chodzi, chociaż mogła się na pozór wydawać uosobieniem wdzięku. Okrągłe biodra kolebały się miarowo, wspaniałe ciało ciążyło coraz bardziej, aż wreszcie cała ta obfitość kształtów stawała się dla niej takim samym brzemieniem, jak dla innej kobiety ukryte w jej brzuchu dziecko. Kiedy wróciła ze strumienia z kroplami wody na rzęsach i twarzą czystą i doskonałą jak łuk tęczy, czułem się tak, jakbym był zupełnie sam.

— ...że mamy jeszcze trochę owoców, jeśli chcesz. Doktor kazał mi wczoraj zostawić kilka, byśmy mieli coś na śniadanie. — Jej głos był matowy i jakby odrobinę zadyszany. Słuchało się go jak muzyki.

— Przepraszam, zamyśliłem się — powiedziałem. — Tak, chętnie zjem. To bardzo miło z twojej strony.

— Nie podam ci, sam musisz sobie wziąć. Są tam, za tą zbroją.

Zbroja, o której mówiła, była wykonana ze zwykłego materiału naciągniętego na drewniany szkielet i pomalowanego srebrną farbą. Tuż za nią znalazłem stary koszyk zawierający kilka kiści winogron, jabłko i granat.

— Ja też bym coś zjadła — powiedziała Jolenta. — Chyba trochę winogron.

Podałem jej, po czym pomyślawszy, że Dorcas zapewne będzie miała ochotę na jabłko, położyłem je koło niej, a sam wziąłem dla siebie granat.

Jolenta przyglądała się swoim winogronom.

— Zostały wyhodowane pod szkłem przez ogrodnika jakiegoś arystokraty, bo jeszcze za wcześnie na naturalne. Chyba to wędrowne życie nie będzie takie złe. W dodatku dostaję jedną trzecią pieniędzy.

Zapytałem, czy nigdy wcześniej nie występowała z doktorem i Baldandersem.

— Nie pamiętasz mnie, prawda? Skądże znowu. — Włożyła jeden owoc do ust i jak mi się zdawało, połknęła go w całości. — Nie, nigdy przedtem tego nie robiłam. Miałam jedną próbę, ale po pojawieniu się tej dziewczyny i tak musieliśmy wszystko zmienić.

— Ja chyba narobiłem znacznie więcej zamieszania. Przebywałem na scenie znacznie dłużej od niej.

— Tak, ale ty miałeś tam być. Podczas próby doktor Talos odgrywał zarówno swoją, jak i twoją rolę, i mówił to, co ty miałeś powiedzieć.

— W takim razie musiał być pewny, że się jeszcze spotkamy.

W tym momencie doktor poderwał się jak dźgnięty sztyletem. Wydawał się w pełni przytomny.

— Oczywiście, oczywiście. Powiedzieliśmy ci przy śniadaniu, dokąd mamy zamiar się udać, a gdybyś nie zjawił się wczoraj, wystawilibyśmy inną sztukę i zaczekalibyśmy jeszcze jeden dzień. Jolento, nie będziesz teraz otrzymywać jednej trzeciej, tylko jedną czwartą dochodów. Wypada przecież, żebyśmy podzielili się z tamtą kobietą.

Jolenta wzruszyła ramionami i połknęła kolejne winogrono.

— Obudź ją, Severianie. Powinniśmy już wyruszać. Ja obudzę Baldandersa, a potem rozdzielimy pieniądze i dokończymy pakowania.

— Nie idę z wami — powiedziałem.

Doktor Talos spojrzał na mnie z ukosa.

— Muszę wrócić do miasta. Mam pewną sprawę do Zgromadzenia Peleryn.

— Możesz zostać z nami, aż dojdziemy do głównego traktu. W ten sposób najszybciej uda ci się tam dotrzeć.

Ponieważ powstrzymał się od jakichkolwiek pytań, czułem, iż wie więcej, niż wynikałoby to z jego słów.

Jolenta ziewnęła szeroko, nie zwracając najmniejszej uwagi na naszą rozmowę.

— Jeżeli moje oczy mają wyglądać tak, jak powinny, muszę jeszcze przed wieczorem uciąć sobie jakąś drzemkę.

— Dobrze — odparłem. — Ale odejdę natychmiast, kiedy tylko dotrzemy do drogi.

Doktor Talos zabrał się do obudzenia olbrzyma, potrząsając nim i uderzając laską po plecach.

— Jak sobie życzysz — powiedział.

Nie bardzo wiedziałem, czy skierował te słowa do Jolenty czy do mnie. Pogładziłem Dorcas po czole i szepnąłem, że musimy już wyruszać.

— Jaka szkoda, że mnie obudziłeś. Miałam taki piękny sen... Bardzo prawdziwy.

— Ja też. To znaczy, kiedy jeszcze spałem.

— Wstałeś więc już jakiś czas temu? Czy to jabłko jest dla mnie?

— Obawiam się, że to całe twoje śniadanie.

— Więcej mi nie trzeba. Spójrz na nie, jakie jest okrągłe i czerwone. Jak to się mówi: „Czerwone niczym jabłka...”? Nie mogę sobie przypomnieć. Czy chcesz kawałek?

— Zjadłem już granat.

— Powinnam się była domyślić z plam wokół twoich ust. Wyglądasz, jakbyś całą noc pił czyjąś krew... — Musiałem zrobić dziwną minę, bo dodała: — Przypominałeś czarnego nietoperza, kiedy się tak nade mną pochyliłeś.

Baldanders usiadł wreszcie, trąc oczy niczym nieszczęśliwe dziecko.

— To straszne wstawać tak wcześnie, nie uważasz?! — zawołała do niego Dorcas. — Czy tobie również przerwano jakiś sen?

— Nie — odpowiedział Baldanders. — Ja nigdy nie mam snów.

(Doktor Talos spojrzał na mnie i potrząsnął głową, jakby chciał powiedzieć: „To bardzo, bardzo niezdrowo").

— Mogę ci dać trochę moich. Severian twierdzi, że również ma ich pod dostatkiem.

Baldanders, chociaż sprawiał wrażenie zupełnie przytomnego, spojrzał na nią szeroko otwartymi oczami.

— Kim jesteś? — zapytał.

— Ja... — zająknęła się Dorcas, przysuwając się do mnie ze strachem.

— To Dorcas — powiedziałem.

— Tak, Dorcas. Nie pamiętasz? Spotkaliśmy się wczoraj na scenie. Ty... Twój przyjaciel powiedział, żebym się ciebie nie bała i że ty będziesz tylko udawał, że robisz ludziom krzywdę. Rozumiałam to, bo Severian też robi różne okropne rzeczy, chociaż jest taki dobry. — Spojrzała na mnie. — Pamiętasz, Severianie, prawda?

— Oczywiście. Nie powinnaś obawiać się Baldandersa tylko dlatego, że o tym zapominał. Rzeczywiście jest bardzo duży, ale z tym jest trochę tak jak z moimi fuliginowymi szatami: wygląda na znacznie groźniejszego, niż jest w istocie.

— Masz wspaniałą pamięć — powiedział Baldanders głosem, który przypominał odgłos toczących się głazów. — Chciałbym cokolwiek tak dobrze zapamiętać.

Podczas naszej rozmowy doktor Talos wyjął szkatułkę z pieniędzmi. Zagrzechotał nią teraz, by zwrócić naszą uwagę.

— Chodźcie, przyjaciele. Obiecałem wam, że podzielimy sprawiedliwie dochód, jaki przyniosło nam nasze przedstawienie, a kiedy już tego dokonamy, przyjdzie pora ruszać. Odwróć się, Baldandersie i wyciągnij przed siebie rękę. Sieur Severian, szanowne panie, czy zechcecie również się tutaj zbliżyć?

Zwróciłem oczywiście uwagę na to, że gdy doktor wspominał o podziale pieniędzy, mówił o dzieleniu ich na cztery części; domyślałem się, że tym, który nic nie otrzyma, będzie Baldanders. Tymczasem doktor Talos sięgnął do szkatułki i wyjął srebrne asimi, które położył na dłoni olbrzyma, drugie dał mnie, trzecie Dorcas i wreszcie kilka orichalków Jolencie. Potem zaczął rozdawać po jednym orichalku.

— Zauważyliście z pewnością, że jak dotąd wszystkie pieniądze są prawdziwe — powiedział. — Muszę was jednak z przykrością zawiadomić, że trafiło się sporo monet budzących wątpliwości. Kiedy rozdzielimy autentyczne, każdy z was odbierze swoją część fałszywych.

— A czy ty wziąłeś już swój udział, doktorze? — zapytała Jolenta. — Chyba wszyscy powinniśmy być przy tym obecni.

Dłonie doktora, kursujące niemal bez przerwy między szkatułką a naszymi rękami, na chwilę przerwały swoją wędrówkę.

— Ja nie mam swojego udziału — oznajmił.

— To nieuczciwe — szepnęła Dorcas, zerknąwszy uprzednio na mnie, żeby sprawdzić moją reakcję.

— To nieuczciwe, doktorze — powiedziałem głośno. — Brał pan udział w przedstawieniu podobnie jak każdy z nas, zbierał pan pieniądze i zdaje się, zorganizował pan to całe przedsięwzięcie. Powinien pan otrzymać podwójny udział.

— Ja nic nie chcę — pokręcił głową doktor Talos. Po raz pierwszy widziałem go zakłopotanego. — Kierowanie grupą, którą mogę już chyba nazwać zespołem teatralnym, sprawia mi wielką przyjemność. Napisałem tę sztukę, którą wystawiliśmy i tak jak... — rozejrzał się dokoła, jakby w poszukiwaniu odpowiedniego porównania — ...ta zbroja mam do odegrania w niej pewną rolę. Daje mi to satysfakcję, a to jedyna nagroda, jakiej pragnę.

Jak widzicie, przyjaciele, pozostały nam już same orichalki, a jest ich zbyt mało, by starczyło dla wszystkich. Dokładniej rzecz biorąc, pozostały tylko dwa. Ktokolwiek chce, może je otrzymać, zrzekając się prawa do wątpliwego aes i pozostałych prawdopodobnie fałszywych monet. Severian? Jolenta?

— Ja je wezmę — oświadczyła ku memu zdziwieniu Dorcas.

— Znakomicie. Reszty nie będę rozdzielał. Bierzcie to, co komu odpowiada. Ostrzegam jednak: bądźcie bardzo ostrożni z wydawaniem tych pieniędzy. Grożą za to surowe kary, chociaż za Murem... A to co?

Spojrzałem w tym samym kierunku co on i ujrzałem zbliżającego się do nas człowieka odzianego w postrzępione szare szaty.

Rozdział XXXV

Hethor

Nie wiem, dlaczego powitanie kogoś w pozycji siedzącej uważane jest za zniewagę, ale tak właśnie powszechnie się sądzi. Kiedy szara postać podeszła bliżej, obie kobiety wstały z miejsc; ja i Baldanders uczyniliśmy to samo, tak że kiedy obcy znalazł się w zasięgu głosu, siedzącą osobą pozostał tylko doktor Talos, zajmujący nasze jedyne krzesło.

Trudno było sobie wyobrazić mniej imponującą posturę. Mężczyzna był niewielkiego wzrostu, a w o wiele na niego za dużym ubraniu wydawał się nawet jeszcze mniejszy. Słabo zarysowana broda pokryta była kilkudniową szczeciną, a kiedy zdjął poplamioną czapkę, odsłonił głowę, z której boków zniknęły wszystkie włosy, pozostawiając jedynie cienką falistą linię przypominającą grzebień starego brudnego koguta. Byłem pewien, że już go kiedyś widziałem, ale minęła dłuższa chwila, zanim uświadomiłem sobie, gdzie i kiedy to było.

— O bogowie — przemówił — bogowie i boginie stworzenia, jedwabistowłose damy i ty, panie, dowodzący cesarstwami i armiami wrogów naszej f-f-fotosfery! Wieża z kamienia jest mocna, mocna jak d-d-dąb, który po pożarze wypuszcza nowe liście. Ty też, mój panie, czarny panie, rycerzu śmierci — władco n-n-nocy! Długo żeglowałem na statkach o srebrnych żaglach i stu masztach, które sięgały g-g-gwiazd, unosząc się zaraz za królewską reją, ale n-n-nigdy nie widziałem kogoś takiego jak ty. Nazywam się Hethor i przybyłem, żeby ci służyć, żeby zdrapywać błoto z twego p-p-płaszcza, czyścić twój wielki miecz, n-n-nosić kosz, z którego będą na mnie patrzeć oczy twoich ofiar, mistrzu, oczy przypominające martwe księżyce Verthandi w chwilę potem, kiedy zgasło ich słońce. Kiedy zg-g-gasło słońce! Gdzież są ci zbrojni aktorzy? Jak długo będą jeszcze płonąć p-p-pochodnie? Sięgają ku nim stygnące dłonie, ale płomienie pochodni są zimniejsze niż lód, zimniejsze niż księżyce Verthandi, zimniejsze niż martwe oczy! Gdzież jest więc siła, która każe pienić się wodom jeziora? Gdzie jest imperium, gdzie Armie Słońca o długich lancach i złocistych p-p-proporcach? Gdzie jedwabistowłose kobiety, które kochaliśmy jeszcze ostatniej n-n-nocy?

— Zdaje się, że byłeś wśród naszej publiczności — powiedział doktor Talos. — Rozumiem doskonale twoje pragnienie, żeby jeszcze raz obejrzeć tę sztukę, ale nie będziemy mogli usatysfakcjonować cię wcześniej jak dopiero wieczorem, kiedy mamy nadzieję być już dość daleko stąd.

Hethor, którego spotkałem po wyjściu z celi Agilusa w towarzystwie grubego mężczyzny oraz kobiety o wygłodniałych oczach, jakby go nie słyszał. Patrzył tylko na mnie, zerkając od czasu do czasu na Dorcas i Baldandersa.

— Zranił cię, czyż nie tak? To okropne, okropne. Widziałem, że płynęła ci krew czerwona jak płomienie Ducha Świętego. Jakiż to dla ciebie za-a-aszczyt! Ty również mu służysz, a twoje zadanie jest szlachetniejsze od mojego.

Dorcas potrząsnęła głową i odwróciła twarz w inną stronę, olbrzym zaś przyglądał mu się w milczeniu.

— Z całą pewnością masz świadomość, że to, co widziałeś, było jedynie teatralną inscenizacją — powiedział doktor Talos. (W tym samym momencie pomyślałem, że gdyby cała publiczność zdawała sobie z tego sprawę, szaleńcze wyczyny Baldandersa postawiłyby nas w bardzo nieciekawej sytuacji).

— R-r-rozumiem więcej, niż wam się wydaje, ja, stary kapitan, stary porucznik, stary kucharz ze starej kuchni, gotujący rosół dla zdychających zwierząt! Mój p-p-pan jest prawdziwy, ale gdzie są jego armie? Prawdziwy, lecz gdzie jego imperia? Czyżby z prawdziwej rany miała pociec fałszywa krew? Co stanie się z siłą, kiedy nie będzie już krwi, co stanie się z blaskiem jedwabistych włosów? Schwytam go w szklany puchar, ja, stary kapitan starego, steranego okrętu o czarnej załodze i srebrnych żaglach, zza których wyłania się krawędź Mgławicy Węglowej!

Być może w tym miejscu powinienem powiedzieć, że nie zwracałem już uwagi na potok słów płynący z ust Hethora, chociaż moja niezniszczalna pamięć pozwala mi teraz odtworzyć je na papierze. Była to śpiewna recytacja, której towarzyszyły wytrzeszczone oczy i tryskające spomiędzy niekompletnych zębów fontanny śliny. Możliwe, że na swój powolny, opieszały sposób Baldanders zaczął go wreszcie rozumieć, ale Dorcas z całą pewnością była zbyt przestraszona, żeby cokolwiek z tego do niej dotarło. Odwróciła się, jak większość ludzi odwraca się od mlaskania i trzasku kości, towarzyszących pożeraniu zwłok przez padlinożercę. Jolenta zaś nigdy nie interesowała się niczym, co nie dotyczyło jej osobiście.

— Sam widzisz, że młodej damie nic się nie stało.

— Doktor Talos wstał z krzesła i odstawił na bok szkatułkę. — Zawsze sprawia mi wielką przyjemność rozmowa z kimś, kto potrafi docenić wartość naszego przedstawienia, ale obawiam się, że czekają nas obowiązki. Musimy się spakować. Pozwolisz, że cię przeprosimy.

Teraz, kiedy jego jedynym rozmówcą stał się doktor Talos, Hethor wciągnął z powrotem czapkę, nasuwając ją tak głęboko, że niemal zakrywała mu oczy.

— Ładujecie towar? Nikt nie nadaje się do tego lepiej niż ja, stary intendent, stary handlarz i steward, stary robotnik p-p-portowy. Kto inny potrafi upakować na powrót ziarna do kolby kukurydzy, zamknąć z powrotem pisklę w skorupce? Kto wie, jak dostojną ćmę o skrzydłach jak żagle zaprowadzić do rozerwanego kokonu wiszącego nieruchomo, niczym s-s-sarkofag? Ja to zrobię dla mego mistrza i przez wzgląd na moją do niego miłość. I p-p-pójdę za nim wszędzie, dokądkolwiek mnie poprowadzi.

Skinąłem głową, nie wiedząc, co mam odpowiedzieć. W tej samej chwili Baldanders, do którego z całej rozmowy dotarła chyba tylko wzmianka o pakowaniu, ściągnął ze sceny jedną z kotar i zaczął ją zwijać. Widząc to, Hethor rzucił się z nieoczekiwaną szybkością i zabrał się za demontaż krzesła, które służyło za fotel Inkwizytora. Doktor Talos spojrzał na mnie, jakby chciał powiedzieć: „Ty za niego odpowiadasz, tak jak ja za Baldandersa".

— Jest ich bardzo wielu — odparłem. — Znajdują przyjemność w zadawaniu bólu i starają się związać z nami tak, jak normalni ludzie szukają kontaktu z Dorcas lub Jolentą.

Doktor skinął głową.

— Właśnie się nad tym zastanawiałem. Co prawda można sobie wyobrazić idealnego sługę, który robi wszystko wyłącznie z miłości do swego pana, podobnie jak idealnego wieśniaka, który uprawia rolę z miłości do natury, lub idealną nierządnicę, rozkładającą uda tuzin razy w ciągu nocy wyłącznie z miłości do aktu kopulacji, ale nigdy ich się w rzeczywistości nie spotyka.

Po niecałej wachcie znaleźliśmy się na drodze. Nasz mały teatr zmieścił się bardzo ładnie do zmontowanego z elementów sceny wózka, a Baldanders, który stanowił jego siłę napędową, niósł jeszcze na grzbiecie kilka pozostawionych luzem rzeczy. Pochód otwierał doktor Talos, za nim szła Dorcas, potem Jolenta, ja i Baldanders, a na końcu, w odległości jakichś stu kroków, samotny Hethor.

— On przypomina mnie — powiedziała Dorcas, oglądając się do tyłu. — A doktor jest jak Agia, tylko nie taki zły. Pamiętasz, jak próbowała mnie odegnać, aż wreszcie jej tego zakazałeś?

Pamiętałem. Zapytałem ją, dlaczego szła wówczas za nami z taką determinacją.

— Byliście jedynymi ludźmi, jakich znałam. Dużo bardziej bałam się samotności niż Agii.

— A więc bałaś się jej.

— Tak, i to bardzo. Ciągle jeszcze się boję. Ale... Nie pamiętam, co się ze mną działo, lecz jestem pewna, że byłam zupełnie sama. I to bardzo długo. Nie chcę, żeby to się powtórzyło. Pewnie tego nie zrozumiesz... I nie będzie ci się podobało... ale...

— Tak?

— Nawet gdybyś nienawidził mnie tak jak Agia i tak bym za wami poszła.

— Nie sądzę, żeby Agia cię nienawidziła.

Dorcas spojrzała na mnie; jeszcze teraz widzę jej twarz tak wyraźnie, jakby odbijała się przede mną w czarnej powierzchni atramentu. Miała może nieco zbyt ostre rysy i była zbyt blada, a także zbyt dziecinna, żeby nazwać ją naprawdę piękną, ale oczy miała jak fragmenty nieskalanego błękitnego nieba z jakiegoś odległego świata czekającego dopiero na nadejście Człowieka; mogłaby rywalizować nawet z oczami Jolenty.

— Nienawidziła mnie — powiedziała wolno Dorcas. — Teraz nienawidzi mnie jeszcze bardziej. Pamiętasz, jak byłeś oszołomiony po walce? Nie obejrzałeś się, kiedy odchodziliśmy, ale ja to zrobiłam i widziałam jej twarz.

Jolenta poskarżyła się doktorowi, że bolą ją nogi.

— Poniosę cię — odezwał się Baldanders swoim głębokim dudniącym głosem.

— Co takiego? Na szczycie tej piramidy?

Nie odpowiedział.

— Kiedy chcę na czymś jechać, to nie znaczy, że mam zamiar wyglądać jak wygnana z miasta wariatka.

Wyobraziłem sobie, że olbrzym ze smutkiem schyla głowę.

Jolenta obawiała się, by nie wyglądać głupio, ale to, co teraz napiszę, na pewno tak zabrzmi, chociaż jest szczerą prawdą. Możesz zabawić się moim kosztem, czytelniku. Uderzyła mnie bowiem wtedy myśl, jak wiele szczęścia spotkało mnie od chwili opuszczenia Cytadeli. Wiedziałem, że Dorcas jest moim przyjacielem — więcej niż kochanką, prawdziwym towarzyszem, chociaż byliśmy razem zaledwie kilka dni. Ciężkie stąpnięcia idącego za mną olbrzyma przypominały mi, jak wielu jest ludzi, którzy wędrują po Urth zupełnie sami. Zrozumiałem wówczas (a przynajmniej tak mi się wydawało), dlaczego Baldanders zdecydował się służyć doktorowi, wykonując każde zadanie, jakie rudowłosy człowiek uznał za stosowne nałożyć na jego barki.

Ktoś dotknął mego ramienia, przerywając rozważania. Był to Hethor, który zbliżył się bezgłośnie, opuszczając zajętą zaraz po wymarszu pozycję.

— Mistrzu...

Powiedziałem mu, żeby mnie tak nie nazywał, w mojej konfraterni jestem bowiem zaledwie czeladnikiem i nic nie wskazywało na to, żebym kiedykolwiek miał uzyskać mistrzowską godność.

Skinął pokornie głową. Miał rozchylone usta, w których widać było połamane zęby.

— Dokąd idziemy, mistrzu?

— Za bramę — odpowiedziałem, tłumacząc sobie, że uczyniłem to dlatego, żeby poszedł za doktorem, nie za mną. Prawda była jednak taka, że myślałem o oszałamiającym pięknie Pazura i o tym, jak wspaniale byłoby zanieść go ze sobą do Thraxu, zamiast wracać do centrum Nessus. Wskazałem w kierunku Muru, który wznosił się w pewnej odległości w taki sam sposób, w jaki przed myszą wznoszą się mury zwyczajnej fortecy. Był czarny jak noc, a u jego szczytu wisiało kilka schwytanych w pułapkę obłoków.

— Poniosę twój miecz, mistrzu.

Propozycja wydawała się złożona w jak najlepszej wierze, ale przypomniałem sobie, że cały spisek, który uknuła Agia do spółki ze swoim bratem, wziął się z żądzy zagarnięcia Terminus Est.

— Nie trzeba — powiedziałem najbardziej zdecydowanym tonem, na jaki mogłem się zdobyć. — Ani teraz, ani później.

— Żal mi cię, mistrzu, kiedy widzę, jak dźwigasz go na ramieniu. Musi być bardzo ciężki.

Wyjaśniłem mu, zresztą zgodnie z prawdą, że miecz nie jest wcale tak ciężki, na jaki wygląda. W chwilę później minęliśmy wypukłość łagodnego wzgórza i pół mili przed nami ujrzeliśmy szeroką drogę prowadzącą prosto do widocznego w Murze otworu. Była zatłoczona najróżniejszego rodzaju pojazdami, a także zwierzętami i ludźmi, ale w porównaniu z Murem i strzegącą bramy wieżą wydawali się oni nie więksi od termitów i mrówek. Doktor Talos odwrócił się w naszą stronę i wskazał na Mur z taką dumą, jakby zbudował go własnymi rękami.

— Przypuszczam, że większość z was nigdy tego nie widziała. Severianie? Szanowny panie? Czy byliście tutaj kiedyś?

Nawet Jolenta potrząsnęła głową, ja zaś powiedziałem:

— Nie. Całe życie spędziłem tak blisko centrum miasta, że gdy spoglądałem ze szczytu naszej wieży, Mur wydawał się zaledwie kreską na północnym horyzoncie. Przyznaję, że jestem oszołomiony.

— Starożytni znali sztukę budowania. Pomyślcie tylko: chociaż minęło już tyle tysiącleci, wciąż jeszcze wewnątrz Muru pozostaje dość miejsca, żeby miasto mogło się dalej rozwijać. Ale widzę, że Baldanders kręci głową. Czyżbyś nie zdawał sobie sprawy, mój drogi pacjencie, że wszystkie te wzgórza i miłe łąki, po których od wczoraj wędrujemy, pewnego dnia zostaną zabudowane?

— One nie po to tu są — powiedział Baldanders.

— Jasne, jasne. Byłeś przecież wtedy tutaj i wiesz wszystko na ten temat. — Doktor mrugnął do nas. — Baldanders jest starszy ode mnie i dlatego czasem uważa, że zjadł wszystkie rozumy.

Niebawem od szerokiej drogi dzieliło nas tylko około stu kroków.

— Jeżeli można wynająć jakiś powóz, musisz to zrobić — zwróciła się Jolenta do doktora Talosa. — Nie będę mogła wystąpić wieczorem, jeśli mamy iść cały dzień.

Potrząsnął głową.

— Zapominasz, że nie mam pieniędzy. Jeżeli sama znajdziesz jakiś powóz, możesz oczywiście go wynająć. Gdybyś nie mogła dzisiaj zagrać, zastąpi cię twoja dublerka.

— Dublerka?

Doktor wskazał na Dorcas.

— Jestem pewien, że ma wielką ochotę wystąpić w głównej roli i że znakomicie dałaby sobie radę. Jak sądzisz, dlaczego pozwoliłem jej przyłączyć się do nas i dopuściłem ją do udziału w zyskach? Mając w zespole dwie kobiety, nie będę zmuszony dokonywać tak wielu zmian w treści sztuki.

— Głupcze, przecież ona odejdzie z Severianem. On sam powiedział dzisiaj rano, że wraca do miasta, by szukać tych, no... — Odwróciła się do mnie podwójnie piękna, bo rozgniewana. — Jak je nazwałeś? Pelisy?

— Peleryny — powiedziałem.

320

W tej samej chwili jakiś człowiek, jadący na wierzchowcu samym skrajem ludzkiej i zwierzęcej rzeki, ściągnął na moment wodze.

— Jeżeli szukasz Peleryn — rzekł — twoja droga prowadzi w tym kierunku, co moja: za bramę, nie do miasta. Przejeżdżały tędy wczoraj wieczorem.

Przyśpieszyłem kroku, żeby złapać go za strzemię, i zapytałem, czy jest tego pewien.

— Obudził mnie harmider, kiedy pozostali goście gospody, w której się zatrzymałem, ruszali w drogę, żeby otrzymać ich błogosławieństwo. Wyjrzałem przez okno i zobaczyłem całą procesję. Słudzy nieśli odwrócone baldachimy, a kapłanki miały podarte habity. — Jego pociągła zabawna twarz wykrzywiła się w kwaśnym uśmiechu.

— Nie wiem, co się stało, ale wierz mi, ich ucieczka robiła wrażenie zdecydowanej i ostatecznej, jak powiedział pewien niedźwiedź o wycieczkowiczach, których zdarzyło mu się przestraszyć.

— Sądzę, że nasz Anioł Śmierci i twoja dublerka pozostaną z nami jeszcze przez jakiś czas — szepnął doktor Talos do Jolenty.

Jak się okazało, miał tylko częściowo rację. Na pewno tych z was, którzy wielokrotnie widzieli Mur, a być może nawet często przekraczali którąś z bram, ogarnia teraz zniecierpliwienie — ja jednak, nim zacznę ciągnąć dalej historię mego życia, muszę poświęcić mu kilka słów.

Wspomniałem już o jego wysokości. Sądzę, że jest kilka gatunków ptaków, które mogą nad nim przelecieć: orzeł, ogromny górski teratornis i może jeszcze dzikie gęsi, i to wszystko. Spodziewałem się, że będzie tak olbrzymi, zanim jeszcze dotarliśmy do jego podnóża, nikt bowiem, kto oglądał go od kilku dni i widział przesuwające się poniżej jego krawędzi obłoki, nie mógł nie docenić jego wysokości. Jest wykonany z czarnego metalu, podobnie jak mury naszej Cytadeli, dzięki czemu wydał mi się mniej groźny, niż powinien. Budynki, które widziałem w mieście, zbudowane były z cegły i kamienia, więc ponowne spotkanie ze znanym mi od dzieciństwa materiałem nie mogło być nieprzyjemne.

Mimo to nie byłem w stanie powstrzymać dreszczu, jaki przeszedł mnie w momencie, kiedy zbliżaliśmy się do bramy przypominającej wejście do kopalni. Zauważyłem, że wszyscy, z wyjątkiem doktora Talosa i Baldandersa, odnieśli podobne wrażenie. Dorcas mocniej niż do tej pory ścisnęła moją rękę, a Hethor zwiesił nisko głowę. Jolenta myślała, że doktor, z którym kłóciła się jeszcze przed chwilą, będzie ją chronił, lecz kiedy on nie zwrócił na nią najmniejszej uwagi, idąc przed siebie i stukając laską dokładnie tak samo, jak to czynił na zewnątrz, odsunęła się od niego i ku memu zdziwieniu chwyciła się łęku siodła jeźdźca, który udzielił mi cennej informacji na temat Peleryn.

Ściany wznosiły się wysoko po obydwu stronach, poznaczone w dużych odstępach oknami o szybach wykonanych z materiału grubszego, lecz zarazem bardziej przejrzystego od szkła. Widzieliśmy przez nie poruszające się sylwetki mężczyzn i kobiet, a także istot z pewnością nie będących ludźmi. Przypuszczam, iż byli to Kakogenowie, dla których kwiaty zemsty są tym, czym dla nas pachnące margerytki. Dostrzegłem również bestie mające chyba aż za wiele wspólnego z ludźmi, przyglądały się nam bowiem zbyt mądrymi oczami, ich zaś poruszające się podczas mówienia usta odsłaniały zęby przypominające gwoździe i haki. Zapytałem doktora, co to za stworzenia.

— Żołnierze — odpowiedział. — Pandurowie Autarchy.

— Którego pot jest złotem dla jego poddanych — wyszeptała Jolenta, przyciskając swą pełną pierś do uda jeźdźca.

— Tu, wewnątrz Muru?

— Tak, jak myszy. Mur jest niesamowicie gruby, w jego środku znajduje się mnóstwo korytarzy i pomieszczeń wypełnionych wielką liczbą żołnierzy gotowych bronić go niczym termity mieszkające w swoich kopcach na stepach północy. Już czwarty raz przechodzimy z Baldandersem przez bramę. Najpierw weszliśmy tędy, żeby po roku wyjść bramą znajdującą się po drugiej stronie Nessus, a zwaną Bolesną. Niedawno wróciliśmy z południa z naszym niewielkim dorobkiem, wchodząc przez inną bramę, zwaną Bramą Chwały. Wszystkie wyglądają w środku tak samo i we wszystkich obserwowali nas słudzy Autarchy. Nie wątpię, że są wśród nich tacy, którzy szukają jakiegoś przestępcy. Jeśli go dostrzegą, bez trudu go tutaj pojmają.

— Wybacz mi, szlachetny panie, ale niechcący usłyszałem twoje słowa — odezwał się jeździec (na imię miał Jonas, jak się wkrótce potem dowiedziałem). — Jeśli sobie życzysz, mogę powiedzieć nieco więcej na ten temat.

Doktor Talos spojrzał na niego błyszczącymi oczami.

— Byłoby nam bardzo przyjemnie, ale musimy uczynić jedno zastrzeżenie: będziemy mówić wyłącznie o Murze i jego mieszkańcach, co znaczy, że nie będziemy zadawać żadnych pytań dotyczących twojej osoby, a ty rzecz jasna odpłacisz nam taką samą uprzejmością.

Obcy zsunął z czoła sfatygowany kapelusz i wtedy zobaczyłem, że zamiast prawej dłoni ma protezę wykonaną z połączonych kawałków metalu.

— Zrozumiałeś mnie lepiej, niż mógłbym sobie życzyć, jak powiedział pewien człowiek, patrząc w lustro. Przyznaję, iż chciałem cię zapytać, dlaczego podróżujesz w towarzystwie kata oraz dlaczego ta dama, najpiękniejsza, jaką kiedykolwiek widziałem, podąża za tobą na piechotę?

Jolenta puściła siodło.

— Nie jesteś ani zamożny, panie, ani nawet młody. Nie wypada ci tak o mnie wypytywać.

Mimo panującego we wnętrzu bramy półmroku dostrzegłem, jak się zaczerwienił. Jolenta mówiła prawdę: jego ubranie było znoszone i zakurzone, chociaż z pewnością nie tak brudne jak Hethora, twarz zaś poorana zmarszczkami i ogorzała od wiatru. Milczał przez jakieś dziesięć kroków, a potem zaczął mówić. Głos miał zwyczajny, ani piszczący, ani głęboki, ale czaił się w nim zjadliwy humor.

— W dawnych czasach władcy świata nie obawiali się nikogo poza własnym ludem i żeby się przed nim bronić, wybudowali na szczycie wznoszącego się na północ od miasta wzgórza wielką fortecę. Miasto nie nazywało się wówczas Nessus, woda w rzece była bowiem jeszcze świeża i czysta.

Wielu ludziom nie podobała się budowa fortecy, gdyż uważali, że mają prawo zabijać swych władców, kiedy tylko uznają to za stosowne. Inni podróżowali statkami żeglującymi wśród gwiazd i wracali syci bogactw i wiedzy. Wśród nich była również kobieta, która powróciła jedynie z garścią czarnych nasion.

— Ach, więc jesteś profesjonalnym gawędziarzem — przerwał mu doktor Talos. — Powinieneś nas o tym uprzedzić, my bowiem, jak z pewnością sam zauważyłeś, zajmujemy się bardzo podobną działalnością.

Jonas potrząsnął głową.

— Nie. To jedyna opowieść, jaką znam. — Spojrzał w dół na Jolentę. — Czy mogę kontynuować, o najpiękniejsza z kobiet?

Moją uwagę rozproszył widok dziennego światła, które pojawiło się w pewnej odległości przed nami, a także zamieszanie wśród pojazdów, których woźnice próbowali nagle zawrócić, torując sobie drogę uderzeniami batów.

— Pokazała nasiona władcom i powiedziała, że jeśli jej nie posłuchają, rzuci je do morza, przynosząc w ten sposób zagładę całemu światu. Schwytano ją i rozdarto na strzępy, ówcześni panowie rządzili bowiem w sposób tysiąckrotnie bardziej despotyczny niż nasz Autarcha.

— Oby ujrzał na własne oczy blask Nowego Słońca — wymamrotała Jolenta.

— Czego oni tak się boją? — zapytała Dorcas, ściskając mnie mocniej za ramię. W chwilę potem krzyknęła przeraźliwie i chwyciła się za twarz, którą rozorała metalowa końcówka bicza. Rzuciłem się w przód, chwyciłem woźnicę, który ją uderzył, i ściągnąłem z kozła. Zapanował potworny zgiełk, słychać było dzikie wrzaski, jęki rannych i ryk przerażonych zwierząt. Jeżeli nawet obcy ciągnął dalej swą opowieść, ja już tego nie słyszałem.

Schwytany przeze mnie woźnica najprawdopodobniej zginął na miejscu. Chcąc popisać się przed Dorcas, miałem zamiar zabić go w sposób, który nazywamy „dwie morele", on jednak wpadł prosto pod kopyta wierzchowców i koła ciężkich wozów. Wątpię nawet, czy zdążył krzyknąć.

Tutaj przerywam moją opowieść, czytelniku, poprowadziwszy cię od bramy do bramy. Od zamkniętej, otulonej mgłą bramy naszej nekropolii do tej oplecionej wstęgami dymów, która jest być może największa ze wszystkich, jakie kiedykolwiek istniały. Przeszedłszy przez pierwszą, stanąłem na drodze, która doprowadziła mnie do drugiej. Teraz znalazłem się na nowej drodze wiodącej poza Niezniszczalne Miasto, wśród lasów i łąk, w kierunku leżących na północy gór i dżungli.

Przerywam moją opowieść, czytelniku. Nie winię cię, jeśli nie chcesz iść ze mną dalej, niełatwa to bowiem droga.

Dodatek
Uwagi na temat przekładu

Tłumacząc tę książkę — napisaną w języku, który jeszcze nie istnieje — mogłem w prosty sposób oszczędzić sobie wiele trudu, korzystając z istniejących już pojęć i terminów; jednak nie zrobiłem tego. W wielu przypadkach musiałem zastąpić nie funkcjonujące jeszcze pojęcia ich najbliższymi dwudziestowiecznymi odpowiednikami. Takie słowa jak: peltasta, androgyn czy arystokracja stanowią jedynie namiastki i mają za zadanie nie tyle definiować, co raczej sugerować określone znaczenie. Na przykład wyrazu metal używałem najczęściej, choć nie zawsze, dla określenia substancji, z którą słowo to kojarzy się współczesnemu czytelnikowi.

Tam, gdzie w rękopisie wspomina się o zwierzętach stanowiących rezultat biogenetycznych manipulacji lub przywiezionych z innych planet, używałem dosyć dowolnie nazwy jakiegoś wymarłego bądź nieznanego gatunku. (Zresztą sam Severian zdaje się przypuszczać, że w wielu przypadkach ma do czynienia właśnie z niegdyś wymarłymi, a potem powołanymi z powrotem do życia zwierzętami). Co się tyczy zwierząt pociągowych i służących do jazdy wierzchem, to wzmianki o nich nie są wystarczająco jasne. Nie nazywałem ich „końmi", ponieważ jestem pewien, że słowo to zupełnie tutaj nie pasuje. Rumaki czy wierzchowce z Księgi Nowego Słońca są zwierzętami bez wątpienia szybszymi i wytrzymalszymi od tych, które znamy, prędkość zaś tych, których używano do celów wojskowych, musiała być wystarczająco duża, żeby umożliwić używanie kawalerii przeciwko oddziałom mającym w swoim wyposażeniu wysokoenergetyczne uzbrojenie.

Tam gdzie Severian cytuje inskrypcje w nie znanym mu wymarłym języku, odwołałem się do łaciny. Nie jestem w stanie stwierdzić, jak naprawdę wyglądał ów język.

Chciałbym wyrazić głęboką wdzięczność tym wszystkim, którzy podjęli przede mną badania nad posthistorycznym światem, a szczególnie kolekcjonerom — zbyt licznym, żebym mógł ich wszystkich wymienić — którzy pozwolili mi zapoznać się z ocalałymi z przyszłości pamiątkami oraz umożliwili mi odwiedzenie i sfotografowanie nielicznych ocalałych budowli.

G.W.

Spis treści